AF290632

Die freudige Spannung einer bevorstehenden Geburt liegt über Hainrod. Das Dorf steckt mitten in den Vorbereitungen zu dem jährlichen Treffen der umliegenden Gemeinschaften. Die Bewohner feiern zusammen und planen ihre neuen Vorhaben. In ihren Alltag tritt unvermittelt ein fremder Wanderer. Mit seinen Fragen und Vorstellungen weckt er das Interesse aber auch den Unmut mancher Dörfler. Seine Ankunft und sein weiteres Schicksal werden vor allem für den junge Vater Saibro zur persönlichen Herausforderung.

Matthias Zellmers Fantasy-Roman nimmt uns mit auf eine Reise zu Gesellschaften, die unterschiedlicher kaum sein könnten. Ein überraschender Perspektivwechsel, der uns den Spiegel vorhält. »Das Land hinter den Bergen« liegt in einer anderen Welt und Zeit und ist uns dennoch sehr nah. Eine märchenhafte Utopie für Leserinnen und Leser jeden Alters.

Matthias Zellmer

Das Land hinter den Bergen

Roman

TUBUK digital

Biografie

Matthias Zellmer ist nicht nur Diplom-Informatiker mit Therapie-Erfahrung und hat vor gefühlten Jahrhunderten eine Ausbildung zum Technischen Zeichner durchlaufen, er hat auch schon als Postbote, Dozent und Chat-Profi gearbeitet, seine Hochschule einige Wochen als Streikführer dicht gemacht und mehrere Jahre in einer politischen Kommune gelebt. Ein solcher Lebensweg gepaart mit einer gehörigen Portion Fantasie und einer Liebe zur deutschen Sprache, prädestiniert ihn fast schon zwangsläufig zum Schriftsteller.

Heute lebt der 1970 geborene Hesse mit Ehefreundin und Katze aus Versehen in Stuttgart und träumt von einer gerechteren Gesellschaft, die er aus seiner Schreibstube in einem Landhaus mit Obstgarten literarisch begleiten kann.

Impressum

Matthias Zellmer: Das Land hinter den Bergen

Copyright © 2017 Matthias Zellmer

Erschienen bei TUBUK digital

TUBUK digital ist ein Imprint der Open Publishing Rights GmbH

Alle Rechte vorbehalten. Das Werk darf – auch teilweise – nur mit Erlaubnis des Verlags wiedergegeben werden.

Cover-Gestaltung: Matthias Zellmer

E-Book-Herstellung: Open Publishing GmbH, www.openpublishing.com

ISBN: 978-3-95595-069-9

Besuchen Sie uns auch im Internet:
www.tubuk-digital.de

für Natali

1	Saibro	A	Dorfplatz/-bau	J	Seilerei	S	Waldfestplatz
2	Apaquia	B	Halle	K	Backhaus	T	Badehaus
3	Saja	C	Anlegestelle	L	Brunnen	U	Viehhof
4	Kihesi	D	Altes Eichmal	M	Bootshaus	V	Käserei
5	Muukja	E	Hauswirtschaft	N	Obstbauhütte	W	Anger
6	Gygoy	F	Gästehaus	O	Steinbruch	X	Feuerstelle
7	Rahisi	G	Schola	P	Fischteiche	Y	Ausrüstungshöhle
8	Koremna	H	Holzwerk	Q	Mühle	Z	Sydäns Grundstück
9	Minxia	I	Kontor	R	Schmiede		

Matthias Zellmer | 2017

Kapitel 1

An diesem schönen Frühsommertag herrschte in dem kleinen Dorf helle Aufregung. Man bekam Nachwuchs. Wie von einer unsichtbaren Macht gelenkt, zog es die Menschen von Hainrod immer wieder zur Hütte von Apaquia. Dort auf der Türschwelle saß die fünfzehnjährige Minxia und gab all den *zufällig* vorbeikommenden durch ein Kopfschütteln zu verstehen, dass es nach wie vor nicht so weit war.

Aus der Hütte kam hin und wieder Saibro – der werdende Vater. Jedes Mal stolperte er über Minxia, entschuldigte sich geistesabwesend und kramte unbeholfen ein neues Stück Tyggja-Rinde aus seiner Hosentasche. Er steckte sich die Rinde in den Mund, begann fahrig darauf herumzukauen und eilte dabei einige Male auf dem Weg vor Apaquias Hütte hin und her. Nach einer Weile spuckte er die zerkauten Reste der Rinde in den Graben und hastete zurück an das Bett seiner Liebsten. Natürlich nicht, ohne beim Betreten der Hütte erneut über die Beine von Minxia zu stolpern.

Die Geburt eines Babys war in Hainrod dank der Mittel der Geburtshelferin Muukja für die werdende Mutter üblicherweise keine besonders mühselige Angelegenheit. In den Tagen rund um den errechneten Geburtstermin verabreichte die erfahrene Heilerin der Schwangeren jeden Abend einen speziellen Trunk, der sie zum einen entspannte und zum anderen dafür sorgte, dass sich wenige Stunden bevor der Nachwuchs wirklich heraus wollte, ein extrem süßlicher Geschmack in ihrem Mund bildete. Dadurch wussten alle Beteiligten ziemlich sicher, ob *es* nun wirklich so weit war oder eben nicht.

Wie Saibro in der Zwischenzeit erfahren hatte, hatte sich an diesem Nachmittag bei Apaquia der verräterische Geschmack im Mund ausgebreitet. Sie war daraufhin zur Tür ihrer Hütte gegangen und hatte in der Nähe spielende Kinder herbeigerufen. Die Frau mit den ebenmäßigen Gesichtszügen beauftragte einen der Jungen damit, die alte Muukja zu rufen. Eines der Mädchen fragte, ob sie Saibro von der Baustelle am Backhaus holen solle? Aber Apaquia schüttelte nur ihren Kopf mit den langen kastanienbraunen Haaren. Ihr war wahrscheinlich klar, dass er es sowieso in Windeseile erfahren würde, wenn Muukja mit der großen Ledertasche und ihrer Urenkelin Minxia im Schlepptau durch das Dorf marschierte. Die Zeit bis die Geburtshelferin bei ihr auftauchte, nutzte Apaquia, um ihre Hütte aufzuräumen. Auch setzte sie Wasser für einen weiteren von Muukjas Tees auf. Dieser Tee aus Blüten ausgewählter Bachblumen war dazu gedacht, den Geburtsvorgang zu beschleunigen. Nebenbei diente er aber auch dazu, den furchtbar süßen Geschmack des vorherigen wieder loszuwerden.

Saibro kam soeben zum unzähligsten Mal in Apaquias Hütte hineingestolpert, als Muukja ihr eine frische Tasse von dem Blütentee reichte und beiläufig fragte: »Welchen Namen habt ihr euch für das Kleine ausgesucht?«

»Wenn es ein Junge wird, soll er Sydän heißen und ein Mädchen nennen wir Avolia«, antwortete die werdende Mutter sichtlich erschöpft.

»Das sind schöne Namen.« Muukja lächelte anerkennend. Sie schaute Apaquia in ihre dunkelbraunen Augen, tätschelte ihr die Hand und schickte sogleich die nächste Frage hinterher: »Und wer baut die Hütte von Sydän oder Avolia?«

Aus ihren gemeinsamen Vorgesprächen mit Muukja wusste Saibro genau, wozu diese ganze Fragerei diente: Erschöpft hatte sich Apaquia zwar mal wieder etwas hingelegt, durfte jetzt jedoch nicht einschlafen, denn dann würde sich das Kleine in ihrem Bauch auch wieder zur Ruhe begeben und sie müssten später mit der ganzen Prozedur wieder von vorne beginnen.

Apaquia atmete tief ein, weitete mühsam ihre Augen und straffte ihre Schultern, dann antwortete sie: »Saibro hat seine Schwester Koremna und …« Abrupt brach sie ab und krümmte sich zusammen. Mit einem langgezogenen Grunzen fasste sie sich an ihren Unterleib.

Eilig nahm Muukja Apaquia ihre Tasse ab, ging ans untere Ende des Betts und schlug die Decke zurück.

Als Saibro eine gute halbe Stunde später, mit einem an Minxia gerichtetem »'tschuldigung«, abermals von einer seiner nervösen Pausen zur Tür hineinkam, wurde er vom ersten Schrei seines Kindes begrüßt. Wie vom Donner gerührt, blieb der junge Vater an der Tür stehen; vor der Minxia zum ersten Mal an diesem Tag einem Passanten gelassen zunickte.

Muukja, die sich das Neugeborene soeben noch prüfend vor das Gesicht gehalten hatte, ging um das Bett herum und legte Apaquia ihr Kind mit den Worten auf die Brust: »Dann haben wir jetzt einen Sydän im Dorf.«

Daraufhin drehte sie sich zu Saibro und befahl diesem: »Mach endlich die Tür zu! Dann komm her und begrüß deinen Sohn.«

Stunden später – es war Abend geworden – machte Muukja sich wieder auf den Weg zurück zu ihrer Hütte am nördlichen Rand des Dorfes. Auf eindringlichen Wunsch von Apaquia, trug diesmal Saibro ihre schwere Ledertasche. Minixa trottete hinterher, denn sie hatten weitestgehend den gleichen Weg. Muukja sah so müde aus, wie sich Saibro fühlte, aber auch genauso zufrieden.

Auf dem Weg durch das Dorf mussten sie immer wieder dieselben neugierigen Fragen beantworten. Und so bestätigte Saibro mehrfach, dass er nun Vater eines gesunden Jungens sei und dass sie ihm den Namen Sydän gegeben hatten.

Muukja erklärte zwei Frauen, die auf dem Weg zum Dorfplatz waren: »Es ist an ihm dran, was an ihm dran sein sollte. Und es ist auch alles am rechten Fleck. Er ist ein ordentlicher Brocken. Der wird mal so groß und stark wie sein Vater.« Derart mit den wichtigsten Informationen versorgt, ließen sie die zur Ungeduld neigende Muukja schnell wieder ihres Weges ziehen.

Als sie an der Hütte von Knibbe dem Schmied vorbeikamen, erhoffte dieser sich anscheinend von Minxia weitere Auskünfte über das neuste Mitglied ihrer Gemeinschaft. Auf seine kräftigen Arme gelehnt, stand er am Fenster und rief sie zu sich. Minxia ließ ihn jedoch mit einem solch genervten Blick abblitzen, wie ihn nur Heranwachsende zu Wege bringen können und schlürfte mit ausdrucksloser Miene weiter hinter Saibro und ihrer Urgroßmutter her.

Wie Saibro später mit eigenen Augen sehen sollte, hatten einige im Dorf kurzerhand beschlossen, die neben dem Dorfplatz für die Sonnenwendfeier in einer Woche aufgeschichtete Holzpyramide zu Feier des Tages bereits heute zu entzünden. Andere hatten Fässer mit süßen Zoete- und herben Kruid-Saft herbeigeschafft und aus der Dorfküche wurden zahlreiche Leckereien herübergetragen. Die üblichen Verdächtigen hatten ihre Instrumente aus ihren Hütten geholt und wurden von ungeduldigen Tanzwilligen lauthals zum Spielen von fröhlichen Reigen aufgefordert. Dies taten sie auch bereitwillig, begleitet von überschwänglichem Jubel. Immer wieder riefen einige fröhlich »Sydän Sydän«. Mitten im dritten Stück kam ein Junge auf den Platz gestürmt und bedeutete den Musikanten und Musikantinnen wild gestikulierend, dass sie ihre Instrumente zum Schweigen bringen müssten. Nach einigen Dissonanzen und schrägen Tönen, hatten die Musizierenden ihre Instrumente verstummen lassen, sodass alle die dünne Stimme des Jungen hören konnten: »Da! Da kommen sie.«

Er zeigte auf den Weg, der unter anderem auch in die Richtung von Apaquias Hütte führte.

Aus dem Dunkel des Weges traten zwei Gestalten ins Licht des Feuers. Nach wenigen Augenblicken sahen alle, dass es in Wahrheit sogar drei waren, die dort langsamen Schrittes zu ihnen auf den Dorfplatz kamen. Die noch schwach, aber glücklich wirkende Apaquia hatte sich bei dem eineinhalb Köpfe größeren Saibro untergehakt, welcher auf dem anderen Arm den kleinen Sydän trug. Statt jedoch kollektiv loszujubeln, wie es ihnen ihre Herzen gewiss befahlen, blieben die Menschen auf dem Dorfplatz gespenstig still. Als die drei Neuankömmlinge in ihrer Mitte angelangt waren, begannen die Umstehenden zu summen. Es war ein monotones Surren, welches abwechselnd lauter und leiser wurde. Dabei drehte sich das Elternpaar mit ihrem Kind einige Male langsam im Kreis, sodass alle einen Blick auf Sydän werfen konnten.

Nach einigen Drehungen hob Apaquia ihre schmalgliedrige Hand und sofort wurde es mucksmäuschenstill. Mit leiser Stimme sagte sie: »Liebe Freundinnen, liebe Freunde. Vielen Dank, dass ihr den kleinen Sydän mit einem derart leuchtkräftigen Feuer, solch schöner Musik und einer solch entzückenden Feier in dieser Welt willkommen heißt. Ihm und mir geht es gut. Bei Saibro bin ich mir allerdings nicht so sicher.«

In ihre kleine Kunstpause lachten einige leise hinein. Währenddessen ging der breitschultrige Saibro leicht in die Knie, verdrehte seine grünbraunen Augen und schauspielerte seiner Liebsten zur Freude den Geschwächten, womit er vergleichbar viele Lacher einheimste wie Apaquia zuvor.

Mit einem Schmunzeln auf den Lippen sah sie zu ihm auf, streckte sich und wuschelte Saibro durch sein volles dunkelblondes Haar. »Wir würden allzu gerne bleiben und unserem kleinen Racker die ersten Tanzschritte beibringen, aber das muss noch warten bis sein Vater wieder vollständig hergestellt ist. Darum ziehen wir uns jetzt auch gleich wieder zurück und wünschen euch allen ein rauschendes Fest. Vielleicht könnt ihr ein wenig von den leckeren Speisen und vom Kruid-Saft zurückhalten? Falls ich später noch Lust zum Feiern und zum Tanzen bekomme … nachdem ich meine zwei Jungs ins Bett gebracht habe.«

Alle lachten.

Dann machten sich die drei wieder auf den Weg zurück in Apaquias Hütte.

Kaum waren sie im Dunkel der Nacht um die nächste Ecke gebogen, setzte ein großer Jubel ein, zu dem sich nach wenigen Augenblicken auch wieder die Musik hinzugesellte. Sie verklang erst viele Stunden später – inmitten der halbdunklen Nacht.

Kapitel 2

»Nun gut. Dies ist also der Bauplatz, den Apaquia sich für die Hütte ihres Sohnes gewünscht hat. Er ist noch reichlich verwildert, aber wie ihr aus meinen Ausführungen vermutlich herausgehört habt, finden auch Koremna und ich, dass dies ein guter und passender Ort ist«, sagte Saibro mit fachkundigem Blick und zufrieden vor seiner Brust verschränkten Armen.

Saibros Schwester Koremna stand neben ihm und nickte zustimmend. Dann fragte sie die interessierten Anwesenden: »Gibt es einen Einspruch?«

Es setzte ein vielstimmiges Gemurmel ein. Jedoch hatte letztendlich niemand etwas einzuwenden. Somit verkündete Saibro zufrieden: »Fein. Dann werden wir Sydäns Hütte genau hier bauen. Ich habe bereits mit den Gehölzerinnen gesprochen, sie werden das notwendige Holz zurücklegen und es uns liefern, sobald wir mit der Planung fertig sind. Koremna hat den grundlegenden Plan auch schon nahezu fertiggestellt. Nur fehlt bisher das Spezifikum. Wer hat eine Idee?«

Natürlich hatte Saibro mit seiner gut drei Jahre älteren Schwester im Vorfeld darüber gesprochen und sich ein Spezifikum überlegt, welches jede neugebaute Hütte im

Dorf zu etwas Einzigartigem machen sollte. So hatte zum Beispiel Saibros Hütte nur kreisrunde Fenster, Apaquias in der Mitte eine Wendeltreppe, die zu einem Ausguck über dem Dach führte und die Hütte von Saibros gutem Freund Raaisi eine zum Teil gläserne Rückwand, die ihm einen wunderbaren Blick in den dahinter aufgestauten Dorfbach und die darin schwimmenden Fische gewährte. Inzwischen hatte sich Raaisi jedoch Vorhänge schneidern lassen. Denn allzu oft hatten sich übermütige Heranwachsende einen Spaß damit erlaubt, vor die Scheibe zu tauchen und den armen Raaisi zu erschrecken.

Auf Saibros Frage nach dem Spezifikum setzte wieder ein allgemeines Gemurmel ein, woraus vereinzelt stichwortartig Anregungen in die Runde gerufen wurden. »Was mit Pflanzen«, rief einer und jemand anderes schlug vor, dass die Hütte keine Fenster, nur Türen haben könnte. Wie üblich empfahl Teyat, dass das Dach aus buntem Glas bestehen sollte.

Die Geschwister hörten sich alle Vorschläge mit interessierter Mimik und der dazu passenden Gestik an. Nachdem sie eine gebührend lange Zeit zugehört hatten, pustete sich Koremna eine ihrer dunkelblonden Strähnen aus dem Gesicht und sagte dann, als wenn sie soeben einen Geistesblitz gehabt hätte: »Wie wäre es mit einem Netz aus Tauen über der Hütte?«

»Also im Prinzip … einer sehr großen Hängematte?«, fragte Saibro gespielt verwundert.

»Genau! So meinte ich das.«

Kurz war es gänzlich ruhig. Doch dann wurde der Vorschlag leidenschaftlich diskutiert.

»Das ist gut gelaufen«, sagte Saibro zu seiner ihm so ähnlich sehenden Schwester, während sie einträchtig den sich im Dorf verteilenden Leuten nachschauten. »Machst du dich an die besprochenen Ergänzungen im Plan? Ich gehe und rede schon mal mit Kamba. Er macht einfach die besten Seile weit und breit.«

Koremna nickte und fragte: »Weißt du, was mich am meisten wundert?«

»Dass niemand vorgeschlagen hat, dass Sydän in die Hütte des alten Kyesi ziehen soll?«

Die große Frau mit den kurz gehaltenen Wuschelhaaren nickte erneut.

»Diese baufällige Bruchbude liegt am äußersten Ende des Dorfes und bis der Kleine dort wirklich wohnen könnte, wäre sie endgültig hinüber. Außerdem wurde Kyesi erst vergangene Woche beigesetzt, es wäre zu geschmacklos, bereits jetzt seine persönlichen Habseligkeiten unter die Leute zu bringen. Geschweige denn heute schon in großer Runde über die zukünftige Nutzung seiner Hütte zu sprechen.«

»Aber unter uns gesagt«, raunte Koremna, »wir sollten die Hütte am besten komplett abreißen.«

»Diesen Gesichtsausdruck kenne ich, liebes Schwesterlein. Was führst du schon wieder im Schilde?«

»Nichts! Es ist doch aber so, dass …«

»Wusste ich es doch!«

Saibro musste schmunzeln. Koremna hingegen war nun in ihrem Element und sagte ganz ernsthaft: »Die Pflanzerinnen klagen schon länger, dass sie ein neues Gewächshaus brauchen und da auch einige ihrer Äcker in der Nähe von Kyesis Hütte liegen, wäre der Ort ideal. Zudem haben wir die Fenster des Alten erst vor zwei Wintern neu gebaut und wenn du dir mal die Fenster hier in dem Plan von Sydäns Hütte anschaust …«

Saibro musste lachen. »Jetzt weiß ich auch, warum mir die Fenster auf dem Plan derart bekannt vorkamen. Großartige Idee. Es ist eine wirklich gute Sache, Dinge wiederzuverwenden, die noch in Ordnung sind. Da fällt mir ein, dass der Kachelofen in Kyesis Hütte auch noch in einem wirklich guten Zustand ist.«

Lächelnd zog Koremna einen weiteren Bogen Papier aus ihrer Umhängetasche und hielt diesen ihrem Bruder unter die Nase. Nach einem kurzen Moment der Orientierung lachte dieser laut auf. Auf dem Papier war der fertige Plan von Sydäns Hütte zu sehen; inklusive dem Netz aus Tauen über dem Dach und einem Kachelofen im Inneren, der Saibro durchaus bekannt vorkam.

Auf dem Weg zu Kamba machte Saibro einen Umweg, der ihn an Apaquias Hütte vorbeiführte. Als er dort ankam, saß seine Liebste davor in der Sonne und strickte. Neben ihr lag Sydän in der Holzwiege, die sie einige Tage vor der Geburt gemeinsam in der Ausrüstungshöhle ausgesucht hatten.

»Ein schönes Bild«, sagte Saibro, als er Apaquias blühenden Vorgarten betrat.

»Das will ich aber schwer hoffen, dass dir der Anblick deines Sohns und seiner Mutter gut gefällt. Was führt dich her, mein Liebster?«

»Eben diese beiden. Aber eigentlich bin ich auf dem Weg zu Kamba.«

»Dann haben sie das Spezifikum gebilligt? Ich habe nur mitbekommen, dass ihr lautstark diskutiert habt.«

»Ja, das haben sie. Wie alles andere auch. Gleich morgen werde ich anfangen, die Sträucher zu roden, den Weg anzulegen und den Steg zu bauen.« Die Hütten von Apaquia und Sydän würden auf benachbarten Grundstücken stehen. Nur dass diese von dem Bach getrennt waren, der sich hinter Apaquias Häuschen entlang schlängelte. »Ich würde heute schon damit anfangen, aber ich muss noch das Plenum heute Abend vorbereiten.«

»Um was wird es heute gehen? Durch die Schwangerschaft und Sydäns Geburt bin ich derzeit nicht ganz auf dem Laufenden, was die inhaltliche Arbeit der Kleinrunden betrifft.«

»Zunächst müssen wir noch die Sache mit Sydäns Hütte abschließend abnicken lassen. Aber hauptsächlich wird es um das jährliche Treffen der Dorfgemeinschaften aus der Region gehen.«

Apaquia schlug sich mit der flachen Hand leicht gegen die Stirn. »Ach! Das hatte ich wirklich total verdrängt. In diesem Jahr findet das Treffen ja hier bei uns in Hainrod statt. Wann noch mal genau?«

»In zwei Wochen ist es so weit. Das Rahmenprogramm steht auch schon. Am Donnerstag ist Ankunftstag, da werden wir zum Mittagsmahl eine Schmierküche vorbereiten und den ganzen Tag im Dorfbau stehen lassen. Die Abgesandten lassen wir ihre Zelte unten in den Seeauen aufschlagen. Am Abend machen wir auf dem Dorfplatz ein Begrüßungsplenum und anschließend wollen Jescho und Teyat Spiele zum näheren Kennenlernen anbieten. Danach gibt es ein Feuer. Am Freitag werden wir nach dem Frühmahl ein Plenum machen, um dort die Dringlichkeiten und den diesjährigen Schwerpunkt für die Dörfer festzulegen.«

»Gibt es bereits Tendenzen, welchen Schwerpunkt wir aus Hainrod diesmal vorschlagen werden?«, fragte Apaquia nach.

»Nein, aber heute Abend werden wir dazu hoffentlich mehr wissen. Die entsprechende Liste zur Sammlung von Vorschlägen hing jetzt lange genug am Anschlagbrett. Jemand will jedoch aus Laisingen gehört haben, dass sie eine Idee vorstellen wollen, die sie Akademie nennen.«

»Was soll das sein?«

»Wenn ich es richtig verstanden habe, ist das sowas wie unsere Schola. Nur dass es dort um das Zusammenbringen und Vertiefen des Wissens aus den einzelnen Dörfern gehen würde. Mehr weiß ich auch nicht.«

»Das hört sich sehr spannend an«, sagte Apaquia. Sie war immer ungemein an allem interessiert, was sich um das Thema Wissen und dessen Vermittlung drehte. »Wie das große Treffen im Wesentlichen weitergehen wird, kann ich mir denken: Es wird viele Diskussionen in Kleinrunden, Essen und Tanz geben.«

Saibro musste grinsen. »Genau. Das ist das Programm für den Rest des Freitags und auch für Samstag und Sonntag. Nur dass es am Samstagabend Theater statt Tanz geben wird.«

»Theater?!« Apaquias Miene spiegelte ihre Freude über diese Nachricht wider.

»Ha! Wusste ich doch, dass du dich über diese Neuigkeit freuen würdest. Teyat hat ein paar Leute hier aus Hainrod und einige von unseren Nachbarn aus Fiskstedt überreden können, ein Stück von ihm einzustudieren. Jetzt fahren sie bereits seit einigen Wochen jeden Mittwochmorgen in der Früh mit zwei Booten den Fluss rauf und am Abend wieder runter. Ich bin schon wirklich sehr gespannt, was das wieder geben wird.«

»Du bist natürlich wieder skeptisch. Unseren Feingeist Teyat betrachtest du schließlich schon dein Leben lang mit einer gehörigen Portion Abneigung.«

Das wollte Saibro nicht auf sich sitzen lassen. »Nein! Wie kommst du da immer nur drauf? Ich finde es wichtig, dass sich jemand mit solchen Dingen auseinandersetzt wie Posse-Poesie und getanztem Trallala.«

Nach einem langen Augenblick, in dem sich die beiden mit Blicken duellierten, mussten beide lauthals losprusten. Damit erschreckten sie Sydän, der aus Leibeskräften zu schreien anfing. Saibro erhob sich von der Türschwelle, auf der er sich zwischenzeitlich niedergelassen hatte und eilte zu seinem Sohn. Er nahm ihn aus seiner Wiege, hob ihn vor sein Gesicht, roch genussvoll an ihm und machte versöhnliche Geräusche. Soeben wollte er ihn in seinen kräftigen Armen wiegen, da schritt Apaquia ein.

»Wenn er nicht in die Hose gemacht hat, dann gib ihn lieber mir. Er hat sicher Hunger. Außerdem solltest du dich auf den Weg machen. Es ist Mittagszeit und du weißt, dass Kamba sich nach dem Mittagsmahl gerne zu den Flachsfeldern aufmacht, um nachzusehen, ob alles in Ordnung ist.«

»Da hast du mal wieder recht. Ich könnte ihm allerdings bei beidem Gesellschaft leisten: beim Essen und beim Spazierengehen. Zum Vorbereiten des Plenums bleibt auch danach noch genügend Zeit.«

»Mach das. Und könntest du bei dieser Gelegenheit eine große Rolle mittelstarkes Seil mitbringen?«

»Gerne. Wozu brauchst du das?«

»Ich brauche das nicht. Aber du willst doch Morgen eine Brücke bauen, oder?«

»Ah! Alles klar. Du hättest demnach nun doch lieber Halteseile am Steg statt eines Geländers aus Holz.«

»Nein, nein. Ich möchte keinen Steg. Ich will eine massive Holzbrücke mit allem drum und dran. Und zur Sicherheit unseres Sohnes sollen die Geländer an beiden Seiten mit Netzen ausgekleidet sein.«

»Fürs Netze machen fehlt mir aber wirklich die Geduld«, nörgelte Saibro.

»Also gut. Ich mache die Netze. Da wird mir in nächster Zeit auch nicht langweilig.«

»Dann weiß ich auch schon, wer das Spezifikum an Sydäns Hütte herstellen wird.«

»Du meinst: Wer dir bei dieser Arbeit zur Hand gehen kann?!«, konterte Apaquia mit einem Augenzwinkern.

Saibro nickte mit gespielt zerknirschtem Gesichtsausdruck, gab Mutter und Sohn je einen Kuss auf die Stirn und trollte sich in Richtung Dorfmitte.

Kapitel 3

»Da jetzt alle da sein sollten, die kommen wollten, begrüße ich euch recht herzlich zu unserem Wochenplenum. Nachdem ich vergangene Woche Protokoll geführt habe, werde ich das Plenum heute leiten.«

Saibro war die Aufregung deutlich anzumerken, die ihn auch nach so vielen Jahren bei dieser Aufgabe immer wieder überkam.

»Für das Protokoll ist heute zum ersten Mal Saja zuständig.«

Saibro schenkte der jungen Frau, die so zart wirkend neben ihm am Tisch saß, den Versuch eines aufmunternden Lächelns. Ein anerkennendes Raunen ging durch die gut einhundert auf dem Dorfplatz versammelten Menschen. Die Grüppchen, in denen sie saßen, bildeten alles in allem einen großen Kreis.

»Bevor es aber richtig losgehen kann, möchte ich heute jemanden besonders herzlich hier beim Plenum begrüßen. Es ist nämlich sein allererstes.«

Stolz und zufrieden blickte Saibro zu Apaquia hinüber, die in einer Gruppe von Frauen am Rande des Dorfplatzes saß und ein handliches Bündel in ihren Armen wiegte.

Darin befand sich Sydän, der diesen großen Moment jedoch gebührend verschlief.

Nachdem sich das freudige Gemurmel schnell wieder gelegt hatte, fuhr Saibro mit der Leitung des Plenums fort. Zunächst fragte er ab, ob in der kommenden Woche ungewöhnliche Besucher oder Besucherinnen zu erwarten sein würden? Das war nicht der Fall. Danach arbeiteten die Anwesenden unter seiner Leitung die vor dem Plenum eingereichten Punkte ab. So erinnerte eine Gemüsebauerin daran, dass sie in den nächsten Tagen wieder verstärkt Hilfe auf den Feldern bräuchten. Ein Dorfbewohner erfragte bei den Gehölzerinnen Baumaterial für einen neuen Holzschuppen, da sein alter bei einem Sturm zusammengeklappt war.

Derart ging es eine Weile weiter, bis nach gut einer Stunde alle Punkte auf der Tagesordnung abgearbeitet waren. Das Plenum hatte auch alles rund um den Neubau der Hütte für Sydän genehmigt. Saibro erklärte daraufhin, dass wer wolle, nun noch dieses oder jenes mitteilen könne. Von dieser Möglichkeit wurde wie immer reichlich Gebrauch gemacht und als Saibro das Plenum erschöpft für beendet erklärte, war eine weitere halbe Stunde vergangen.

Nach einer wohlverdienten Pause, in der sie gemeinsam mit den anderen das Nachtmahl eingenommen hatten, setzte sich Saibro zur Nachbereitung ein weiteres Mal mit Saja zusammen, welche das Plenum in der nächsten Woche leiten würde. Zunächst gingen sie Sajas Protokoll durch und schauten, ob sie darin alles Wichtige richtig festgehalten hatte. Im Anschluss sprachen sie die Planung für das nächste Plenum durch und legten abschließend fest, welche Ankündigungen sie am Mitteilungsbrett auszuhängen hätten.

Erschöpft ließen sich die beiden nach getaner Arbeit auf der Wiese am Dorfplatz nieder und genossen dabei eine Tasse heißen Gerstentee.

»Ich hätte nicht gedacht, dass das so anstrengend ist«, sagte die entkräftet im Gras liegende Saja.

Saibro quälte sich ein mitfühlendes Lächeln aufs Gesicht und pflichtete ihr bei. »Das kannst du laut sagen. Du hast dich aber wirklich sehr gut geschlagen. Das erste Mal ist immer am mühevollsten.«

Saja nickte gedankenverloren und nahm einen kräftigen Schluck vom Gerstentee.

Saibro hatte das Gefühl, dass er mit Saja zu plaudern habe. »Wie läuft es bei den Kontorinnen?«

»Och, ganz gut. Ich muss noch viel lernen, aber was will man nach ein paar Wochen im Kontor anderes erwarten? Jedenfalls macht es mir mehr Spaß als die Schola. Wie es aussieht, kann ich in der nächsten Woche zum ersten Mal mit auf eine Besorgungsfahrt, denn wir müssen für das jährliche Treffen noch viel herbeischaffen.«

»Erinnere mich nicht daran. In der Vorbereitungsgruppe haben wir auch noch mehr Unerledigtes auf unserer Liste, als mir lieb ist. Ich kann es kaum glauben, dass wir in gut zwei Wochen schon die ganzen Abgesandten hier im Dorf haben werden. Es ist noch viel zu tun. Und ich bin …«

Saibro unterbrach seinen Satz, da ihm ein Schatten ins Gesicht fiel. Als er aufblickte, sah er die Silhouette eines

Mannes, der die tiefstehende Sonne verdeckte. Die Augen mit der Hand beschirmend, versuchte er herauszufinden, wer dort vor ihm stand. Der Mann machte einen Schritt zur Seite. Er stützte sich auf einen anspruchslos geschnitzten Wanderstab und war in einen langen, braunen Mantel von schlichter Machart gewandet. Die am Mantel befestigte Kapuze hatte er in den Nacken geschoben und über seiner Schulter trug er einen Sack. Um seinen Hals hing an einer langen Kette ein goldenes Schmuckstück. Es war ein Ring, der an der Seite eine nach unten zeigende Weiterführung hatte, die so wirkte, als wäre sie von diesem abgerollt worden. Saibro erkannte darin die Zahl *Neun*.

»Entschuldigt die Störung. Ich bin ein einfacher Monakh auf seiner Wanderschaft und möchte gerne für ein paar Nächte Obdach erbitten. Ein freundlicher Bootsführer hat mich von der Grenze auf dem Nagare bis direkt hierher ins Herz von Laakso mitgenommen.«

Saja sprang auf und auch Saibro mühte sich auf seine langen Beine. »Sei gegrüßt. Ich weiß zwar nicht, was ein Monakh ist, doch wer als Freund kommt, wird hier in Hainrod für zumindest eine Nacht ein Dach über dem Kopf sowie auch Nahrung finden. Mein Name ist Saibro … und dies ist Saja.«

Saja nickte dem Monakh freundlich lächelnd zu.

Der Monakh erwiderte dies mit einem huldvollen Nicken und wendete sich wieder an Saibro: »Mein Name ist Bruder Anaius und ich bin auf einer Reise zu den heidnischen Völkern, um ihnen die Botschaft Tuhans zu bringen.«

»Tuhan?«, fragte Saibro.

»Ja, unser Schöpfer und Lenker.«

»Hmm?! Das sagt mir nichts. Doch werden sich diese heidnischen Völker gewiss über die Botschaft freuen … wenn ihr Inhalt denn erfreulich ist.«

Nun musste der Fremde mit dem schütteren Haar schmunzeln.

Saibro wunderte sich darüber. »Habe ich was Unterhaltsames gesagt?«

»Nein, das ist es nicht. Es ist so, dass wir in meiner Heimat Majirani auch euch hier in Laakso zu den heidnischen Völkern zählen. Ich weiß aber auch, dass ihr euch selbst nicht als solche seht.«

Saibro fühlte sich bei diesem Mann nicht ganz wohl. Auch wenn er mit einem ungewöhnlichen Akzent sprach, verstand Saibro seine Worte zwar klar und deutlich, deren Bedeutung jedoch nur zum Teil. Er beschloss daher, diesen Gast flugs zum Gästehaus zu bringen, ihm dort das Nötigste zu zeigen und zu erläutern, dann aber möglichst schnell wieder seinen eigentlichen Aufgaben nachzugehen.

»Na schön, du bist sicher erschöpft von deiner Reise. Ich würde vorschlagen, dass ich dich zu unserem Gästehaus bringe.«

»Das hört sich wunderbar an. Also lass uns gehen. Es war schön, dich kennengelernt zu haben, Saja.«

Bevor er mit dem fremden Mann aufbrach, sagte Saibro noch zu Saja: »Du kannst gerne schon mal die Aushänge vorbereiten. Ich bin gleich wieder zurück.«

»Wie viele Menschen leben hier in Hainrod?«, fragte der Monakh, als sie gemeinsam durch den Ort liefen.

»An die zwölf Dutzend«, antwortete Saibro kurzangebunden.

»Und wer ist euer Dorfoberster?«, fragte der Monakh unbeirrt weiter.

Verwundert antwortete Saibro mit einer Gegenfrage: »Was soll das sein? Ein Dorfoberster?«

»Nun ja. Jemand, der hier das Sagen hat, der die Entscheidungen trifft und alles überwacht.«

Nun war Saibro vollends verwirrt. »Nein, sowas haben wir nicht. Wozu soll so jemand gut sein?«

Der Monakh antwortete nicht direkt. »Dann habt ihr einen Rat?«

»Nein, wir haben ein Plenum.«

Der Monakh schien darüber nachzudenken, wobei er seine recht hohe Stirn in Falten legte. »Ob ich eure Gastfreundschaft unter Umständen auch länger als die eine Nacht in Anspruch nehmen könnte? Ich bin auch gerne bereit, dort mit anzupacken, wo es ein paar helfende Hände braucht.«

»Das kann ich nicht allein entscheiden«, antwortete Saibro. »Aber diese eine Nacht kannst du in jedem Fall unser Gast sein. Ich werde dein Ansinnen in der Früh gerne dem Morgenzirkel vortragen. Es wäre gut, wenn du dabei auch anwesend wärst. Der Morgenzirkel trifft sich gut eine Stunde nach Sonnenaufgang am Dorfplatz. Also dort wo du vorhin Saja und mich getroffen hast. Da gibt es in Sommernächten übrigens meist noch ein inoffizielles Spätessen. Du bist auch dazu herzlich eingeladen.«

»Gut, ich werde dort sein. Beim Morgenzirkel und auch beim Spätessen. Wie weiß ich, wann es nachher das Essen geben wird?«

»Einige Minuten bevor es fertig ist, wird am Dorfplatz ein Gong geschlagen. Du musst also nur deine Ohren offen halten.«

»Das werde ich, mein Sohn. Das werde ich ganz bestimmt.«

Saibro fragte sich, was diese Anrede zu bedeuten hatte? Er schätzte, dass es vom Alter her zwar hätte passen können, doch war er in keinerlei Hinsicht der Sohn dieses gedrungenen Mannes. Da sie allerdings gerade am Gästehaus angekommen waren, verdrängte Saibro diese Frage und zeigte ihrem Gast sein Zimmer.

Kapitel 4

Saibro rannte. Auf der Höhe der Hütte seines alten Jugendfreundes Gygoy sprang er kurzerhand über die ihm den Weg versperrenden Kisten mit Obst und Gemüse. Gygoy arbeitete als Pflanzer und zu seinen wiederkehrenden Aufgaben gehörte es, das in den Vortagen geerntete Obst und Gemüse zu sortieren. Die unachtsam auf und zum Teil auch vor seinem Grundstück umherstehenden Kisten enthielten die Bestellung einiger Nachbardörfer und würden im Laufe des Vormittags abgeholt oder verschifft werden. Heute stand Saibro jedoch nicht der Sinn danach, sich über Gygoys schlampige Art aufzuregen, wie er dies ansonsten häufig in einer Mischung aus Unverständnis und Zuneigung tat. Er hatte verschlafen. Dabei hatte er diesem seltsamen Fremden versprochen, ihn zum Morgenzirkel zu begleiten.

Außer Atem kam Saibro am Gästehaus an. Der Monakh war weder in seinem Zimmer, noch im Waschraum oder auf dem Abort zu finden. Wahrscheinlich war er bereits zum Dorfplatz gegangen und stellte sich dem Morgenzirkel ohne die ihm zugesagte Unterstützung Saibros vor. Er überlegte kurz, ob er sich nicht lieber wieder auf den Weg zu seiner Hütte machen sollte. Allerdings sprach sein Gewissen zu ihm und er rannte wieder los.

Als er auf dem Dorfplatz ankam, sah er den Monakh an der Versammlungsstelle auf dem Rand des Brunnens sitzen. Er sprach zu den Leuten, die derzeit den Morgenzirkel bildeten. Die Zusammensetzung dieses Gremiums wechselte jede Woche, doch immer bestand der Zirkel aus sieben fest in Hainrod lebenden Menschen. Sie waren berechtigt, einfache Entscheidungen selbst zu treffen und mussten einen Umgang für wichtige und dringende Angelegenheiten finden. Am Ende der Amtswoche berichtete jemand aus dem Zirkel im Wochenplenum über ihre Entscheidungen und die wichtigsten Ereignisse. Die getroffenen Beschlüsse warfen im Plenum nur selten Diskussionen auf, sondern wurden meist eher wohlwollend zur Kenntnis genommen. Hin und wieder kam es jedoch dazu, dass jemand mit diesem oder jenem nicht einverstanden war. Dann galt es die Beschlüsse des Morgenzirkels zu prüfen und zu schauen, ob sich nicht eine einvernehmliche Lösung finden ließ.

Auf den zweiten Blick erkannte Saibro, dass an diesem Morgen mehr Leute als üblich an der Versammlungsstelle am Brunnen hockten. Ohne weiter darüber nachzudenken, trat er an die Gruppe heran.

»Ah! Saibro«, sagte der Monakh, der ihn von seiner leicht erhöhten Sitzposition wohl als Erster wahrgenommen hatte.

»Entschuldigt meine Verspätung. Ich habe verschlafen.«

Der Monakh nickte huldvoll. »Wie du siehst, habe ich meinem Anliegen schon das nötige Gehör verschafft. Der Morgenzirkel hat mir auch schon zugesagt, dass ich zumindest bis zum nächsten Wochenplenum euer Gast sein darf.«

»Gut, dann ist meine Anwesenheit hier ja nicht weiter erforderlich.«

Saibro wollte sich bereits abwenden, als ihn der Monakh nochmals ansprach. »Du willst uns schon verlassen? Wenn du magst, kannst du dich gerne zu den anderen hinzugesellen. Ich berichte soeben von unserer Lehre.«

»Welcher Lehre?«, fragte Saibro.

»Der Lehre des Schöpfers.«

»Des Schöpfers?! Du hast ihn gestern bereits erwähnt. Wie war noch mal sein Name?«

»Tuhan.«

»Richtig! Tuhan. Was erschafft dieser Schöpfer? Ist er ein Künstler? Oder ein Handwerker?«

Der Monakh schmunzelte. »Nein, nein, mein lieber Saibro. Obwohl? Irgendwie hast du schon auch recht: Tuhan ist bestimmt sowohl Künstler als auch Handwerker. Sowie Gelehrter, Erzieher und auch Ratgeber.«

Saibro zog anerkennend die Augenbraue hoch. »Ein fleißiger Mann scheint er jedenfalls zu sein.«

Erneut lächelte der Monakh auf seine ganz eigene Art. »Und wie fleißig er ist! Niemand ist fleißiger als er. Aber willst du dich nicht zu uns gesellen? Was ich bisher erzählt habe, kann ich gerne noch einmal zusammenfassen. So könntest auch du voll und ganz meinem Bericht über Tuhans Lehre folgen.«

»Danke, aber ich habe bislang nichts im Magen und zudem heute einen Haufen Arbeit zu erledigen. Sei mir nicht böse, aber ich werde lieber rüber zum Morgenbuffet gehen und mich für den Tag stärken.«

Saibro hatte das Gefühl, sich richtiggehend aus der sprachlichen Umklammerung dieses Monakhs losreißen zu müssen. Während er in Richtung des Buffets ging, hörte er den Monakh zunächst nicht weitersprechen und fühlte sich richtiggehend hinterrücks von dessen Blicken durchbohrt.

Insgeheim fragte sich Saibro, ob es eine gute Idee war, diesem Fremden ihre Gastfreundschaft für mehr als die obligatorische Nacht angedeihen zu lassen? Dann schimpfte er sich selbst einen Narren. Natürlich gewährten sie jedem Reisenden ihre Gastfreundschaft; gerne auch für eine längere Zeit. Denn in aller Regel ließ dieser Besuch immer auch etwas von seinem Wissen, seinen Tricks und Kniffen bei ihnen zurück. Apaquia sprach dabei immer vom *Teilen ohne zu zerteilen*. Sie hatte eine besondere Vorliebe für solche Sinnsprüche.

Da er Apaquia gerade schon einmal im Sinn hatte, ließ er seinen Blick hoffnungsfroh über die Speisenden schweifen. Doch nirgends konnte er sie sehen. Stattdessen wurde er selbst von Gygoy erblickt, der daraufhin lautstark einforderte, dass sich Saibro zu ihm an den Tisch setzen solle.

Saibro tat ihm den Gefallen. Jedoch nicht ohne ihm einen Rüffel zu verpassen. »Sag mal? Wirst du es irgendwann einmal lernen, dass die Kisten mit dem Obst und dem Gemüse nicht wild verteilt mitten auf den Weg gehören? Da will vielleicht auch mal jemand mit einem Wagen durch?«

»Ich weiß ja, dass dich das stört. Aber sag mal ehrlich: Wer will schon mit dem Wagen dahinten in unsere Ecke, wenn nicht, um dort welche von meinen Kisten abzuholen?«

Saibro schüttelte seufzend den Kopf. Er mochte diesen Kerl zu sehr, um ihm wahrhaft böse zu sein. »Deiner Pflanzerschläue bin ich nicht gewachsen, mein lieber Gygoy. Vor allem nicht vor dem Morgenmahl. Kann ich dir noch was vom Buffet mitbringen?«

»Nein, danke. Ich habe alles was ich brauche.«

Saibro nickte und ging zum Buffet hinüber, wo er sich ein paar Scheiben Brot abschnitt und einen kleinen Teller mit Aufstrichen zusammenstellte. Er schöpfte sich aus dem Kessel heißes Wasser in die Kanne, in die er zuvor ein paar Teekräuter geworfen hatte und ging zurück. Jedoch nicht, ohne dabei abermals einen Blick zu der Gruppe am Brunnen zu werfen. Nach wie vor saß dort ein gutes dutzend Menschen und lauschte dem Monakh andächtig. Saibro runzelte die Stirn und setzte sich an den Tisch.

»Was ist das für ein Fremder, der dort drüben die Leute vom Morgenmahl abhält und dich derart nachdenklich wirken lässt?«, fragte Gygoy.

Den Blick weiterhin zum Morgenzirkel gewandt, antwortete Saibro: »Das wüsste ich auch gerne. Was er sagt, ist mir ein Rätsel. Ich habe irgendwie ein ganz komisches Gefühl im Bauch.«

»Ihm gegenüber oder hast du einfach nur Hunger?«

»Ihm gegenüber. Aber frag mich jetzt besser nicht wieso? Wenn ich darauf eine Antwort hätte, wäre mir mit Sicherheit wohler.«

»Ach, mach dir mal nicht zu viele Sorgen. Der Fremde reist doch bestimmt heute noch weiter, oder?«

»Von wegen! Er plant ein paar Tage hier zu bleiben und uns von einem Schöpfer namens Tuhan zu berichten.«

»Ein Schöpfer? Ist das ein Künstler oder ein Handwerker?«

»Das habe ich ihn auch gefragt. Aber anscheinend ist er beides. Und obendrein ist dieser Tuhan mit zahlreichen anderen Fähigkeiten beschlagen. So wie es der Fremde angedeutet hat, ist dieser Tuhan ein mächtig fleißiger Zeitgenosse.«

Gygoy winkte vielsagend ab und wechselte ganz unvermittelt das Thema. »Apropos fleißig. Was macht euer kleiner Racker? Hält er euch auch schön auf Trapp?«

Dankbar für den Themenwechsel lachte Saibro auf; nicht ohne Stolz in seiner Brust zu verspüren. »Und ob, mein Lieber, und ob. Die ersten beiden Nächte habe ich bei Apaquia geschlafen. Also mehr oder weniger. An einen erholsamen und durchgehenden Schlaf ist mit einem Kleinkind wahrlich nicht zu denken. Letzte Nacht habe ich deswegen zum ersten Mal wieder alleine in meiner Hütte gepennt und auch heute prompt verschlafen. Ein paar Monate noch wird er ausschließlich von Apaquia gestillt werden und somit ziemlich an sie gebunden sein. Solange habe ich das Privileg nach stressigen Tagen wie gestern eine Nacht in meiner Hütte und damit in Ruhe zu verbringen. Aber schon bald wird er dann auch immer häufiger bei mir sein. Apaquia ist schon ganz heiß darauf, zumindest stundenweise wieder in die Schola gehen zu können. Sie traut es den anderen natürlich nicht zu, dass sie den Kindern ihre Lehrgebiete gut genug vermitteln können.«

»Das glaub ich dir gerne. Sie ist wirklich anspruchsvoll. Und wahrscheinlich ist ihre Einschätzung nicht einmal falsch. Ich höre nur Gutes über ihre Arbeit mit unseren Kindern.«

Als Entgegnung auf Gygoys lobende Worte nickte Saibro nur und genoss die wohlige Wärme, die er oft verspürte, wenn er an Apaquia dachte. Es erschien ihm immer wieder wie ein Wunder, dass ausgerechnet *er* ihr Herz erobern konnte.

Kapitel 5

»Das nennt man *Religion*.«

Saibro schaute die stillende Apaquia verständnislos an. »Religion?«

»Ja, so nennen sie das in anderen Regionen. Jedoch haben die Leute hier in Laakso nie viel damit anfangen können.«

Saibro grübelte. Was ihm offensichtlich auch anzusehen war.

»Na, mein Lieber, was geht in dir vor?«

»Das scheint jetzt anders zu sein. Die Leute beim heutigen Morgenzirkel machten mir einen überaus interessierten Eindruck.«

»Du solltest darüber mit Muukja sprechen. Sie kennt sich mit dem Thema gewiss besser aus als ich.«

Saibro war überrascht. Nur selten musste Apaquia bei solchen Wissensthemen auf jemand anderen verweisen. »Das werde ich machen. Danke.«

»Bitte.«

Saibro stand von dem Hocker auf, den er sich vor Apaquias Sofa geschoben hatte und ging ziellos durch die Hütte.

»Ist noch was? Du schaust weiterhin reichlich belämmert drein.«

Saibro blieb stehen und drehte sich auf dem Absatz zu Apaquia. »Es ist nicht gut für uns. Keine Ahnung warum ich so empfinde, aber irgendwas sagt mir, das wir bei diesem Monakh und seiner Religion aufpassen sollten.«

Kaum hatte er dies ausgesprochen, ergriff ihn ein Tatendrang. Er stürzte geradezu auf die leicht erschrocken dreinblickende Apaquia zu, küsste sie und streichelte seinem Sohn zärtlich über den Kopf. Dann eilte er zur Tür.

Im Hinausgehen hörte er Apaquia noch sagen: »Du hast einen sehr, sehr wachsamen Vater, mein kleiner Schatz.«

Saibro fand die alte Heilerin im Garten hinter ihrer Hütte.

»Muukja! Was weißt du über Religion?«

Muukja, die soeben in einem Kräuterbeet ihr unliebsame Sprösslinge ausrupfte, richtete sich langsam auf, schaute ihren Besucher an, neigte ihren Kopf zur Seite und lächelte. »Grüß Gott, mein lieber Saibro. Warum fragst du? Willst du den kleinen Sydän taufen lassen?«

»Was? Hä? Taufen? Was ist das? Und wen soll ich grüßen?«

Muukja lachte laut auf, was sich bei ihr immer anhörte wie das Meckern einer Ziege.

Sie trat aus ihrem Beet heraus, hakte sich bei Saibro unter und führte ihn zu der windschiefen Bank, welche an der Rückwand ihres Hauses stand.

»Setz dich schon mal hin, mein Junge. Ich hol uns einen Krug Wasser mit frischer Minze. Danach erkläre ich dir, was Religion ist.«

Saibro wurde bereits leicht ungeduldig, so viel Zeit ließ sich Muukja beim Wasser holen. Mit prüfendem Blick hatte er nach der Bank geschaut, auf der er saß und überlegt, ob er sie bei Gelegenheit instandsetzen sollte. In der Hütte hatte er zudem das Klappern von Geschirr und allerhand anderen Gegenständen gehört und Muukja per Zuruf auch schon Hilfe angeboten. Sie hatte abgelehnt und ihm blieb nichts anderes übrig, als zu warten und seinen Blick über Muukjas Garten und die dahinter liegenden Fischteiche schweifen zu lassen. In diesen Teichen hielten sie einige Karpfen und Forellen für das Futter ihrer Hunde und Katzen. Die Menschen in Hainrod ernährten sich fleischlos, hielten sich aber Hühner zur Versorgung mit Eiern sowie Ziegen für die Käserei. Zudem hatten sie gemeinsam mit Fiskstedt eine Herde Schafe, die die beiden Dörfer mit Wolle versorgten. Kühe hatten sie in Hainrod keine, aber Saibro wusste, dass andere Gemeinschaften sich welche hielten.

Ganz langsam merkte Saibro, wie er ruhiger wurde. Er lehnte sich zurück.

Soeben beobachtete er einen am Himmel kreisenden Milan, als Muukja wieder mit einem Krug und zwei Bechern aus der Hütte raustrat.

»Ein schöner Vogel, nicht wahr? Für mich gehört er schon fast zu unserer Dorfgemeinschaft dazu, so oft sitze ich hier und beobachte ihn, wie er dort oben erhaben durch die Lüfte gleitet.«

Saibro nickte knapp und schaute weiterhin zu dem Greifvogel hinauf, der dort ungestört deine Kreise zog.

»Andere Völker glauben, dass dort oben ihr Gott ist«, sagte Muukja. Sie hatte ihnen inzwischen jeweils einen Becher mit Minzwasser eingeschenkt und sich neben Saibro auf die Bank gesetzt. Sie reichte ihm seinen Becher.

»Gott? Wer oder was ist dieser Gott? Ein Vogel?«

Muukja schmunzelte. »Nein, ein Gott ist ein über der Natur stehendes Wesen. So glauben es zumindest viele Menschen. Meist ist ihr Gott allmächtig und er soll alles erschaffen haben.«

»So ein Quatsch!«

»Findest du wirklich? Was glaubst du, wie das alles hier entstanden ist? Die Bäume, der Milan, du und ich?«

»Die Bäume sind gewachsen und der Milan ist wie du und ich geboren worden.«

»Das stimmt, aber wo nahm das alles seinen Anfang?«

»Was weiß ich? Und warum sollte das wichtig sein?«

Muukja schmunzelte. »Ja, auf diese Weise sehen wir beide das. Und die meisten hier in Laakso auch. Es ist nicht wichtig, wie das alles seinen Anfang nahm. Denn nur weil sich dies oder jenes nicht herleiten lässt, muss man sich noch lange nicht auf eine der unzähligen möglichen Ursachen festlegen. Jedoch gibt es Menschen, die treiben diese Fragen derart um, dass sie unbedingt eine Erklärung haben wollen. Insbesondere die Frage nach dem Ursprung von Allem.«

»Aber wie soll sowas gehen? Niemand kann in der Zeit zurückreisen und nachsehen.«

»Nein, das kann niemand. Um jedoch zumindest zu versuchen, auf diese Fragen eine Antwort zu finden, gibt es grundsätzlich zwei unterschiedliche Ansätze: die Religion und die Wissenschaft.«

»Wissenschaft?! Das kenne ich. Das wird in unseren Scholas gelehrt.«

»Im Prinzip ist das richtig. In der Wissenschaft werden Phänomene untersucht und es wird versucht Fragen zu beantworten. Dabei werden aus Beobachtungen Theorien aufgestellt, die immer wieder zu überprüfen sind.«

»Puh! Das stelle ich mir aufwendig vor.«

»Da hast du recht. Meiner Ansicht nach macht man es sich bei der Religion schon deutlich leichter. Da wird gesagt: Ein allmächtiger Gott hat alles erschaffen. Und nicht nur das: Er lenkt auch alles.«

Saibro seufzte. »Und dieser Monakh betreibt Religion?«

»Welcher Monakh?«, fragte Muukja und schien dabei überaus hellhörig geworden zu sein.

»Oh! Ich dachte du hättest davon gehört. Ich meine den Monakh, der gestern kurz nach dem Plenum hier auftauchte und mittlerweile im Gästehaus untergebracht ist. Er hat vor eine Zeit lang hier zu bleiben und hat heute beim Morgenzirkel angefragt, ob er unser Gast sein darf.«

Muukja schlug auf die Lehne der Bank und sagte: »Donnerwetter! Als wenn er es gerochen hätte, dass der alte Kyesi kürzlich verstorben ist.«

»Was hatte der Monakh mit dem alten Griesgram zu schaffen?«

»Kyesi war als Knabe dabei, als sie den letzten Monakh aus der Gegend vertrieben haben.«

»Wie bitte? Vertrieben? Ich habe noch nie gehört, dass jemals jemand von hier vertrieben wurde. Was hatte dieser Monakh getan?«

»Er wollte seinen Glauben verbreiten … seine Religion. Hast du mitbekommen, welchen Gott dieser Monakh anbetet? Ilaah, Tuhan oder …?«

»Ja, genau«, unterbrach Saibro Muukjas Aufzählung, »diesen Tuhan, den erwähnte er.«

»So, du muskulöser Mann meiner Träume. Jetzt schwing dein knackiges Hinterteil mal zu mir herüber.« Apaquia saß auf ihrem bereits in die Jahre gekommenen Sofa und klopfte auf den freien Platz neben sich. Sie hatte Saibro für nach dem Nachtmahl zu sich eingeladen.

Er stand mit dem Rücken zu Apaquia am Herd und goss heißes Wasser in eine Kanne mit Kräutern. Draußen war es inzwischen dunkel geworden und Sydän schlief neben dem Sofa in der von Saibro restaurierten Wiege.

»Einen Moment bitte, ich bin gleich bei dir.«

Aus dem Augenwinkel sah Saibro, dass Apaquia verstohlen lächelte und ihn beobachtete, wie er geschäftig am Herd herumfuhrwerkte. Sie nahm eine offensichtlich von ihr zurechtgelegte Kladde vom Beistelltisch und begann beiläufig darin zu blättern.

Wenige Augenblicke später ließ sich Saibro neben ihr auf das Sofa plumpsen. »Nun? Was gibt es? Du hast doch was?«, fragte er.

»Stimmt. Ich habe recherchiert. Du hast mich neugierig gemacht.«

»Ich? Womit?«

»Mit dem was du mir gestern Abend nach deinem Besuch bei Muukja erzählt hast.«

Saibro zog die Augenbrauen hoch.

»Jetzt guck nicht so.«

»Wie guck ich denn?«

»Als wenn du mich nicht so richtig ernst nehmen würdest.«

Saibro lächelte milde und gab Apaquia einen Kuss auf ihre Wange. »Also dann: Du hast recherchiert.«

»Richtig. Muukja hatte dir doch erzählt, dass hier mal ein Monakh aus dem Dorf gejagt worden sei. Die Geschichte hat mich irgendwie nicht losgelassen. Man muss sich das mal vorstellen! Da soll tatsächlich jemand aus dem Dorf verjagt worden sein. Mich hat das neugierig gemacht. Darum bin ich heute zum Kontor gegangen und habe in den alten Protokollen nachgesehen.«

»Woher wusstest du, in welchen Jahrgängen du suchen musstest?«

»Das habe ich mir zusammengereimt. Der alte Kyesi war 78, als er starb. Muukja ist heute 82 Jahre alt. Meines Wissens kam sie aber erst als Achtzehnjährige hier nach Hainrod. Also vor gut 64 Jahren. Da ich davon ausgegangen bin, dass Kyesi mindestens zehn Jahre alt gewesen sein musste, um sich hinreichend an den Vorfall erinnern zu können und zudem Muukja noch nicht hier gelebt haben konnte, habe ich in den Jahrgängen von vor 64 bis 68 Jahren nachgelesen.«

»Und weiter?«

»In einem Protokollbuch von vor gut 66 Jahren bin ich fündig geworden.« Apaquia klopfte sachte auf die Kladde, die sie auf ihrem Schoss liegen hatte.

»Ah! Jetzt wird es spannend«, sagte Saibro.

Apaquia nickte zufrieden, wechselte aber unvermittelt das Thema: »Was macht eigentlich der Tee?«

»Oh!«, entfuhr es Saibro und er sprang blitzartig auf. Eilig zog er das Netz mit den Kräutern aus der Kanne, holte zwei Tassen vom Regal über dem Herd, in die er jeweils etwas von dem Heißgetränk eingoss und dann war er auch schon wieder zurück bei Apaquia. »Hier! Dein Tee.«

Apaquia nahm die ihr dargebotene Tasse entgegen und pustete zunächst einmal hinein.

»Jetzt erzähl schon weiter. Was hast du rausgefunden?«

»Nun. Einiges war nur mehr schwer zu entziffern und das ganze Thema weitestgehend auf die Fakten runtergebrochen. Aber so viel habe ich herausbekommen: Eines Tages kam ein Mann mit seinem Boot den Nagare runter und hat sich wohl gänzlich unüblich in unseren Seitenarm des Flusses verirrt. Er fragte an, ob man ihm helfen könne, daran einige schadhafte Stellen auszubessern. Gerne wurde ihm Hilfe angetragen. Beim Plenum sechs Wochen später wurde im Protokoll festgehalten, dass ein paar Tage zuvor das Boot des Mannes niedergebrannt sei. Hier wurde auch zum ersten Mal sein Name in einem Protokoll erwähnt: Er hieß Saliah. Zu den Gründen des Unglücks stand dort jedoch nichts. Zwei Wochen später wurde eine Veranstaltung am Waldfestplatz angekündigt, bei der Saliah anbot von seiner Lehre zu berichten. In den folgenden Wochen wiederholte sich die Ankündigung immer wieder. Gut ein Vierteljahr später beschwerte sich ein Hainröder über Saliah und dessen Andacht. So nannte dieser seine Veranstaltung.«

Apaquia machte eine kurze Pause, um von dem Tee zu trinken, dann berichtete sie weiter. »So wie ich es verstanden habe, ging es in der Beschwerde darum, dass angeblich einige zugesagte Arbeiten nicht erledigt worden waren. Bei denen die daran regelmäßig teilnahmen, nahmen die Andachten sowie die Vorbereitungen darauf immer mehr Zeit in Anspruch. In einem Protokoll einige Wochen später habe ich einen Eintrag gefunden, der von einer Schlägerei unter zwei Männern berichtete. Der eine hatte sich über die Lehren von Saliah lustig gemacht und darüber hatte sich der andere so ereifert, dass es zu Handgreiflichkeiten kam.«

Saibro war erstaunt. Er konnte sich nicht erinnern, dass es zu seinen Lebzeiten jemals eine Schlägerei in Hainrod gegeben hatte – und er war nun schon fast 30 Jahre alt.

»Hiernach folgten ein paar Einträge, in denen immer nur die Hinweise auf die wöchentliche Andacht in den Protokollen zu finden war. Aber dann kam der Hinweis, dass diese Andachten inzwischen täglich nach Sonnenaufgang stattfinden würden. Der nächste außergewöhnliche Eintrag ließ wiederum ein paar Wochen auf sich warten, hatte es aber in sich: Ein Hainröder namens Korumak beantragte, dem … und hier wurde das Wort zum ersten Mal in einem Protokoll festgehalten … dem *Monakh* das Gastrecht zu entziehen. Es wurde eine Kleinrunde dazu eingesetzt. Zwei

Wochen später unterstützte auch diese Runde, die Forderung von Korumak. Es gab *lautstarke Proteste* und das Plenum wurde abgebrochen. In den beiden darauffolgenden Wochen fand kein Plenum statt. Im nächsten Eintrag wurde der Monakh und seine Andachten nicht erwähnt und erst in der Woche darauf beantragte wiederum jener Korumak, dass im Protokoll festgehalten werden sollte, dass der Monakh Saliah Hainrod verlassen habe und zwei Elternpaare mit insgesamt vier Kindern mit ihm gegangen seien. Es wurde auch erwähnt, dass diese als *Familien* das Dorf verlassen hätten.«

»Wie? Es gab in Hainrod damals richtige Familien?«

»Das kann ich dir auch nicht genau sagen. Wir sollten das mal Muukja fragen. Laut Protokoll ist sie nur wenig später hier nach Hainrod gezogen.« Apaquia klopfte sachte auf die Kladde, die schon die ganze Zeit auf ihrem Schoss lag.

Daraufhin nahm sich Saibro das geschichtsträchtige Protokollbuch und blätterte darin herum. »Schade, dass sich damals niemand die Mühe gemacht hat, mehr darüber aufzuschreiben. Es würde mich schon sehr interessieren, was damals wirklich hier abgelaufen ist.«

Apaquia schaute Saibro nachdenklich an. »Ich vermute stark, dass Muukja noch einiges zu den Vorfällen weiß. Du hast doch ein gutes Verhältnis zu ihr, mit Glück und Geschick entlockst du ihr noch ein paar Details. Wie du mir ihre Reaktion auf das Auftauchen des Monakhs geschildert hast, wird sie auch nicht wollen, dass sich eine Geschichte wie die damals wiederholt.«

Saibro nickte versonnen und schaute in Apaquias funkelnde Augen. »Sowas macht dir Spaß, oder?«

Mit gerunzelter Stirn und zusammengezogenen Brauen fragte sie: »Was meinst du?«

»Nun ja. In alten Protokollen zu stöbern und so.«

»Aber klar doch. Du weißt, was ich immer zu sagen pflege: *Egal was du auch tust, es ist nie eine …*«

»*… verlorene Zeit, solange du dabei etwas lernen kannst.*«

Nun lächelten sie beide und küssten sich. Dabei wollte Saibro Apaquia über den dicken Bauch streicheln, wie er es in den vergangenen Monaten oft und gerne getan hatte. Er bedauerte in diesem Moment ein wenig, dass ihre Schwangerschaft mittlerweile vorüber war. Sogleich wurde ihm jedoch freudig bewusst, was das zudem bedeuten könnte. Er wechselte kurzerhand das Thema. »Du? Es war bei mir ein langer, harter Tag und ich würde gerne bald ins Bett gehen. Aber draußen ist es so dunkel und es hat auch angefangen zu regnen!«

Apaquia schmunzelte. »Als wenn dir ein winziger Sommerregen auf deinem Weg in die übernächste Hütte etwas anhaben könnte. Aber gut. Ich habe nichts dagegen, dass du hier schläfst.«

Saibro setzte ein triumphierendes Lächeln auf. »Und was machen wir jetzt noch vor dem Einschlafen?«

Apaquia schüttelte mit sichtlich gespielter Verständnislosigkeit den Kopf und antwortete schelmisch grinsend: »Ich habe keine Ahnung. Uns wird schon das eine oder andere einfallen. Solange wir unseren kleinen Schatz nicht aufwecken.«

Kapitel 6

»Saibro. Nicht wahr?«

Der Angesprochene nickte knapp.

»Und wen haben wir da?« Der Monakh beugte sich zu dem Korb hinunter, der auf dem ansonsten leeren Handwagen stand.

»Das ist mein Sohn … Sydän.«

Der Monakh schob die Decke zu Seite, die Sydäns Köpfchen vor der frühsommerlichen Kraft der Sonne schützen sollte. »Für mich ist es immer wieder ein Wunder, wie aus solch einem winzigen Knäuel mal ein solch stattlicher Mann werden kann, wie du einer bist.«

Saibro schaute auf den gut zwei Köpfe kleineren Mann hinab und nickte abermals. Gerne wollte er weiterziehen.

»Ich halte euch sicher auf. Wohin bist du unterwegs?«

»Runter ins Holzwerk.«

»Ah! Darf ich dich begleiten?«

Im Grunde genommen wollte Saibro das nicht. Doch nickte er abermals, nahm die Deichsel des Handwagens wieder auf und trottete los. Mit einigen schnellen Schritten war der beleibte Monakh wieder neben ihm und so gingen sie schweigend in Richtung Anlegestelle.

Als Saibro über den Dorfplatz gelaufen war, hatte er den Monakh bereits aus der Ferne am Brunnen stehen sehen. Er tat jedoch so, als hätte er ihren Gast nicht wahrgenommen. Das Wochenplenum am Abend rückte unaufhörlich näher und er hatte heute noch viel vor. Zwar hatte er seinen Schritt beschleunigt, doch der Monakh war zielstrebig vor ihn hingetreten und jetzt hatte Saibro sich ihn eingefangen.

Kurz bevor es zur Anlegestelle hinunterging, bogen sie nach links ab, um an der Au des Nagares entlangzulaufen.

»Ich war in den letzten Tagen viel in der Gegend hier unterwegs. Seid ihr euch bewusst, auf welch sagenhaft schönem Fleckchen Erde ihr hier lebt?«

»Schon.«

»Schau nur hier: die Hütten. Es muss ein Traum sein, so nah am Fluss zu leben. Es ist übrigens sehr zuvorkommend von euch, dass ihr das Gästehaus direkt an den Nagare gebaut habt. Ich erfreue mich sehr daran, dort vorübergehend wohnen zu dürfen.«

Saibro wusste nicht, was er dazu sagen sollte und schwieg.

»Was ist das für ein Gebäude?«, fragte der Monakh, ohne dass ihn die von Saibro ausgehende Stille zu interessieren schien.

»Das ist das Kontor.«

»Also betreibt ihr doch Handel?«

»Was meinst du damit?«

»Mit *Handel treiben*? Nun, darunter verstehe ich den Austausch von Gütern mit anderen. Ich habe bereits bemerkt, dass ihr hier in eurem Dorf die Dinge des alltäglichen Lebens frei tauscht. Mit anderen Dörfern betreibt ihr aber schon Handel auf Rechnung, oder?«

Saibro war verwirrt. »Ich weiß nicht genau wovon du sprichst. Im Kontor haben wir unsere Unterlagen und es wird geschaut, dass wir einen Überblick darüber bewahren, wie viel wir erzeugen und herstellen müssen. Die Kontorinnen schreiben auf, was wir selbst verbrauchen und was in andere Dörfer geht. Dann vergleichen sie. Mit den Wetteraufzeichnungen, den Zahlen zur Bevölkerung, den Gästen und ob es außergewöhnliche Ereignisse gab. Das alles wird in Beziehung zu anderen Jahren gesetzt und eine Planung für die kommenden fünf Jahre gemacht. Das Folgejahr wird recht exakt geplant, die nächsten zwei möglichst genau und die beiden letzten schon einmal grob vorab. Aber falls du mehr über die Arbeit der Kontorinnen erfahren möchtest: Ich bin mir sicher, wenn du sie fragst, werden sie dich gerne durchs Kontor führen und ihre Arbeit erläutern.«

Nachdem er dies alles erzählt hatte, wunderte sich Saibro über sich selbst. Er hatte ursprünglich gar nicht mit dem Monakh reden wollen.

»Eine interessante Vorgehensweise. Aber sag mir noch eins: Wie rechnet ihr die Güter und Dienste mit den anderen Dörfern ab?«

»Abrechnen? Wir rechnen nichts ab. Wie du vermutlich schon mitbekommen hast, gibt es jedes Jahr zu Sommerbeginn ein Treffen der umliegenden Gemeinschaften. Das nächste findet hier in Hainrod statt und beginnt heute in einer Woche.«

Diesmal war es der Monakh, der einfach nur nickte und da hörte sich Saibro schon wieder plappern. »Dort werden sich unter anderem auch die Vertreterinnen der Kontore treffen, oder wer auch immer für die Planungen in der jeweiligen Gemeinschaft zuständig ist. Hauptsächlich betreiben sie dort einen Erfahrungsaustausch. Doch zu guter Letzt gibt es eine Runde, in der jede Gemeinschaft sagen kann, ob sie im vergangenen Jahr unüblich hohe Belastungen hatte und ob sie einen Ausgleich aus den anderen Dörfern braucht. Meist sind es eine oder zwei Gemeinschaften, die wegen Krankheit, Tod, Unwetter oder anderen tragischen Ereignissen einen solchen Ausgleich erbeten. Die anderen versuchen diese dann gemeinsam zu gewähren.«

»Interessant. Aber betreibt ihr diesen Austausch nur untereinander?«

»Nein. Natürlich nicht. In der Regel können wir in den umliegenden Gemeinschaften die meisten Bedürfnisse aus unseren eigenen Erzeugnissen und mittels unserer eigenen Fähigkeiten abdecken. Wenn wir etwas aus der Ferne brauchen, schauen wir, ob es sich dies oder jenes zum Tauschen finden lässt. Zweifelsfrei weißt du, dass es insgesamt drei Regionen in Laakso gibt, die in sich und miteinander den freien Tausch betreiben?«

Der Monakh schüttelte mit dem Kopf.

»Wir im Nordwesten sind eine davon. Weiter gibt es dann noch den Südwesten und die dritte liegt im Osten. Auf unserem Treffen nächste Woche werden die Kontorinnen auch alles für das in ein paar Wochen stattfindende Treffen der drei laaksonischen Regionen vorbereiten. Aber damit kenne ich mich wirklich nicht so gut aus. Ich weiß nur, dass es diese Einteilung in die drei Regionen aus organisatorischen Gründen gibt und dass sie im Prinzip genauso frei untereinander tauschen, wie es innerhalb der Regionen der Fall ist.«

»Gut, das ist klar. Aber ursprünglich wollte ich wissen, ob ihr auch über die Grenzen von Laakso hinaus Handel betreibt?«

Saibro zuckte mit den Schultern. »Ich glaube schon. Im Plenum erzählen die aus dem Kontor immer mal wieder, dass wir aus Laakso recht angesehen sind, wenn es um das Tauschen geht. Wir sind großzügig und fühlen uns dem gerechten Ausgleich verpflichtet.«

»Ja, großzügig seid ihr. Das kann ich nur bestätigen.«

Längst waren sie beim Holzwerk angekommen und standen dort auf dem Hof.

»Ich weiß, mein guter Saibro, dass du nun deinen Tätigkeiten hier nachkommen willst. Aber eine Frage habe ich dennoch: Tauscht ihr auch gegen Geld?«

»Geld? Du stellst mir seltsame Fragen. Kann sein, dass die eine oder andere Gemeinschaften sowas zum Tauschen vorrätig hält. Aber das ist eine reine Mutmaßung. Frag am besten mal im Kontor nach.«

Mit grüblerischem Gesichtsausdruck schaute der Monakh Saibro eindringlich an. »Das sollte ich wohl tun.« Dann hellte sich seine Miene unvermittelt wieder auf.

»Aber nun zu deinem Besuch hier im Holzwerk. Was führt dich eigentlich her?«

»Nichts besonderes. Ich möchte nur ein paar Bretter für eine Wandtafel holen. Ich habe vor die alte oben an der Dorfhalle zu ersetzen. Sie ist schon deutlich in die Jahre gekommen. Und zu klein ist sie auch.«

»Sicherlich eine gute Tat. Und auch, dass du das Hüten deines Sohnes in diese Arbeit einbeziehst, finde ich bemerkenswert.«

»Ist es das?«

Der Monakh krauste die Stirn und antwortete mit einer Gegenfrage: »Ich nehme mal an, das ist bei euch normal so?«

»Natürlich. Aber jetzt lass uns rein gehen. Ich will die Tafel vor dem Plenum heute Abend fertig bekommen.«

»Aber sicher doch. Kann ich dir zur Hand gehen?«

Saibro nickte unwillig. Dann ging er ins Holzwerk hinein, den Handwagen mit Sydän darauf hinter sich herziehend.

Der Monakh folgte ihnen.

Saibro tat, was er im Grunde hatte vermeiden wollen: Er stellte dem Monakh eine Frage: »Dort wo du herkommst, da wird mehr mit Geld … ähm … gemacht?«

Ohne von dem Brett aufzuschauen, welches er nach den Anweisungen Saibros zurechtsägte, antwortete der Monakh: »Ja, zweifelsohne.« Und nachdem er den letzten Schnitt gemacht hatte, fügte er hinzu: »Mir ist nicht immer ganz wohl dabei, auch wenn ich es von Kindesbeinen an nicht anders kenne. Selbst bei den Brüdern Tuhans … das ist die Gemeinschaft, in der ich zu Hause bin … selbst dort werden mit den Menschen außerhalb dieser Bruderschaft, alle Waren und Dienstleistungen über ihren Geldwert abgerechnet.«

»Ist das nicht fürchterlich kompliziert?«

Der Monakh lachte kurz über die Frage.

Saibro meinte, aus diesem Lachen auch eine Portion Bitterkeit herauszuhören.

»So habe ich das bisher gar nicht gesehen. Aber wenn ich mir vor Augen führe, was du mir über euren Umgang mit den Dingen des Alltags beschrieben hast, muss es dir wirklich so vorkommen.«

Saibro fragte sich, warum er sich gerade so klein vorkam? »Ist an unserer Art zu leben, irgendwas nicht in Ordnung?«

»Das, mein lieber Saibro, würde ich mir nie anmaßen zu beurteilen. Gut. Natürlich fehlt es euch an der Erleuchtung durch Tuhan. Aber die Art, wie ihr hier zusammensteht und zusammenlebt, imponiert mir schon sehr. Offen und ganz ohne auf den eigenen Vorteil aus zu sein.«

Saibro, der seine Arbeit gerne alleine und in aller Ruhe erledigte, hatte die Lust an dieser Unterhaltung schon länger verloren, auch weil er bei dem nicht immer ganz mitkam, was ihm der Mann aus der Fremde erzählte. Zu seiner Erleichterung waren sie mit dem Zusammenbauen der neuen Wandtafel nahezu fertig.

»Gibst du mir das Brett?«

Der Monakh reichte ihm das Stück Holz, stand auf und trat ein paar Schritte zurück.

Saibro vollendete ihr Werk mit ein paar gekonnten Hammerschlägen.

»Kommt da noch Farbe dran?«, wollte der Monakh wissen.

»Ja«, antwortete Saibro kurzangebunden und verschwieg ihm, dass er nach dem Trocknen der Farbe auch noch einen Rahmen anbringen wollte; wahrscheinlich morgen und am liebsten ungestört.

»Wo ist sie? Das können wir doch schnell noch machen.«

Saibro lächelte in sich hinein. »Hättest du denn Zeit dafür?«

»Aber sicher doch.«

»Wunderbar. Ich hatte mich schon geärgert, dass ich das heute nicht mehr schaffen würde. Ich muss nämlich vor dem Plenum noch etwas anderes erledigen. Zum Glück kann ich dir jetzt die Farbe und einen Pinsel überlassen und du kannst den Rest *noch schnell* erledigen.«

Dem Monakh wich das Blut aus dem Gesicht. Bevor er jedoch etwas sagen konnte, eilte Saibro schon zu der Abstellkammer der Dorfhalle. Dort hatte er bereits am Vortag die Farbe und die Pinsel bereitgestellt.

Kapitel 7

»Was kann das Herz Tuhans mehr erfreuen als solch ein trautes Familienglück?«

Saibro schaute überrascht von seinem Sohn auf, den er im Gras liegend auf seinem Bauch wiegte. Auf dem Weg vor Apaquias Hütte sah er den Monakh stehen. Saibro schloss kurz die Augen, atmete tief durch und rang sich ein mildes Lächeln ab. »Apaquia, kennst du schon unseren Gast?«

Apaquia nickte und sagte halb an Saibro, halb an den Monakh gerichtet: »Gesprochen haben wir uns bisher nicht. Wenn ich es richtig gehört habe, ist dein Name Anaius, nicht wahr?«

»Ganz richtig. Auch wenn ich in eurem Dorf gerne auch nur *der Monakh* genannt werde. Vor allem von und wegen unserem lieben Saibro hier.«

»Ja, so ist er: lieb … aber nicht liebreizend«, erwiderte Apaquia.

Der Monakh zog eine Augenbraue hoch und Apaquia schmunzelte verschwörerisch.

Saibro fühlte sich nicht wohl. Am liebsten wäre ihm gewesen, wenn der Monakh einfach weitergezogen wäre. Dieser blieb indes unbeirrt vor dem Gärtchen stehen und schaute zu ihnen herüber. Da Apaquia schon wieder in das Knüpfen eines der Netze für die halbfertige Brücke hinter ihrer Hütte vertieft war, fragte Saibro den Monakh zähneknirschend: »Bist du zufällig in diese Ecke geraten oder führt dich etwas Bestimmtes zu uns?«

»Da hast du recht mit deiner Vermutung. Das ich hier bin, ist kein Zufall. Ich wollte zu dir.«

Saibro seufzte. »Was gibt's?«

Nun mischte sich Apaquia ein. »Warum bist du so unfreundlich zu unserem Gast? Bitte komm doch zu uns. Möchtest du etwas trinken? Ich habe frischen Saft aus Waldbeeren im Haus.«

»Sehr freundlich, ich nehme deine Einladung gerne an.«

Während der Monakh sich anschickte näherzutreten, drehte sich Saibro zu Apaquia um und funkelte sie übellaunig an. Apaquia schien dies jedoch gleichmütig zu ignorieren. Sie räumte ihr Handwerkszeug beiseite und wies ihrem Gast einen Platz auf der zweiten vor ihrer Hütte stehenden Bank zu.

An Saibro gewandt, sagte sie: »Sei ein Schatz: Gib mir den Kleinen und hol Anaius einen Becher sowie eine Flasche vom Saft aus der kühlen Kammer. Und wenn du magst, bring dir auch einen Becher mit.«

Saibro seufzte erneut und gab sich geschlagen. Er drückte Apaquia Sydän in die Hände und verschwand in der Hütte.

Als er mit einer Flasche vom Waldbeerensaft, einem Becher und einem Krug Wasser wieder aus dem Haus kam, sah er, wie der Monakh neben Apaquia auf der Bank saß und Sydän in seinen Armen wiegte. Der Kleine machte einen quietschvergnügten Eindruck. Saibro war genervt. Zwischen den Bänken stand ein abgesägter Baumstumpf, der ihnen als Tisch diente. Saibro stellte die Erfrischungen darauf und ließ sich auf die leere Bank plumpsen. Er schmollte. Doch keiner beachtete ihn. Der Monakh und Apaquia waren viel zu sehr mit dem kleinen Sydän beschäftigt. Und dieser mit Quieken.

»Nun, Monakh. Was ist es, das dich zu mir führt?«

Der Angesprochene schaute auf. »Ach ja! Genau. Ich war abgelenkt. Also: Man erzählte mir im Dorf, dass es ein paar Wegstunden von hier entfernt eine Klause im Wald gibt, um deren Pflege und Erhalt hauptsächlich du dich kümmern würdest. Und da ab morgen die ganzen Vertreter der anderen Gemeinschaften hier eintreffen werden, dachte ich mir, dass ich euch im Weg sein könnte. Deshalb erwägte ich, bis nach dem Treffen zu dieser Klause zu gehen. Als ich gestern Abend im Dorf laut über diese Möglichkeit nachdachte, empfahl man mir, mich diesbezüglich an dich zu wenden.«

Bevor Saibro etwas sagen konnte, hakte Apaquia ein: »Ganz recht. Da bist du bei Saibro genau an der richtigen Adresse.«

Saibro befürchtete Schlimmes: Sie wird doch nicht vorschlagen, dass er den Monakh dort hinbringen wird?

»Es wäre das Beste, wenn dich Saibro selbst dort hinbringen würde.«

Saibro wollte sich schon empört beschweren, da hörte er Apaquia weitersprechen.

»Aber das wird diesmal leider nicht gehen. Er ist zu sehr in die Vorbereitungen des Treffens eingespannt. Wir werden dir lediglich den Weg dorthin erklären können.«

Saibro atmete erleichtert auf. So gerne Apaquia ihn neckte, sie wusste auch genau, wo dieser Spass ein Ende hatte.

»Mehr verlange ich auch nicht.«

»Fein. Ich würde vorschlagen, dass Saibro dir den Weg aufzeichnet und erläutert, was es vor Ort zu beachten gibt. Währenddessen mache ich uns eine schnelle Zwischenmahlzeit. Ich habe schon wieder Hunger.«

Saibro hatte dem Monakh während des Essens den Weg zur Klause erklärt und räumte nun die Holzbretter, die Tiegel mit den verschiedenen Brotaufstrichen sowie den leeren Brotkorb ab. Er freute sich bereits darauf, dass sie ihren Gast in Kürze wieder los sein würden und er die Stunde bis er zum nächsten Vorbereitungstreffen musste, noch alleine mit seinem Sohn und seiner Liebsten verbringen konnte.

In der Hoffnung, dass der Monakh bei seiner Rückkehr schon gegangen sein würde, betrat Saibro mit den vom Tisch abgeräumten Sachen die Hütte. Die Tiegel verschloss er mit Holzdeckeln und brachte sie in die kühle Kammer im Keller. Den Brotkorb stellte er auf den Schrank der kleinen Küchenzeile und den Rest legte er in die Kiste, die Apaquia am Abend dem Spüldienst in den Dorfbau bringen würde. Er selbst hatte in seiner Hütte keine Küche. Ihm reichte es, wenn er in der Sommerzeit am Dorfplatz und in der kalten Jahreszeit in der Dorfhalle essen konnte. Stattdessen war seine Hütte eher eine Werkstatt mit einem Bett hinter einem Vorhang. Seit er mit Apaquia eine feste

Liebesbeziehung eingegangen war, hatte er seine Hütte immer mehr zur Arbeitshütte werden lassen. Gemütliche wie auch intime Stunden hatten sie sowieso von Anfang an in aller Regel bei ihr verbracht – oder in der freien Natur. Vor einigen Wochen hatte er jedoch angefangen, seine Hütte umzugestalten. Nicht dass er an dem Zustand als Werkstatt prinzipiell etwas ändern wollte. Allerdings versuchte er die Hütte kindersicher zu machen. Er hatte einige Regale und Schränke gebaut, die es Sydän erst in vielen Jahren ermöglichen würden, an die Werkzeuge seines Vaters heranzukommen. Im Zuge dessen hatte er im unteren Teil eines Schrankes eine Schublade und ein Regalfach eingebaut, in die Sydäns altersgerechte *Werkzeuge* kommen würden. Er hatte auch schon hölzerne Nachbildungen von Werkzeugen besorgt sowie selbst einen kleinen Hammer aus Leichtholz gebaut. So plante er, seinem Sohn beizubringen, mit seinem eigenen *Werkzeug* zu spielen, während sein Vater mit den richtigen Gerätschaften hantierte.

In der Hoffnung, dass der Monakh nun wieder weitergezogen sei, trat Saibro vorsichtig zuversichtlich aus der Hütte. Seine gute Laune war jedoch sofort wieder verflogen, denn der Monakh saß nach wie vor neben Apaquia auf der Bank. Die beiden waren in ein Gespräch vertieft.

»… sodass wir weder in Hainrod noch in einer der umliegenden Gemeinschaften Waffen haben«, hörte er Apaquia noch sagen.

»Aber was passiert, wenn ihr angegriffen werdet?«, fragte der Monakh.

»Das würde sich dann zeigen. Kämpfen werden wir jedenfalls nicht.«

»*Was?* Aber so droht euch doch mindestens mal der Verlust eurer Besitztümer, wenn nicht sogar die Versklavung oder schlimmer noch: der Tod!«

»Das ist natürlich richtig. Aber halte uns nicht für töricht. Wir werden natürlich versuchen Leib und Leben zu schützen. Es gibt sehr wirksame Verteidigungsübungen, die hier alle zumindest in ihren Grundzügen beherrschen. Außerdem kennen wir uns gut in unseren Wäldern aus und würden versuchen, dort Schutz zu finden. Laakso wird nicht umsonst auch *Waldland* genannt.«

»Entschuldige meine Fassungslosigkeit, aber …«

»Ja? Was sollten wir deiner Meinung nach tun, wenn sich Fremde für unser Hab und Gut derart interessieren, dass sie sich selbst herabwürdigen und uns angreifen?«

Der Monakh rang nach Worten. Doch als er keine fand, sprach einfach Apaquia weiter: »Ich hoffe … wir hoffen, dass unsere bescheidene Lebensweise, der Verzicht auf Prunk, Geschmeide und großes Gehabe, uns auch ein Stück weit uninteressant für fremde Aggressoren macht.«

Hier hakte der Monakh ein: »Aber ihr habt immerhin Land … und euch selbst. Viele Völker schätzen die Dienste von Sklaven.«

»Was dieses Land anbetrifft, so sehen wir es nicht als *unser* Land. Das Land gehört sich selbst und wir leben hier. Einst hatte sogar der Regent von Zissalia dieses Land auf dem wir leben sowie den ganzen Rest von Laakso zu seinem Staatsterritorium erklärt. Obwohl Zissalia nicht mal eine benachbarte Region von Laakso ist. Diese vermeintliche Angliederung ereignete sich vor über zweihundert Jahren und dauerte einige Jahrzehnte an. Der Regent von Zissalia setzte einen Statthalter ein und wollte in Laakso Steuern erheben. Viel kam für ihn dabei nie herum. Allerdings leben die Nachfahren dieses Statthalters heute noch in unseren Gemeinschaften. Einige Abenteuerlustige aus Laakso machten sich immer wieder auf, um sich Zissalia mit eigenen Augen anzusehen. Heute ist Zissalia eine etablierte Demokratie. Und wenn es dich mal dorthin verschlagen sollte, wundere dich nicht, wenn in den Chroniken des Landes einige Demokraten und Demokratinnen der ersten Stunde typische laaksonische Namen tragen.«

»Da habt ihr damals nicht nur Geschick bewiesen, sondern auch richtig Glück gehabt«, stellte der Monakh fest. »Wie habt ihr den Statthalter auf eure Seite bekommen?«

»Darüber weiß ich nicht viel. Nur dass es heißt, dass der beharrliche Ungehorsam der Menschen von Laakso diesen Statthalter mürbe gemacht haben soll. Und bewaffnete Kämpfer hatte er nur eine Handvoll zu seinem eigenen Schutz. Es gab da irgendwelche Abkommen mit umliegenden Ländern …«

Nun wurde es Saibro zu bunt. »Sei mir bitte nicht böse, aber gegenwärtig ist die Zeit, die ich mit meinem Sohn und seiner Mutter verbringen kann, recht …«

»Aber natürlich mein Lieber«, wiegelte der Monakh sogleich ab. »Das versteh ich doch. Ich wollte auch nicht lange bleiben. Schließlich möchte ich die Klause auch gerne noch im Hellen erreichen. Gepackt habe ich, Tuhan sei

Dank, immer recht schnell. Ich möchte allerdings noch einige Lebensmittel mitnehmen.«

»Nimm lieber auch noch Kerzen mit. Bei meinem letzten Besuch dort, war der Vorrat schon nicht mehr so üppig.«

»Danke für den Hinweis, Saibro. Ich wünsche euch ein gutes Treffen und möge es in Harmonie verlaufen.«

»Danke«, brummte Saibro und Apaquia lächelte milde.

Kapitel 8

Saibro biss herzhaft in seine Stulle. Er hatte sich erschöpft, aber zufrieden unter die große, alte Eiche zurückgezogen, um dort eine wohlverdiente Zwischenmahlzeit einzunehmen.

Gleich würden ihre ersten Gäste eintreffen. So weit er es einschätzen konnte, waren sie mit ihren Vorbereitungen für das jährliche Treffen der umliegenden Gemeinschaften rechtzeitig fertig geworden. Falls man bei so etwas jemals fertig werden konnte. Saibro jedenfalls, fielen spontan mindestens ein gutes Dutzend Sachen ein, die sie noch hätten tun können. Er schob diesen Gedanken zur Seite und blickte zum Gebäude der Schola hinüber. Die knorrige Eiche, die auch das *Eichmal* genannt wurde und ihm derzeit als Rückenlehne diente, stand auf einer kleinen Insel, die westlich an das Gelände der Schola angrenzte. Sie war über ein paar große, flache Steine an einer seichten Stelle des Baches zu erreichen, der sich durch Hainrod schlängelte. An dieser Stelle gabelte er sich und verlief um eine leichte Anhöhe herum, hinter der sich seine beiden Arme wieder vereinten. Von seinem Sitzplatz aus hatte Saibro einen guten Blick hinüber zum Dorfbau wie auch zu der zwischen Schola und dem Dorfplatz gelegenen Kreuzung. Die vom Fluss heraufkommenden Gäste würde Saibro von hier aus

zwar nicht sehen können, aber er rechnete zum jetzigen
Zeitpunkt eher mit den Leuten aus Weidenbach und
Schiefmayen, deren Dörfer nördlich von Hainrod lagen.
Aber eigentlich war es ihm derzeit ziemlich egal, wer wann
und von wo eintreffen würde. Die meisten seiner Aufgaben
hatte er als Mitglied der Vorbereitungsgruppe bereits in
den Wochen und Monaten zuvor zu erledigen gehabt.
Während des Treffens hatte er sich lediglich zu ein paar
Spüldiensten eingetragen, und einmal zum Putzen und
Kontrollieren der zusätzlich aufgestellten Kompostklos.
Wenn ihm danach wäre, würde er Apaquia auch den Gefallen tun und zumindest zu einer der zahlreichen Kleinrunden gehen, wie sie es sich von ihm gewünscht hatte. Er
war allerdings der Meinung, durch die unzähligen Vorbereitungstreffen in letzter Zeit mehr als genug diskutiert zu
haben. Zu der Kleinrunde über die Idee mit dieser Akademie würde er indes hingehen, die die Leute aus Laisingen
besprechen wollten. Seitdem Apaquia von dieser Voran-
kündigung gehört hatte, hatte sie in den vergangenen Tagen so oft und so voller gespannter Erwartungen davon gesprochen, dass er inzwischen auch ganz neugierig geworden war. Ansonsten wollte er viel feiern, tanzen und mit alten Freunden quasseln. Und ganz besonders freute er sich
auf das Spiel am nächsten Abend. Das würde ein großer
Spaß werden.

Nachdem Saibro seine Stulle verputzt hatte, bekam er
Durst. Darum kramte er aus seiner Umhängetasche seine
Keramikflasche heraus und ging damit die wenigen Meter
hinunter zum Bach. Dört angekommen zog er mit den

Zähnen den Korken heraus, schwenkte die Flasche aus und
ließ sie mit frischem Bachwasser volllaufen. Einen ersten
großen Schluck nahm er gleich am Bach, dann ging er wieder zur Eiche hinauf. Als er sich wieder unter den Baum
setzen wollte, sah er, wie Saja behände über die Steine der
Furt hüpfte. Sie steuerte auf ihn zu. Saibro blieb stehen.

»Hallo Saibro.«

»Hallo.«

Saibro war argwöhnisch und fragte sich, was Saja von
ihm wollte?

»Du brauchst nicht so zu schauen. Ich sah dich nur hier
auf der Insel und dachte mir, dass ich auch eine Pause ver-
tragen könnte. Darf ich mich zu dir setzen?«

Saibro atmete tief durch. Er hatte nichts vergessen und es
war auch nichts schiefgegangen. Er setzte sich und zeigte
neben sich.

Saja nahm das Angebot an und hockte sich mit über-
kreuzten Beinen und in Blickrichtung zur Dorfhalle ins
Gras.

Saibro grübelte, ob ihm ihre Gesellschaft recht war? Im
Grunde hätte er lieber seine Ruhe gehabt. Er merkte jedoch
schnell, dass auch Saja nichts sagte und sie ihrerseits nur
ihren Blick schweifen ließ. Da entspannte er sich, rückte
ein wenig von der Eiche ab und legte sich rücklings in die
Wiese.

Eine auf Saibros Nase landende Fliege weckte ihn. Leicht
dösig wischte er sich die feuchte Stelle aus dem Mundwinkel. Als er sich beim Aufsetzen streckte, sah er, dass auch
Saja eingeschlafen war. Er musterte sie. Eine Strähne ihrer

langen hellblonden Haare war ihr ins Gesicht gefallen. Saja war zu einer hübschen jungen Frau geworden. Er erinnerte sich gut an das kleine, schüchterne Mädchen, welches sie noch vor nicht allzu langer Zeit war. Leicht verschämt wandte Saibro seinen Blick ab. Er hatte bemerkt, wie taktlos er ihre fraulichen Rundungen beäugt hatte.

Er stand auf und wollte gerade gehen, da hörte er Saja sagen: »Hey! Du willst mich hier scheinbar den kompletten Tag verpennen lassen?«

Saibro drehte sich zu ihr hin und erwiderte kleinlaut: »Du sahst so friedlich aus, da wollte ich …«

Saja lächelte und entgegnete nur: »Ist ja gut. Hilf mir aber wenigsten auf.« Sie streckte ihm ihre Hände entgegen.

Saibro kam sich unbeholfen vor, als er ihre Hände nahm und zog. Er hatte ihr Gewicht über und seine Kraft unterschätzt, sodass sie statt auf ihren Füßen, in seinen Armen landete. Saibro konnte den Druck ihrer Brüste an seinem Bauch spüren. Für einen verschwindend langen Moment schaute er direkt in ihre großen, himmelblauen Augen. Er wurde rot. Saja ebenfalls. Ohne auch nur ein Wort zu verlieren, trennten sich die beiden wieder von einander und brachten umgehend einen gewissen Abstand zwischen sich.

Verlegen schaute Saja in Richtung Dorfbau und sagte dann: »Oh! Schau, da sind schon die ersten Gäste.«

Saibro folgte ihrem Blick. »Ja, ich glaube, da erkenne ich jemanden aus Weidenbach. Lass uns mal rüber gehen.«

Saja nickte und marschierte los. Saibro bemerkte, dass ihr Becken beim Gehen sanft hin und her wogte. Er atmete tief durch, dann folgte er ihr; den Blick streng an ihr vorbei gewandt.

Auf dem Dorfplatz waren die vier Gäste aus Weidenbach bereits von Maatio und Eddia in Empfang genommen worden, sodass sich Saibro schon wieder abwenden wollte, da winkte ihn Maatio zu sich.

«Dies sind Ranus, Mauda, Pal und Sira aus Weidenbach.«

Saibro versuchte gar nicht erst, sich alle Namen zu merken und nickte ihnen nur lächelnd zu.

»Weißt du aus dem Kopf, wo sie ihr Zelt aufschlagen können?«, fragte Mattio.

»Ich denke schon. Soll ich euch schnell dorthin bringen?«

»Gerne«, antwortete die Frau, von der Saibro glaubte, dass sie Mauda hieß. »Dann können wir das mit dem Aufbauen der Zelte gleich hinter uns bringen.«

Saibro zeigte in Richtung Fluss. »Ihr habt die Schmiedewiese ganz für euch. Und das Badehaus liegt praktischerweise gleich nebenan. Kommt!«

Er wollte schon losgehen, da hörte er hinter sich Saja fragen: »Kann ich mitkommen?«

Saibro hatte ganz vergessen, dass sie ebenfalls da war. »Oh! Ähm … ja, klar.« .

»Ich bin übrigens Saja.« Sie gab allen nacheinander die Hand.

Saibro räusperte sich. »Wie dem auch sei: Los geht's!«

»Wie war eure Anreise?«, fragte Saja.

»Hätte besser sein können«, antwortete Maudi. »Wir haben einen vollen Tag gebraucht und bis zur Nachtruhe hat es nur geregnet. Zum Glück liegt eure Klause auf dem Weg, da konnten wir die Nacht im Trockenen verbringen. Dort haben wir auch einen Mann getroffen, der uns sehr freundlich gesonnen war. Er teilte sein Essen und vor allem die Wärme in der Hütte mit uns.«

Saibro spürte, dass er ein Stück weit beruhigt war, dass der Monakh heil in der Klause angekommen war.

»Das ist Anaius. Er ist ein Monakh aus Majirani und derzeit bei uns zu Gast. Aber während des Treffens wollte er nicht im Weg sein. Doch das wird er euch bereits selbst erzählt haben, oder?«, sagte Saja.

»Ja, das hat er«, antwortete Maudi. »Hoffentlich bekommt er dort oben schnell wieder besseres Wetter. Nachdem wir heute Morgen schon eine gute halbe Stunde in strahlendem Sonnenschein unterwegs waren, konnten wir in der Ferne sehen, wie sich die dunklen Gewitterwolken so richtig über dem Wald mit der Klause festgesetzt hatten.«

Saibro fragte sich, ob er sich Sorgen um den Monakh machen sollte? Die Klause stand an einem Bach, der bei Dauerregen durchaus zu einem wilden Fluss anwachsen konnte. Er selbst hatte im letzten Jahr angefangen einen Deich anzulegen, nachdem ihnen die Klause in den vergangenen Jahren mehrfach abgesoffen war. Sie hatten schon überlegt, ob es besser wäre, die Klause ein paar Meter höher in den Wald zu versetzen. Aber der dazu nötige Aufwand hätte in keinem Verhältnis zum Nutzen gestanden. Außerdem hätten sie damit auch den wunderbaren Ausblick ins Tal unterhalb der Klause aufgeben müssen. Dazu hatten sie sich nicht durchringen können.

Er schob den Gedanken an den Monakh beiseite, denn sie waren am Zeltplatz der Weidenbacher Gruppe angekommen. Saibro wollte soeben mit der Einweisung beginnen, da kam ihm Saja zuvor: »Da sind wir. Hier könnt ihr eure Zelte aufschlagen. Rechts findet ihr unsere Schmiede, darum heißt die Wiese auch *Schmiedewiese*. Aber keine Angst, in der Zeit unseres Treffens wird dort nicht gearbeitet. Und hier links ist das Badehaus. Dort könnt ihr euch waschen und so. Gleich da unten fließt unser Dorfbach in den Fluss. Ein schöner Flecken, oder?!«

Die Vier nickten und bedankten sich für die Einweisung. Saja fragte, ob sie beim Aufbauen der Zelte helfen solle? Das Angebot wurde dankend angenommen. Und auch, wenn sich Saibro dadurch ein Stück weit verpflichtet fühlte, selbst mit Hand anzulegen, machte er sich von diesem Gedanken frei und sich mit einem Hinweis auf weitere Aufgaben von dannen.

»Hey Saibro! Alter *Balkenbieger!*« Diese Ansprache konnte nur von Einem stammen. Soeben war Saibro auf seinem Weg zum Dorfplatz an der Kreuzung zur Anlegestelle vorbeigekommen, da wurde unten am Fluss diese Begrüßung mit rauchiger Stimme krakeelt.

Saibro drehte sich um und setze seine finsterste Miene auf: »Schreck lass nach! Frato, du alter *Wildschweinschleuderer*. Haben sie dich wirklich aus Schaumach rausgelassen?«

Frato lachte kehlig auf und präsentierte offenherzig seine natürliche Lücke zwischen den Schneidezähnen. »Wer sollte mich aufhalten wollen? Die sind alle froh, dass sie mich für eine Weile los sind.«

Diese Unterhaltung wurde über eine Entfernung von gut zwanzig Meter hinweg geführt.

»Jetzt steh da nicht rum wie angewurzelt! Komm her und hilf mir meine Sachen zu tragen.«

Saibro verschränkte die Arme und verharrte ein paar Augenblicke, bis er dann betont aufreizend zur Anlegestelle hinunterschlenderte.

Frato stand dort mit den Händen in den Hüften und wartete unerschütterlich.

Wie sich die beiden Männer dann Auge in Auge gegenüber standen, fixierten sie einander eindringlich mit grimmigen Blicken, bis sie sich laut lachend in die Arme fielen.

»Bist du fit für das Spiel übermorgen?«, fragte Frato und versetzte dem neben ihm sitzenden Saibro einen prüfenden Hieb auf den Oberschenkel.

»Die Schnellkraft muss mit der Zeit der Erfahrung weichen, aber für dich reicht es allemal.«

»Das werden wir ja sehen. Ich habe gehört, dass Mano aus Hallach auch kommen soll, den müsst ihr erstmal in den Griff bekommen.«

Saibro gefiel dies ganz und gar nicht. Manos Ruf als ausgezeichneter Calcio-Spieler war fast schon legendär. Vor drei Jahren war dieser zum Treffen in Schiefmayen mitgekommen und hatte die einheimische Auswahl fast im Alleingang besiegt. Damals hatte sich Saibro über Manos Anwesenheit sehr gefreut, denn wie es die Tradition vorsah, hatte Saibro in der Calcio-Auswahl der Auswärtigen mitgespielt und als Stürmer sehr von dessen Spielintelligenz und Ballfertigkeit profitiert: Alle seine drei Tore hatte ihm Mano aufgelegt und die restlichen beiden zum 5:1-Sieg selbst erzielt.

»Das ist natürlich ein Pfund, das ihr da in die Waagschale werft. Aber unterschätzt uns bloß nicht! Wir haben einige wirklich talentierte Leute im Dorf. Besonders die junge Arana im Tor wird dich beeindrucken.«

»Wie ich dich kenne, hast du deine Calcio-Auswahl ordentlich im Training rangenommen«, lachte Frato lauthals.

»Kein Kommentar, mein Lieber. Kein Kommentar.«

»Schon gut, schon gut. Entscheidend ist auf'm Platz. Aber jetzt lass uns nicht weiter faul hier rumsitzen. Hilf mir lieber mein Zelt aufzubauen. Wo kann ich es hinstellen?«

»Wenn es dir recht ist, dachte ich, dass du es in meinen Garten stellen könntest.«

Frato lächelte Saibro mit strahlenden Augen an, stand von der Bank am Bootssteg auf, schulterte seinen Reisesack und stapfte wortlos vorweg.

Saibro und Frato kannten sich schon seit Jahren. Ihre Freundschaft beruhte auf einem mehrwöchigem Aufenthalt Saibros in Schaumach. Dort lebte Frato und gemeinsam halfen sie die Dorfhalle wieder aufzubauen, nachdem diese nach einem Blitzeinschlag niedergebrannt war. Es war durchaus üblich, dass sich die einzelnen Dörfer in solchen Notfällen beistanden, ob mit Arbeitskraft, Baumaterial oder mit ihrem Wissen.

Die raubeinige Art des hageren Mannes und seine große Klappe, hatten Saibro anfänglich abgeschreckt. Und als dieser ihn an einem arbeitsfreien Tag zu einer Wanderung auf einem nahegelegenen Berg einlud, hatte Saibro zunächst abgelehnt. Nachdem ein anderer Dorfbewohner jedoch die Aussicht von dem Berg in den höchsten Tönen gelobt hatte, änderte er seine Meinung und schloss sich Frato kurzerhand doch an. Auf dieser Wanderung lernte Saibro Frato ganz neu kennen. Er war ein intelligenter und weitsichtiger Mann, der tausend und eine Anekdote zu erzählen hatte, jedoch auch gut zuhören konnte. Ratschläge verkniff er sich zumeist und seine in Gesellschaft durchaus zotige Art, legte er in längeren Zwiegesprächen gänzlich ab.

»Und hier ist der Waschraum und das Abort«, schloss Saibro die kurze Einführung in seine Hütte ab.

»Schön hast du es hier. Danke nochmals, dass ich in deinem Garten zelten und vor allem, dass ich deinen Waschraum mitbenutzen darf.«

»Kein Problem. Wollen wir zum Dorfplatz laufen und schauen, wer sich da inzwischen alles rumtreibt?«

»Gerne. Was meinst du, ob Apaquia und dein Sohn auch dort sein werden? Ich möchte die beiden endlich mal kennenlernen.«

»Ich weiß es nicht. Aber Apaquia wohnt nur zwei Hütten weiter und um auf Nummer sicher zu gehen, sollten wir den Rundweg linksrum in Richtung Dorfplatz nehmen. Dann können wir schauen, ob die beiden dort sind.«

»Habt ihr schon mal überlegt, ob du oder Apaquia mit der Hütte zwischen euch tauschen könnte?«

»Nicht wirklich. Mir ist das ganz recht so. Ansonsten geht das ganz schnell in Richtung irgendwelcher kleinfamiliären Strukturen. Insbesondere jetzt, da Sydän auf der Welt ist.«

»Damit hast du vermutlich recht. Da leiden schnell alle darunter. Bei diesen Beziehungsstrukturen von *Vater, Mutter und Kind* geht zuerst die Arbeitsteilung und später die Gleichberechtigung flöten.«

»Und dann leiden die Beziehungen zu den anderen.«

»Da wir schon von *anderen* sprechen: Kristallisieren sich bereits irgendwelche Bezugspersonen für euren Sohn heraus?«

»Als uns klar wurde, dass Apaquia wahrscheinlich schwanger ist, haben wir mal darüber gesprochen. Seither aber nicht mehr. Da sie mir sehr nah ist, hatte ich auch mal an meine Schwester gedacht, doch sie hat so gar keinen Sinn für die Erziehung von Kindern. Und Gygoy ist mir zu unzuverlässig. Ich weiß es nicht. Vielleicht kann ich es gegenwärtig auch noch gar nicht wissen? Denn nicht nur zwischen der Bezugsperson und beiden Eltern muss es passen, sondern auch zwischen ihr und dem Kind.«

Frato nickte, schien aber mit den Gedanken schon wieder weiter zu sein: »Führen Apaquia und du eigentlich eine offene Beziehung? Wenn ich das derart ungeniert fragen darf?«

Saibro runzelte leicht die Stirn. Er hatte nichts dagegen mit Frato über solche Themen zu reden, aber derzeit stand ihm der Sinn eher nach Klamauk und wenig geistreichen Vergnügungen. Er antwortete trotzdem: »Nein, wir sehen unsere Liebesbeziehung nicht als offen an. Ich bin dafür

einfach nicht der Typ. Im Gegensatz zu mir, könnte
Apaquia das hinbekommen. Sie kann auch komplexe Beziehungen überblicken und könnte für den nötigen Austausch sorgen. Ich bin dafür zu maulfaul.«

Saibro machte eine kurze Pause und als er merkte, dass
Frato nicht weiter nachhakte, machte er den Vorschlag:
»Aber lass uns lieber ein andermal darüber sprechen. Ich
würde jetzt wirklich gerne aufbrechen.«

Frato nickte und steuerte auf die offen stehende Hütten-
tür zu. Draußen angekommen, blieb er stehen und fragte:
»Ihre Hütte liegt linksrum, hattest du gesagt, oder?«

Als Frato und Saibro an Apaquias Hütte ankamen, saß Saja
davor auf der Bank. Sie schaukelte Sydän in ihren Armen.

»Oh! Apaquia ist deutlich jünger …«

»Das ist nicht Apaquia!«, stoppte Saibro seinen Freund
und schaute ihn verstört an.

Nun bemerkte auch Saja die Neuankömmlinge und zischte ihnen zur Begrüssung ein *Pssst!* entgegen. Die Männer
traten zu ihr und dem Säugling.

Flüsternd fragte Saibro: »Wo ist Apaquia?«

»Sie wollte sich mal im Dorf umsehen.«

»Und du? Wie …?«

»Ich dachte mir«, plapperte Saja in Saibros Frage hinein,
»dass sie Lust dazu haben würde. Da bin ich zu ihr und
habe ihr angeboten, eine Weile auf den kleinen Sydän aufzupassen. Aber jetzt werde ich ihn in seine Wiege legen. Er
ist nun endlich eingeschlafen.«

»Gut. Na, dann … gehen wir mal weiter«, sagte Saibro.

Saja stand auf und ging mit Sydän in die Hütte.

Frato zuckte knapp mit den Schultern und grinste Saibro
vielsagend an.

»Was?«

»Nichts mein Lieber. Nur …«

»Nur?«

»Sprachen wir nicht eben erst von möglichen Bezugspersonen für euren Kleinen?«

»Saja? Die ist doch selbst noch fast ein Kind!«

»Ja, klar!« Frato grinste über das ganze Gesicht, als er Saibro einfach stehen ließ und Richtung Dorfmitte schlenderte.

Saibro schaute abermals Richtung Hütte. Er wusste nicht,
was er davon halten sollte. Er seufzte, dann ging er Frato
hinterher.

Kapitel 9

Das Spiel hatten sie nur knapp verloren. Dank Arana, die Mano mit ihren Paraden fast zur Verzweiflung gebracht hatte. Saibro hatte sogar wie aus dem Nichts die Führung für die Auswahl von Hainrod erzieht. Diese hielt jedoch nicht lange und als alle bereits von einem schiedlich-friedlichen Unentschieden ausgegangen waren, zauberte Mano einen Kunstschuss ins Hainröder Tor. Als Frato daraufhin, statt mit seinem Kollektiv zu jubeln, grinsend an ihm vorbei flanierte, hätte Saibro ihm am liebsten einen Tritt in den Hintern verpasst. Doch als sie kurz darauf verschwitzt in den Teich an Raaisis Haus gesprungen waren, ließ sich Frato bereitwillig einmal richtig untertauchen. Dies reichte Saibro an Wiedergutmachung, denn er wollte sich durch solch eine Kleinigkeit wie ein verlorenes Calcio-Spiel nicht den Abend verderben lassen.

Die gefeierte Heldin des Abends war Arana – trotz der Niederlage. Allen voran huldigte ihr Mano. Er wirkte fast so, als hätte er sich in Arana verguckt. Der zurückhaltenden Arana schien die ganze Aufmerksamkeit allerdings eher unangenehm und so wunderte sich Saibro auch nicht sonderlich, als sie die Feier recht früh verließ.

Am nächsten Morgen bekam Saibro ein warmes Päckchen ins Bett gelegt. Es war sein Sohn. Der Vaterstolz war eine gute Therapie gegen seinen Muskelkater. Apaquia gab ihm noch einige Anweisungen, dann war sie auch schon weg und die Männer unter sich. Saibro kuschelte eine Weile mit seinem Sohn, dann raffte er sich auf. Nach einem kurzen Besuch im Waschraum, ging er mit Sydän im Arm hinaus zu Fratos Zelt.

»Frato? Schläfst du noch?«

»Jetzt nich' mehr.«

»Der Waschraum ist frei. Ich mache Gerstentee. Magst du auch einen?«

Statt einer Antwort bekam er lediglich ein Brummen zu hören, welches er als Zustimmung deutete. Kaum hatte Saibro das Feuer in seinem Ofen neu angeschürt und den Wasserkessel aufgesetzt, war Frato auch schon in den Waschraum geschlüpft. Während er auf das Wasser und seinen Freund wartete, widmete er sich wieder seinem Sohn.

Nachdem sie sich mit einem Gerstentee gestärkt hatten, gingen Frato und Saibro mit Sydän zum Morgenmahl. Viele waren nicht mehr dort, da die Kleinrunden bereits begonnen hatten. Das Buffet war zwar schon ordentlich geplündert, doch fanden sie nach wie vor ausreichend Leckereien für ihr Morgenmahl. Saibro hatte sich Sydän in einem Tuch vor den Bauch gebunden, was für ihn zwar nicht mehr gänzlich neu war, ihn aber beim Essen noch immer behinderte.

»Das kann man ja nicht mit ansehen«, sprach eine Stimme hinter Saibro. Es war Saja. »Komm, ich nehme Sydän, solange du isst.«

»Oh … das ist sehr nett von dir.«

»Mach ich doch gerne.«

Nachdem Sydän den Bauch gewechselt hatte, ging Saja singend über den Dorfplatz.

»Nettes Mädchen«, kommentierte Frato.

Saibro nickte, fühlte sich jedoch auch etwas unbehaglich.

»Zu nett?«, fragte Frato hinterher.

»Bitte?«

»Ob du sie vielleicht etwas *zu nett* findest?«

»Nein, nein. Also … natürlich ist sie nett. Es ist nur so, dass dieses Mädchen vor nicht allzu langer Zeit in meinem Leben kaum stattfand und nun ist sie plötzlich überall.«

»Und du weißt nicht, was du davon halten sollst?«

»Genau.«

Frato schwieg nun und Saibro musste immer wieder zu Saja mit seinem Sydän schauen.

Nachdem Morgenmahl hatte sich Frato abgesetzt. Er wollte in ein paar Kleinrunden *reinschnuppern*.

Saibro hatte sich seinen Sohn wiedergeben lassen und machte sich auf die Suche nach Apaquia. Sydän war quengelig geworden und wollte gewiss gefüttert werden. Dafür war derzeit aber nach wie vor seine Mutter vonnöten. Als er über den Anger lief, dem Ort an dem die meisten Zelte für die Kleinrunden standen, war es unverkennbar: Sydän hatte Hunger. Er plärrte. Und half damit seine Mutter zu finden. Denn kaum, dass sie am zweiten Zelt vorbeikamen, kam ihnen Apaquia entgegengeeilt.

»Na, mein kleiner Schatz, dass du Hunger hast, wissen jetzt aber auch restlos alle.«

Sie gab Saibro einen Kuss und ließ sich ihren Sohn aushändigen.

Gemeinsam gingen sie einige Schritte von den Zelten weg und setzten sich auf einen am Rande des Angers liegenden Baumstamm. Während sein Sohn trank, bekam Saibro einen Kurzabriss dessen, was Apaquia bisher alles gehört und erlebt hatte. Sie war in ihrem Element und genoss diese Zeit mit den vielen anderen Menschen aus der Region sehr.

»Nachher ist die Kleinrunde zur Akademie. Saja hat sich bereiterklärt, Sydän in der Zeit zu nehmen. Wir können somit gemeinsam dort hingehen. Du kommst doch mit, oder?«

Saibro schnaufte. »Dir zu liebe.«

»Ich weiß, mein wilder Calcio-Held.«

»Held? Ich?«

»Hast du das Tor für Hainrod geschossen oder hast du nicht?«

»Habe ich. Aber trotzdem haben wir …«

»Mir doch egal! Du bist dennoch mein Held.«

Saibro fühlte sich geschmeichelt und damit konnte er wirklich nicht gut umgehen.

Apaquia legte ihren Kopf an seine Schulter. Derart saßen sie eine Weile schweigend da.

»Das Prinzip ist ganz einfach. Wir wollen einen Ort schaffen, an dem wir unser Wissen zusammentragen, daraus unsere Lehren ziehen, es verbessern und wieder weitergeben. Wichtig ist dabei, dass immer frisches Wissen aus ganz Laakso in die Akademie einfließt, aber gerne auch aus anderen Regionen und Ländern«, erläuterte Jiwe.

»Tolle Idee!«, hörte Saibro Apaquia neben sich raunen.

Jiwe lehrte ebenso an einer Schola wie Apaquia, nur eben an der von Laisingen.

»Und wo soll dieser Ort sein?«, hörte sich Saibro auf einmal fragen.

Er saß zusammen mit Apaquia und einem guten Dutzend anderer Leute in der Kleinrunde zum Thema *Akademie*. Die wenigsten der anderen konnte er zuordnen. Ranus und Sira aus Weidenbach erkannte er wieder und aus Hainrod war Apaquias Kollege Ruisto da. Außerdem hatte sich Frato ihm und Apaquia angeschlossen. Das Wetter hatte gehalten und dank der frühsommerlichen Wärme, hatten sie die Runde aus dem vorgesehenen Zelt auf die Wiese davor verlegt.

»Eine gute Frage, Saibro«, antwortete Jiwe. »Uns sind da bereits verschiedene Optionen eingefallen. Wenn die Zeit reicht, würde ich diese gerne heute mit euch diskutieren. Mein Favorit … aber ich will nicht vorgreifen.«

»Warum nicht?«, fragte ein Mann, dessen Name sich Saibro nicht gemerkt hatte, von dem er jedoch annahm, dass er ebenfalls aus Laisingen stammte.

»Also gut, mit eurem Einverständnis …« Jiwe machte eine kurze Pause und schaute abwartend in die Runde. »Es ist eine Möglichkeit, die Akademie in einem kleineren, zentral in Laakso gelegenem Dorf anzusiedeln.«

»Damit ist Hainrod aus dem Rennen«, dachte Saibro. Es konnte zwar durchaus als zentral gelegen gelten, aber nicht unbedingt als klein. Im Gegenteil: Wenn es weiteren Zuwachs bekäme, würde es wahrscheinlich Sinn machen, es zu teilen und in der Nähe eine neue Siedlung auszugründen. So waren etliche Dörfer in Laakso entstanden. Denn die Erfahrung lehrte, dass bei Dörfern mit mehr als 150 Bewohnern und Bewohnerinnen der unmittelbare Austausch zwischen den Menschen nicht mehr gut funktionierte. Die gefühlsmäßige Bindung zwischen einigen ging dann oftmals verloren und das Zusammenleben im Dorf litt darunter merklich.

»Eine andere ist es, ein großes Dorf zu teilen und in der neuen Siedlung die Akademie unterzubringen. Das ist mein persönlicher Favorit«, sprach Jiwe weiter.

Damit war Hainrod wieder im Rennen.

»Darum würde ich gerne nach dem Treffen noch eine Weile hier in Hainrod bleiben.«

Saibro wurde flau im Magen. Er vermutete schon länger, dass eine Teilung Hainrods noch zu seinen Lebzeiten ein Thema werden könnte. In seiner Vorstellung sah er sich jedoch immer als alten Mann damit herumschlagen.

»Du bist herzlich eingeladen, unsere Gästin zu sein«, hörte Saibro Apaquia neben sich sagen. Er sank innerlich in sich zusammen.

»Jetzt komm mal wieder runter. Ist doch erstmal nur eine Idee.« Apaquia versuchte Saibro zu beruhigen.

Doch er wollte sich nicht beruhigen lassen. »Eine Idee, die du klasse findest!«

Apaquia widersprach nicht. »Na, du musst schon zugeben, dass es eine spannende Sache ist: Ein neues Dorf aufbauen und dazu noch eine Akademie.«

»Ja, und ich muss mich dann zwischen dir und Hainrod entscheiden.«

Auch hierzu bekam Saibro keine Widerworte zu hören.

Saibro reichte es: »Ich muss mir die Beine vertreten.«

Er ließ Apaquia am Rande des Angers stehen und marschierte los.

Nach einer Weile merkte er, dass seine Füße ihn vorbei am Kontor und dem Holzwerk in östlicher Richtung aus dem Dorf hinausgetragen hatten. Er spazierte eine gute Stunde durch den Wald, immer am Nagare entlang. Er hatte schon fast Fiskstedt erreicht, da hockte er sich auf einen großen Stein am Ufer und leerte seine Gedanken. Irgendwann stand er auf und ging zurück. Sein Schritt wurde immer schneller, nach kurzer Zeit rannte er.

Schweißnass und erschöpft kam er an seiner Hütte an. Auf den ersten Blick erkannte er, dass Fratos Zelt abgeschlagen war. Er bekam einen Schreck. Doch da entdeckte er, dass dessen Sachen vor der Hütte standen. Demnach war sein Freund noch nicht abgereist. Zum Glück! Wie die meisten war er fraglos bei Teyats Theaterstück. Saibro war nicht traurig, nicht dabei zu sein. Was er allerdings gewesen wäre, hätte er die Abreise Fratos verpasst. Saibro ging hinter seine Hütte und wusch sich kurz im Bach. Dann holte er sich eine Decke, einen Becher Zoete-Saft mit Wasser und einen Apfel. Die Decke breitet er auf der Wiese neben seiner Hütte aus und nachdem er sich gestärkt hatte, schlief er von einer Weide beschattet ein.

»Schön, dass du ein paar weitere Tage bleibst«, sagte Saibro zu Frato.

»So kann ich noch beim Aufräumen helfen. Auch wenn sich mal wieder alle übertroffen und kaum Dreck oder Unordnung gemacht haben.«

Gemeinsam hockten sie hinter Saibros Hütte und ließen ihre Füße im Bach baumeln. Frato streckte Saibro seinen Krug entgegen, woraufhin dieser prompt seinen kräftig an den seines Freundes stieß. Der Kruid-Saft war angenehm kühl und schmeckte fruchtig-herb.

Frato hatte Saibro unlängst geweckt und ihm verkündet, dass er sich spontan entschieden habe, noch einige Zeit in Hainrod zu bleiben. Jedoch wollte er nicht mehr im Zelt schlafen, sondern ins Gästehaus umziehen. Etwas mehr Komfort wäre in seinem Alter langsam kein Luxus mehr.

Saibro wurde bewusst, dass er Fratos Alter gar nicht kannte. Er vermutete, dass er älter als er selbst war. Aber um wie viel? Darüber konnte Saibro nur spekulieren, denn fragen wollte er ihn auch nicht. Irgendwie machte Frato mit seiner strubbeligen Mähne auf ihn einen alterslosen Eindruck und das wollte sich Saibro durch eine schnöde Zahl nicht kaputt machen lassen.

Nachdem sie eine Zeit lang schweigend da gesessen hatten, fragte Frato: »Soll ich nachher mal zwischen deiner Liebsten und dir vermitteln?«

»Woher weißt du …?«

»Sie hat es mir erzählt.«

Saibro war das unangenehm und so versuchte er die Antwort schuldig zu bleiben. Scheinbar wollte Frato ihm das auch durchgehen lassen. Doch statt sich zu verflüchtigen, wurde das Thema in Saibros Kopf immer gegenwärtiger.

»Sie ist derart begeistert von dieser Akademie! Sie will dabei mitmachen. Da bin ich mir sicher. Aber ich will hier nicht weg. Und ich will auch nicht, dass sie hier weg will.«

»Das ist eine verzwickte Situation«, stellte Frato fest.

Saibro nickte, trank einen kräftigen Schluck und war sich sicher, dass sein Freund mit dem Thema beileibe nicht durch war.

Nachdem einige Minuten vergangen waren, griff Frato den Gesprächsfaden wieder auf: »Teilst du meine Ansicht, dass du dir mit deiner kleinen Flucht einen Bärendienst erwiesen hast?«

»Ich würde es anders ausdrücken«, grummelte Saibro.

»Während du weg warst, hat es eine weitere Gesprächsrunde zum Thema Akademie gegeben. Apaquia war natürlich auch dabei und ist jetzt auch fest in der Arbeitsgruppe *Akademie*. Sie gehört zu den Leuten, die sich mit den wissenschaftlichen Arbeitsfeldern dieser neuen Form von Schola beschäftigen.«

»Sie ist also *fest* dabei?!«

»Das meinte ich mit *Bärendienst*.«

Saibro verstand und nickte.

»Ich bin übrigens auch dabei.«

»Du?« Damit hatte Saibro nicht gerechnet.

»Ja, ich«, antwortete Frato. »Die Akademie ist zwar eine gute Idee, interessiert mich allerdings nur am Rande. Ich finde den Gedanken reizvoll, eine neue Siedlung aufzubauen. Wir waren uns in der Gruppe recht einig, dass wir diese Akademie-Siedlung hier in der Nähe errichten wollen. Gerade so weit von Hainrod entfernt, dass sie nicht zu nah aneinander gelegen sind, es aber trotzdem eine enge Bindung zwischen den Siedlungen geben kann. Mir persönlich schwebt eine ungefähre Entfernung von ein bis zwei Wegstunden vor.«

Saibro schwirrte nun derart viel im Kopf herum, dass er dies alles zunächst für sich sortieren musste. Fratos Sichtweise auf das Projekt gefiel ihm, denn er musste sich eingestehen, dass auch er den Gedanken reizvoll fand, mit anderen eine ganz neue Siedlung aufzubauen. Das war schon etwas anderes, als in Hainrod jeden Tag Kleinigkeiten zu reparieren und alle paar Jahre mal mit anderen eine Hütte zu errichten. Er merkte, wie er zunehmend Lust darauf bekam, mit Frato und Apaquia eine neue Siedlung sowie diese Akademie aufzubauen. Und die von Frato genannte Entfernung zu Hainrod hörte sich auch wahrlich nicht schlimm an.

Nachdem sie nun eine Weile still in den Bach geblickt hatten, legte Frato Saibro seine Hand auf die Schulter.

»Geht es dir wieder besser? Du siehst zumindest so aus.«

Saibro nickte.

»Schön. Dann kann ich dir auch den Grund verraten, warum ich noch hierbleibe: Die Siedlungsgruppe hat mich beauftragt, die Suche nach einem geeigneten Standort zu koordinieren. Einige Gedanken dazu, was einen solchen Ort ausmachen sollte, habe ich mir schon gemacht. Doch nur mit deiner Ortskenntnis kann ich mir vorstellen, den bestmöglichen Standort zu finden. Darum wollte ich dich fragen, ob du in den nächsten Tagen Zeit und Lust hast, mit mir durch die Gegend zu wandern?«

Saibro lächelte. Ja, dazu hatte er Lust. »Das können wir gerne tun. Ich habe da auch schon zwei oder drei spontane Ideen für einen geeigneten Standort. Oder sagen wir mal: für Orte, an denen ich es selber schön finde und an denen sich gut und gerne eine neue Siedlung gründen ließe. Ich weiß jedoch zu wenig darüber, welche speziellen Anforderungen solch eine Akademie mit sich bringt.«

»Das wissen wir alle nicht wirklich. Obwohl? Dazu hat sich Jiwe zweifelsohne auch schon reichlich Gedanken gemacht. Sie ist ebenfalls hier geblieben und wenn du willst, können wir uns nachher mal zusammensetzen. Apaquia würde ich ebenfalls dazu bitten.«

Saibro stimmte dem Vorschlag zu. Wenn auch mit einem beklemmenden Gefühl in der Magengegend. »Zuvor sollte ich allerdings mit ihr reden.«

Frato zog eine Augenbraue hoch und pflichtete ihm bei: »Das solltest du. Ich denke, dass sie in ihrer Hütte ist und auf dich wartet.«

Saibro schaute seinem Freund in die Augen. »Warum werde ich das Gefühl nicht los, irgendwie manipuliert worden zu sein?«

Frato lachte kehlig. »Zuviel der Ehre, mein Guter. Natürlich hatte ich den Wunsch, dass du mich bei der Suche unterstützt. Und es ist auch wahr, dass ich Apaquia den Vorschlag gemacht habe, dass sie erst einmal mich mit dir reden lassen soll. Aber wo darin der Manipulationsversuch liegen soll, das ist mir ein Rätsel.«

Saibro ließ ihm die diebische Freude, die das Strahlen in seinen Augen nur allzu deutlich verriet. »Dann überlasse ich dich mal dir selbst und schau nach Apaquia … und meinem Sohn.«

Saibro klopfte mit einem sehr flauen Gefühl im Magen an Apaquias Tür. Was allerdings nicht nötig gewesen wäre. Nachdem sie die Tür aufgemacht hatte, brauchte sie nur einen kurzen Blick in seine Augen, um sich sogleich in seine Arme zu werfen.

Kapitel 10

»Schau genau hin. Da oben siehst du die Klause bereits.«

Frato versuchte Saibros Fingerzeit zu folgen und kniff dazu seine Augen zu Schlitzen zusammen. »Wo? Ich sehe nur Bäume.«

»Aber dort ist auch eine Lichtung. Da oben!«

Frato zuckte mit den Schultern. »Mag sein, aber … ah! Jetzt.« Das ihm so eigene Lächeln erhellte sein Gesicht.

Sie waren schon fast den ganzen Tag unterwegs und hatten sich doch erst drei der Saibros Meinung nach fünf in Frage kommenden Standorte für die Ansiedlung der Akademie angesehen. Das Tal mit dem als nächstes zu besichtigenden Ort lag unweit von ihrer Waldklause entfernt. So dass es Saibro folgerichtig erschien, dort die Nacht zu verbringen und die letzten beiden in Betracht kommenden Standorte am nächsten Tag bei guten Lichtverhältnissen und mit frischen Kräften zu begutachten. Und doch hatte Saibro gezögert, Frato den Vorschlag mit der Übernachtung in der Klause zu unterbreiten, denn dort würden sie wahrscheinlich auch auf den Monakh treffen und auf diese Begegnung war er nicht gerade erpicht. Aber seine Beine signalisierten ihm eindringlich, dies zu tun und Frato war sofort einverstanden. Er meinte, inzwischen habe er schon einiges über diesen Monakh gehört, da wollte er sich ganz gerne sein eigenes Bild von dem Mann machen. Das war eine der Eigenschaften, die Saibro sehr an Frato schätzte: Er begegnete allem, was er nicht kannte, sehr offen, aufgeschlossen und voller Neugier.

»Ein paar gute Standorte hast du da übrigens ausgewählt«, sagte Frato zu Saibro, als sie sich auf dem letzten Anstieg zur Klause befanden. »Alles Wichtige war da: Wasser, Wald und Wiesen. Beim letzten hat mir aber besonders gut gefallen, dass sich da auch ein Steinbruch anlegen lässt. So müssen wir nicht immer alles aus dem in Hainrod dort hinkarren.«

»Ach! Auch bei den anderen können wir einen Steinbruch anlegen. Nur eben nicht ganz so nah am Ort. Was wiederum zum Vorteil hätte, dass das Hämmern und Klopfen nicht beim Arbeiten und Lernen stören würde.«

»Stimmt auch wieder. Aber wie schätzt du an dem zweiten Ort die Hochwassersicherheit ein?«

»Das könnte zu einem Problem werden. Der Bach dort wird aus einer deutlich höheren Quelle gespeist als der in Hainrod. Der Erste liegt am gleichen Flussarm wie Hainrod und durch ihn gibt es bei uns nur selten ein Problem.«

»Und der dritte?«, fragte Frato.

»Gleicher Bach wie in Hainrod. Ist unproblematisch.«

»Wenn ich ehrlich bin, ist der dritte mein aktueller Favorit. Aber mal abwarten, was du für morgen ausgewählt hast.«

Saibro lächelte. »Nichts was uns die Entscheidung erleichtern wird. Obwohl? Wenn ich es mir recht überlege: Ich denke, dass mein Favorit morgen erst kommen wird. Da ist eine halbe Stunde westlich von Hainrod so ein kleiner Hain an einem Bach. Atemberaubend!«

»Ich bin gespannt.« Frato legte seine Hand freundschaftlich auf Saibro Schulter.

Saibro vermutete, dass er dies auch tat, um einmal richtig durchschnaufen zu können. »Noch um diese Biegung herum und da liegt auch schon die Klause.«

Freudig dreinblickend und mit einem tiefen Seufzer, nahm Frato ihren Weg wieder auf. Saibro folgte ihm.

Als sie um die Ecke kamen, sah Saibro sogleich, dass die Tür der Klause nur angelehnt war. Auf ihr Klopfen bekamen sie von drinnen keine Antwort und somit traten sie ein. Sie fanden die Hütte verlassen vor. Die Klause bestand im Großen und Ganzen aus zwei Räumen. Der kleinere war ein reiner Schlafraum mit zwei Betten. Im Hauptraum befand sich eine Koch- und eine Sitzecke, sowie die Möglichkeit weitere Schlafplätze zu schaffen. Die Einrichtung war weitestgehend auf das Notwendigste beschränkt.

Nachdem Frato seine Sachen abgestellt hatte, ging er zum Kamin. Er warf einen prüfenden Blick hinein und befühlte ein halb verkohltes Stück Holz und stocherte in der Asche herum. Anschließend ging er zu einem Krug mit Wasser, der auf dem Tisch stand und roch daran. Dann probierte er einen Schluck davon. Sein nächster Weg führte ihn zum Brotkasten, wo er die Schnittstelle des Brotes befühlte. Daraufhin beute er sich zur neben dem Brotkasten stehenden Käseglocke und schnüffelte daran, während er deren Deckel hob. Als er mit alledem fertig war, wandte er sich an Saibro: »Ich würde sagen, dass hier seit mindestens einem Tag niemand mehr war. Und wenn nicht nach wie vor seine Sachen überall herumliegen würden, hätte ich darauf getippt, dass der Monakh einen Ausflug macht oder sogar bereits abgereist ist. So aber sollten wir uns auf die Suche nach ihm machen. Nicht dass ihm etwas zugestoßen ist!«

Saibro seufzte. »Meine Füße und ich hatten uns sehr auf einen gemütlichen Abend am Kamin gefreut. Die Fackeln sind in der Abstellkammer. Lass uns mit der Suche hinter dem Haus am Bach beginnen. Hoffentlich ist er nicht dort hinein gestürzt. So viel Wasser wie der Bach zur Zeit führt, wäre er wahrscheinlich bis ins Tal mitgetragen worden.«

Direkt hinter dem Haus fanden sie den Monakh nicht und auch keine Hinweise, die ihnen bei der Suche nach ihm helfen könnten. Nach ihm zu rufen brauchten sie erst gar nicht, da der Bach ab hier ohrenbetäubend ins Tal donnerte. Sie entschieden sich, getrennt weiterzusuchen. Frato ging bachabwärts und Saibro stieg zum Deich hoch. Aber auch dort fand er den Monakh nicht. Jedoch zeigte ihm ein schneller Blick auf den Deich, dass dieser unter den starken Regenfällen der vergangenen Tage gelitten hatte. Morgen müsste er einmal genauer nachsehen, wie kritisch dessen Zustand war. Saibro überlegte, wohin er sich bei seiner Suche nach ihrem Gast wenden sollte. Er konnte sich nicht vorstellen, dass der Monakh von hier aus weiter hinaufgestiegen wäre, denn nur wenige Meter weiter gab es gut sichtbar einen Pfad, der ihn sicheren Fußes in die gleiche Richtung geführt hätte. Saibro entschied sich, diesem Pfad einige Meter weit in den Wald zu folgen. Er bedauerte, dass er sich so gar nicht auf das Lesen von Fährten verstand. Hier war der Bach noch recht leise und Saibro rief ein paar Mal nach dem Monakh. Doch er bekam keine Antwort. Nach wenigen Minuten brach er ab und kehrte zur Klause zurück. Dort angekommen spähte er hinab in den Wald. Er tat dies in der Hoffnung, dort das Licht von Fratos Fackel oder sogar ihn selbst zu erblicken. War da etwas? Saibro meinte, in der Ferne einen Lichtschein entdeckt zu haben. Erschöpft zuckte er mit den Schultern und machte sich an den Abstieg.

Der in der Nähe des Bachs entlang führende Pfad war nicht gleichsam komfortabel ausgebaut wie der Weg, den sie an der Rückseite des Hügels hochgekommen waren, doch war Saibro den Pfad schon oft gegangen.

Nach einigen Metern erkannte er Fratos Fackel deutlich. Er rief seinen Namen und bekam als Antwort: »Saibro. Komm her. Wir brauchen hier deine Hilfe.«

Saibro bemerkte sofort, dass er von *wir* gesprochen hatte. Also hatte er den Monakh gefunden. So schnell es ihm auf dem unebenen Geläuf möglich war, hielt er auf das Licht der Fackel zu. Als er Frato entdeckte, sah er den Monakh im ersten Moment nicht. Doch nur ein paar Schritte weiter konnte er ihn sehen: Er saß an einen umgefallenen Baumstamm gelehnt und ass einen Apfel; gewiss aus Fratos Proviant.

»Ich nehme an, sein Bein ist gebrochen«, sagte Frato, als Saibro zu ihnen trat.

»Was ist passiert?«

Mit schwacher Stimme berichtete der Monakh. »Es war ein Wildschwein. Es kam dort unten plötzlich aus dem Unterholz. Es hat mich am Bein erwischt. Ich konnte mich bis hierher zum Bach hochschleppen, aber weiter kam ich nicht … wie Tuhan weiß.«

»Wann ist das passiert?«, wollte Saibro wissen.

»Gestern Vormittag. Ich bin nach dem Aufstehen immer hier runter gestiegen, weil es dort drüben einen so schönen Ort zum Beten gibt. Man sieht dort die Sonne über dem Tal aufgehen. Atemberaubend.«

»Ja, den Platz kenne ich«, stimmte Saibro ungeduldig zu und fragte: »Hast du starke Schmerzen?«

»Es geht. Ich habe versucht, sie anzunehmen.«

Saibro war sich nicht ganz sicher, was der Monakh damit meinte, aber darüber konnte er ihn später zur Genüge ausfragen. Jetzt galt es, den Mann zur Klause zu bringen. »Wie schaffen wir ihn am besten rauf? Der Weg ist zu schmal, damit wir ihn beide stützen könnten.«

»Und zu steil, um mit einer Bahre zu arbeiten«, fügte Frato hinzu.

»Dann müssen wir ihm das Bein gleich hier schienen, ihm Krücken bauen und ihn so gut es geht beim Aufstieg abstützen. Zudem muss einer ihn mit einem Seil von oben her halten.«, empfahl Saibro.

»Das wird das Beste sein. Würde es dir was ausmachen, wenn du das Werkzeug und die Materialien aus der Hütte holst?«, fragte Frato.

»Nein. Ich bin gleich wieder da.«

Als sie den Monakh endlich in der Klause hatten, war es bereits dunkle Nacht. Frato machte sich daran, die Wunde, die das Wildschwein hinterlassen hatte, zu säubern und zu versorgen.

Zum Glück gab es in der Klause immer einen Vorrat an Materialien und Zutaten um erste Hilfe zu leisten. So wollte Saibro dem Monakh auch eine von Muukja zusammengestellte und von ihm mit Wasser angerührte Kräutermischung gegen die Schmerzen verabreichen, doch dieser lehnte sie zunächst als unnötig ab. Als Frato ihm erklärte, dass er das gebrochene Bein erst einmal richten müsste, bevor er es erneut schienen könnte, trank der Monakh den Kräutersud dann doch anstandslos.

Völlig erschöpft und ausgehungert versorgten sie den Monakh bis in die Nacht hinein. Erst als dieser schon schlief aßen sie selbst etwas. Bis die Sonne wieder aufgehen würde , waren es nur noch ein paar Stunden. Frato legte sich zu dem Monakh in das freie Bett im Schlafraum und Saibro nahm die Liege im großen Zimmer. Schnell fiel er in einen tiefen Schlaf und träumte von Wildschweinen, die ihn einen langen steilen Abhang hinunterjagten.

Am nächsten Morgen war Saibro als Erster wach. Zum Wasser abschlagen und für die Morgentoilette ging er hinaus, wusch sich am Bach und putzte sich dort auch die Zähne. Danach kümmerte er sich um das Morgenmahl.

Als alles auf dem Tisch stand, ging er in den Schlafraum und schaute nach, ob einer der beiden schon wach war. Frato schnarchte noch seelenruhig vor sich hin. Der Monakh befand sich in einer Art Halbschlaf und sah schon auf den ersten Blick nicht gut aus. Saibro fühlte seine Stirn. Er hatte Fieber, war feucht vom Schweiß. Saibro weckte Frato. Gemeinsam überprüften sie die Vorräte an Heilmitteln und Kräutern. Frato fand genügend Kräuter, um dem Monakh einen das Fieber senkenden Tee daraus zu kochen. Sie einigten sich darauf, dass sie den Kranken schleunigst nach Hainrod bringen müssten. Saibro begann nach einer schnellen Mahlzeit mit dem Bau einer Trage. Währenddessen bereitete Frato den Monakh auf die Reise vor. War man gut zu Fuß, konnte man den Weg in etwa zwei Stunden bewältigen. Saibro ging aber davon aus, dass sie unter diesen Umständen mehr als das Doppelte brauchen würden.

»Zum Glück hat der Tee das Fieber etwas gesenkt. Ich habe mir die Wunde am Bein nochmals angesehen. Sie sieht schlimm aus. Wir sollten ihn möglichst schnell zu eurer Heilerin bringen.«

Saibro nickte zustimmend. Er hatte soeben die letzten Schnüre der Trage an den Stangen befestigt, als Frato zu ihm hinausgekommen war, um ihm vom Zustand des Monakh zu berichten.

»Was meinst du? Müssen wir erst noch aufräumen, bevor wir aufbrechen? Und was machen wir mit seinen Sachen?«, fragte Frato.

Saibro grübelte kurz. »Wie ich das sehe, hat er nicht all zu viel dabei. Das bekommen wir noch in unsere Rucksäcke. Ich schlage vor: Wir lassen hier alles wie es ist, bringen ihn nach Hainrod und kommen morgen wieder hierher zurück. Übermorgen früh, setzen wir dann unsere Suche nach einem Ort für die Akademie fort.«

»Gut. Das hört sich vernünftig an«, stimmte Frato zu.

»Ich würde jetzt nur gerne noch schauen, was an den üblichen Vorräten und Dingen inzwischen fehlt oder aufgefüllt werden muss. Die Sachen können wir dann morgen mitbringen. Dann war der Weg nicht ganz umsonst.«

»Und morgen machen wir uns hier in der Hütte einen schönen Abend«, schlug Frato vor.

»So wird es gemacht. Machst du den Monakh abreisefertig, während ich die Besorgungsliste aufstelle?«

Frato nickte und ging in die Klause. Saibro folgte ihm.

Kapitel 11

»Ihr seid euch also wirklich völlig uneins?« Auch wenn Apaquias Frage etwas anderes vorgab, so wirkte sie alles andere als überrascht. Sie saß mit Sydän auf dem Schoss am Dorfbau und trank zusammen mit Saibro einen Tee. Er und Frato waren vor wenigen Minuten von ihrer zweiten Erkundungstour zurückgekehrt. Frato hatte sich jedoch gleich ins Gästehaus begeben. Er hatte den Wunsch vorgeschoben, sich dringend reinigen zu müssen.

»Frato findet einen Ort nördlich von hier *ganz toll*. Aber ich bin für den schönen Hain, der eine gute halbe Stunde westlich liegt.«

Apaquia schüttelte verständnislos den Kopf. »Ach, Saibro. Und jetzt soll ich mich mit euch auf den Weg machen, weil ihr euch nicht einigen könnt?«

»So war unsere Überlegung.«

»Und wer passt auf den Kleinen auf?«

»Den können wir mitnehmen.«

Apaquia wirkte nicht begeistert.

»Oder wir fragen Koremna, ob sie in der Zeit auf Sydän aufpassen kann«, schlug Saibro vor.

Ihren Einspruch bereits in den Augen offenbarend, öffnete Apaquia den Mund, da trat Muukja an ihren Tisch.

»Entschuldigt die Störung.«

»Kein Problem«, antwortete Saibro. »Was gibt es?«

»Es geht um den Monakh.«

Apaquia klopfte auf den freien Platz an ihrer Seite. Muukja nahm das Angebot an und setzte sich.

»Wie geht es ihm?«, fragte Saibro. Er tat dies mehr aus Höflichkeit, denn in Wahrheit war er nur mässig an der Krankengeschichte ihres Gastes interessiert.

»So weit ganz gut. Er hatte viel Glück, dass ihr ihn zufällig gefunden habt. Mit dem gebrochenen Bein und der Wunde, da hätte er es dort im Wald niemals alleine geschafft.«

Apaquia blickte mit Stolz in den Augen zu Saibro. Was ihm hingegen eher unangenehm war.

»Er hegt den Wunsch in seine Gemeinschaft zurück zu kehren«, offenbarte ihnen Muukja.

»Mir soll es recht sein.«

Prompt bedachte Apaquia Saibro für diese Aussage mit einem vorwurfsvollen Blick. Schuldbewusst zog er den Kopf ein.

»Aber sein Bein? Es dürfte doch einige Wochen dauern, bis er wieder gesund genug ist, um eine solche Reise antreten zu können?«, fragte Apaquia die alte Heilerin.

»Diese Einschätzung teile ich im Prinzip.«

»Was heißt: *Im Prinzip*?«

»Das heißt: Ich will ihn keine weiteren Wochen hier haben.«

»Muukja! Das ist aber nicht sehr gastfreundlich«, schimpfte Apaquia.

Die alte Frau zuckte nur mit den Schultern und wandte
sich an Saibro: »Du siehst das doch sicher ähnlich?«

Verlegen nickte Saibro vorsichtig.

»Siehst du, Apaquia, selbst dein Liebster will ihn nicht
hier haben.«

»Ja, weil ihm seine Nase nicht passt. Aber du … du hast
zweifelsohne triftige Gründe dafür.«

»Natürlich habe ich die.«

»Und? Verrätst du sie uns auch?«

Ohne Zögern antwortete Muukja: »Er und seine Religion
sind nicht gut für unsere Gemeinschaft.«

Apaquia lachte spitz. »Was soll das denn? Er tut keinem
etwas!«

»Bisher nicht. Im Moment ist er auch weitestgehend an
sein Zimmer im Gästehaus gebunden. Aber sobald er auf
Krücken hinaus kann, wird er versuchen, die Leute mit seinem Religionsgefasel einzufangen.«

»Siehst du das nicht zu schwarz? Was soll er schon an-
richten?«

»Du brauchst nicht diesen herablassenden Blick aufzusetzen, junge Dame. Du bist es doch, die unseren Nachwuchs
die Gesetzmäßigkeiten der Natur und der Logik in der
Schola lehrt. Und du bist es auch, die sogar eine Akademie
mitbegründen will. Seine Lehre sieht neben der Natur auch
noch etwas anderes: Ein übernatürliches Wesen, einen
mächtigen Schöpfer.«

»Aber das ist doch alles Humbug. Das wissen hier alle«,
versuchte Apaquia die aufgebrachte Muukja zu beschwichtigen.

Die alte Heilerin hob mahnend ihren runzeligen Finger. »Die Decke des Wissens ist dünn und voller Löcher. In anderen Regionen werden diese Wissenslücken nur zu gerne mit Glauben gefüllt. Also mit einer der möglichen Wahrheiten, die schnell zur alleinigen verklärt wird. Für uns ist es ganz selbstverständlich, dass wir nicht alles wissen können. Wir suchen nicht nach Wahrheiten, indem wir einfach eine Möglichkeit für richtig erklären. Wir beobachten, schlussfolgern und stellen Thesen auf, welche wir überprüfen, ohne uns schon vorher auf ein Ergebnis festzulegen. Es ist alles eine Frage der Wahrscheinlichkeit. Nichts ist jemals gewiss. Im besten Fall ist es sehr, sehr wahrscheinlich.«

Apaquia legte Muukja beschwichtigend ihre Hand auf die Schulter. »Wem sagst du das? Das ist mir alles klar. So klar, dass ich dem zu Tage fördern und Vermitteln von Wissen mein Leben gewidmet habe. Aber … es ist doch nur ein Mann! Er ist krank und braucht unsere Hilfe. Wir können ihn nicht einfach mit einem kaum verheilten Bein vor die Tür setzen.«

Muukja nickte zustimmend. »Darum kann er auch gerne weitere ein bis zwei Wochen bleiben. Dann …«

Fassungslos unterbrach Apaquia die alte Heilerin: »Aber dann kann er doch mit viel Glück soeben mal auf Krücken laufen. Und auf seinem Weg in die Schwarzberge würde er bestimmt in einem anderen Dorf sein Bein auskurieren können und damit würde sich das Problem nur auf eine andere Gemeinschaft verlagern. Er könnte seine Religion dann eben in *diesem* Dorf verbreiten. Selbst wenn sie ihn

in jedem Dorf in ganz Laakso weiterschicken würden, über
die Schwarzberge käme er in seinem Zustand niemals alleine.«

»Darum wird Saibro ihn auch bringen.«

Saibro traute seinen Ohren nicht. »*Was?*«

Apaquia und Saibro starrten die alte Heilerin mit offenen
Mündern an.

»Nun denkt doch mal nach: Hier kann er nicht bleiben
und alleine kommt er nicht weg. Also muss ihn jemand
über die Schwarzberge nach Majirani bringen.« Nun
wandte sich Muukja an Saibro: »Und soweit ich informiert
bin, hast du zurzeit nichts wirklich Dringliches zu tun. Die
Sache mit der Akademie wird frühestens im kommenden
Jahr richtig ernst und um die Planung und den Bau von
Sydäns Hütte kann sich Koremna zunächst einmal alleine
kümmern. Du könntest dir also problemlos die Zeit nehmen, um den Monakh zu seiner Gemeinschaft zu bringen.
Direkt hinter den Schwarzbergen liegt Dagbara und dort
gibt es meines Wissens ein Kloster, also eine Einrichtung
seiner Bruderschaft.«

»Aber … aber … ich kann ihn nicht ausstehen!«

»Genau.«

»Was *genau*?«

»Du kannst ihn nicht ausstehen. Du wirst auf seine feinen
Worte nicht reinfallen.«

»Aber ich kann ihn doch nicht den ganzen Weg tragen?!«

»Nein, aber rudern. Und wenn ihr in Izvor vom Fluss
runter und in die Schwarzberge müsst, nehmt ihr euch einen Esel.«

»Ich müsste ein Esel sein, wenn ich mich darauf einlassen würde!«

»Jetzt beruhige dich erst mal. Hast du keine Lust einmal hier rauszukommen? Einen Blick in die Welt zu werfen?«

Nein, das wollte Saibro nicht. Und wenn, dann wollte er lieber das Meer sehen und nicht die Schwarzberge. Das behielt er allerdings für sich und verzog lediglich sein Gesicht.

Apaquia nahm über den Tisch hinweg seine Hand.

Saibro wusste sofort was das bedeutete. »Du denkst doch nicht auch …?« Empört fixierte er seine Liebste.

»Nun ja …«

»Nein, oder?«, unterbrach er Apaquia.

»Muukja hat schon recht. Wer außer dir kommt dafür in Frage.«

»Maatio?! Paleta?! Raaisi?! Selbst Koremna könnte gehen!«

»Du willst echt deine Schwester vorschicken?«, sprach ihm Muukja ins Gewissen.

»Was denn? Eine Frau kann alles, was ein Mann auch kann. Das sagt ihr doch selbst immer.«

Apaquia konterte: »Darum geht es doch nicht. Es ist nur so komisch, dass du lieber deine eigene Schwester der Gefahr …«

»Gefahr?«, unterbrach sie Saibro. »Jetzt ist die Sache auch noch gefährlich?!«

Beschwichtigend schaltete sich Muukja erneut ein: »Eine Reise ist immer gefährlich. Schau dir an, was dem Monakh auf seiner passiert ist. Darum bin ich auch der Ansicht, dass du noch jemanden mitnehmen solltest.«

»Und wen?«, wollte Saibro wissen.

»Such dir jemanden aus. Aber zieh niemanden von einer wichtigen Aufgabe ab«, sagte Apaquia.

»Na toll! Wenn du herumfragst, wirst du sehen, dass alle immer wichtige Dinge zu tun haben.«

Apaquia blickte in Richtung der Spülgruppe in der offenen Küche des Dorfbaus. »Da steht unsere Lösung.«

»Saja?!« Saibros riss seine Augen auf.

Als sie ihren Namen hörte, schaute Saja zu ihnen herüber. Sie schrubbte gerade ein paar Meter von ihnen entfernt einen der übergroßen Töpfe der Gemeinschaftsküche.

Muukja winkte sie zu ihnen herüber.

Eindringlich redete Saibro auf die beiden ein: »Nein! Ich kann doch nicht mit einem halben Kind …« Doch als Saja zu ihnen an den Tisch trat, verstummte er.

»Und ihr beiden würdet mich zurück in mein Kloster begleiten?«, fragte der Monakh an Saja und Saibro gerichtet, nachdem Muukja und Apaquia ihm den Plan für seine Heimreise offeriert hatten.

Saja antwortete ihm überschwänglich: »Ja. Sobald du mit deinen Krücken zurande kommst, kann es losgehen.«

Der Monakh schaute jeder einzelnen Person aus der vor ihm stehenden vierköpfigen Abordnung skeptisch in die Augen.

Saibro konnte seinem Blick nicht lange stand halten.

»Und du, Saibro? *Du* willst mich wirklich nach Hause bringen?«

Saibro nickte knapp. »Nicht ganz. Aber zumindest bis zur nächstgelegenen Einrichtung deiner Gemeinschaft.«

Der Monakh schaute in die Runde und stellte die Frage in den Raum: »Und ihr wisst, dass es eine durchaus lange Reise ist? Sie würde Wochen, mit dem Rückweg eher Monate dauern. Über die Schwarzberge. Durch zum Teil unwegsames Gelände.«

»Ja, das wissen wir«, antwortete Saja und wirkte, als wenn sie das auch noch freuen würde.

Der Monakh blickte geradewegs zu Saibro: »Und du? Weißt du das auch.«

»Natürlich weiß ich das.«

»Und *willst* du das auch tun?«

»Ich habe viel zu tun und kann mir durchaus etwas Angenehmeres vorstellen. Aber ich habe gesagt, dass ich es mache, also mache ich es auch.«

»Nun gut. Gebt mir noch eine Woche. Dann sollte ich so weit sein, dass ich dank dem Boot und dem Esel keine allzu große Behinderung für unser Vorhaben darstelle.«

Kapitel 12

Als sie Izvor erreichten, waren es für Saibro achtzehn elend lange Tage auf dem Fluss gewesen. Der Ort wurde auch das *Tor in die Schwarzberge* genannt. Von hier aus flussaufwärts war der in seinem späteren Verlauf so mächtige Nagare nur mehr ein Bach und somit auch mit einem Boot nicht mehr zu befahren. Schon für diese erste Etappe hatten sie deutlich länger gebraucht als gedacht. Nur selten waren ihnen die Segel ihres Transportschiffs eine große Hilfe gewesen. Meist mussten sie rudern, um den Fluss hinaufzukommen und das blieb größtenteils an Saibro und ihrem Bootsführer Geede hängen. Doch wenn das Rudern auch sehr anstrengend war, für Saibro war es eine willkommene Aufgabe, denn nichts verabscheute er mehr als das Nichtstun.

Saibro war bislang niemals an einem derart weit von Hainrod entfernt gelegenen Ort gewesen. Izvor wirkte auf ihn größer als sein Heimatort. Doch wie ihm Geede auf der Fahrt erzählt hatte, lebten dort kaum mehr Menschen als in Hainrod. Da es jedoch ein wichtiger Ort für den Handel zwischen Laakso und den Majirani war, bedeutete das mehr Menschen in den Gassen sowie mehr Vorrats- und Gästehäuser. Die Majirani besiedelten die Region hinter den Schwarzbergen. Saibro wusste nicht wirklich viel über sie. Nur dass sie geschickt im Handeln waren und dazu Geld verwendeten. Er beneidete die im Izvorer Kontor tätigen Menschen nicht, war er doch froh, dass in Laakso überwiegend der freie Tausch betrieben wurde. Nur eben nicht in Izvor und den anderen Grenzorten. Hier mussten sie stets den Spagat zwischen diesen unterschiedlichen Formen des Wirtschaftens hinbekommen. Im Gegensatz zu ihm, fand Saja dies alles äußerst spannend. Auf ihrer Schiffsreise hatte sie ihm einige Male mit überschwänglicher Leidenschaft von den Izvorern und ihren Handelsgeschicken erzählt. Die sie natürlich auch nur vom Hörensagen her kannte.

»Hallo. Mein Name ist Saibro. Dies sind Saja und …« Hier kam Saibro ins Stocken und der Monakh vervollständigte seinen Satz: »Bruder Anaius, mein Name ist Bruder Anaius. Sei gegrüßt.«

Sie waren von Geede zum Dorfplatz geschickt worden, dort war neben dem Pferdestall eine Hütte mit einer Art Empfang für Gäste.

»Wir kommen aus Hainrod und wollen über die Schwarzberge weiterziehen. Zunächst würden wir hier jedoch gerne ein bis zwei Nächte Station machen«, sagte Saja.

Die junge Frau hinter der Theke lächelte freundlich. »Ich bin Pritje. Willkommen in Izvor.« Während sie sprach, fing sie bereits an, in dem vor ihr liegenden Buch zu blättern. »Drüben im oberen Gästehaus am Waldrand ist zurzeit ein wirklich hinreißendes Zimmer frei. Es hat vier Betten und einen wunderschönen Ausblick ins Tal und über den Nagare.«

Saibro und Saja nickten sich zu.

»Gerne. Das hört sich gut …«, sagte Saibro.

»Ich glaube nicht, dass das geht«, unterbrach ihn der Monakh.

»Warum nicht?«, fragte Saibro.

Der Monakh zeigte flüchtig auf Saja. »Sie ist doch weiblich.«

»Ja, und?«

»Das geziemt sich nicht.«

Saibro und Saja schauten sich verwundert an.

»Was soll das bedeuten?«, wollte Saja wissen.

»Aber das liegt doch auf der Hand. Es könnte zu … wie soll ich es sagen?«

Pritje sprang ihm bei: »Er meint, dass es zu peinlichen Situationen für die unterschiedlichen Geschlechter kommen könnte. Du kommst sicher nicht aus Laakso, oder?«

»Nein. Ich bin ein reisender Monakh aus Majirani und auf Grund meiner Verletzung am Bein begleiten mich diese beiden in meine Heimat.«

Pritje nickte und begann erneut in ihrem Buch zu blättern. »Hier ist noch ein winziges Zimmer mit einem Bett frei. Unten im alten Gästehaus am Fluss. Das könntet ihr zudem haben.«

Zufrieden stimmte der Monakh zu: »Das nehmen wir. Es ist dir doch recht, werte Saja?«

Saja grinste den Monakh genüsslich an. »Aber sicher doch. So haben Saibro und ich eben mehr Platz im großen Zimmer mit dem schönen Ausblick über den Fluss.«

Der Monakh schaute sie verwirrt an und Saja konterte: »Was ist? Ach! Dachtest du, ich würde das Einzelzimmer nehmen? Nein, danke. Kein Interesse.«

Der Monakh schaute entgeistert. »Aber …«

»Entscheide dich«, unterbrach ihn Saibro. »Nimmst du das Zimmer im alten Gästehaus oder komm zu uns ins große?«

Der Blick des Monakhs verfinsterte sich. Einsilbig verkündete er: »Ich schlafe bei euch.«

Pritje setzte wieder ihr Lächeln auf und sagte, während sie dies im Buch zu vermerken begann: »Einmal das Vierbettzimmer im oberen Waldgästehaus für euch drei. Braucht ihr sonst noch etwas?«

»Gut, dass du fragst«, antwortete Saibro. »Da unser Freund hier nicht so gut zu Fuß ist, brauchen wir einen Esel für die weitere Reise.«

Pritje grübelte. »Das ist prinzipiell kein Problem. Aber ich hätte noch eine andere Idee: Morgen will Cjucea mit einer Fuhre über die Berge nach Dagbara. Ich habe heute beim Mittagsmahl gehört, dass er diesmal nur wenige Waren mit zurückzunehmen hat. Er könnte Platz für einen fußlahmen Passagier haben.«

»Wo finden wir diesen Cjucea?«, fragte Saja.

»Wahrscheinlich ist er unten im Kontor. Ist so ein Kleiner mit Schnauzbart und sehr hoher Stirn. Geht den Weg, den ihr vom Fluss heraufkamt wieder zurück, bis ihr zur Weggablung mit der großen Fichte kommt, dort geht ihr nicht nach rechts zum Hafen, sondern nach links. Nach wenigen Schritten findet ihr das Kontor rechterhand. Es ist leicht zu erkennen. Es ist das einzige Rot gestrichene Haus im Ort.«

Saibro und Saja bedankten sich freundlich, und der Monakh mit finsterer Miene.

»Willst du hier auf uns warten?«, fragte Saja den Monakh, als sie aus der Empfangshütte herausgetreten waren und zeigte dabei auf dessen Krücken.

»Ich möchte gerne mitkommen und dabei sein, wenn ihr mit diesem Bergführer verhandelt. Als Majirani kenne ich mich damit besser aus als ihr.«

»Nun gut. Dann komm mit«, sagte Saibro und ging voran.

»Wir suchen Cjucea. Uns wurde gesagt, dass wir ihn …«

»Hier! Hier drüben.«

Saibro schaute sich im Raum um. Er sah hinter sich einen Mann mit Halbglatze, der ihm zuwinkte. Dieser saß in einer Ecke des Kontors und sortierte kleine, runde Metallscheiben. Als Saibro zu dem mittelalten Mann an den Tisch trat, stopfte dieser die Scheiben in einen Lederbeutel, den er sorgsam zuschnürte. Saibro hatte noch erkennen können, dass auf den Metallscheiben etwas geprägt war. Doch er hätte nicht sagen können, was es war.

»Was kann ich für euch tun?«

Inzwischen waren Saja und der Monakh auch zu ihnen an den Tisch getreten.

»Wir wollen nach Dagbara und Pritje am Empfang riet uns, uns an dich zu wenden«, sagte Saibro.

Bevor Cjucea etwas erwiderte, musterte er sie ausführlich, wobei er sich einige Male über seinen Schnauzbart strich. »Ich reise morgen nach Dagbara. Ihr beiden seit Laaksoner. Du aber nicht. Du bist ein Monakh. Die gibt es hier nicht.«

Der Monakh nickte höflich. »Mein Name ist Bruder Anaius.«

Cjuceas Gesichtsausdruck blieb freundlich, doch auch unnahbar. »Ist dein Bein gebrochen?«

»Ja, ich hatte einen Unfall.« Der Monakh hob seine Kutte etwas an, um seine Aussage damit zu unterstreichen. »Diese beiden helfen mir wieder nach Hause zu kommen.«

Cjucea schaute zunächst das verbundene Bein des Monakhs prüfend an und ihm hiernach einen kleinen Augenblick länger in die Augen, als es allgemein schicklich war.

Der Monakh hielt jedoch stand.

»Gut.« Nun wendete sich der Bergführer wieder an Saja und Saibro. »Aus welcher Gemeinschaft stammt ihr?«

»Hainrod«, antwortete Saja hastig.

»Ich werde meine Dienstleistung auf eure Liste hier im Kontor eintragen lassen. Aber was kannst du mir geben, Monakh?«

»Nichts.«

Cjuceas Gesichtszüge verhärteten sich. »Irgendwas wirst du mir geben müssen.«

Saibro wunderte sich. Er war es nicht gewohnt, dass über eine solche Sache auf diese Art und Weise gesprochen wurde.

»Ah! Ihr feilscht!«, sagte Saja mit einem Strahlen im Gesicht. »Dies ist ein Handel. Ich arbeite bei uns in Hainrod im Kontor. Leider noch nicht lange. Aber so viel habe ich schon gelernt: Du willst von Anaius eine Gegenleistung.«

Cjucea nickte huldvoll.

»Nun gut. Schreib ihn ebenfalls auf unsere Liste.«

»Gerne.« Der Bergführer schien zufrieden zu sein.

»Vielen Dank, meine Tochter.«

Saja hatte sich anscheinend an diese Anrede des Monakhs gewöhnt, denn sie protestierte inzwischen nicht mehr. Saibro fragte sich noch, was das alles zu bedeuten hatte, da wandte sich Saja erneut an Cjucea. »Eins noch.«

»Ja?«

»Wir werden hinter den Schwarzbergen Zahlungsmittel brauchen, oder?«

»Ganz bestimmt«, pflichtete ihr Cjucea bei.

»Kannst du uns welche geben?«

»Ich kann das mit dem Kontor regeln. Wie viel braucht ihr?«

Saibro sah Saja unsicher an.

»Was schaust du mich an? Ich habe von sowas keine Ahnung.«

Nun schaltete sich der Monakh ein. »Wenn ich euch hierbei einen Rat geben dürfte? Nehmt nicht zu viel. Hinter den Schwarzbergen liegt Dagbara und dort befindet sich ein Kloster der Brüder Tuhans. Sodass ihr ohne viel Geld

über die Runden kommen solltet. Zehn Mince sollten
mehr als ausreichend sein.«

Saja schaute zu Saibro, der lediglich mit den Schultern
zuckte und so wendete sie sich wieder an Cjucea: »Setz
fünfzehn Mince auf unsere Liste.«

»Ich danke euch. Hoffentlich werde ich mich auf unserer
Reise revanchieren können«, sagte der Monakh, als sie das
Kontor verlassen hatten.

Saja reagierte mal wieder schneller als Saibro. »Kein Problem. Ich bin so gespannt darauf mit diesen Mince Handel
zu betreiben.«

»Mich verwundert ihr Laaksoner immer wieder«, sagte
der Monakh. »Die Art wie ihr eure Waren und Dienstleistungen tauscht, erscheint mir alles andere als gerecht.«

Saja lächelte ihn an. »Das Konzept der Gerechtigkeit hat
auch seine Ungerechtigkeiten. Vor allem, wenn sie schon
im Vorfeld festgelegt werden soll und dabei nicht auf die
einzelnen Bedürfnisse achtet. Sei es von Einzelnen oder
Gemeinschaften.«

Saibro wurde ungeduldig, darum mischte er sich ein: »Ihr
werdet auf dem Weg über die Schwarzberge genügend Zeit
haben, dieses Thema zu vertiefen. Ich habe jetzt aber Hunger. Kommt ihr mit?«

Beide nickten.

Sie gingen früh zu Bett. Nachdem er das Licht in ihrem
Schlafraum gelöscht hatte, musste Saibro über sich
schmunzeln. Noch vor wenigen Tagen war ihm in Sajas
Nähe durchaus unbehaglich zumute, denn ihre jugendliche

Schönheit sprach ihn als Mann sehr wohl an. Aber nachdem er sie auf ihrer Reise etwas besser kennengelernt hatte, musste er sich eingestehen, dass ihre manchmal nach wie vor kindliche Art sein körperliches Verlangen deutlich abschwächte. Saibro wurde klar, dass es ihm in Liebesdingen wichtig war, dass eine Frau eine gewisse Reife an den Tag legte.

Kapitel 13

»Ihr seid spät dran«, stellte Cjucea fest und strich sich um sein eckiges Kinn. »Das ist Eldon. Er reist auch mit uns.«

»Es ist meine Schuld. Ich kann es nach wie vor nicht gut einschätzen, wie viel länger ich mit meinen Krücken für alles Mögliche brauche«, beschwichtigte der Monakh.

Cjucea zuckte mit den Schultern und verzog die Mundwinkel. »Gut. Werft eure Sachen auf den Wagen. Inklusive dir und deinen Krücken.«

Saja schmunzelte und auch Saibro gefiel die freimütige Art des kleinen, drahtigen Mannes. Er wusste allerdings nicht so recht, was er von ihrem unbekannten Mitreisenden namens Eldon halten sollte. Der Mann, der fast so groß gewachsen war wie er selbst, trug ausschließlich schwarze Kleidung und auch seine langen, struppigen Haare waren von dieser Farbe. Seinen Mund konnte Saibro wegen eines vollen Barts kaum sehen, doch seine graugrünen Augen schauten grimmig drein. Auch sah er aus, als wenn er seinen kräftigen Stock nicht nur beim Wandern einzusetzen wusste. Während er seinen Rucksack auf den vorderen der beiden Holzkarren warf, nahm sich Saibro vor, ein Auge auf diesen Eldon zu haben. Umgehend wunderte er sich über sein eigenes Misstrauen. Um seine unbehagliche

Stimmung zu vertreiben, schaute er sich Cjuceas Gespanne zur Ablenkung genauer an. Vor die schmalen Karren war jeweils ein Esel gespannt und die wenigen Kisten waren großzügig auf ihnen verteilt. Sie machten einen deutlich gebrauchten, aber stabilen Eindruck.

Als der Monakh auf dem hinteren Karren Platz genommen hatte, gab Cjucea dem Leitesel einen Klaps auf den Hintern und brüllte lauthals das Kommando »Hey ho«. Der Esel vor dem ersten Karren des Gespanns lief nun los. Der hintere Esel war über ein Seil mit dem vorderen Karren verbunden und als sich dieses zu straffen begann, setzte auch er sich in Bewegung.

Saibro atmete einmal tief durch und dann folgte er dem Gespann. Er war beileibe nicht besonders erfreut darüber, nun ein mächtiges Gebirge zu überqueren, doch erschien ihm ihr schwarz gekleideter Begleiter darüber noch deutlich unglücklicher zu sein.

Ihr Weg schlängelte sich zunächst über karge Hügel und durch waldreiche Täler, war zumeist gut begehbar und auch die Esel hatten mit den Wägen kaum Probleme. Sie spulten ihr Programm routiniert ab und störten sich auch nicht daran, wenn Saja hin und wieder mal zum Monakh auf einen der Wägen sprang. Ihren neuen Begleitern schien das stundenlange Laufen nicht viel auszumachen, zumal das Tempo alles andere als hoch war.

Nachdem sich Saja und der Monakh in den ersten Stunden ihrer Wanderung noch recht angeregt unterhalten hatten, wurden auch sie nach und nach immer stiller. Saibro hielt es von vornherein wie ihre beiden anderen Begleiter und schwieg größtenteils. Seine Stimmung war nicht nur wegen der Monotonie ihres Marsches gedrückt. Das Wetter trug auch nicht gerade eben zur allgemeinen Erheiterung bei. Auch wenn sie zurzeit Hochsommer hatten, war es kühl, trüb und gelegentlich nieselte es. Schaute Saibro aus den Tälern nach oben, sah er die in Dunst gehüllten Schwarzberge nicht, die sie noch zu überqueren hatten.

In der ersten Nacht machten sie Rast in einer Hütte. Sie war trocken und als Cjucea das Feuer im Kamin angefacht hatte, wurde es ihnen auch warm. Beim vornehmlich aus Brot, Käse und Kräutertee bestehenden Nachtmahl wurden lediglich noch die nötigsten Informationen ausgetauscht und nur wenig später befand sich Saibro auch schon im Reich der Träume. Saja hatte es sich in ihrem Schlafsack neben ihm gemütlich gemacht, der Monakh und ihr Bergführer legten sich an die gegenüberliegende Wand der Hütte. Saibros letzter Blick galt Eldon. Er saß am in der Mitte der Hütte glimmenden Feuer und scharrte mit leerem Blick mit einem Stock in der Glut.

Als Saibro am Morgen erwachte, setze Cjucea soeben einen Topf mit Wasser auf das frisch entfachte Feuer. Saja und der Monakh schliefen noch. *Der Schwarze* – wie Saibro ihn bei sich nannte – war nicht zu sehen.

»Guten Morgen«, flüsterte ihm der Bergführer zu. »Der Tee ist bald fertig.«

Saibro rieb sich die Augen und nickte brummend. Nachdem er sich gereckt und gestreckt hatte, fragte er: »Wo ist Eldon?«

»Der schläft draußen. Ich glaube, er mag keine Häuser.«

»Seltsamer Typ«, dachte Saibro – mal wieder.

Dieser Tag führte sie nach und nach höher in die Berge. Das Wetter blieb im Grunde gleich, nur dass sie immer häufiger in dichte Nebelfelder kamen. Nach einem wortkargen Tag folgte wieder eine Nacht in einer der Hütten, die laut Cjucea ihren gesamten Weg über die Schwarzberge säumen würden. Zum Nachtmahl gab es wieder Brot, Käse und Tee. Und auch der Schwarze schlief abermals außerhalb der Hütte.

Am dritten Tag wurde ihr Weg immer beschwerlicher, der Pfad schlechter und schmaler. Ihre Sicht reduzierte sich immer mehr. Wenn Saibro am Ende ihrer Gruppe lief, konnte er den stets vorweg gehenden Eldon nicht mehr sehen. So weit er es einschätzen konnte, glaubte Saibro auch, dass sich die Vegetation am Wegesrand nach und nach rar machte und von immer mehr Geröll abgelöst wurde.

Dafür sprach auch ihre Bleibe für die Nacht. Waren die bisherigen Hütten aus Holz gebaut, war diese nun aus Stein.

Beim Nachtmahl erklärte ihnen Cjucea, dass sie am kommenden Tag die offizielle Grenze nach Majirani überqueren würden. Alle nickten nur müde und auch der Bergführer verstummte wieder. Selbst Saja, die in den ersten beiden Tagen mit jedem herumflachste, auch mal ein Lied anstimmte und auf diese Art ein wenig Leben in die Gruppe gebracht hatte, sprach nur mehr das Nötigste. Routiniert spulten sie ihr schmales Abendprogramm ab und schon lag Saibro wieder in seinem Schlafsack.

Der kommende Tag unterschied sich nicht wirklich von dem vorherigen: Nebel und Steine und Steine und Nebel – sowie eine Grenze, die nur durch einen unscheinbaren Stein gekennzeichnet war. Hätte sie Cjucea nicht darauf hingewiesen, wäre Saibro wahrscheinlich daran vorbeigelaufen, ohne zu bemerken, dass er in diesem Moment zum ersten Mal seinen Fuß auf majiranischen Boden gesetzt hatte.

In der darauffolgenden Nacht wurde Saibro immer wieder wach, denn nachdem das Feuer heruntergebrannt war, wurde es empfindlich kalt. Er stopfte sich nach und nach alles, was er um sich herum an Kleidungsstücken und ähnlichem fand in seinen Schlafsack. Das ließ ihn irgendwann dann doch einschlafen.

Als er Stunden später abermals vor der Zeit wach wurde, kam ihm irgendetwas verändert vor. Sein verquollener Blick fixierte die sperrige Holztür der Hütte. Ohne dass es dazu schon in der Lage gewesen wäre, versuchte sich sein Gehirn zu wundern. Er pellte sich aus seinem Schlafsack, stand auf, zog seinen Mantel über und seine Stiefel an. Dann ging er zur Tür und öffnete sie. Da fiel ihm die Kinnlade herunter.

Der Nebel war weg und die Morgensonne lugte zwischen zwei Berggipfeln hindurch. Saibro konnte so weit sehen, wie nie zuvor in seinem ganzen Leben. Schaute er nach Osten, sah er ein wunderschönes Bergpanorama, Richtung

Süden lag ein stahlblauer Bergsee, der von Geröll und einigen immergrünen Flechten umrandet wurde. Im Norden und Westen sah er über ein riesiges Wolkenmeer hinweg, das in unsagbar weiter Ferne in das Azurblau des unermesslich weiten Himmels überging. Saibro konnte sich einfach nicht satt sehen. Er wollte diesen Anblick in sein Gedächtnis brennen.

»So stehen sie alle beim ersten Mal da.«

Saibro fuhr herum und sah, wie Eldon seine Sachen neben einem der Wagen hockend in einen Sack packte. Ihm fiel auf, dass er die Stimme dieses Mannes bisher nie bewusst wahrgenommen hatte. Saibro entschied, sich jedoch nicht von ihm ablenken zu lassen und schaute weiter in die Ferne.

Irgendwann legte sich eine Hand auf Saibros Schulterblatt. Es war Cjucea.

«Komm! Essen«, sagte er und ging zurück zur Hütte.

Saibro riss sich von dem Anblick los und folgte ihm.

»Warum nennt man dieses Gebirge die Schwarzberge?«, fragte Saja unvermittelt.

Sie hatten kurzerhand entschieden, das Morgenmahl vor der Hütte einzunehmen – in der Sonne.

Cjucea räusperte sich. »Wenn die Wolken heute noch weggehen sollten, wirst du es später selbst sehen. Die Wälder, die rund um diese Hochebene herum unter uns liegen, sind so dicht und dunkel, dass sich dieser Name aufgedrängt hat.«

»Hach!«, hörten sie plötzlich den Schwarzen spöttisch auflachen.

Cjucea verdrehte prompt die Augen.

»Bist du anderer Meinung?«, fragte Saja ihren schweigsamen Begleiter.

»Jetzt kommt's«, murmelte Cjucea gut verständlich.

»Was kommt jetzt?«, wollte Saja wissen.

»Die Wälder unter uns sind böse, dunkel und schwarz. Dort leben mysteriöse Kreaturen und giftige Pflanzen vernebeln einem den Verstand, lassen einen seltsame Dinge tun.«

»Sei lieber wieder still, Eldon«, herrschte ihn Cjucea an.

Der Schwarze ließ sich den Mund indes nicht verbieten und murmelte weiter: »Wenn wir Glück haben, bleibt der Nebel.«

»Aber in der Sonne ist es doch viel schöner«, rief Saja gespielt beschwingt, als könnte sie damit die düstere Stimmung vertreiben.

»Und gefährlicher. Man sieht uns besser und die Pflanzen trocknen.«

»Die Pflanzen trocknen?«, fragte der Monakh nach.

»Und fangen an auszudünsten …«

»Ja, ja«, mischte sich Cjucea ein. »Und dann werden wir verrückt und gehen im Dunkel der Wälder verloren. So ein Unsinn! Ich gehe diese Route schon seit vielen Jahren und muss mir solchen Bockmist immer wieder anhören. Los, wir brechen auf!«

Die Sprachlosigkeit und die gedrückte Stimmung während des Aufstiegs war nur eine belanglose Kostprobe der Atmosphäre, die fortan in ihrer Reisegruppe herrschte. Am Abend hatten sie ihre letzte Schlafstelle vor dem Abstieg erreicht. Saibro schlief wieder schlecht, doch diesmal nicht wegen der Kälte. Am nächsten Tag beim Morgenmahl gab Cjucea letzte Instruktionen, was sie alles beim Abstieg zu beachten hätten. Es ging vor allem darum, dass sie aufpassen sollten, wo sie hintraten und dass sie sich von dem Abgrund fernzuhalten hätten. Dass er ihnen zum Abschluss abermals eindringlich versicherte, dass es ansonsten keinerlei Gefahren gäbe, brachte Saibro jedoch auch keine Sicherheit zurück.

Nachdem sie gegen Mittag einen besonders steilen Abgrund passiert hatten, machten sie wie üblich eine Rast, um Brot, Käse und Tee zu sich zu nehmen. Saibro suchte sich einen Platz abseits der Gruppe. Allerdings gesellte sich der Monakh zu ihm. Saibro gefiel das nicht, er wollte in Ruhe essen. Entgegen seiner Befürchtung nahm der Monakh seine Mahlzeit ebenfalls schweigend zu sich.

»Auch einen Schluck?« Der Monakh hielt ihm seinen Wasserbeutel hin.

Saibro lehnte jedoch kopfschüttelnd ab.

»Der Nebel kehrt zurück.«

Saibro nickte. Es trat wieder Stille ein.

Saibro wollte sich gerade erheben, da sagte der Monakh: »Sie sind nervös.«

Saibro krauste die Stirn. »Wer ist nervös?«

»Eldon und Cjucea.«

»Wie kommst du darauf?«

»Glaub mir, ich kenne die Menschen«, ignorierte der Monakh Saibros verächtlichen Unterton. »Und diese beiden sind innerlich aufgewühlt. Da ist etwas, was sie vor uns verschweigen. Irgendetwas, das sie nervös macht. Das ist nicht gut. Das Mädchen darf es möglichst nicht mitbekommen.«

»Saja? Mach dir da mal keine Sorgen. Sie verträgt mehr, als du denkst.«

»Mag sein. Aber glaub mir, es ist besser so.«

»Von mir wird sie nichts erfahren«, sagte Saibro kopfschüttelnd, stand auf und ging zurück zu den Karren.

Kapitel 14

Die Nacht hatten sie in einer zugigen Hütte verbracht und Saibro war froh, als es am Morgen wieder weiterging. Laut Cjucea war dies die vorletzte Etappe ihrer Reise nach Dagbara, wo sie den Monakh endlich seinen Leuten übergeben konnten; an einem Ort namens *Kloster*.

Der Wald durch den sie nun kamen, war dunkel und seine Belaubung dicht. Wenn es hin und wieder doch vorkam, dass sie einige Minuten in der Sonne laufen konnten, genoß Saibro dies sehr. Im offensichtlichen Gegensatz zu Eldon, der sich in der Sonne immer das Gesicht mit einem Tuch vermummte. Saibro hatte längst aufgehört sich über den Schwarzen zu wundern. Auch nicht, als er in der Mittagszeit penetrant darauf bestand, ihre übliche Pause nicht auf einer sonnigen Lichtung zu machen. Er führte sie stattdessen zu einem kahlen Felsvorsprung, unter dem sie dann – um des lieben Friedens willen – fröstelnd und schweigend ihr Mittagsmahl einnahmen.

In der folgenden Nacht überraschte Eldon Saibro dann doch, indem er erstmals mit ihnen in der Schutzhütte schlafen wollte. Doch nicht nur das: Er bestand auch darauf, den Türschlitz mit Kleidungsstücken zuzustopfen. Bevor sie das Licht löschten, warf der Monakh Saibro ein paar vielsagende Blicke zu.

In dieser Nacht wachte Saibro noch häufiger auf als sonst, denn die Luft in der Klause war zum Schneiden dick. Mit der Zeit fingen der Reihe nach alle an zu hüsteln und das Schnarchen ihres Bergführers war laut wie nie. Irgendwann reichte es Saibro: Er stand auf und öffnete die Tür und ließ die wunderbar klare Nachtluft hinein. Er blieb eine Weile im Türrahmen stehen und bewunderte die Sterne am klaren Nachthimmel. Nachdem das Hüsteln der anderen kurze Zeit später aufgehört hatte und auch Cjucea kaum mehr schnarchte, schloss Saibro die Tür wieder und schlief anschließend zum ersten Mal seit Tagen wieder tief und fest.

»Wir haben verschlafen! Alle raus aus den Federn!«
Saibro schreckte hoch.
Cjucea stand im Raum und strich sich hastig durchs Gesicht.
Saja streckte sich und der Monakh mühte sich mit dicken Augen von seiner Schlafstätte auf, als aus der Ecke die Frage in den Raum geworfen wurde: »Warum liegen die Sachen nicht mehr vor der Tür?«
Saibro blickte in Eldons angsterfüllte Augen, schüttelte den Kopf und antwortete: »Ich habe heute Nacht mal durchgelüftet, da habe ich …«
Ein lautes Ächzen unterbrach ihn. »Nein. Nein. Nein!«, stammelte Eldon und krabbelte rücklings in die Ecke.

Verwundert schauten die anderen einander an. Bevor jedoch jemand etwas hätte sagen können, rappelte sich der verängstigt wirkende Mann hoch, stürmte zur Tür und riss diese auf. Blauer Himmel und strahlender Sonnenschein empfingen ihn. »Oh nein!«, jammerte er, raffte seine Sachen zusammen und floh regelrecht mit vorgehaltener Hand ins Freie.

»Was hat der?«, fragte Saja mit aufgerissenen Augen.

Cjucea schüttelte den Kopf und antwortete mit leicht genervter Stimme: »Er denkt, wir sind jetzt alle vergiftet, da die Pflanzen hier in der Gegend angeblich irgendwelche verhängnisvollen Stoffe ausdünsten. Alles Unsinn. Wie schon gesagt: Ich verkehre hier bereits seit Jahren und weiß nix von solchen Ausdünstungen! Und nun los, wir sind schon spät dran. Ich bin draußen und bereite das Morgenmahl zu.«

»Du glaubst Eldon doch auch nicht, oder?«, raunte der Monakh Saibro gegen Ende des Morgenmahls ins Ohr.

»Was weiß denn ich?«, entgegnete Saibro mürrisch und stand auf, um seine Sachen auf einen der Karren zu packen. Er hatte keine Lust auf irgendwelche Spekulationen und wollte seine nur Ruhe.

Als sie sich nach dem Morgenmahl zum Aufbruch rüsteten, machte Cjucea seine verbleibenden Mitreisenden darauf aufmerksam, dass sie in ein paar Stunden einen heiklen Abschnitt des Weges zu passieren hätten. Dies war für sie allerdings nichts Ungewöhnliches, denn er hatte dies auf ihrem Weg über die Schwarzberge immer wieder mal getan.

»Dort werden wir einige hundert Meter hintereinander hergehen müssen«, sagte er, »denn der Weg ist dort schmal und der Abhang talwärts steil. Danach werden wir aber schon bald diesen Wald verlassen haben und ich denke, dort könnten wir auch wieder auf unseren leicht verwirrten Freund treffen.«

»Das hoffe ich doch«, raunte Saja Saibro zu.

»Magst du diesen Kauz etwa?«, fragte Saibro leicht verwundert.

»Schon. Er wirkt zwar zumeist ziemlich hölzern, aber er hat auch eine ganz humorvolle Seite. Und einen süßen Hintern.«

»Davon habe ich aber nichts mitbekommen.«

»Von dem süßen Hintern?«

»Nein, von seiner humorvollen Art!«

»Du redest auch nicht besonders viel mit den Leuten.«

Verdutzt schaute Saibro seine Begleiterin an, die ihn ihrerseits mit einem spitzbübischen Grinsen bedachte.

Bevor sie jedoch zu der besagten Passage kamen, gabelte sich der Weg. Saibro fragte Cjucea verwundert, warum sie nicht dem breiteren der beiden Pfade folgen würden, der zudem auch besser ausgebaut wirkte? Der Bergführer ging darauf nur mit dem lapidaren Hinweis ein, dass das nun mal nicht ihr Weg sei.

Als sie wenig später zu dem schmalen Wegstück kamen, ging Cjucea mit einem Gespann voran; gefolgt von dem zweiten, auf dessen Pritsche wie immer der Monakh Platz genommen hatte. Dahinter lief Saja, bevor Saibro den Abschluss ihres Korsos bildete.

Er fühlte sich heute irgendwie benommen und hatte teilweise Schwierigkeiten konzentriert geradeaus zu schreiten. Auch waren ihm die Augen schwer. So merkte er auch nicht gleich, dass Saja den Kopf umgewandt hatte und zu ihm sprach.

»Ähm … bitte, was hast du gesagt? Ich war ganz in Gedanken.«

»Ich sagte: Es riecht hier aber komisch. Irgendwie faulig.«

Saibro schnüffelte und musste ihr zustimmen: »Ja, du hast recht.«

»Ob das diese Ausdünstungen sind, vor denen es Eldon so grauste? Ich bin auch irgendwie ganz benebelt.«

»Das geht mir nicht anders. Aber wir sollten es bald geschafft haben.«

In diesem Moment huschte ein Hase oder ein großer Vogel über ihnen durch den Wald. Der Esel auf dessen Karren der Monakh saß, scheute und weil Sajas Aufmerksamkeit weiterhin dem hinter ihr gehenden Saibro zugewandt war, erkannte sie dies nicht gleich. Der Monakh wollte die junge Frau noch warnen, da war es schon zu spät. Sie erschrak und machte einen Fehltritt zur Hangseite hin. Saibro nahm dies wie durch einen Gedankenschleier wahr und eher er sich versah, war Saja schon verschwunden.

»Kannst du was sehen?«, fragte Cjucea Saibro, während er dessen Beine festhielt.

Saibro lag auf dem Bauch und versuchte über den Vorsprung zu schauen, über den Saja hinabgerutscht war. »Ich glaube, ich sehe sie. Sie scheint ein paar Meter weiter unten im Gestrüpp gelandet zu sein.«

»Bewegt sie sich?«, wollte der Monakh wissen, der mit seiner Krücke unter der Achsel seines Armes beim Karren stand.

»Kann ich nicht sehen, aber ich glaube nicht«, antwortete Saibro und raffte sich wieder auf.

»Ich brauch ein Seil. Ich werde zu ihr hinuntersteigen.«

Cjucea nickte und kletterte auf den hinteren Karren, wo er nach einigem Suchen einen stabilen Strick hervorkramte. Er band das eine Ende um einen beistehenden Baum und Saibro sich das andere um seine Taille. Nachdem er beide Verbindungen erneut geprüft hatte, machte Saibro sich an den Abstieg. Erst eine gute Körperlänge unter dem Vorsprung fand sein linker Fuß halt an einer Wurzel. Also wagte er einen ersten Blick hinunter, konnte Saja allerdings nicht sehen. Saibro kletterte weiter. Als er das nächste Mal runter sah, konnte er die Gesuchte weiterhin nicht entdecken. Ein mulmiges Gefühl sackte in seinen Magen, doch er stieg weiter hinab. Am Ziel angekommen, dem Gestrüpp in dem Saja nach Saibros Meinung vor wenigen Minuten noch gelegen hatte, war von ihr nichts zu sehen. Saibro rieb sich die schweren Augen. Auch wenn die Aufregung ihn wieder wacher gemacht hatte, war ihm nach wie vor seltsam schwindlig. Er versuchte sich zu konzentrieren und durchforstete das Gebüsch. Hier war eindeutig etwas oder jemand gelandet. Äste waren abgeknickt und das ganze Gestrüpp eingedrückt. Er weitete seine Blicke und untersuchte die Umgebung. Wenn ihn nicht alles täuschte, war nur wenige Schrittlängen seitlich des Gestrüpps ein Vorsprung zu sehen. Saibro kletterte in dessen Richtung und tatsächlich war dort ein kleines Plateau, welches um eine Ecke weiterzugehen schien. Saibro konnte jedoch nicht weiter, da sein Seil zu Ende war. Er machte sich kurzerhand los und hangelte sich vorsichtig an dem Felsen entlang, bis er um die Ecke war. Dort eröffnete sich ihm eine Art schmaler Pfad durch das Gebüsch. Auch wenn Saibro nicht verstand warum, so musste Saja dort entlanggegangen sein. Er folgte dem vermeintlichen Weg, der nach und nach immer breiter wurde. Saja fand er dort indes nicht. Warum sollte sie sich von ihnen weg bewegt haben? Und auch noch so schnell? Er kehrte um und als er wieder an dem Felsvorsprung ankam, um dessen Ecke er Saja zuletzt im Gebüsch hatte liegen sehen, hörte er über sich auch bereits die Rufe seiner Begleiter. Er gab zu erkennen, dass er wohl auf sei und suchte die Stelle um das Gebüsch herum nochmals ab. Als er weiterhin kein Anzeichen auf die Gesuchte fand, entschloss er sich, wieder zu den anderen hinaufzuklettern.

»Ich weiß auch nicht, wie wir nun am besten vorgehen sollten?«, sagte Cjucea. »Aber die Tiere werden unruhig. Ich muss sie zu der nächsten Lichtung führen. Bis dorthin ist es aber nicht mehr weit.«

»Gut, dann geht ihr beide mit den Eseln dahin und ich klettere ein weiteres Mal hinunter.«

»Wir werden zwei Stunden auf dich warten, danach machen wir uns auf nach Dagbara.«

Saibro nickte. »Dann werde ich meinen Rucksack mitnehmen. Darin kann ich neben meinen Sachen, auch noch das Nötigste zur Versorgung einer Verletzung reinpacken.«

»In Ordnung. Bis die Tore der Stadt zur Nacht schließen, werden wir dort auf euch warten. Dann bringe ich Anaius ins Kloster von Dagbara und warte die Nacht am Schwarztor. Dort kennt man mich und ihr könnt euch zu mir durchfragen. Seid ihr morgen früh nicht wieder aufgetaucht, werde ich einen Suchtrupp losschicken.«

Nachdem er abermals hinabgeklettert und wieder auf dem Pfad angekommen war, hastete Saibro durch das Gebüsch, sodass er schnell wieder die Stelle erreichte, an der er zuvor kehrt gemacht hatte. Langsam ließ die erste Aufregung nach und er spürte, wie ihm wieder die Sinne vernebelt wurden. Er forderte sich selbst auf, sich zusammenzureißen und eilte weiter. Der Pfad führte ihn stetig weiter talabwärts. Immer wieder blieb Saibro stehen und erforschte die Umgebung nach Hinweisen auf Saja. Einmal mehr ärgerte er sich darüber, dass er kein guter Fährtenleser war. Er konnte sich bei keiner der Spuren sicher sein, ob hier eine junge Frau oder ein junges Reh entlanggekommen war. Verzweiflung und Ratlosigkeit machte sich in ihm breit. Dazu kam diese seltsame Tranigkeit, die ihm schwer zu schaffen machte. Immer wieder fielen ihm die Augen zu und seine Knie wurden weicher und weicher. Kaum mehr Herr seiner Sinne, kam er immer wieder ins Straucheln. Völlig entkräftet blieb er an einem Baum stehen, um sich mit dem Rücken an diesen anzulehnen. Kaum dass er sich versah, saß er auch schon im Gras und schloss seine Augen. Er konnte sie auch beim besten Willen einfach nicht mehr aufhalten.

Kapitel 15

Als Saibro wieder zu sich kam, schien es dunkle Nacht zu sein. Es machte kaum einen Unterschied, ob er die Augen offen oder geschlossen hatte. Und da er sich nach wie vor reichlich schlaftrunken fühlte, ließ er sie lieber geschlossen.

Das nächste Mal als Saibro erwachte, fühlte er sich bereits weniger benommen. Es war jedoch weiterhin dunkel – und kalt. Ihn fröstelte. Als er seinen Mantel enger ziehen wollte, bemerkte er, dass er weder seinen Reisemantel noch seine gewohnte Kleidung trug. Erschrocken fuhr er auf und betastete sich. Er trug ein fremdes Gewand. Der Stoff war aus grober Wolle gewebt. Saibro sprang auf die Füße, die zu seinem entsetzen nackt waren. Er stand auf Stroh oder Heu. Saibro tastete vorsichtig in die Dunkelheit, doch da war nichts. Er tat einen Schritt zur Seite. Dann einen weiteren. Nun berührten seine Füße kalten, aber festen Boden. Es fühlte sich nach gestampfter Erde an. Er tastete sich weiter vor. Nach ein paar Metern traf Saibro auf eine Wand aus Stein. Dieser folgte er und kam nach einigen weiteren vorsichtig gesetzten Schritten zu einer Ecke. Saibro versuchte seine Angst durch mehrere tiefe Atemzüge in den Griff zu bekommen. Was ihm nur mässig gelang. Trotzdem zwang er sich, seine Umgebung weiter zu erkunden. Schnell wurde ihm klar, dass er in einem Raum sein musste. Und wo ein Raum war, da musste auch ein Ausgang sein. Saibro schnaufte und tastete sich weiter an der Wand entlang. Um die nächste Ecke herum, machte er eine weitere Entdeckung: einen Eisenring, der in der Wand verankert war. Eine Ecke weiter, stieß er auf das, was er gesucht hatte – eine Tür. Sie war aus grobem Holz gefertigt und – *leider* verschlossen. Er entschloss sich, vorerst nicht zu klopfen oder zu rufen. Schwer atmend drehte er sich um und stellte sich mit dem Rücken an die Tür. So langsam schienen sich seine Augen an die Dunkelheit zu gewöhnen und er erkannte schemenhaft, was er inzwischen schon gedacht hatte: Er war in einer Art Kellerraum eingesperrt. Zur Decke blickend sah er, dass sich an der gegenüberliegenden Wand weit oben ein Fenster abzeichnete. Der Tag brach an. Saibro trippelte zu dem Strohhaufen zurück, auf dem er erwacht war und kauerte sich hin. Da er sich irgendwie nicht traute zu rufen, blieb ihm nichts anderes übrig als abzuwarten, was der anbrechende Tag bringen würde.

Allzu lange musste Saibro nicht warten. Nachdem es oben am Fenster gerade taghell geworden war, hörte er Schritte vor der Tür, welche auch sogleich aufgeschlossen und geöffnet wurde. Herein kam ein schlicht gekleideter, grobschlächtiger Mann mit Glatze und einem Tablett.

»Wer bist du? Wo bin ich?«, fragte Saibro, der inzwischen aufgesprungen war.

»Ich bin Finn und du bist in meinem Verlies. Willst du von mir Essen und Trinken haben?« Finn stellte das Tablett auf den Boden. Es stand ein Krug mit Wasser darauf, neben dem ein paar Scheiben altes Brot lagen.

Saibro hatte großen Durst und auch Hunger und nickte.

»Gut. Das wäre abgemacht«, grinste Finn und offenbarte sein fauliges Gebiss.

»Ja, aber …«, setzte Saibro an, da war der raubeinige Mann schon wieder auf dem Weg hinaus. Er schlug die Tür von außen zu und drehte den Schlüssel im Schloss herum. Saibro war wieder allein.

Viele Stunden später kam Finn wieder und brachte abermals Essen sowie einen neuen Krug mit Wasser. Diesmal bekam Saibro eine dünne Suppe und wieder keine Antworten auf seine Fragen. Nachdem das Licht draußen wieder schwächer geworden war, gab es noch ein weiteres Mal Brot und Wasser. Auch diesmal zeigte sich Finn überaus einsilbig, brachte jedoch eine fadenscheinige Decke und einen Eimer mit Deckel. »Willst du dies für die Nacht haben?«

Saibro nickte. Es war jetzt schon kühl in seinem Gefängnis und er wusste, dass es in der Nacht nicht wärmer werden würde. Und den Eimer wusste er auch zu gebrauchen.

»Somit wäre auch das abgemacht«, schlussfolgerte Finn und verschwand sogleich wieder.

Die Nacht zog sich schier endlos hin. Saibro wurde immer wieder wach. Seine Augen hatten sich an die Dunkelheit gewöhnt und so erschreckte er sich immer wieder wegen irgendwelcher Schatten, die seinem verängstigtem Verstand einen Streich spielten. Auch war es in seinem Verlies meist derart still, dass ihn jedes noch so winzige Geräusch hochfahren ließ. Hin und wieder meinte er in der Ferne Rufe zu hören.

»Aufwachen!«

Saibro schreckte auf. Neben ihm stand Finn. Er hatte ihm sein Morgenmahl gebracht: Wasser und altes Brot.

»Ich will hier sofort raus!«, brüllte Saibro.

»Alles zu seiner Zeit. Soll ich das da ausleeren?« Finn zeigte auf den Eimer mit Saibros Fäkalien.

Er nickte.

»Dann wäre das …«

»… abgemacht?!«, unterbrach ihn Saibro barsch.

Diesmal nickte Finn, wobei ein leichtes Grinsen seine ansonsten meist ausdruckslosen Gesichtszüge umspielten.

»Und wann komm ich hier raus?«, wollte Saibro wissen.

Finn antwortete nicht und ging zur Tür.

»Hey! Ich habe dich was gefragt.«

Eine Antwort bekam Saibro indes wieder nicht.

Dieser Tag verlief wie der Erste – und der darauffolgende zunächst auch. Saibro hatte sein Gefängnis inzwischen gründlich untersucht. Die Mauern waren solide, das Fenster unerreichbar und zudem mit einem Gitter versehen und die Tür war gute Handwerksarbeit. Er saß in der Falle. Zwar hatte Saibro diesen Finn bei dessen kurzen Besuchen genau beobachtet, doch ihm war nichts ein- oder aufgefallen, wodurch er ihn hätte übertölpeln können. Kurze Zeit nachdem Saibro sein Mittagsmahl bekommen hatte, kam Finn überraschend wieder zu ihm herein. Er hatte in der einen Hand ein Seil und in der anderen einen Knüppel. Saibro sprang auf, doch bevor er ansonsten hätte irgendwie reagieren können, zog ihm Finn eins mit dem Knüppel über. Saibro wurde sofort schwarz vor Augen.

Ein beißender Geruch fuhr Saibro in die Nase und er schreckte hoch. Doch weit kam er nicht, er war an einen Stuhl gebunden. Ein pochender Schmerz erfüllte seinen gesamten Schädel und seine Augen gewöhnten sich nur langsam an das helle Licht im Raum.

»Hey! Du!« Jemand rüttelte an ihm.

Saibro schaute in ein ihm unbekanntes Gesicht. Es gehörte zu einem Mann, der ihn anlächelte – oder zumindest versuchte ihn anzulächeln. Seine Augen waren kalt, wirkten berechnend und er steckte sich nebenbei das Fläschchen in die Tasche, welches er zuvor Saibro unter die Nase gehalten hatte.

»Ich bin dein Advokate. Soll ich dir helfen?«

Saibro nickte benommen.

»Fein. Dann wäre das abgemacht. Ich bin Luas.«

Langsam gelang es Saibro, seine Umgebung besser wahrzunehmen. Er befand sich in der Mitte eines großen Raumes. Hinter ihm saßen in mehreren Reihen gut zwei dutzend Leute, die sich zum Teil angeregt unterhielten. Er und Luas saßen an einem Tisch und einige Schritte vor ihnen, stand ein weiterer und dahinter ein leerer Stuhl. Saibro schaute zu Luas, der ihn dümmlich angrinste. Hinter diesem entdeckte er Finn, der soeben im Begriff war, sich dort an einen weiteren Tisch zu setzten. Als Saibro diesen sah, wollte er aufspringen, wurde allerdings von seinen Fesseln auf dem Stuhl gehalten.

»Na, na, wer wird denn?« Luas tätschelte ihm den Arm.

»Er hat …«, rief Saibro, doch bevor er seinen Satz beenden konnte, wurde er von einem schallend gebrülltem *»Ruhe im Saal!«* unterbrochen.

Der Schreier war ein Mann in einer überwiegend blauen Bekleidung. Seine Hose, Jacke und sein Hut wirkten aufeinander abgestimmt. Er war durch eine zuvor geschlossene Tür in der Wand vor ihnen getreten. Nachdem er seinen Satz gebrüllt hatte, stand er abwartend da. Es wurde schnell ruhig im Raum und sodann kam ein weiterer Mann zu jener Tür herein. Alle im Raum standen auf, bis auf Saibro, dem dies selbst bei bestem Willen nicht möglich gewesen wäre. Der Mann, der zuletzt eingetreten war, trug ein langes, schwarzes Gewand und war bereits recht alt. Er nahm an dem mitten im Raum stehenden Tisch Platz.

»Was haben wir denn hier?«, murmelte der Mann.

Finn sprang daraufhin auf und brüllte: »Einen Eindringling! Auf meinem Grund und Boden, Herr Judex.«

»Nicht so laut, Finn«, sagte der Mann am Tisch beschwichtigend.

»Wer spricht für den vermeintlichen Eindringling?«

Jetzt sprang Luas auf. »Meine Wenigkeit, Herr Judex.«

»Ah! Luas. Gut. Und wie heißt dein Schützling?«

Luas schaute Saibro verdutzt an und flüsterte ihm zu: »Wie heißt du?«

»Mein Name ist Saibro«, sagte er laut vernehmlich.

Der Herr Judex notierte sich etwas. Anschließend schaute er wieder zu Luas: »Und gibt es einen Zweifel, dass dein Schützling in Finns Areal eingedrungen ist?«

Luas räusperte sich: »Nein, Herr Judex.«

»Und wann war das, Finn?«

»Heute vor drei Nächten, Herr Judex. Ich hielt ihn in der Zwischenzeit fest und gab ihm Nahrung und sorgte für seine … nun ja … menschlichen Bedürfnisse.«

»Hattest du dem zugestimmt, Saibro?«, fragte der Mann in der schwarzen Kleidung.

»Ähm … was?«

Luas raunte ihm zu: »Er will wissen, ob das mit dem Essen und so *abgemacht* war?«

»Nun … schon«, antwortete Saibro.

Daraufhin sagte Luas wieder laut vernehmlich: »Es war abgemacht.«

Der Vorsitzende nickte und notierte sich wieder etwas; diesmal ausführlicher als zuvor. Dann nickte er wieder und erhob sich. »Also gut. Hier mein Beschluss: Saibro wird hiermit verurteilt, für sein widerrechtliches Eindringen zwanzig Mince an die Volkskasse zu zahlen. Zudem schuldet er Finn acht Mince für seine Aufwendungen und Luas zwei Mince für seine Dienste. Alles was Finn bei dem Beklagten gefunden hat, kann dieser zudem als Pfand verwenden. Ich habe entschieden. Fragen?«

Saibro schüttelte sich kurz, dann hakte er nach: »Was?«

Der Vorsitzende schaute irritiert drein. »Wie *was*?«

»Ganz ehrlich gesagt: Ich habe kein Wort verstanden.«

»Du bist nicht von hier?«

»Nein. Ich komme aus Hainrod in der Region Laakso.«

Nun schaltete sich Finn ein: »Ist doch egal: Ich will mein Geld!«

»Geld? Ich habe kein Geld.« Saibro grübelte, wie er anderweitig aus dieser misslichen Lage entkommen könnte? Doch da fiel ihm ein, dass Saja bei Cjucea etwas auf eine Liste hat schreiben lassen und dass dieser damit vollauf zufrieden schien. »Schreibt es auf die Liste«, schlug er vor.

»Welche Liste?«, wollte der Vorsitzende wissen.

»Die Liste von Hainrod.«

Alle schauten Saibro verwirrt an.

Nach einer Weile lachte Luas laut auf: »Er denkt, dass er bei uns *anschreiben lassen* kann.«

Jetzt lachten alle im Saal.

Nur der Vorsitzende blieb ernst. Er schien zu warten bis sich die Menge wieder beruhigt hatte. Nachdem dies der Fall war, verkündete er, dass das *leider nicht möglich wäre* und erklärte zudem: »Dann musst du deine Schuld abarbeiten.«

»Das geht nicht. Ich bin auf der Suche nach einer verschwundenen Freundin.«

Der Vorsitzende legte seine Stirn in Falten. »Das muss warten: Schulden haben Vorrang! Nichts ist schändlicher, als Schulden zu haben.«

Saibro verstand nicht: »Schulden? Warum habe ich eine Schuld? Ich habe nichts gemacht.«

»Doch«, sagte der Vorsitzende, »du hast gegen das Gesetz verstoßen.«

»Was ist ein Gesetz?«, wollte Saibro wissen.

Eine Mischung aus Unmut und Belustigung machte sich im Saal breit.

Der Vorsitzende schüttelte den Kopf und schaute zu Luas: «So geht das nicht weiter. Wir vertagen uns und setzen die Verhandlung in einer Stunde fort. Du erklärst derweil deinem Schützling den Sachverhalt und ihr sucht zudem gemeinsam eine Lösung, die ihr uns sodann präsentieren könnt.»

Bis auf Saibro mussten beim Hinausgehen des Vorsitzenden alle aufstehen, danach hatte der Mann in der blauen Kluft alle Leute aus dem Saal *geschrien*. Alle bis auf Saibro und seinen Advokate.

»Was soll das alles hier?«, wollte Saibro wissen. Er war aufgebracht und konnte sich kaum mehr im Zaum halten.

Luas legte beruhigend seine Hand auf Saibros Arm.

»Und nimm mir endlich diese blöden Fesseln ab!«

Der Advokate tätschelte weiter und schüttelte den Kopf: »Das habe ich nicht zu entscheiden.«

Saibro verdrehte die Augen und versuchte sich zu beruhigen. »Na schön. Du sollst mir das alles hier erklären. Ich höre.«

Luas seufzte. »Immer diese Fremden. Also: Das hier ist ein Gericht und du bist Angeklagter in eine Gerichtsverhandlung. Finn ist der Ankläger und ich bin dein Advokate. Ich bin vom Gericht bestellt, um dir bei der Verhandlung beizustehen. So weit alles klar?«

Saibro konnte sich zwar nicht alles genau erklären, aber so ungefähr war ihm schon klar, um was es hier ging.

»Aber was habe ich getan?«

»Du bist ohne seine Erlaubnis auf Finns Grundstück gegangen und hast dort genächtigt.«

»Ich habe nirgends genächtigt. Ich habe jemanden gesucht und bin dabei wohl ohnmächtig geworden.«

»Mag sein, aber es ändert nichts daran, dass dich Finn in der Nacht auf seinem Grund und Boden gefunden hat. Also hatte er das Recht dich festzusetzen. Und das bis zu drei Tage.«

Saibro knurrte unwirsch, doch Luas fuhr unbeirrt fort: »Nun bist du für dein Vergehen verurteilt worden. Du musst an das Volk zwanzig Mince zahlen, weil du Landfriedensbruch begannen hast und dafür verurteilt wurdest.«

»Ich habe aber nichts Unfriedliches getan!«, beschwerte sich Saibro lautstark.

»Warst du nicht auf seinem Land?«

»Keine Ahnung. Ich sagte doch bereits, dass ich nach jemandem suchte.«

»Und das hast du auf Finns Land gemacht … und das ist verboten.«

»Ich weiß nichts von solch einem Verbot.«

»Unwissenheit schützt vor Strafe nicht.«

Saibro schüttelte verständnislos den Kopf. »Aber es ist in Ordnung, dass Finn mich drei Tage in seinem Keller eingesperrt hat, oder was?«

»Laut Gesetz schon.«

Saibro wurde ganz schwindlig von dem Unsinn, den er da hörte.

Luas wusste jedoch noch einen draufzusetzen: »Und da
du mit ihm Verträge über deine Verkostung und diverse
Dienstleistungen abgeschlossen hast, bekommt er nun acht
Mince von dir.«

Saibro spürte beißenden Spott in sich aufsteigen. »Wie
die Dienstleistung, dass er mir eins übergezogen hat?!«

Davon äußerlich ungerührt, erwiderte Luas: »Dafür
kannst du ihm sogar dankbar sein. Ansonsten würdest du
der Gerichtswache jetzt auch noch etwas für den Gefangenentransport schulden.«

»Und du bekommst die übrigen zwei Mince für deine Beratung hier?«

»Nein, darüber haben wir keinen Vertrag abgeschlossen.
Das Gericht hat mich angewiesen, dich aufzuklären. Die
zwei Mince sind für meine Hilfe beim Prozess. Damit hattest du dich einverstanden erklärt.«

Jetzt dämmerte es Saibro, was es immer mit der Frage auf
sich hatte, ob *etwas abgemacht sei*. Er spürte eine aufstei-
gende innere Leere. »Also gut. Wie komme ich am
schnellsten aus der Sache raus. Ich sagte bereits, dass ich
jemanden finden muss.«

»Am schnellsten? Indem du die Strafe und deine Schulden bezahlst.«

»Ja, aber das hatten wir bereits: Ich habe nichts, womit ich
die Strafe bezahlen könnte.«

»Was bist du von Beruf?«, fragte Luas.

»Du meinst, was meine bevorzugte Tätigkeit ist? Ich bin
Handwerker.«

»Handwerker«, murmelte der Advokate. »Als erfahrener Handwerker kannst du gut und gerne zehn Mince im Monate verdienen. Das heißt: In vier Monaten könntest du deine Schulden abgearbeitet haben.«

»Du meinst in drei Monaten?! Denn unter dem Strich habe ich doch dreizig Mince Schulden, oder?«

»Aktuell schon. Aber niemand wird dir das Geld ohne Zinsen leihen. Und wenn ich es recht überlege, musst du auch noch von irgendetwas leben.«

»Du meinst …?«

»Ich meine, dass du von gut fünf Monaten ausgehen kannst, bist du wieder *frei* bist.«

»Frei? Was meinst du damit nun wieder?«

Luas schaute Saibro mit belustigt funkelnden Augen an: »Du glaubst doch nicht etwa, dass man dir vertrauen wird. Du bist ein verurteilter Straftäter. Du wirst deine Schulden in Unfreiheit abarbeiten müssen.«

Kapitel 16

Saibro wurde durchgeschüttelt, sein Rücken und sein Kopf schmerzten. Er war soeben erst erwacht, öffnete seine Augen und blickte auf einen schmalen unbefestigten Weg, der sich durch einen Wald schlängelte. Was er sah, bewegte sich von ihm weg. Benommen schaute er sich um. Er saß zwischen Kisten und Säcken auf der Ladefläche eines Wagens und war weiterhin an den Händen gefesselt. Er zog an den Seilen und merkte sogleich, dass diese links und rechts an den Bordwänden vertaut waren.

»Ah! Da ist jemand aufgewacht.«

Saibro drehte sich so gut es ging um und erblickte auf dem Kutschbock die Rückansicht eines ihm unbekannten Mannes.

»Ich halte gleich an, dann bekommst du was zu trinken.«

Saibro schüttelte sich. Der Mann sprach mit freundlicher Stimme, trug eine braune Jacke und einen Hut mit breiter Krempe. Mehr konnte Saibro von ihm nicht erkennen. Hinter dem Wagen trotteten zwei Hunde her. Der eine hatte kurzes, dunkles Fell und die gedrungene Figur eines Jagdhundes, der andere war größer, hatte langes struppiges Fell und Saibro hatte einen ganz ähnlichen Hund bereits häufiger in Begleitung von Schäfern gesehen.

»Wo bin ich jetzt schon wieder?«

Eine Antwort bekam Saibro nicht. Allerdings verlangsamte der Wagen seine Fahrt und blieb bald darauf vollends stehen. Der Mann auf dem Kutschbock drehte sich um und tippte zum Gruß an seinen Hut. Er schien älter als Saibro zu sein, denn um seine wachen, haselnussbraunen Augen zeichneten sich erste Krähenfüße ab und in seinem Bart sowie in seinem vollen, dunklen Haar zeigten sich erste graue Strähnen.

»Durst?«

Saibro nickte und der Mann schwang sich sogleich von seinem Bock. Hinter einem Sack kramte er eine Tasche heraus. Saibro erkannte seine eigene Umhängetasche. Der Fremde griff hinein und zog Saibros Keramikflasche hervor, öffnete sie und reichte sie ihm. Seine Fesseln ließen es soeben zu, dass er die Flasche greifen und zum Mund führen konnte. Er nahm einen tiefen Schluck. Das Wasser schmeckte schal und hatte einen strengen Nachgeschmack. Noch bevor Saibro eine Erklärung für seine Lage einfordern konnte, wurde ihm schwummrig vor Augen und leicht schwindelig. Sein Kopf fühlte sich seltsam an. Dann wurde um ihn herum wieder alles schwarz.

Als Saibro das nächste Mal erwachte, fand er sich an einem kräftigen Stamm sitzend wieder. Er war weiterhin gefesselt, nur eben jetzt an einen Baum. An seinen Handgelenken waren die Enden eines langen Seils verknotet, dass hinter ihm um den Stamm des Ahorns geführt war. So war es ihm möglich aufzustehen. Er schaute sich um. Zunächst fiel sein Blick hinab in ein Tal, welches geradewegs von ihm weg führte und in den der geschlungene Lauf eines Baches eingebettet war. In der Ferne konnte Saibro eine Gebirgskette sehen. Es war früher Sommer und er blickte über eine Natur in voller Blüte. Die Aussicht von dieser Anhöhe war wunderschön. Saibro zwang sich, von diesem Anblick abzulassen und seine nähere Umgebung auszuspähen: Hinter dem Baum stand der Pritschenwagen, auf dem er hierher transportiert worden war. Zwei Kaltblüter grasten daneben. Einige Schritte von Saibro entfernt, war eine Feuerstelle mit zwei liegenden Baumstämmen, die als Sitzgelegenheit dienen konnten. Einige Meter weiter begann ein Waldstück. Von dem Mann mit Hut und seinen Hunden war nichts zu sehen. Saibro prüfte seine Fesseln und erkannte schnell, dass sie für ihn nicht zu lösen waren. Auch nach oben hin gab es kein Entkommen, selbst wenn er es geschafft hätte, am Baumstamm hochzuklettern, würde er sich spätestens dort oben mit dem Seil im Geäst verheddern. Er war weiterhin ein Gefangener. Auch wenn der momentane Ort seiner Gefangenschaft eine deutlich angenehmere Aussicht hatte als Finns Kerkerraum. Saibro trug nach wie vor das Gewand von grober Webart, in welchem er vor ein paar Tagen nach seinem Aussetzer erwacht war. Als er seine Arm hob, um an seiner Achsel zu riechen, merkte er selbst, dass von ihm ein bestialischer Gestank ausging.

»Ja, ein Bad würde dir gut tun.«

Saibro schreckte zur Seite.

Der Mann, der ihn hierher gebracht hatte, war aus dem Wald herausgetreten, der an die Lichtung rund um den

Ahornbaum grenzte. Er trug keinen Hut mehr. Offensichtlich hatte er Feuerholz gesammelt, welches er nun neben Saibro zu Boden fallen ließ. Hinter ihm kamen seine beiden Hunde mit heraushängender Zunge hergeschlendert. Der Mann klopfte sich den Dreck von seiner Kleidung, den das Holz dort hinterlassen hatte und hockte sich daneben. Seine Hunde legten sich zu ihm, sodass sie ihn einrahmten. »Du hast sicher ein paar Fragen, oder?«

Saibro musterte den Fremden. Dieser machte einen unbesorgten und freundlichen Eindruck. Und er hatte Recht. Saibro hatte eine Menge Fragen: Wo war er hier? Wer war der Mann? Was wollte er von ihm? Es gelang ihm jedoch nicht, eine dieser Fragen zu formulieren. Zu sehr brummte ihm der Schädel.

Der Mann zog eine Augenbraue hoch. »Also nicht? Aber ich glaube schon, dass du Fragen hast. Du fragst dich sicher: Wer ich bin? Wo du bist? Und was das alles hier soll? Ich will es dir sagen. Aber vorher setze ich uns einen Kaffee auf.«

Der Mann rappelte sich hoch und ging zu seinem Wagen. Mit einer Holzkiste, einem Metallgestell und einem Wasserschlauch kam er zurück. Er machte sich sogleich daran, an der Feuerstelle neben dem Baum einen Teil des gesammelten Holzes zu entzünden. Anschließend kramte er eine dunkelblaue Kanne aus der Kiste. Den Deckel der Kanne nahm er ab und füllte aus einer Dose mehrere Löffel eines brauen Pulvers hinein. Hiernach schüttete er Wasser aus dem Schlauch in die Kanne. Dann widmete er sich wieder dem Lagerfeuer und fachte es weiter an. Ruhig fing er an

zu erzählen: »Ich war im Saal, als du verurteilt wurdest.
Acht Monate Zwangsarbeit?! Das muss dir wie ein schlechter Scherz vorgekommen sein. Aber war dir denn nicht
klar, dass das mit dem Fluchtversuch völlig sinnlos war?
Egal. Auf jeden Fall hat der Wärter dir eine übergezogen
und dann lagst du da. Das war meine Gelegenheit. Ich bin
zum Vorsitzenden und habe vorgeschlagen, dass ich deine
Schuld kaufen würde. Und so bist du an mich geraten.«

Nun machte der Mann eine Pause, überprüfte mit seiner
Handfläche die Temperatur des Feuers und stellte mit zu-
friedenem Gesichtsausdruck die blaue Kanne mitten in die
Feuerschale. Dann schaute er wieder zu Saibro und fuhr
fort: »Du stehst jetzt in meiner Schuld, bis du sie abgearbeitet hast. So will es das Gesetz. Ich habe mir gedacht,
dass du mit Verpflegung und Unterkunft alles in allem ein
Jahr für mich arbeitest. Danach kannst du wieder deiner
Wege ziehen. Was sagst du dazu?«

Saibro war wie vor den Kopf gestoßen und er konnte
kaum einen klaren Gedanken fassen. Er hörte sich fragen:
»Wer bist du?«

Der Mann schlug sich die Hand vor die Stirn und sagte
mit aufgerissenen Augen: »Oh, wie unhöflich von mir. Entschuldige. Mein Name ist Helms. Du bist Saibro,
stimmt’s?«

Saibro nickte.

Helms beachtete dies kaum. Stattdessen zog er die Kanne
aus dem Feuer. Mit einem Tuch hob er sie an ihrem Griff
aus der Schale und schenkte eine dampfende, dunkelbrau-
ne Flüssigkeit in zwei Becher, die er zuvor aus der Holzkis-

te gekramt hatte. Dann stand er mit einem Becher in der Hand auf und brachte ihn zu Saibro. Er stellte ihn gerade so nahe an Saibro heran auf den Boden, dass er trotz seiner Fesseln drankommen konnte. Mit dem Hinweis »*Heiß!*«, ging er zu seinem Becher zurück und setzte sich auf einen der Baumstämme. Er pustete auf sein Getränk und nach einer Weile nahm er einen Schluck. Saibros skeptischen Blick deutete er anscheinend richtig, denn er sagte: »Keine Angst, diesmal ist kein Betäubungsmittel in deinem Getränk. Wir sind an unserem Ziel angekommen und ich sehe keinen Grund mehr dich ruhig zustellen. Schau her: Ich trinke das selbe.«

Saibro rührte seinen Becher nicht an. Stattdessen fragte er missmutig: »Was soll das alles hier? Lass mich sofort frei!«

»Darüber können wir gerne reden, wenn du mir versprichst deine Schuld zu begleichen und mir ein Jahr lang beim Bau meines Hauses hilfst.«

»Was soll ich?«, fragte Saibro verwundert.

Helms nahm erneut einen Schluck aus seiner Tasse, dann sagte er: »Ich denke schon, dass du mich verstanden hast. Und du wirst mir in jedem Fall helfen, mein Haus zu bauen.«

»Werde ich nicht!«, brauste Saibro auf.

Helms blieb davon anscheinend weithin ungerührt und kratzte sich nur grüblerisch an seinem bärtigen Kinn. Dann erklärte er mit ruhiger Stimme: »Siehst du das Tal dort unten? Ich habe es auf Lebzeit gepachtet. Dort wachsen wunderbare Kräuter aller Art. Du musst wissen, es ist mein Beruf mich mit Kräutern auszukennen. Ich sammle sie und erzeuge daraus Salben, Tinkturen und so weiter. Darum will ich auch hier ein Haus bauen. Nur bin ich eben ein Kräutermann, manche bezeichnen mich auch als Heiler oder Händler, aber ich bin gewiss kein Handwerker … so wie du. Darum brauch ich deine Hilfe, um dieses Haus zu errichten und somit mein Geschäft auszubauen.«

»Aber ich will dir nicht helfen. Ich bin auf der Durchreise und bin nur vom Weg abgekommen, weil ich meine vermisste Begleiterin suchen wollte.«

Helms nickte mit nachdenklichem Gesichtsausdruck und entgegnete: »Siehst du das Gebirge dort am Horizont? Das sind die Schwarzberge.«

Saibro hatte sich das bereits gedacht.

»Dort hast du deine Begleiterin verloren. Vor Tagen! Entweder es geht ihr gut oder du kannst ihr sowieso nicht mehr helfen. Außerdem hast du hier in der Fremde keine Chance sie wiederzufinden. Das Thema ist für dich durch. Du könntest nur weiter zum Ziel deiner Reise oder wieder zurück nach Hause. Luas hat mir die Sache mit dem verletzten Monakh erzählt. Der ist schon lange wieder in einem Kloster seiner Gemeinschaft. Die Brüder Tuhans sind tugendhafte Menschen. Möglicherweise werden sie die Suche nach deiner Freundin bereits in Angriff genommen haben.«

»Aber was ist mit mir? Mich werden sie doch auch suchen.«

Wie Saibro Helms' Gesichtsausdruck deutete, schien dieser daran nicht gedacht zu haben.

Doch schnell hellte sich dessen Blick wieder auf. »Natürlich werden sie an offizieller Stelle nach dir Fragen und da du aktenkundig geworden bist, sollte sich das alles schnell aufklären lassen. Das heißt: Entweder es kommt jemand hier vorbei oder eben nicht. Wenn jemand kommt, weiß ich das Gesetz auf meiner Seite. Du wirst in jedem Falle bei mir bleiben müssen. Und nun trink, dein Kaffee wird sonst kalt.«

Sichtlich zufrieden nahm Helms selbst einen weiteren Schluck aus seiner Tasse, dann fuhr er fort: »Jetzt da das geklärt ist, nun ein paar Worte zu deiner Arbeitsbereitschaft. Zunächst einmal bist du ein verurteilter Schuldner und wenn du fliehen solltest, wirst du nicht durch dieses Land kommen, ohne irgendwann gefasst zu werden. Dann wird dein Urteil nicht mehr so gnädig ausfallen. Es ist durchaus nicht unüblich einem säumigen Schuldner eine Hand abzuschlagen. Was vor allem für dich als Handwerker besonders tragisch wäre. Und wenn du zu fliehen versuchst, wäre es sehr wohl rechtens, wenn ich dir Nores und Okaya hinterher schicken würde.« Versonnen lächelnd kraulte Helms nacheinander seine beiden Hunde am Kopf. »Zudem habe ich begonnen dir ein Kraut zu verabreichen, welches bei dir binnen weniger Tage eine Abhängigkeit hervorrufen würde, wenn ich es dir weiterhin zuführen würde. Menschen, die danach süchtig sind, müssen täglich eine gewisse Dosis davon zu sich nehmen, sonst erleiden sie irrsinnige Schmerzen und werden nach nur wenigen Tagen Entzug fast verrückt. Wer es wirklich will, kann sich zwar wieder davon erholen, die Prozedur ist allerdings recht qualvoll und dauert deutlich länger als das eine Jahr, welches du mir zur Seite stehen sollst. Ach ja, fast hätte ich es vergessen: Das Kraut ist wahrlich selten. Ich selbst kenne nur einen Ort, an dem es wächst. Alleine deine zwanghafte Suche danach, würde dich fast um den Verstand bringen.«

Saibro konterte wütend: »Dann werde ich von nun an nichts mehr essen und trinken! So nütze ich dir schon bald nichts mehr.«

Helms winkte ab: »Das würdest du dir schon schnell wieder anders überlegen. Das Kraut macht tierisch hungrig und durstig.«

»Aber ich würde es doch nicht mehr zu mir nehmen?!«

»Doch, doch. Du nimmst es über die Haut zu dir. Ich habe deine Fesseln ausreichend damit getränkt. Du hast noch einen, höchstens zwei Tage, um dir mein Angebot zu überlegen, dann wird es unangenehm.« Helms nahm einen letzten Schluck seines Kaffees, dann richtete er sich auf. »Es ist spät. Ich werde jetzt dein Lager für die erste Nacht herrichten. Je schneller wir uns einigen, desto schneller wirst du deine Fesseln los.«

Helms ging in Richtung des Wagens, doch nach wenigen Schritten blieb er stehen und wendete sich abermals an Saibro. »Ach ja! Es gibt da noch eine weitere Sache, die dir eine Flucht vermiesen würde. Du würdest sie jedoch erst bei einem Versuch kennenlernen … aber nie mehr vergessen. Lass dich lieber auf unseren Handel ein. Solch ein Jahr ist doch wirklich schnell vorbei. Vor allem, wenn man richtig hart zu arbeiten hat.«

Saibros Entscheidung war gefallen. Die letzte Nacht hatte ihm nicht viel Erholung gebracht. An eine unbequeme Schlafstätte hatte er sich in den letzten Wochen schon fast gewöhnt. Das war es nicht, was ihn um den Schlaf gebracht hatte. Er war zum einen nicht sonderlich müde und hatte zum anderen einiges abzuwägen.

Patrouilliert von seinen Hunden, hatte sein *Gastgeber* Saibro am Abend zum Wagen geführt und darunter gezeigt. Als Saibro erneut angebunden unter der Pritsche lag, hatte ihm Helms noch eine Decke für die Nacht gegeben und war daraufhin aus Saibros Blickfeld verschwunden. Im Gegensatz zu seinem imposanten Hütehund Okaya, der sich wenige Schritte vom Wagen ins Gras gelegt hatte und Saibro bei jeder Regung leise aber bedrohlich anknurrte.

»Du kannst mir die Fesseln abnehmen. Ich bleibe und helfe dir dein Haus zu bauen.«

Helms klatschte in die Hände und grinste.

Saibro fügte indes schnell hinzu: »Unter drei Bedingungen!«

Schlagartig war das Grinsen wieder aus Helms' Gesicht entwichen. »Nicht dass du welche stellen könntest, aber wie wären die?«

»Falls wir gut vorankommen und vor Ablauf des Jahres fertig sind, lässt du mich früher gehen.«

Der Kräutersammler strich sich nachdenklich durch den Bart, dann nickte er zustimmend.

»Und du hilfst mir eine Nachricht nach Hause zu schicken.«

»Das mache ich sogar gerne. Allerdings müssen wir uns überlegen, wie wir das bewerkstelligen. Und drittens?«

»Bevor wir mit dem Bau beginnen, muss ich rausfinden, wo Saja und meine Begleiter abgeblieben sind und ob es ihnen gut geht. Insbesondere Saja. Sie ist noch jung, stammt aus meinem Dorf und ich fühle mich ein Stück weit für sie verantwortlich.«

Helms' Miene verfinsterte sich. »Nur die Frau.«

»Was?«

»Wir finden nur heraus, wo die Frau ist.«

»Nun gut. Am besten ich kehre dazu zu dem Ort zurück, wo ich sie zuletzt sah.«

»Nein, nein. Auf keinen Fall! Das ist Finns Grund und Boden und wenn du dort nochmals aufgefunden wirst, sitzt du ein.«

»Ich sitze *was*?«

Helms schaute Saibro fast schon mitleidig an, seufze kurz und antwortete in ruhigem Tonfall: »Sie werden dich ins Gefängnis stecken. Wahrscheinlich für mindestens zwei Jahre. In ein Verlies wie bei Finn. Oder schlimmer.«

Saibro erschrak mächtig.

»Lass mich überlegen.« Helms schaute grübelnd in die Ferne. »Morgen ist Donnerstag, da fahre ich meist in die Stadt. Wahrscheinlich kann ich dort etwas herausfinden. Das ist das, was ich dir anbieten kann.«

»Dann komm ich mit«, forderte Saibro. Helms senkte seinen Kopf, wirkte alles andere als begeistert. Nachdem er jedoch einmal tief durchgeatmet und seinen Bart gekrault hatte, nickte er sparsam.

»Demnach sind wir uns grundsätzlich einig? Also wegen meiner drei Bedingungen?«, hakte Saibro vorsichtig nach.

Helms trat zu ihm an den Wagen und reichte ihm mit zerknirscht wirkendem Gesichtsausdruck die Hand: »Abgemacht!«

Kapitel 17

Saibros Hoffnung war gering, dass sein Plan tatsächlich aufgehen könnte, aber vorhanden. Wobei er sich gescheut hätte, seine Idee vor jemand anderem als *Plan* zu bezeichnen. Er wollte schlichtweg abhauen, sich nach Hainrod durchschlagen und hoffte, dass Muukja etwas gegen seine Vergiftung tun könnte. Doch noch haderte er mit sich – wegen Saja.

Nachdem ihn Helms von seinen Fesseln befreit und seinen Hunden ein verschleiertes Kommando zugerufen hatte, führte er Saibro zu einem Teich in der Nähe. Von den Hunden bewacht, konnte Saibro dort ein Bad nehmen und bekam auch seine ursprüngliche Kleidung zurück. Im Anschluss führte ihn Helms wieder an der Feuerstelle vorbei in Richtung Wald; seine wachsamen Vierbeiner immer im Schlepptau. Dabei erläuterte er Saibro in groben Zügen seine Absichten bezüglich des Hausbaus. Im Kern plante er, dort am Waldrand zwei Gebäude zu errichten: eines zum Wohnen und eines zum Arbeiten. Den Bereich zwischen den Häusern wollte er wie eine Art Terrasse mit Holz beplanken und mit einem Zeltdach überspannen.

»Hast du auch eine Zeichnung von deinen Plänen?«, wollte Saibro wissen.

»Aber sicher doch. Ich werde sie dir zeigen, wenn wir drin sind?« »

Wo *drin*?«, fragte Saibro.

»Komm mit...«

Saibro folgte Helms auf einer Art Pfad in den Wald. Nach wenigen Schritten gewöhnten sich seine Augen an das schummrige Licht unter dem dichten Blätterdach. Er erkannte, dass der Pfad zu einem in dem Wald gelegenen Felsmassiv führte, welches sich gut versteckt nur wenige Meter hinter dem Waldrand befand. An dem Felsmassiv angekommen, führte Helms Saibro um eine Ecke, wo verborgen ein großer Höhleneingang lag. Saibro folgte Helms in die Höhle, in der einige Öllampen für Licht sorgten. Der beleuchtete Bereich der Höhle konnte fast schon als wohnlich eingerichtet gelten.

»Hier wohne ich bisher und hier verarbeite ich auch meine Kräuter. Und da ich meinem Verpächter kürzlich gut zehn Morgen des um diese Höhle herum gelegenen Landes habe abkaufen können, will ich jetzt so schnell wie möglich bauen.«

»Die besagten zwei Häuser«, schlussfolgerte Saibro.

»Genau.«

»Nur zwei?«

»Ähm … ja. Mehr brauche ich nun wirklich nicht.«

»Und sonst soll hier niemand leben?«

»Nun. Ich hoffe, dass ich mal eine Frau finde und wir Kinder haben werden.«

Saibro war verwundert, schloss indes darauf, dass Helms hier keine neue Siedlung gründen wollte. Aber das war nun wirklich keines seiner Probleme. Außerdem wollte er lieber den Plan für die zu bauenden Häuser sehen. Auf der Suche danach ließ er seinen Blick durch die Höhle schweifen. In dem schwachen Licht war es nicht besonders gut zu erkennen, doch schien es im hinteren Teil weiterzugehen.

Als wenn Helms seine Gedanken erraten hätte, sagte er: »Dort hinten geht es noch weiter. Da habe ich auch die Pläne. Komm mit.«

Helms griff sich eine Lampe und ging tiefer in die Höhle hinein. Saibro folgte ihm.

Sie kamen in einen großen Raum in dem Holz lagerte. Saibro erkannte selbst im Schummerlicht, dass es sich dabei um Bauholz handelte; sicherlich für den Hausbau. Helms durchquerte diesen Bereich wortlos und bog gegen Ende in eine kleinere Höhle ab. Dort entzündete er zwei weitere Öllampen und hängte sie an den Wänden auf. In der Mitte stand ein raumgreifender Tisch und darauf lagen mehrere große Rollen aus Papier. Helms wählte eine davon aus und entrollte sie. Die Ecken beschwerte er mit auf dem Tisch bereitliegenden Steinen. Die Lampe, die er aus der Eingangshöhle mitgebracht hatte, positionierte er so, dass sie den Plan gut lesen konnten.

»Dieser Plan sollte dir einen guten Überblick geben.«

Saibro trat interessiert an den Tisch. Er bemerkte seine Wissbegierde. Im Grunde hatte er sich vorgenommen, möglichst unbeteiligt zu erscheinen, doch einem guten Bauplan konnte er nicht widerstehen. Und hier hatte er einen wirklich guten Plan vor sich liegen. Er nickte anerkennend.

Helms schien dies zu bemerken und fragte sogleich: »Was sagst du? Kannst du mit dem Plan etwas anfangen?«

Ohne aufzublicken, antwortete Saibro: »Das kann ich. Wer hat das Haus geplant? Du?«

Helms schmunzelte. »Oh nein! Dann würdest du darauf nichts Sinnvolles erkennen. Ich habe einen Architekten aus Eosima damit beauftragt. Hier unten steht sein Name. Er heißt Stavitel. Er wird für sein Talent in ganz Majirani gerühmt.«

Saibro breitete einen der weiteren Pläne über dem Ersten aus. Daraufhin sagte er anerkennend: »Zu recht. Von ihm könnte wahrscheinlich sogar Koremna noch einiges lernen.«

»Ist das euer Architekt?«, wollte Helms wissen.

Saibro riss seinen Blick von dem Plan los, schaute ihn an und erwiderte: »Ich weiß zwar nicht, was ein Architekt ist, aber sie ist meine Schwester und sie zeichnet bei uns die besten Pläne.«

Helms schaute Saibro verblüfft an.

»Was ist? Warum schaust du so?«

Helms schüttelte kaum merklich den Kopf. »Eine Frau macht bei euch eine solche Arbeit?«

Saibro war durch den Monakh schon damit konfrontiert worden, dass in dieser Region Frauen und Männer offensichtlich einen unterschiedlichen Stellenwert hatten. Verärgert konterte er darum: »Natürlich. Es mag so sein, dass Männer und Frauen im Bezug auf das Gebären von Kindern von der Natur unterschiedliche Rollen zugedacht bekommen haben, aber sonst ...«

»Versteh mich nicht falsch«, unterbrach ihn Helms. »Ich sehe das ganz ähnlich. Aber unsere Gesellschaft hat da … wie soll ich es ausdrücken? Sie hat da eine andere Tradition.« Helms schenkte ihm ein verlegen wirkendes Lächeln.

Davon irritiert, widmete Saibro sich lieber wieder den Plänen, die er nun nach und nach begutachtete.

Im Anschluss zeigte ihm Helms das Baumaterial sowie das Werkzeug, welches ebenfalls in der großen Höhle gelagert war, die der Kräutersammler den *Dom* nannte. Saibro erkannte sogleich, dass das ganze Vorhaben gut geplant war. Die Werkzeuge wirkten hochwertig, das Bauholz hatte seine Zeit zum Lagern bekommen und war ausreichend getrocknet. Sie würden noch heute loslegen können. Saibro erwischte sich, wie er vor seinem geistigen Auge bereits auf dem Fachwerk der Gebäude *herumturnte*. Dabei war er noch am Morgen fest davon überzeugt, dass er sich schon ganz bald von hier absetzen würde. Er musste sich jedoch eingestehen, dass diese Aufgabe den Handwerker in ihm sehr verlockte. Auf den Plänen waren einige Konzepte skizziert, die er nur zu gerne in die Realität umsetzen würde, da er dabei gewiss einige neue Kniffe kennenlernen könnte. Saibro sagte sich, dass seine Überlegungen hinsichtlich seiner Flucht bislang nicht ausreichend weit genug gediehen waren und er heute diesbezüglich sowieso nichts mehr zu Wege bringen würde. Darum beschloss er, den morgigen Tag abzuwarten, denn die Chance auf ihrer gemeinsamen Erkundungstour etwas über Sajas Verbleib herauszubekommen, wollte er sich nicht entgehen lassen. Sich zu gedulden, war gegenwärtig das Beste was Saibro einfiel. Auch wurde ihm bewusst, wie ihm die körperliche Handwerksarbeit fehlte. Seine Hände gierten geradezu nach Säge, Spaten und Hammer.

Als Helms allerdings von einem *Morgenmahl* sprach, bemerkte Saibro, dass ihm noch etwas anderes fehlte. Sein Magen knurrte zustimmend.

Den Rest des Tages verbrachten sie damit die Pläne zu studieren sowie die vorhandenen Lagerbestände und Werkzeuge zu inspizieren. Sie setzten erste Pflöcke zur Markierung und Saibro probierte auch einmal das ihm von Helms angebotene Getränk, welches dieser als *Kaffee* bezeichnet hatte.

»Deutlich bitterer als unser Gerstentee, dieser Kaffee. Woraus ist er gemacht?«, wollte Saibro wissen, während sie im Schatten des Ahornbaums eine Pause machten.

»Ehrlich gesagt, ist es im Grunde kein richtiger Kaffee. Der besteht aus dem Pulver einer bestimmten Art gerösteter Bohnen, die jedoch mit Schiffen aus südlicheren Gefilden über das Meer hier auf unseren Kontinent Magano gebracht werden müssen. Die Kaffeepflanze gedeiht hier einfach nicht und somit müssen die Bohnen von Händlern aus der Ferne hierher transportiert werden. Das macht echten Kaffee für die meisten Menschen hier ziemlich teuer. Ich mache meinen Kaffee aus einer Mischung von ungekeimten Gerste- und Roggenkörnern und gebe eine Prise von der Wurzel der gemeinen Weggarbe hinzu. Echter Kaffee schmeckt noch würziger. Aber ich denke, ich bekomme den ungefähren Geschmack schon ganz gut hin.«

Saibro nickte knapp, trank einen weiteren Schluck und schaute gedankenversunken ins Tal. Dies war nur eine von vielen Fragen, die Saibro im Kopf herumschwirrten. So hätte er Helms unter anderem gerne gefragt, was ein Verpächter sei und wer sich diese ganze Sache mit dem *Abgemacht* ausgedacht hatte? Er wollte jedoch nicht zu leutselig werden, denn er hatte allen Grund misstrauisch zu sein. In ihm wogte ein Kampf zwischen der Lust an der Aufgabe und der Tatsache, dass er nicht freiwillig hier war; zwischen den Sympathien, die er durchaus für Helms heute an den Tag gelegte Wesensart hegte und dem Wissen um dessen gestern gezeigtes, berechnendes und nur seinen Interessen dienendes Vorgehen. Doch seine Neugierde obsiegte: »Wenn dir echter Kaffee *teuer* ist, warum versuchst du ihn nachzumachen?«

Helms schaute ihn zunächst fragend an, doch dann hellten sich seine Gesichtszüge auf und er schmunzelte. »Interessante Fehldeutung. Der Begriff *teuer* hat bei uns im allgemeinen Sprachgebrauch seltener die Bedeutung, dass etwas sehr geschätzt wird. Meist verwendet man ihn, um zu sagen, dass etwas einen hohen Preis hat, also viele Mince zu bezahlen sind, um es von jemand anderem zu bekommen.«

Saibro legte seine Stirn in Falten und mutmaßte: »Hier hat wohl alles was mit diesen *Mincen* zu tun, was?«

Helms strich sich durch seinen Bart, was er meistens tat, wenn er nachdachte. Dann nickte er und sagte anerkennend: »Da ist was Wahres dran. Kaum etwas spielt bei den Menschen hier eine zentralere Rolle. Mittels Mince kann man Dinge und Tätigkeiten vergleichen. Sie sind nicht nur Zahlungsmittel, sondern auch ein allgegenwärtiger Maßstab.«

Saibro wurde bei diesem Gedanken unbehaglich zumute. So konnte er sich nur schwer vorstellen, wie die beiden Bedeutungen von *teuer* gerecht in einen vergleichbaren Mincewert bemessen werden konnten. So war ihm etwa *Kaffee* ganz und gar nicht teuer.

Kapitel 18

Als er am nächsten Morgen aufwachte und sich streckte, bellte Okaya zweimal. Saibro hatte in einer Art Nische in der Eingangshöhle geschlafen, bewacht von den Hunden. Wobei Okaya am vorderen Ausgang Stellung bezogen hatte und Nores am Durchgang nach hinten. Dort hatte sich Helms für die Nacht tiefer in das Höhlensystem zurückgezogen, von wo aus er nun auch prompt wieder auftauchte. Er hatte eine Öllampe in der Hand und murmelte eine Begrüßung, wobei er geradewegs auf Okaya zusteuerte. Er bedachte sie mit einem Lob sowie ein paar Streicheleinheiten und auch Nores wurde postwendend gestrubbelt, nachdem er mit dem Schwanz wedelnd und einem Quietschlaut auf sich aufmerksam gemacht hatte.

Danach wandte er sich an Saibro: »Lass uns nicht trödeln, damit wir nicht so spät in Dagbara ankommen. Du kannst doch hoffentlich reiten?«

Schon eine gute halbe Stunde später, fand sich Saibro auf dem Rücken eines Pferdes wieder. Er war schon seit Jahren nicht mehr geritten, kam jedoch schnell wieder damit zurecht. Sowohl an seinem Sattel als auch an dem von Helms' Pferd waren je zwei gut gefüllte Taschen angebracht, die dieser am Vorabend mit seinen Erzeugnissen vollgepackt hatte. In ihrem Schlepptau trotteten Nores und Okaya hinter ihnen drein.

»In gut einer Stunde sollten wir in Dagbara sein. Dort werde ich zunächst zwei Händler aufsuchen und wir werden unsere Waren abliefern. Danach können wir uns auf die Suche nach deiner Freundin machen. Ich halte es für besser, wenn ich die Sache in die Hand nehme. Was für dich heißt: Du hältst den Mund! Darum solltest du mir jetzt alles erzählen, was uns bei der Suche nach dieser jungen Frau helfen könnte. Beginn am besten damit, dass du mir noch einmal ihren Namen sagst.«

»Saja. Sie heißt Saja.«

Nun berichtete Saibro Helms, was er für wissenswert erachtete: Angefangen beim Auftauchen des Monakh in Hainrod, über dessen Verletzung und Muukjas Ablehnung ihm gegenüber, bis hin zum gesamten Verlauf ihrer Reise.

Helms hörte sich seine Schilderungen gleichmütig an. Doch als Saibro von ihrem Reisebegleiter in Schwarz sowie seinem seltsamen Verhalten erzählte, wurde Helms ganz plötzlich auffällig hellhörig. Nachdem Saibro seine Erzählung beendet hatte, musste er Eldons Aussehen ein weiteres Mal haargenau beschreiben.

»Und wie war der Name dieses Mannes nochmal?«, hakte Helms im Anschluss erneut nach.

»Er wurde uns als Eldon vorgestellt.«

Helms stoppte sein Pferd und wie auf Kommando tat es ihm Saibros Reittier gleich. Er starrte in die Ferne und nestelte nervös an seinem Bart. »Eldon«, murmelte er vor sich hin. »*El Don … die Gabe*. Auch das würde passen.«

»Was würde passen?«, wollte Saibro wissen.

Doch statt zu antworten, stieg Helms von seinem Pferd und setzte sich ohne jegliche Anmut plump ins Gras am Wegesrand. Seine Hunde beeilten sich, zu ihm zu kommen und winselten sorgenvoll.

Im Grunde genommen hatte Saibro auf eine solche Chance gewartet: Er selbst auf dem Pferd und Helms sichtlich abgelenkt, hätte er losstürmen und die Flucht ergreifen können. Doch hielt ihn etwas zurück. Stattdessen stieg er ebenfalls vom Pferd, hockte sich vor Helms hin und fragte: »Die Gabe? Was meinst du damit?«

Ohne aufzusehen, antwortete Helms abwesend: »Er sah sich so … als *Gabe Tuhans*.« Helms rang sichtlich mit der Fassung sowie mit seinen Worten. Nach eine kurzen Pause fuhr er fort: »Die meisten nannten ihn Sevhogin.« Mit furchterfüllten Augen blickte er zu Saibro und ergänzte: »Die schwarze Seele«. Er sprang unvermittelt auf, hastete zu seinem Pferd und kramte in einer der Satteltaschen. Er holte eine handliche, flache Metallflasche heraus, öffnete sie mit zitternden Händen und nahm einen tiefen Schluck daraus. Nach einem kurzem Augenblick der inneren Einkehr, wand er sich abrupt zu Saibro um: »Wenn er es wirklich ist, müssen wir unsere Abmachung ändern: Ich helfe dir Saja zu finden und du mir Sevhogin zu schnappen, danach sind wir quitt und du kannst deiner Wege ziehen.«

Auch wenn ihn ein komisches Gefühl durchfloss, konnte Saibro sein Glück kaum fassen. Er willigte kurzentschlossen ein: »Abgemacht!«

Jeweils in ihre eigenen Gedanken versunken, ritten sie weiter in Richtung Dagbara. Es dauerte nicht lange, da fragte sich Saibro, worauf er sich da eingelassen hatte? Im ersten Moment hatte er nur die Möglichkeit gesehen, schneller aus der Sache raus und nach Hause zu kommen. Ihm war zunächst nicht mal ansatzweise bewusst gewesen, dass ihre Abmachung beinhaltete, einen *Menschen* zu fangen.

»Warum willst du Eldon, oder besser gesagt: Sevhogin eigentlich gefangen nehmen?«, fragte Saibro nach einer Weile.

»Das erzähle ich dir heute Abend in aller Ruhe. Jetzt sind wir jedoch bald in Dagbara. Ich schlage vor, wir bleiben bei unserem heute Morgen besprochenen Vorgehen und bringen zunächst die bestellten Waren zu den Händlern. Das dürfte nicht lange dauern. Danach sollten wir zum Platz am Schwarztor gehen und schauen, ob wir dort euren Bergführer mit seinen Eseln und seinen Karren finden.«

Zwei Wegwindungen später erblickte Saibro eine riesige Befestigungsmauer mit überdachten Türmen dort, wo die Mauern Winkel bildeten, und als oberen Abschluss hatte das gesamte Mauerwerk einen Zinnenkranz. Niemals zuvor hatte Saibro ein solch großes Bauwerk gesehen. Sein Baumeisterherz schlug augenblicklich höher. »Sowas habe ich noch nie gesehen!«

»Und doch warst du schon mal hier«, klärte Helms ihn auf. »Bei deinem Prozess. Aber damals warst du nur im Gerichtsgebäude bei Bewusstsein.«

Saibro nickte gedankenverloren und nahm die Stadtmauer weiter in Augenschein.

Ihr Weg führte auf eine Brücke zu, die über einen, die gesamte Mauer umlaufenden Graben zu einem Tor führte, welches weit und breit die einzige Möglichkeit zu sein schien, wie jemand nach Dagbara hinein oder heraus kommen konnte. Dementsprechend war diese Brücke auch von zahlreichen Menschen, Pferden und Wägen frequentiert. Wie sie nahe genug an das Tor herangekommen waren, sah Saibro links und rechts vom Toreingang je zwei Männer mit Helm, Lanzen und Brustpanzerung, die alle Passanten kritisch beäugten.

Als sie vor der Brücke von ihren Pferden stiegen, zischte Helms warnend: »Denk dran: Wenn uns jemand anspricht, rede nur ich! Klar?!«

Eingeschüchtert wie er war, fiel Saibro das zustimmende Nicken nicht schwer.

Niemand sprach sie an und sie passierten den Gewölbegang unter der Stadtmauer anstandslos. Die nun folgende Enge verschlug Saibro abermals fast den Atem; sowie der in ihr herrschende Gestank. Häuser hoch wie stattliche Bäume umringten ihn, sodass er kaum den Himmel sehen konnte, wenn er nach oben blickte. Helms führte ihn und die Tiere durch einige enge, volle Gassen und allgegenwärtigen Lärm und Schmutz. Mehrfach knurrten Nores und Okaya Leute an, die ihren Satteltaschen zu nahe kamen. Saibro fühlte sich unwohl und wäre am liebsten umgekehrt und so schnell wie möglich wieder aus Dagbara geflüchtet, doch er riss sich zusammen und atmete tief durch. Was sich jedoch als üble Idee erwies, denn so brannte der Gestank nach Urin und Verfaultem in seinem Kopf noch deutlich stärker. Ihn schauderte.

Nach einigen Minuten, die Saibro viel länger vorkamen als sie waren, stoppte Helms vor einem großen Holztor. Er klopfte an die darin eingelassene Tür, woraufhin sich nach einigen Augenblicken eine Klappe öffnete, die ihrerseits wiederum in die Tür eingebaut war. Helms nickte das dort herausblickende Gesicht wortlos an. Die Klappe ging wieder zu und eine Hälfte des Tors wurde von innen heraus aufgemacht. Sie durchschritten das Tor und standen sogleich in einem großen Innenhof. Das Gesicht hatte zu einem Jungen in jugendlichem Alter gehört, der das Tor sofort wieder hinter ihnen schloss. Wortlos durchquerte der Junge den Hof und sie folgten ihm. Sie steuerten auf eine offen stehende Tür in der hinteren Ecke des dem Tor gegenüberliegenden Fachwerkhauses zu, in die der Junge hineinrief: »Meister Helms ist gekommen.« Dann verließ sie der Junge und steuerte wieder auf seinen Posten am Tor zu.

Ein kräftiger Mann mit grauem Haar und Nickelbrille auf der Nase kam zu ihnen heraus und begrüßte Helms mit einem Lächeln sowie einem ausgiebigen Händeschütteln. Ein paar Begrüßungsfloskeln wurden ausgetauscht und Saibro als neuer *Schuldhelfer* vorgestellt. Der Mann musterte Saibro sparsam, dann bat er Helms ins Kontor herein. Bevor dieser eintrat, gab er Saibro ein Zeichen. Er deutete es so, dass er draußen bei den Pferden bleiben sollte.

Saibro nahm sich nur wenig Zeit, die Architektur des Gebäudekomplexes zu begutachten, denn dringlicher erschien es ihm, nach den Tieren zu schauen, die zweifellos Durst hatten. Er hatte bereits beim Betreten des Hofes in einer seiner Ecken einen Handbrunnen entdeckt, zu dem er sich nun aufmachte; von den Hunden begleitet. Ihnen füllte er die Auffangschale gleich am Brunnen, schnappte sich die zwei Eimer, die dort standen und befüllte auch diese mit Wasser. Damit ging er zu den Pferden, die vor dem Kontor angebunden waren und ließ auch diese beiden saufen. Nachdem die Tiere versorgt waren, setzte sich Saibro auf die Holzbank vor dem Kontor und wartete.

Das Gespräch der beiden Männer im Kontor zog sich merklich hin. Somit hatte sich Saibro inzwischen ausführlich mit der Architektur dieses Anwesens beschäftigen können. Hin und wieder kam jemand aus einer der zahlreichen Türen, eilte geschäftig über den Hof und verschwand gruß- und wortlos in einer anderen. Trotzdem war ihm, als würde er von überall her beobachtet. Ein Gefühl, dass sich mit fortschreitender Zeit immer stärker bemerkbar machte. Als ihm klar wurde, dass er unruhig auf seinem Platz hin und her rutschte, stand er auf und begann auf dem Innenhof umherzustreifen – mit ihm seine vielen Gedanken.

Um ein Haar wäre er mit einer älteren Frau und ihrem Korb voller Äpfel zusammengestoßen. Hastig entschuldigte er sich. Die Frau nickte ihm kaum merklich und mit gesenktem Blick zu, dann machte sie sich daran ihren Weg

über den Hof fortzusetzen. Saibro wurde bewusst, dass er
inzwischen hungrig geworden war und er rief der Frau
hinterher: »Entschuldige, aber könnte ich einen Apfel bekommen?«

Die Frau blieb stehen, drehte sich langsam zu ihm um,
schaute ihn einen endlos währenden Augenblick lang entgeistert an und setzte sodann ihren Weg wortlos fort.

Saibro zuckte verdattert mit den Schultern.

Die Frau verschwand hinter einer Seitentür. Er wunderte
sich über die seltsame Stimmung auf diesem Anwesen und
zog weiter seine Runden.

Wie Saibro mal wieder an der Seitentür vorbeiflanierte, in
der vor einer geraumen Zeit die ältere Frau verschwunden
war, sah er sie einen Spalt weit geöffnet und auf dem angrenzenden Fenstersims lag ein schrumpeliger Apfel. Er
blieb stehen, schaute sich achselzuckend um und nahm die
vermeintliche Gabe. Er wollte soeben hineinbeißen, als er
ein *Nicht!* hörte. Er senkte den Arm wieder, blickte ins
Dunkel des Türspalts und entdeckte dort ein in ein Kopftuch eingehülltes, jugendliches Gesicht.

»Wer bist du?«, fragte Saibro.

Er bekam keine Antwort.

Den Kopf wiegend, versuchte er ins Innere hinter der Tür
zu spähen.

Das Mädchen schaute zurück.

»Muss ich dir für den Apfel danken?«

Ein kurzes Nicken.

»Dann … danke.« Wieder setzte Saibro an, in den Apfel
zu beißen.

»Nein!«

Er setzte wieder ab. »Warum nicht?«

»Nicht hier. Versteck ihn. Tu am besten so, als ob ihr ihn mitgebracht hättet.«

Er wusste nicht warum, aber Saibro gehorchte und steckte das Corpus delicti in die Umhängetasche, die er wie immer bei sich trug.

Die Tür ging wieder zu.

»Hey!«, rief er im Flüsterton.

Der Spalt öffnete sich erneut, das Mädchen lugte wieder heraus.

»Warum soll ich den Apfel heimlich essen?«

Er bekam keine Antwort, wurde nur weiter angeschaut. Er versuchte es anders: »Ich bin Saibro. Wie heißt du?«

Wieder keine Reaktion.

Saibro dachte kurz nach, griff sodann behände in seine Tasche, holte den Apfel heraus, schaute dem Mädchen in die Augen und biss zu.

Die Tür wurde eilig zugezogen.

Saibro schmunzelte und entschied sich wieder zu den Pferden zurückzukehren. Er biss noch einmal vom Apfel ab, dann brach er den Rest entzwei und verfütterte die beiden Stücke an die Pferde. Danach setzte er sich wieder auf die Bank.

Die eigenartig verhaltene Stimmung auf diesem Hof machte ihm zu schaffen, bedrückte ihn. Er musste an Zuhause denken. An Hainrod, an Apaquia und an seinen Sohn. Am liebsten wollte er alles stehen und liegen lassen, aufstehen, diesen Hof, diese Stadt verlassen und einfach nur heimwärts ziehen. Er konnte jedoch unmöglich ohne Saja nach Hainrod zurückkehren. Die Abmachung mit Helms schien ihm die beste Möglichkeit seine Begleiterin zu finden. Auch wenn er dazu einen anderen Menschen fangen und somit einer ungewissen Zukunft zuführen musste.

Es dauerte eine ganze Weile, bis Helms mit dem Händler aus dessen Kontor herauskam. Saibro stand sogleich auf und ging zu den Pferden. Nach einem lautem Pfiff des Händlers, kam der Junge vom Tor mit schnellen Schritten zu ihnen geeilt. Er hatte eine Holzkiste bei sich. Nach und nach hatte Saibro einige Säckchen, Tiegel und Fläschchen aus den Satteltaschen zu holen, die er zunächst dem Händler gab. Nachdem dieser die Waren mittels Nase, Augen oder Zunge geprüft hatte, reichte er sie an den Jungen weiter, der seinerseits alles vorsichtig in der Holzkiste verstaute. Als die Kiste voll war, brachte der Junge sie ins Kontor und kam sogleich mit einer weiteren, leeren Kiste wieder. Diese wurde nicht ganz voll. Der Junge eilte auch mit ihr ins Kontor, kam allerdings diesmal nicht wieder heraus. Der Händler löste einen Beutel von seinem Gürtel und zählte einige Metallscheiben ab; von denen Saibro inzwischen wusste, dass sie Münzen genannt wurden. Er reichte sie Helms, der sie daraufhin seinerseits erneut zählte. Helms nickte lächelnd und streckte dem Mann seine Hand entgegen, die dieser daraufhin ergriff und fast schon feierlich schüttelte. Die Männer schauten sich in die Augen und sagten zugleich: »Abgemacht!«.

Als es gerade den Anschein hatte, dass sie wieder aufbrechen würden, setzte der Händler abermals an: »Und Helms! Denk dran, deinem neuen Schuldhelfer Manieren beizubringen. Beim nächsten Mal werde ich weniger nachsichtig sein!«

Helms nickte bedeutungsschwanger, dann führte er sein Pferd in Richtung Ausgang. Saibro folgte ihm mit seinem Pferd und den Hunden. Schon kam der Junge aus dem Kontor gerannt, um das Tor zu öffnen. Wenige Augenblicke später waren sie wieder auf den lärmenden Straßen der Stadt.

Kapitel 19

Zielsicher und wortlos führte Helms seine kleine Kolonne durch das Gedränge der Straßen, bevor sie nach einer Weile in einer schattigen Seitengasse zum Stehen kamen. Niemand außer ihnen befand sich dort. Saibro schaute, ob er ein Tor oder etwas ähnliches entdecken konnte, doch sah er rechts wie links nur massives Mauerwerk. Helms kam zu ihm und packte ihn völlig unvermittelt am Kragen und presste ihn gegen eine der Wände. Saibro erstarrte.

»Pass mal gut auf, mein Freund!« Zorn funkelte in seinen Augen. »Wenn ich dir sage, dass du mit niemandem sprechen sollst, sprichst du auch mit niemandem! *Ich* bin jetzt dein Schuldmeister!«

Saibros Augen wurden noch größer als sie durch dem Angriff ohnehin schon geworden waren und er stammelte: »Ja, aber …«

»Nichts *Aber*! Und was die Tiere zu Saufen und Fressen bekommen, bestimme auch ausschließlich ich! Ist das klar?«

»Schon gut«, antwortete Saibro beschwichtigend. »Mir war nicht klar … ich meine, ich dachte …«

Helms ließ ihn los und ging einen Schritt zurück.

Jetzt erst sah Saibro, dass auch die Hunde sich bedrohlich vor ihm aufgebaut hatten. »In Ordnung! Ich habe verstanden«, versuchte er zu beschwichtigen. »Ich werde solche Sachen in Zukunft vorher mit dir absprechen. Ich dachte nur, die Tiere …«

»Schön, dass du versuchst mitzudenken«, grummelte Helms. »Aber du weißt einfach zu wenig über unser Leben hier! Ich habe für das Wasser und den Apfel zahlen müssen. So läuft das hier. Dafür habe ich was gut bei dir. Ist das klar?«

Saibro spürte, dass die Aufregung in seinen Gliedern durch Helms' Aussage weiterhin hochgehalten wurde: »Was soll das? Was meinst du damit?«

»Einen Gefallen! Du bist mir einen Gefallen schuldig.«

Während sie ihren Weg zu Helms nächstem Geschäftspartner fortsetzten, war Saibro gedanklich weiterhin damit beschäftigt, die seltsamen Gesetzmäßigkeiten in dieser Gegend einzuordnen. Er erinnerte sich an ein Jahr, in dem rund um Hainrod die Apfelernte sehr schlecht ausgefallen war. Damals achteten auch sie darauf, wer was mit dem raren Gut machte. Doch hätte sich ein Fremder einen Apfel von einem Baum gepflückt, wäre das eben so gewesen. Hätte es jemand mitbekommen, hätte er oder sie dieser Person die Situation erklärt, aber niemand hätte einen Ausgleich für diesen Apfel gefordert und niemand wäre deswegen handgreiflich geworden. Und schon gar nicht wäre das alles wegen etwas Wasser passiert. Was trieb die Menschen in dieser Gesellschaft zu solch einem Denken und Verhalten? Die Gewalt und Brutalität, die er hier erlebte, kam ihm kindisch vor. Wortwörtlich. Kinder hatten solche Phasen, in denen sie andere traten und schlugen – oft aus einer persönlichen Not heraus.

Unversehens stoppte Helms ihren Trupp, wodurch der gedankenversunkene Saibro fast auf dessen Pferd aufgelaufen wäre. Helms bedachte ihn mit einem finsteren Blick. »Da drüben. Da müssen wir hin.« Er zeigte auf einen großen, vierstöckigen Gebäudekomplex, der ebenerdig von einem Laubengang eingefasst war, der wiederum zahlreiche Stände mit den unterschiedlichsten Erzeugnissen beherbergte.

Saibro sah Obst und Gemüse, Kerzen und Honig sowie Töpferwaren und einen Stand mit eigenartigen Holzgebilden, denen er keinen Zweck zuordnen konnte. Vielleicht waren sie eine Art Schmuck?

Während Saibro sich umsah, begann Helms sein Pferd an einer Stange auf dem Vorplatz anzubinden. Dort standen schon andere Gäule und Saibro überlegte, ob er es ihm gleichtun sollte. Doch scheute er sich, dies ohne Helms' Aufforderung zu tun.

»Schläfst du? Binde deins auch an!«, keifte Helms.

Saibros Mund öffnete sich, doch brachte er kein Wort heraus. Er wusste nicht, wie er es Helms recht machen sollte.

»Mach schon!«

Saibro wand sich innerlich aus seiner Fassungslosigkeit heraus und tat es seinem Schuldmeister nach. Auch als dieser begann, die Taschen vom Sattel zu lösen. Saibro war trotzdem darauf gefasst, dass er damit durchaus wieder etwas falsch machen würde. Tat er jedoch anscheinend nicht.

Die Hunde hatten sie bei den Pferden gelassen und zwängten sich nun mit den geschulterten Satteltaschen durch die Menschen vor den Ständen. An einer Laube mit vielen Tiegeln, Kerzen, Seifen und einigen anderen Machwerken, die Saibro zu einem Großteil nicht zuordnen konnte, machten sie halt.

Eine Frau mit Kopftuch stand dahinter und diskutierte mit einem Mann, der eine ihrer Waren erwerben wollte. Als die Frau Helms gewahr wurde, unterbrach sie ihr Zwiegespräch prompt und öffnete routiniert eine Klappe an der Seite ihres Standes. Helms ging dort hindurch und Saibro folgte ihm. Während die Frau die Klappe wieder schloss, nickte sie Helms zu und sagte kurzangebunden: »Geht durch.« Danach wandte sie sich wieder dem Mann vor ihrem Stand zu.

Ein Durchgang führte sie in einen Lagerraum. Dort räumte in diesem Augenblick ein gedrungener, hochbetagter Mann in einer Kiste herum. Als er sie bemerkte, raunte er: »Du bist spät heute.« Er trat auf sie zu und reichte Helms die Hand zum Gruß. »Ein neuer Schuldhelfer? Ich dachte …«

Helms hob sogleich die Hand und unterbrach den alten Mann auf diese Weise: »Nicht jetzt, Kauppias.«

»Schon gut«, wiegelte dieser ab. »Hast du alle Waren dabei?«

Helms nickte, stellte seine Satteltaschen ab, holte einen Zettel aus seiner Jacke und faltete ihn auseinander. Als er diesen Kauppias überreichte, sah Saibro darauf eine tabellarische Auflistung.

Der alte Mann ging damit an den Eingang, sodass mehr Licht auf die Liste fiel. Er studierte sie genau, wobei er immer wieder mal nickte.

Er ließ sich Zeit und Saibro überlegte, ob er es wagen könnte, seine Satteltaschen ebenfalls auf dem Boden abzustellen. Da er sich allerdings nicht sicher war und auch nicht wusste, ob er fragen dürfte, hielt er sie weiterhin in seinen Armen.

»Wohlan. Packt die Sachen hier auf den Tisch«, forderte sie Kauppias auf, nachdem er mit der Begutachtung der Liste fertig war. Bevor sie seiner Aufforderung nachkommen konnten, musste er den Tisch jedoch erst freiräumen. Dies dauerte eine Weile, da Kauppias für die auf dem Tisch stehenden Dinge, in dem Sammelsurium des Raumes jeweils erst einen anderen, gründlich auszuwählenden Platz finden musste. Nachdem dies vollbracht war, begann Helms damit, die Sachen aus den von Saibro gehaltenen Satteltaschen auf den Tisch zu räumen. Danach tauschte er Saibros leere Taschen gegen die seinen und räumte auch diese vollständig aus.

Als Nächstes prüfte Kauppias die Waren. Er tat dies in der gleichen Weise, wie es Saibro vorhin bereits bei Helms erstem Kunden gesehen hatte.

»Also ich bin zufrieden«, sagte Kauppias lächelnd. »Ich verrechne das mit deinen Schulden für das Baumaterial.«

Helms stimmte dem zu und nur wenig später verließen sie die Laube mit ihren leeren Taschen.

Wieder bei den Pferden angekommen, nahm Saibro seinen ganzen Mut zusammen und fragte: »Hast du das Baumaterial für dein Haus von Kauppias bekommen?«

Helms schüttelte den Kopf und murmelte: »Nein, er hat nur die Schulden von den Händlern gekauft, die mir das Material verkauft haben. Sowas ist hier gängige Praxis unter Geschäftsleuten.«

»Das heißt, ihr handelt nicht nur mit Waren, sondern auch mit Schulden?«

»So kann man das sagen. Und nun lass uns zum Schwarztor aufbrechen. Dazu müssen wir ans andere Ende der Stadt. Das wird eine Weile dauern, aber ich hoffe, dass uns der dortige Tormeister weiterhelfen kann.«

Die eigentümliche Faszination, die diese Stadt von Anfang an auf Saibro ausgeübt hatte, war trotz allem noch nicht ganz von ihm abgefallen. Dazu war er schlichtweg zu wissbegierig. Richtete er sein Augenmerk jedoch nicht mehr nur auf die überwältigende Architektur von Dagbara, so sah er wenig erbauliches. Niemand lächelte. Es wurde zwar immer mal wieder irgendwo gelacht, doch nicht miteinander, sondern eher übereinander. Einmal sah er einen älteren Mann in fadenscheiniger Kleidung, der von einem farbenfroh gekleideten Jüngling heftig beschimpft und letzten Endes sogar getreten wurde. Der Gedemütigte beschwerte sich jedoch nicht, sondern entschuldigte sich unterwürfig. Sein Peiniger ließ daraufhin höhnisch lachend von ihm ab und ging fort. Saibro hatte den Impuls dem alten Mann zur Hilfe zu eilen, doch alles ging derart schnell, dass er dazu

zu spät kam. Als er ihn nach seinem Wohlergehen fragen
wollte, begann dieser Mann eine beistehende junge Frau zu
beschimpfen. Diese nannte ihn kleinlaut *Vater* und versuchte ihn zu besänftigen. Da schlug er ihr ins Gesicht.

Wie Saibro nun bei diesem Konflikt einschreiten wollte,
packte ihn Helms am Arm und raunte ihm zu: »Das geht
uns nichts an. Komm weiter.«

Widerwillig folgte Saibro dieser Weisung.

Auf ihrem weiteren Weg zum Schwarztor, fielen Saibro besonders die zahlreichen Menschen auf, die am Straßenrand
hockten und um *ein paar Tokèn* oder eine *milde Gabe* baten. Da sich Helms Stimmung gebessert zu haben schien,
wagte es Saibro, sein Pferd neben ihn zu führen und sprach
ihn auf diese Menschen an.

Helms hielt an. »Wie? Gibt es bei euch keine *Bettler*?«

Saibro kannte das Wort nicht, doch fiel es ihm nicht
schwer, die Verbindung herzustellen. *Betteln* war das, was
zum Beispiel Hunde mit ihren großen Augen taten, wenn
sie etwas vom Esstisch der Menschen abhaben wollten. Es
gefiel ihm gar nicht, dass Menschen Derartiges tun mussten.

»Warum betteln diese Leute?«, fragte Saibro.

»Damit sie für sich oder für ihre Familien Essen kaufen
können. Oder was sie sonst brauchen. Oder zu brauchen
meinen.«

Saibro schüttelte verständnislos den Kopf, Helms forderte
ihn jedoch auf: »Jetzt komm weiter. Wir sind fast da.«

Doch Saibro hatte eine weitere Frage: »Und was sind *Tokèn*?«

»Eine Untereinheit der Mince. Tausend Tokèn sind eine Mince.«

»Das heißt, tausend davon haben den Wert einer Mince, oder?«

»Genau. Sie sind das *Gold der kleinen Leute*«

Saibro hatte inzwischen gelernt, dass er nicht alles zu wörtlich übersetzen durfte und schloss somit: »Mit *kleine Leute* sind wohl die Bettler gemeint? Etwa weil sie im Sitzen um diese Tokèn bitten?«

»Damit hat es nichts zu tun. Bettler gehören zwar auch zu den *kleinen Leuten,* aber mit dem *Sitzen* hat das wenig zu tun. Eher mit ihrer Stellung in der Gesellschaft. Sie *haben* wenig und damit *sind* sie wenig … und demzufolge wenig wert.«

Saibro schloss für einen Moment seine Augen und schüttelte sich.

Helms kräuselte die Stirn. »Aus was für einer Welt kommst du nur? Aus Fantasia?«

»Nein, du weißt doch, dass ich aus Laakso komme«, antwortete Saibro verwundert.

Helms winkte ab. »Nun komm endlich weiter! Das Schwarztor ist nicht mehr weit. Dort hat auch der Tormeister sein Kontor.«

»Für was braucht er ein Kontor?«

»Hauptsächlich um den Zoll auf eingeführte Waren einzutreiben, aber auch als Anlaufpunkt für Reisende. Was? Schau nicht so! Jetzt keine weiteren Fragen mehr. Und denk daran: Ich rede und du bist still! Es sei denn, du wirst von mir zum Reden aufgefordert.«

Der Tormeister war alles andere als hilfsbereit. »Ich weiß nichts. Und außerdem: Was geht es mich an?«

Helms seufzte wissend, kramte in seiner Tasche und legte ein paar Münzen auf den Tisch des Tormeisters.

Ein spitzbübisches Lächeln umspielte die Lippen des stämmigen Mannes. »Wie war der Name noch mal?«

Helms antwortete: »Cjucea. Schnauzbart, Halbglatze, nicht besonders groß. Er ist Bergführer und kam vor ein paar Tagen aus Izvor. Es sollte mindestens ein Monakh bei ihm gewesen sein, der seinerseits ein verletztes Bein hatte.«

»Ach, *die* beiden. Die kamen vor ein paar Tagen hier an.«

»Und dann?«

Der Tormeister schaute mit leerem Blick hinter seinem Schreibtisch auf. Helms verdrehte die Augen und kramte wieder Münzen aus seiner Tasche.

»Ach ja!«, schien es dem Tormeister wie Schuppen von den Augen zu fallen. »Der Bergführer hat uns gestern wieder in Richtung Izvor verlassen und der Monakh …?« Ein plötzlicher Gedächtnisverlust schien den Tormeister befallen zu haben.

Wieder wechselten einige Münzen den Besitzer.

»Stimmt ja! Der Monakh wurde von seinen Brüdern abgeholt.«

»Und mehr weißt du nicht?«

»Hier ist derart viel los! So viele Gesichter, so viele Eindrücke …«

Helms winkte ab und signalisierte Saibro, dass sie nun das Kontor verlassen würden.

»Was sollen wir nun tun?«, traute sich Saibro zu fragen, auch wenn Helms seine schlechte Laune merklich ins Gesicht geschrieben stand.

»Rumfragen. Es ist nicht ausgeschlossen, dass einer von Cjuceas Kollegen mehr weiß. Und auch bereit ist, uns ohne eine Gegenleistung weiterzuhelfen.«

Sie gingen zu einer Gruppe von Männern, die ihrem äußeren Anschein nach dem gleichen Berufsstand wie Cjucea anzugehören schienen. Diese kannten ihn zwar, waren ihrerseits jedoch alle erst heute in Dagbara angekommen und konnten ihnen somit nicht weiterhelfen. Bei weiteren Bergführern und anderen Leuten, die dort zu gegen waren, bekamen sie auch keine hilfreichen Auskünfte, sodass sie nach einer Weile ihre Befragungen einstellten.

»Wir könnten nach anderen Monakhs …«

»Nein!«, unterbrach Helms Saibro rüde. Hob allerdings sogleich beschwichtigend die Hände und sagte in einem deutlich sanfteren Tonfall: »Wir werden versuchen Cjucea einzuholen. Mit unseren Pferden sind wir schneller als er mit seinen Eselkarren. Und wenn wir uns sofort auf den Weg machen, erreichen wir ihn bestimmt schon morgen.«

Eine Querstraße weiter kaufte Helms noch Brot als Reiseproviant und dann machten sie sich unverzüglich in Begleitung von Nores und Okaya auf den Weg in die Schwarzberge.

Kapitel 20

Nur mehr wenig Tageslicht erhellte ihren Weg, als sie zur der Berghütte kamen. Sie hatten an der Stelle einen kurzen Stopp eingelegt, an der Saja abgestürzt und daraufhin verschwunden war. Doch weder Helms noch seine Hunde hatten dort eine Spur aufnehmen können und so hatten sie sich weiter auf den Weg gemacht, der sie mittlerweile zu der Hütte geführt hatte, in der Saibro seine letzte Nacht in Freiheit verbracht und wo er den *Schwarzen* zuletzt gesehen hatte.

Da Saibros Augen sich an diesem trüben Tag mit der Dämmerung bereits nach und nach an die Lichtverhältnisse hatten gewöhnen können, erkannte er sofort, dass bei der Hütte etwas nicht stimmte. Leider hatte Helms Pferd auf halben Weg zwischen Sajas Absturzstelle und der Berghütte ein Hufeisen verloren, so dass sie das letzte Wegstück hatten laufen müssen. Bei ihren Pferden verweilend, betrachteten sie die sich ihnen darbietende Szenerie mit ausreichend Sicherheitsabstand. Mit letzter Bestimmtheit hätte er es nicht sagen können, doch meinte Saibro vor der Hütte Cjuceas Karren zu erkennen – oder zumindest das, was ein Feuer von ihnen übrig gelassen hatte. Von dem Bergführer selbst war von ihrer Position aus nichts zu sehen. Auch seine Esel waren weg sowie die Ware, die er wahrscheinlich über die Schwarzberge transportieren wollte.

Helms gab seinen Hunden ein für Saibro unverständliches Kommando, woraufhin die beiden anfingen, die Umgebung zu inspizieren. Vorsichtig banden sie die Pferde an einen Baum am Wegesrand.

Auf dem Weg zur Hütte passierten sie die verkohlten Karren. Das Feuer musste bereits am Vorabend oder spätestens in der Nacht gewütet haben, denn es war kein Schwelen oder Glimmen mehr zu sehen, lediglich schwacher Brandgeruch lag noch in der Luft.

Die Tür zur Hütte war nicht ganz geschlossen, sodass sie sich unter Zuhilfenahme eines Stocks leicht öffnen ließ. Auch nach einer kurzen Wartefrist, hatte sich im Inneren der Hütte nichts gerührt, sodass Helms Saibro andeutete, dass er hineingehen solle. Beherzt trat er ein, den Holzgriff seines aufgeklappten Messers fest im Griff.

In einer der Ecken der nur aus einem Raum bestehenden Hütte, entdeckte Saibro einen Mann. Bei genauerem Hinsehen, erkannte er, dass es tatsächlich Cjucea war. Er war gefesselt und geknebelt, seine Blicke hasteten unruhig umher und erst nach einer Weile schien dieser seinen ehemaligen Reisegefährten wiederzuerkennen, woraufhin sich sein gesamter Körper und seine Gesichtszüge entspannten.

Saibro eilte zu Cjucea und nahm ihm als erstes das Tuch aus dem Mund. Er spuckte und röchelte. Während sich Saibro mit seinem Messer an den Hanfseilen zu schaffen machte, mit denen Cjucea zu einem Paket verschnürt war, eilte der ebenfalls eingetretene Helms wieder aus der Hütte und rief dabei: »Ich hol Wasser!«

»Oh, Saibro. Du ahnst nicht, wie froh ich bin, dich gerade jetzt wiederzusehen.«

Schnell war Helms mit dem Wasser zurück und nachdem Cjucea gierig getrunken hatte, rieb er sich die striemigen Handgelenke und streckte sich vorsichtig. Er schien unversehrt zu sein.

»Saja?«, fragte Cjucea mit noch brüchiger Stimme.

Saibro schloss seine Augen und schüttelte den Kopf.

»Was ist passiert?«, wollte da Helms wissen.

Cjucea schaute ihn jedoch nur skeptisch an, sodass sich Saibro veranlasst sah, die beiden einander vorzustellen.

»Er war vermummt, aber das hätte er sich auch sparen können. Es war ganz offensichtlich dieser Eldon!«

»Sevhogin!«, zischte Helms mit leicht wirrem Blick.

Saibro erläuterte: »Er kennt ihn als *Sevhogin*. Was übersetzt die schwarze …«

»… *Seele* heißt«, vollendete Cjucea Saibros Satz mit grimmiger Miene.

»Du kennst diesen Namen auch?«, fragte Saibro wissbegierig.

Seine Antwort bekam er von Helms, der sicherheitshalber im Türrahmen stehengeblieben war: »Da muss einer schon wie du aus der Fremde kommen, um diesen Namen nicht zu kennen.«

Cjucea nickte zustimmend.

»Na, dann klärt mich nun endlich auch mal auf«, forderte Saibro.

Stattdessen rappelte sich Cjucea jedoch auf und sagte: »Später gerne. Aber zunächst muss ich mir ansehen, was das Feuer von meinem Hab und Gut übrig gelassen hat.«

»Ich bin ruiniert!«, brüllte Cjucea mit einer Mischung aus Verzweiflung und Wut in die Nachtluft. »Alles was ich besitze, ist entweder weg oder verbrannt.« Der Bergführer stürzte vor den Resten seiner Existenz auf die Knie und schlug seine Hände vor sein Gesicht. Er schluchzte. »Das zahlt meine Assekuranz niemals!«

Erstaunt zog Saibro seine Stirn in Falten.

Ob Helms ihn inzwischen schon gut genug kannte oder seinen Gesichtsausdruck zufälligerweise richtig deutete; er fing sogleich an zu erklären: »Eine Assekuranz ist eine Gesellschaft, bei der man sich gegen mögliche Risiken absichern kann.« Wohl durch Saibros interessierten Blick bestärkt, fuhr er fort: »Es ist eine Art Wette. Bei einer Assekuranz kannst du beantragen, dass sie dir einen vorher definierten Schaden ersetzen, wenn du im Gegenzug regelmäßig einen Beitrag bezahlst.«

»Das heißt, wenn Cjucea …? Ähm … ich krieg das nicht ganz auf die Reihe.«

»Wenn er mit einer Assekuranz vereinbart hat, dass sie ihm den Schaden ersetzen, wenn seiner Ausrüstung auf einer seiner Touren etwas passiert und ihnen dafür immer wieder einen vereinbarten Beitrag zahlt, dann …«

»… würde er jetzt dort hingehen und sie würden ihm helfen.«

Helms nickte.

Nun wendete sich Saibro wieder an den weiterhin am Boden zerstörten Bergführer. »Warum denkst du, dass dir deine Assekuranz nicht helfen wird?«

»Weil ich nur gegen einen Unfall und nicht gegen einen Überfall abgesichert bin. Dafür war das Risiko zu hoch.«

Verwundert fragte Saibro: »Aber dann hättest du doch erst recht …?«

»Je höher das Risiko, desto höher die regelmäßigen Beiträge«, unterbrach ihn Helms.

»Und die Beiträge für einen Überfall konnte ich mir einfach nicht leisten«, ergänzte Cjucea schluchzend.

»Wie würdet ihr das bei euch handhaben?«, wollte Helms von Saibro wissen.

»Wir würden neue Karren bauen.«

Sowohl Cjucea als auch Helms schauten ihn verwundert an. Helms war derjenige, der die Frage formulierte, die den beiden in den Augen abzulesen war: »Und wer zahlt das?«

»Niemand. Wir besorgen das Material und dann bauen diejenigen alles wieder auf, die sowas am besten können. Egal ob Karren, Eimer oder Hütte.«

Dem war nichts mehr hinzuzufügen und somit beendeten sie den Austausch über ihre kulturellen Unterschiede und kehrten zu der aktuellen Situation zurück.

Helms wollte von Cjucea wissen, was ihm widerfahren war.

»Alles war wie immer. Ich kam gestern Abend an dieser Hütte an, versorgte die Tiere, aß eine Kleinigkeit und legte mich aufs Ohr. Später wurde ich aus dem Schlaf gerissen, indem mich jemand packte und sogleich verschnürte. Da er bis auf einen Augenschlitz vermummt war, konnte ich in der dunklen Hütte weder sein Gesicht noch sonst irgendwas erkennen. Wie es allgemein empfohlen wird, versuchte ich ruhig zu bleiben und bedächtig auf den Angreifer einzureden. Ich nannte ihm meinen Namen und erklärte ihm, dass er sich nehmen solle, was er will. Er schnaubte nur und steckte mir ein Tuch in den Mund. Doch durch dieses Schnauben hatte er sich verraten.«

Saibro erinnerte sich auch gut an das typische Schnauben, welches Eldon oder genauer gesagt Sevhogin, immer anstatt eines Kommentars von sich gegeben hatte, wenn sie etwa beim Essen zusammensaßen. Es war ihm spätestens an ihrem zweiten Abend in den Schwarzbergen schon gehörig auf die Nerven gegangen.

»Na, auf jeden Fall eilte er wortlos aus der Hütte und ließ mich derart verschnürt zurück, wie ihr mich vorhin aufgefunden habt. Vor der Tür hörte ich geschäftiges Treiben und irgendwann sah ich, dass es dort draußen brannte. Kurz darauf hörte ich nur mehr das Feuer knistern und betete, dass es nicht auf die Hütte übergreifen würde. Bis ihr kamt, passierte nichts mehr. Niemand kam vorbei und befreien konnte ich mich auch nicht.«

»Als Unfall geht das jedenfalls nicht durch«, resümierte Helms. »Was hattest du an Waren dabei?«

»Ja, das war seltsam«, antwortete Cjucea. »Vorgestern kam ein mir entfernt bekannter Kollege zu mir und fragte, ob ich seine Tour nach Izvor übernehmen könnte? Ich wusste gar nicht, dass er diese Tour auch geht. Aber da ich schon viel zu lange in der stinkenden Stadt festsaß, war ich natürlich interessiert. Er übergab mir eine Liste mit Waren, wie ich sie zuvor nie über die Schwarzberge hatte bringen müssen.«

»Wie meinst du das?«, hakte Helms nach.

»Nun, es waren hauptsächlich Dinge, an denen es in Izvor keinen Mangel gibt: Mehl, Käse, getrocknetes Obst, aber auch Decken und Werkzeuge.«

Helms zog seine Lippen und Augenbrauen auf einer Seite hoch und merkte an: »Lass mich raten: Dein Kollege hatte dir mit der Warenliste nichts gegeben, womit du die Waren hättest kaufen können, oder?«

»Das ist aber nicht ungewöhnlich«, verteidigte sich Cjucea.

»Nein. Aber praktisch für Sevhogin und wer auch immer ihm geholfen hat. Er hatte die ganze Sache offensichtlich von langer Hand geplant.«

Da reichte es Saibro. »Jetzt klärt mich endlich mal auf! Wer ist der Typ?«

Helms nickte verständnisvoll und schlug vor: »Lasst uns ein Feuer machen und etwas essen. Wir berichten dir dann, was wir wissen.«

In der Hütte fanden sie Feuerholz und Helms beauftragte Cjucea damit, dieses zu entzünden. Saibro schickte er, sich um die Pferde zu kümmern und machte sich selbst daran, ihnen eine bescheidene Mahlzeit zuzubereiten. Zu dem von Helms vor der Abreise aus Dagbara gekauften Brot, steuerte Cjucea Käse und Trockenobst bei. Er hatte sein Proviant vor dem Überfall in der Hütte deponiert und die

Räuber hatten es unangetastet gelassen. Zudem hatte Helms am Wegesrand Kräuter gesammelt, daraus einen schmackhaften Tee bereitet und so wurde es kein zu klägliches Nachtmahl; einmal von ihrer Stimmung abgesehen. Alle hingen während des Essens ihren eigenen Gedanken nach und niemand sagte ein Wort.

Nachdem sie gesättigt waren, forderte Saibro trotz seiner Müdigkeit den versprochenen Bericht über Sevhogin ein. Helms schaute ins Feuer und begann seine Schilderung mit gedämpfter Stimme: »Sevhogin stammt aus dem Qushtog, einem erloschenem Vulkangebiet am Rande der Quartsbredde, einer Wüste oben im Nordosten. Im Krater des Qushtog laufen zahlreiche Bäche zusammen und bilden den Fluss Ictus. Der Krater des Qushtog wird nach Süden hin vom Ictal geöffnet ...«

»Ja, ja«, unterbrach ihn Saibro. »Komm zum Punkt. Ich bin echt müde.«

Helms nickte. »Nur mehr so viel: Im fruchtbaren Krater des Qushtog gibt es einen Verbund von Dörfern der sich Vetlanfe nennt. Dort ist Sevhogin aufgewachsen. Die Menschen dort sind recht einfache Bauern und könnten im Grunde bestens von den Erträgen ihrer Felder leben.«

»Im Grunde?«, fragte Saibro nach.

Helms schaute mit Bedauern im Blick vom Feuer auf. »Zu ihrem Pech ist der Qushtog der Heilige Berg der Brüder Tuhans.«

Saibro zuckte tumb mit den Schulter und sagte an Cjucea gerichtet: »Gehörte nicht auch unser Monakh zu dieser *Bruderschaft*?«

Der Bergführer nickte zustimmend.

Wieder an Helms gewandt, fragte Saibro: »Und was macht das zum Pech der Einwohner von Vetlanfe?«

Helms verzog nachdenklich seinen Mund. »Wenn ich dir das auch noch erkläre, sitzen wir bei Sonnenaufgang noch hier. Kurz zusammengefasst, kann man sagen, dass das Verhältnis der Brüder Tuhans zu den Bauern von Vetlanfe, mit unserem vergleichbar ist. Die Bauern stehen in der Schuld der Brüder. Nur eben nicht erst seit Tagen wie du, sondern seit vielen Generationen.«

Am anderen Ende des Lagerfeuers stöhnte Cjucea leise auf. »Ach, Saibro! Du bist sein Schuldhelfer? Was hast du angestellt?«

An Saibros Stelle antwortete Helms. »Das erzählen wir dir morgen. Aber zurück zu Sevhogin: Immer wieder mal holten die Brüder den einen oder anderen Jungen aus Vetlanfe zu ihnen hinauf in eines der neun Klöster, die vor vielen, vielen Jahren schon in den Qushtoger Höhen verteilt in die Felsen gebaut wurden. So auch Sevhogin. Um die Geschichte wirklich kurz zu machen: Sevhogin wurde Monakh und ging als solcher irgendwann auf Wanderschaft. Als er eines Tages und im Gegensatz zu dem was in der Bruderschaft üblich war, vollbärtig und ganz in Schwarz gekleidet zurückkam, bezeichnete er sich als von Tuhan erleuchtet und verlangte die Führerschaft der Brüder zu übernehmen. Die Brüder hatten aber traditionell keinen Führer, nur den obersten Rat der Neun. Diese verbannten Sevhogin aus ihrer Bruderschaft und dachten wohl, das Problem damit gelöst zu haben. Doch Sevhogin hatte

Freunde und so bildete sich schnell eine Opposition innerhalb der Bruderschaft. Es kam zu einem blutigen Aufstand,
den die Anhänger der Neun aber niederschlagen konnten.
Sevhogin konnte jedoch aus Majirani fliehen. Das war vor
gut fünf Jahren …«

»… und nun ist er wieder zurück?!«, vollendete Saibro
Helms' letzten Satz, der daraufhin zustimmend nickte.
»Und was hat das ganze mit dir zu tun?«

»Ich stamme ursprünglich auch aus Vetlanfe.«

»Interessant«, attestierte Saibro, «und das bedeutet?«

»Der Zusammenhang liegt darin, dass demjenigen die
Schuldfreiheit gewährt wird, der Sevhogin den Brüdern
Tuhans überstellt. Sollte ich ihn also gefangen nehmen
können, würde ich ihn nicht den Brüdern Tuhans, sondern
den Menschen von Vetlanfe übergeben, die sich durch ihn
frei kaufen könnten.«

Kapitel 21

Von den Hunden bewacht, hatten sie die Nacht gemeinsam mit den Pferden in der Hütte verbracht. Nun saßen sie wieder zum Morgenmahl um das frisch entfachte Feuer herum, in dem sie in einem abgenutzten Kessel aus der Hütte soeben Wasser erhitzten. Zum Glück mangelte es in der Nähe der Raststätten auf dem Weg über die Schwarzberge nie an einer Frischwasserstelle. Helms hatte wieder am Wegesrand Kräuter gesammelt und mit in den Kessel gegeben, sodass sie zum Morgenmahl wärmenden Tee zu sich nehmen konnten.

»Was hast du angestellt, dass er zu deinem Schuldmeister werden konnte?«, wollte Cjucea zwischen zwei Bissen von Saibro wissen.

»Wenn ich das so genau wüsste«, antwortete Saibro.

»Er hat sich auf fremden Grund und Boden erwischen lassen. Aber nicht auf meinem. Ich habe ihn später nur bei Gericht freigekauft«, erklärte Helms.

Cjucea verdrehte die Augen. »Na, da hätten wir die Zeit unserer gemeinsamen Tour mal lieber für ein paar Lektionen über das majiranische Recht nutzen sollen.«

Saibro zuckte mit den Schultern und wechselte lieber das Thema. »Hast du etwas über Saja in Erfahrung bringen können?«

Cjucea winkte missmutig ab. »Nein. Über Saja habe ich nichts herausfinden können. Wir hofften, dass du sie gefunden hättest und ihr schon längst wieder auf dem Weg nach Hause sein würdet.«

»Und wo ist der Monakh inzwischen abgeblieben? Wir haben gehört, dass er von seinen Brüdern abgeholt wurde.«

»Das ist richtig. Sie wollten gemeinsam in sein angestammtes Kloster zurück. Den Namen des Klosters habe ich leider vergessen.«

Das scherte Saibro nicht weiter. Er war froh über die endgültige Gewissheit, dass zumindest dieser ursprüngliche Teil seiner Aufgabe erledigt war.

»Sollen wir dich mit zurück nach Dagbara nehmen?«, wollte Helms von Cjucea wissen.

»Ich denke nicht.«

»Was hast du stattdessen vor?«, hakte Saibro nach.

»Ich werde meinen Weg über die Schwarzberge fortsetzen und mich irgendwo bei euch in Laakso niederlassen. Damit habe ich schon länger geliebäugelt und nun ist der rechte Zeitpunkt gekommen, diese Idee in die Tat umzusetzen.«

»Geh doch nach Hainrod«, schlug Saibro ihm spontan vor. »Es scheint so, dass da in der Nähe bald ein neuer Weiler entsteht. Dort oder in Hainrod könntest du bestimmt unterkommen.«

Cjuceas Miene hellte sich auf. »Das hört sich wunderbar an. Dann kann ich deinen Leuten auch von dir und Saja berichten.«

Saibros Herz machte einen freudigen Hüpfer. »Oh! Ja. Danke.«

Hier mischte sich Helms wieder in die Unterhaltung ein: »Hast du genügend Vorräte für solch eine lange Reise?«

Cjucea winkte unbekümmert ab. »Die haben sie mir zum Glück gelassen. Über die Schwarzberge werde ich somit gut kommen. Zudem kenne ich mich bestens mit Kräutern sowie den Früchten des Waldes aus und finde überall Wasser und Nahrung.«

»Aber hast du genügend Kapital, um dir dort ein neues Leben aufzubauen?«

Cjucea lachte reflexhaft auf. »In Laakso brauche ich kein Kapital. Ich werde einfach meinen Teil zum Gelingen der Gemeinschaft beitragen und der Rest wird sich finden.«

Helms schüttelte ungläubig den Kopf.

Cjucea schmunzelte jedoch nur und wechselte das Thema: »Was wollt ihr wegen Saja unternehmen?«

Saibro zuckte ahnungslos mit den Schultern und schaute fragend zu Helms hinüber. Wie es für ihn typisch war, griff sich dieser in seinen Bart und entgegnete: »Heute nacht hatte ich diesbezüglich einen Einfall. Aber jetzt müssen wir erst einmal nach Hause. Ich muss dort nach dem Rechten sehen. Deshalb würde ich gerne zügig aufbrechen.«

Cjucea hatte seine Habseligkeiten schnell beieinander, sodass sich ihre Wege nun trennen würden. Bevor es jedoch so weit war, nahm ihn Saibro noch einmal beiseite. »Eine

Frage habe ich noch: Bei einer Rast erwähnte der Monakh einmal, dass er glaubte, dich und den Schwarzen würde irgendetwas beunruhigen. Weißt du, was er damit gemeint haben könnte?«

Cjucea legte Saibro freundschaftlich eine Hand auf die Schulter und antwortete: »Was Eldon … ähm … Sevhogin anbetrifft, hatte auch ich das Gefühl, dass er immer seltsamer wurde, je näher wir Dagbara kamen. Bei allem, was wir inzwischen über ihn erfahren haben, dürfte der Grund dafür auf der Hand liegen. Was mich anbetrifft, finde ich es sehr interessant, dass der Monakh das derart deutlich mitbekommen hatte. Ich selbst habe mir meine Gefühle nie eingestanden. Doch wenn ich darüber nachdenke, muss ich ihm recht geben. Ich war beunruhigt. Und nicht nur das: Ich hatte Angst. Angst vor Dagbara. Du hast die Stadt doch mittlerweile auch kennengelernt. Dort heißt es: Fressen oder gefressen werden. Jeder gegen jeden und jeder für sich. Weißt du was, Saibro? Ich bin dem schwarzen Lump fast schon dankbar. Ohne seinen Überfall hätte ich die Entscheidung ganz nach Laakso zu gehen, nie getroffen.«

Saibro nickte verständnisvoll und drückte den ehemaligen Bergführer kurz, aber herzlich an seine Brust. Dann ließ er ihn ziehen.

»Ich habe es mir überlegt: Schon wegen des Pferdes, werden wir Dagbara heute keinen weiteren Besuch abstatten. Es gibt einen kürzeren Weg nach Hause.«

Saibro merkte, dass Helms dies ziemlich missmutig erklärt hatte, weshalb er nachhakte: »Das ist doch gut, oder?«

»Gut und leider teuer. Der Weg ist eine sogenannte Transitroute. Das heißt, er führt über das Land einer Gemeinschaft von Grundbesitzern, die sich zusammengetan haben und für die Durchreise über ihr Land ein Wegegeld verlangen.«

Saibro entfuhr ein sarkastisches Schnauben, welches Helms ganz richtig deutete: »Sag nichts. Ich weiß: Die Leute hier, versuchen mit allem Gewinn zu machen. Das ist nun mal unsere Lebensweise. Ich finde das durchaus gerecht: Wer pfiffig ist, kann hier reich werden. Selbst, wenn sein Vater nur ein Bettler war.«

»Und wenn er vorher nicht in eine Schuldenfalle geraten ist«, konterte Saibro spitz.

»Natürlich. Aber dann könnte man ihn auch kaum als *pfiffig* bezeichnen.«

Nachdem Helms ihr Wegegeld entrichtet hatte, durchquerten sie zunächst einen kleinen Wald, liefen an einem Bach ein langgezogenes Tal entlang und folgten einem Weg durch meist schon abgeerntete Weizen- und Roggenfelder. An einer Fährstelle über den Fluss Dag lag eine kleine Siedlung mit einer Versorgungsstation für Reisende. Sie brachten die Pferde zu einer Stallung und Helms beauftragte den ortsansässigen Hufschmied, sich um sein Pferd zu kümmern. Danach kehrten sie in ein Wirtshaus namens *Zum reitenden Kaninchen* ein und ließen sich dort ein frühes Mittagsmahl servieren.

So normal dies für Helms zu sein schien, so unangenehm war es für Saibro. Auch wenn er es durchaus gewohnt war, seine Mahlzeiten mit anderen Menschen einzunehmen, fühlte er sich dabei niemals derart fehl am Platz wie in dieser Schänke. Mitsamt dem bohrenden Gefühl, sich irgendwie falsch zu benehmen. Ihm war, als wenn er sich dort auf eine ganz bestimmte Weise zu verhalten hätte, die ihm indes weder geläufig war, noch sich ihm intuitiv erschloss. Er konzentrierte sich auf Helms und die anderen Gäste und versuchte nur Dinge zu tun, die er vorher bei jemandem beobachtet hatte. Was jedoch sein Gefühl von Fremdheit nur mehr verstärkte. Zu seiner Erleichterung bestellte Helms ohne Rücksprache zu halten Speisen und Getränke für sie beide und schien beim Essen in seiner eigenen Gedankenwelt versunken zu sein.

Als Helms nach dem Essen dem Wirt ein Zeichen gab, kam dieser mit einer ledernen Tasche voller Geldstücke zu ihnen an den Tisch. Schon seit sie in die Gaststube eingetreten waren, gingen die beiden recht vertraut miteinander um, sodass sich Saibro nicht wunderte, dass sich der Wirt zu ihnen an den Tisch setzte, während Helms die geforderte Anzahl an Tokèn aus einem Beutel herauskramte.

»Na Helms, umgeht ihr Dagbara auch wegen des Calcio-Spiels heute Abend?«

Bei dem Stichwort wurde Saibro hellhörig und vergass seine Scheu: »Ein Calcio-Spiel? Da würde ich gerne mitspielen.«

Verdutzt schauten ihn die anderen beiden an, bevor sie nach einem kurzen Blickkontakt lauthals zu lachen anfingen.

»Du?«, spöttelte Helms.

»Heute Abend ist das Endspiel der Meisterschaft. Da spielt *Roca Dagbara* gegen *Ribera Eosima*. Das sind ausnahmslos Berufsspieler, die machen den ganzen Tag nichts anderes als Calcio zu trainieren.«

Das passte nicht in das Bild, welches Saibro von dieser Gesellschaft hatte. »Aber woher kommen die Mince, um diese Leute zu bezahlen?«, wollte er deshalb wissen.

»Zu den Spielen der Kader kommen Tausende, da kommen genügend Einnahmen bei rum, um die Spieler zu bezahlen. Sehr gut zu bezahlen«, antwortete Helms und verstärkte damit Saibros Neugierde noch weiter.

»Das würde ich mir gerne mal ansehen.«

»Daraus wird nichts. Diese Spiele dürfen nur schuldfreie Bürger besuchen.«

»Du also auch nicht?«, schlussfolgerte Saibro.

»Wie kommst du darauf? Natürlich darf ich das.«

»Aber du hast doch auch Schulden?! Für dein Baumaterial und so.«

»Das ist nicht zu vergleichen. Ich habe einen Kredit.«

»Was ist ein Kredit?«

»Eine finanzielle Vertrauenswürdigkeit«, mischte sich der Wirt in das Gespräch ein und wollte dann von Helms wissen: »Wo hast du *den* denn aufgegabelt? Von hier ist der nicht.«

»Lange Geschichte«, winkte Helms ab. »Zu lange, um sie jetzt zu erzählen. Wir müssen weiter.«

Damit wollte Helms die Unterhaltung offensichtlich beenden, aber Saibro hakte beharrlich nach: »Warum bist du vertrauenswürdiger als ich?«

Schon im Aufstehen begriffen und mit mürrischem Gesichtsausdruck raunte ihm Helms zu: »Weil ich meine Schulden immer nur nach vorheriger Absprache gemacht habe und du deine durch eine idiotische Straftat erworben hast. Und jetzt komm! Die Arbeit wartet.«

Das Wirtshaus hatte etwa auf einem Drittel der Wegstrecke ihres recht schweigsamen Nachhausewegs gelegen, den sie nun jedoch wieder reitend zurücklegen konnten. Helms hatte lediglich noch angemerkt, dass sie sich *zu Hause* um die nicht wild wachsenden Pflanzen zu kümmern hätten. Was für Saibro hauptsächlich Wasser schleppen bedeuten würde und worüber er alles andere als begeistert war.

Kapitel 22

»Sitzt da jemand?«, fragte Helms, als sie soeben bei ihm zu Hause angekommen und im Begriff waren, von den Pferden abzusteigen.

»Wo?«, wollte Saibro wissen.

»Na, dort drüben am Wagen.«

Saibro ging um sein Pferd herum, um einen freien Blick zu bekommen. Im selben Moment, in dem er die Person sah, merkte diese auf und strahlte ihn sogleich an. »Saja!«, entfuhr es ihm verblüfft.

»Saibro!« Die junge Frau sprang auf, rannte zu ihm herüber und fiel in seine Arme.

Er drückte ihren Kopf an seine Schulter. Tränen schossen ihm in die Augen und er hörte sie leise seufzend seinen Namen raunen. Dann spürte er, wie seine Schulter von ihren Tränen nass wurde.

Als er ihren Kopf in beide Hände nahm, um ihr glückselig in die Augen zuschauen, sah er, dass es auch bei ihr Freudentränen waren.

Er wollte sie soeben fragen, was passiert und wie es ihr ergangen war, und wie sie ihn gefunden hatte, da hörte er hinter sich Helms sagen: »Jetzt haben wir ein Problem.«

»Welches Problem könnte das sein?«, fragte Saibro leicht empört.

»Wenn man es positiv betrachtet, könnte man zwar sagen: Mein Teil unserer Abmachung ist damit erfüllt«, erwiderte Helms. »Doch ist auch mein Druckmittel weg. Denn auf deine Gesetzestreue möchte ich mich ungern verlassen.«

Saibro wollte sich momentan nicht mit dieser Sache beschäftigen, darum entgegnete er: »Das klären wir später.«

Helms ließ nicht locker: »Siehst du. Es fängt schon an.«

Die Freude, die Saibro soeben noch empfunden hatte, schlug jäh ins Gegenteil um.

Saja schien dies zu spüren, umklammerte ihn etwas fester und raunte ihm ins Ohr: »Ganz ruhig! Mir geht es gut. Ich erzähl dir später mehr. Klär erstmal die Sache mit ihm.«

Saibro drückte sie abermals an sich, atmete dabei tief ein und wieder aus. Dann ließ er sie los.

Beide schenkten sie Helms demonstrativ ihre ganze Aufmerksamkeit und Saibro sagte ruhig: »Dann lass uns reden.«

Mit zerfurchter Stirn schüttelte Helms leicht den Kopf. »Erst einmal versorgst du die Pferde.«

Dies zu tun, erschien Saibro durchaus vernünftig und um Helms zu demonstrieren, dass er zudem durchaus gewillt war, ihre Rollenverteilung nicht ohne eine weitere Abmachung einseitig über den Haufen zu werfen, versuchte er sein aufgewühltes Gemüt zu beruhigen und die ihm gestellte Aufgabe stillschweigend zu akzeptieren. Er nickte Saja zu und ging zu den Tieren.

In diesem Moment dröhnte Helms: »Okaya!«

Sofort spitzte Helms' mächtiger Hund die Ohren.

»Tau'a ore! Du bleibst mit der Frau hier.«

Der Hund rührte sich nicht.

»Okaja! Tau'a ore!«, wiederholte Helms seinen Befehl.

Statt jedoch zu Saja hinüber zu laufen, legte sich der mächtige Vierbeiner sogar ab.

Wut zeichnete sich in Helms' Gesicht ab und er griff tief in seine Umhängetasche, dann ging alles ganz schnell: Er brüllte »Tiaki Okaja!« und bewarf den Hütehund mit einem braunen Pulver. Sofort sprang Okaja auf, eilte zu Saja und knurrte sie kurz an, um sich dann wachsam neben ihr hinzusetzen.

Helms kommentierte dies mit: »Das Vieh wird langsam alt«, dann winkte er Saibro hinter sich her.

Saibro hatte sich zunächst um die Pferde gekümmert und dann Helms noch beim Bewässern der Pflanzen geholfen. Als sie nach getaner Arbeit wieder zu der unter dem Ahornbaum sitzenden Saja zurückkamen, kraulte sie Okayas schweren Kopf, welchen der Hund tiefenentspannt auf ihrem Schoß liegen hatte.

»Okaya!«, schimpfte Helms augenblicklich, woraufhin der Hund schleunigst aufsprang und sich kräftig schüttelte, um dann mit unterwürfigem Blick in eine Demutshaltung überzugehen.

»Nicht böse sein,« intervenierte Saja postwendend, »ich habe einfach ein Händchen für Hunde.«

»Nicht nur für Hunde«, dachte Saibro und sogleich fragte er sich, wo dieser Gedanke herkam?

Bevor er diesen jedoch hätte weiter ergründen können, hörte er Helms sagen: »Also gut. Lasst uns reden. Am besten beim Essen. Saja, du kommst mit mir zur Feuerstelle am Wagen. Und du holst in der Höhle Brot, Käse und was du sonst für eine Mahlzeit findest. Schau auch in den Satteltaschen, was wir von unterwegs übrig haben.«

Trotz der aufgetischten Speisen und Getränke fehlte Saibro der rechte Appetit. Während die anderen schon kauten, nippte er nur an seinem Kräutertee. Er brannte zu sehr darauf, zu erfahren, wie es Saja ergangen war, wie sie ihn hier gefunden hatte und – es wäre zu schön, um wahr zu sein – ob sie unter Umständen sogar Kenntnis davon hatte, wo sich *der Schwarze* gegenwärtig aufhielt? Statt sie jedoch mit diesen Fragen zu überfallen, ließ er sie einfach erzählen.

»Es wird dich bestimmt überraschen, dass unsere Schicksale sich bis zu einem bestimmten Punkt sehr gleichen. Nach meinem Sturz im Wald, habe ich das Bewusstsein in einer stickigen Kammer wiedererlangt. Die Tür war verschlossen und die Fenster auch. Darum fing ich an zu klopfen und zu rufen. Nach wenigen Augenblicken kam ein gemeinsamer Bekannter von uns zur Tür herein.«

»Eldon?«, mutmaßte Saibro optimistisch.

»Nein. Es war ein gewisser *Finn*.«

Saibro riss seine Augen auf. »Die alte Kackbratze! Hat er dich auch erwischt? Aber woher …?«

»Woher ich weiß, dass du auch sein *Gast* warst? Das habe ich dort erfahren, wo ich auch herausbekommen habe, dass du von einem gewissen *Helms* aus der Schuld gekauft wurdest: Auf dem Gericht.«

Saibro konnte kaum glauben, was er da hörte.

»Mist! Darauf hätten wir auch kommen können. Aber solltest du dann nicht derzeit auch irgendwo deine Schuld abdienen?«, mischte sich Helms ins Gespräch ein.

»Da hatte ich mehr Glück als Saibro. Ich wurde im Auftrag eines weiteren gemeinsamen Bekannten freigekauft.«

»Dem Monakh?«, tippte Saibro.

»Nein. Es war Eldon.«

Nun verschluckte sich Helms an dem Stück Brot, das er gerade aß und fing sogleich kräftig an zu husten.

Saibro traute sich nicht ihm helfend auf die Schulter zu klopfen und reichte ihm stattdessen einen Becher mit Wasser. Dann wartete er mit Saja gebannt darauf, dass Helms' Hustenanfall wieder abebbte.

Als dieser wieder sprechen konnte, fragte er Saja mit tränennassen Augen: »Sevhogin? Du hast Sevhogin gesehen?«

Saja schüttelte den Kopf. »Nein, ich kenne keinen Sevhogin. Eldon war ein …«

Helms schüttelte gleichzeitig Hand und Kopf, als er Saja unwirsch unterbrach: »Ich kenne die Geschichte.«

»Er kennt Eldon als Sevhogin und zudem sucht er ihn. Genauer gesagt: Wir suchen ihn«, wollte Saibro sie kurzerhand aufklären, doch Saja blickte weiterhin verwirrt drein und öffnete ihren Mund. Bevor sie allerdings hätte nachfragen können, fuhr Saibro fort: »Wenn ich ihm«, er zeigte unfein mit dem Daumen auf Helms, »geholfen habe, Sevhogin zu fangen, lässt er mich gehen.«

Für einen Moment sah Saja aus, als wenn sie etwas sagen wollte, doch stattdessen schwieg sie mit grüblerischem Blick.

Trotz Helms' hartnäckigem Nachfragen, gab Saja nichts über ihren Retter preis.

»Ihr könnt sofort wieder nach Hause gehen, wenn ich ihn gefunden habe. Sofort!«

»Das habe ich nun wirklich kapiert. Ich werde ihn dir aber nicht ausliefern!«

Mit jedem Satz von Helms wurde Saja starrköpfiger, was wiederum Helms immer mehr in Rage brachte.

Saibro beobachtete das Gezeter still. Gerne wollte er zurück nach Hainrod. Auch mochte er weder Sevhogin noch Helms. Er hatte schon vor einiger Zeit mit sich selbst ausgemacht, dass er sein Schicksal über das des Schwarzen stellen würde, doch Sajas Verhalten irritierte ihn. Gerne hätte er mit ihr alleine gesprochen, doch das schien Helms nicht zulassen zu wollen. Irgendwie konnte Saibro ihn auch verstehen. Was allerdings nichts daran änderte, dass sie sich in einer verfahrenen Situation befanden.

Es war die plötzliche Stille, die Saibro aus seinen Gedanken riss. Er schaute zu Saja und dann zu Helms. Beide schmollten. Saibro ergriff das Wort: »Lass mich mal mit ihr unter vier Augen sprechen.«

Helms schüttelte den Kopf.

»Warum nicht?«, wollte Saibro wissen. Er bekam keine Antwort. Also wandte er sich an Saja. »Wo ist Eldon jetzt?«

»Irgendwo.«

Da polterte Helms wieder los: »Sie lügt! Sie weiß es ganz genau.«

Das glaubte Saibro auch. Es war eine verzwickte Situation: Saja wollte offensichtlich Eldon schützen und Helms wollte ihm an den Kragen. Und Saibro selbst wollte nach Hause. Dazu musste er jedoch dieses Problem lösen. Doch wie? Er wünschte sich Apaquia und ihr Händchen für solche Situationen herbei. Sie würde ein paar Fragen stellen, einige kluge Worte sprechen und nach einer Weile wäre das Problem gelöst. Er hingegen saß hier nur mit leerem Kopf herum.

Mit einem Mal hörte er sich selbst sagen: »Apaquia würde jetzt irgendwas Schlaues fragen.«

Zu seiner eigenen Überraschung ging Saja mit leiser Stimme darauf ein. »Sie würde mich fragen, ob ich Helms' Sorgen benennen könnte?«

»Und könntest du?«, wollte Saibro von ihr wissen.

Saja schüttelte den Kopf.

»Und du?«, fragte er Helms.

»Was ist mit mir?«, grummelte dieser.

»Verstehst du Sajas Problem?«

»Nein, woher auch?«

Nun wieder an Saja gewandt, fragte Saibro: »Magst du es ihm erzählen?«

Saja nickte bedächtig und schien sich zu sammeln. Nach einem Augenblick der Stille begann sie zu erklären: »Ich verdanke, während drei wir größer warum …«

Saibro schaute Saja verwundert an, die ihrerseits erstaunt erschien, jedoch sogleich wieder weiterzusprechen versuchte: »Weit Frau mit grau im Ohr, was keiner wo …«

Saibro war erschüttert, denn Saja redete nur mehr wirres Zeug.

Sie setzte noch ein paar Mal an, doch aus ihrem Mund kam immer nur völlig unzusammenhängendes Zeugs.

Saibro blickte ratlos zu Helms. Doch da, wo er ebenfalls Verwunderung erwartet hatte, schien er etwas wie Schuldbewusstsein erkennen zu können. Wut kochte blitzschnell in ihm hoch. »Was hast du getan?«

Ertappt, räusperte sich Helms und warf seine Stirn in Falten. »Ich? Nun …«

»Was. Hast. Du. Getan?«

Helms winkte ab. »Morgen ist das wieder weg.«

Saja versuchte etwas zu sagen, das anhand ihres Tonfalls und ihres Mienenspiels sehr klar als etwas aus einer Mischung aus Wut und Angst zu deuten war.

Helms hob abwehrend seine Hände und erläuterte: »Es war das Pulver auf Okajas Fell. Im Zusammenspiel mit einigen ansonsten harmlosen Kräutern im Tee, bringt es das Sprachzentrum durcheinander. Wie gesagt: Morgen ist das wieder weg.«

Saibros Wut war auf dem Siedepunkt. »Warum bist du so? Sie ist doch wirklich keine Gefahr!« Tränen stiegen ihm in die Augen und seine Stimme wurde brüchig. »Mich hatte …« Er zog die Nase hoch und versuchte sich zu sammeln. »Mich hatte dein Bauprojekt wirklich interessiert. Aber ihr seid doch alle nicht ganz dicht hier. Da werden

Leute eingesperrt, weil sie irgendwo den Fuß auf den fal-
schen Grund und Boden setzen, alles muss *abgemacht* werden und jeder hat bei jedem Schulden. Weißt du eigentlich,
was *Vertrauen* ist?«

Helms schaute Saibro mit großen Augen an. »Was denkst
du dir eigentlich?«, entgegnete er erbost. »Du bist mein
Schuldner!«

»Schuld, schuld, schuld! Kennt ihr hier auch noch etwas
anderes?«

Augenblicklich sprang Saja auf und fing wortreich an zu
gestikulieren.

Saibro deutete ihr Gebärdenspiel derart, dass sie wollte,
dass die beiden zu streiten aufhörten und sie stattdessen
alle schlafen gehen sollten.

Kapitel 23

Erst hatte Saibro kein Auge zutun können, dann wurde er mitten aus dem Tiefschlaf geschüttelt. Vom Höhleneingang fiel schon Licht herein.

Es war Saja, die ihn geweckt hatte. »Ich kann wieder normal sprechen. Kann ich doch, oder?«

Saibro drückte mühevoll seine Augen zu feinen Sehschlitzen auf und nickte dezent.

Wie schon Saibro vor zwei Nächten, hatten sie diesmal beide in der Eingangshöhle geschlafen; jeweils in einer anderen der natürlichen Nischen und wieder bewacht von Helms' Hunden. Von ihrem *Gastgeber* war nichts zu sehen, wessen sich auch Saja offensichtlich versichern wollte, denn sie blickte sich verschwörerisch um. Dann flüsterte sie Saibro zu: »Bevor der wieder auftaucht und mit seinen Zaubertränken herumhantiert, folgendes: Eldon hat mich hierher gebracht und ist jetzt zu einem alten Freund unterwegs. Er hofft diesen und seine Söhne überreden zu können, ihm zu helfen, uns wieder über die Schwarzberge zu bringen. Wenn sein Plan aufgeht, dürfte er heute oder morgen wieder hier sein.«

Saibro war verwundert. »Aber … warum hat er dich hier gelassen?«

»Dieser Ort war bei der Suche nach dir der einzige Anhaltspunkt den wir hatten. Und nachdem wir dich hier nicht vorfanden, vereinbarten wir, dass ich hier bleibe. In der Hoffnung, dass ihr wieder hierher zurückkehren würdet. Denn wenn ich mit Eldon weitergezogen wäre, dann hättet ihr in der Zwischenzeit herkommen und aber auch schon wieder weg sein können.«

»Ein nicht gerade ungefährlicher Plan, oder?!«

Saja winkte ab: »So weit wir gehört haben, ist Helms nicht wirklich gefährlich. Gerissen ja, und auch schnell bei der Hand mit seinen Mittelchen, aber nicht wirklich gewalttätig. In Dagbara hat er den Ruf, recht eigennützig und verschlagen zu sein. Darum meinte Eldon auch, dass wir dich hier besser mit tatkräftiger Unterstützung einiger starker Männer rausholen, denn in offenen Verhandlungen nach den hier üblichen Regeln, wäre er uns wahrscheinlich überlegen.«

Saibro wusste nicht, ob es ihm gefiel, was er da hörte: »Ich glaube nicht, dass ich hier mit Gewalt rausgeholt werden möchte.«

Saja winkte ab. »Niemand hat vor Gewalt anzuwenden. Im Gegenteil. Die kräftemäßige Überlegenheit soll gerade das im Keim ersticken.«

Saibro war nicht überzeugt. Irgendwie schmeckte ihm diese Logik nicht. Sein Bauch sagte ihm, dass er sich nicht auf dieses Spiel einlassen sollte. Doch sein Herz wollte nach Hause zu Apaquia und zu Sydän – und sein Verstand war nach wie vor nicht richtig wach. Gerne wollte er über ihre Lage nachdenken, doch fühlte er sich dazu zum jetzigen Zeitpunkt nicht fähig. »Saja, das ist mir gerade alles noch zu hoch. Ich brauche erst mal was in den Magen. Und dazu führt kein Weg daran vorbei, dass wir mal nach Helms schauen. Allein schon wegen der Wachhunde.«

Saja runzelte die Stirn. »Meinst du, wir können es wagen, nochmal etwas zu essen oder zu trinken, was er uns gegeben hat?«

»Ich weiß es nicht.«

Sie rafften sich auf. Da keiner der Hunde mehr den Durchgang nach hinten bewachte, gingen sie davon aus, dass Helms schon aufgestanden sein musste und entschieden, draußen nach ihm zu suchen. Sie gingen in Richtung des Höhlenausgangs, wo Nores und Okaya auf sie warteten. Als Saibro vorsichtig versuchte, an ihnen vorbei ins Freie zu treten, bauten sich beide Hunde knurrend vor ihm auf. Sie gingen wieder zurück in die Höhle und schauten sich an.

»Eine klare Botschaft, würde ich meinen«, sagte Saja.

»Dann lass uns hinten mal nach Helms sehen.« Saibro zeigt auf den Durchgang, der tiefer ins Höhleninnere führte und ging vorweg. Er griff sich eine der Öllampen, da jagte Nores an ihnen vorbei und baute sich in bedrohlicher Haltung vor dem Durchgang auf.

»Alles klar!«, stellte Saja fest. »Damit dürfte deutlich geworden sein, dass wir hier in dieser Höhle bleiben sollen. Was hat er jetzt schon wieder vor?«

Saibro antwortete ihr mit einem Schulterzucken.

Saja entdeckte, dass Helms ihnen eine Tasche mit Proviant in die Höhle gestellt hatte. Auf ein Morgenmahl verzichteten sie indes und tranken nur ein wenig vom Wasser, das sie jedoch vorher beide beschnüffelt hatten. Gegen Mittag überkam sie allerdings der Hunger und sie aßen ein wenig trockenes Brot. Die Stunden verstrichen ohne ein Lebenszeichen von ihrem Gastgeber. Sie nahmen an, dass er irgendwohin unterwegs sein musste. Eine Mutmaßung, die Saibro wie ein Stein im viel zu leeren Magen lag. Sie nutzten die Zeit, sich gegenseitig genauer von ihren zwischenzeitlichen Erlebnissen zu berichten. Saja zeigte sich sehr erstaunt davon, dass Eldon angeblich Cjucea überfallen haben sollte, da sie ja mit ihm zusammen und sie nicht in der Nähe des Überfalls waren. Das machte Saibro stutzig. Cjucea war doch davon überzeugt, dass er von Eldon überfallen worden war. Der Mann warf immer weitere Fragen auf. Dabei fand ihn Saibro bereits bei ihrer Überquerung der Schwarzberge sehr rätselhaft. »Woher wusste Eldon eigentlich von deinem Unglück?«, stellte er Saja eine seiner vielen Fragen.

»Er hat davon nichts gewusst. Er hat sich einfach Sorgen gemacht und sich dann mal in der Stadt umgehört. Wie er das alles rausgefunden hat, weiß ich auch nicht so genau«, sagte Saja mit geröteten Wangen. »Was hat Helms eigentlich mit dir vor?«, wechselte sie das Thema.

Saibro berichtete ihr von Helms Plänen mit den Häusern.

Nach einer Weile hatten sie sich alles erzählt und saßen nun schweigend in der Höhle. Die Hunde hatten sie auch bei einem weiteren Versuch nicht tiefer in das Höhlensystem hineingelassen und somit viel auch diese Möglichkeit der Ablenkung weg. Hin und wieder tauschten sie sich über diese und jene Nichtigkeit aus, doch ihre Gespräche erstarben immer wieder schnell. Meist hingen sie einfach nur ihren eigenen Gedanken nach.

»Du Saja?«

»Mhm?«

»Weißt du, was ich mich gefragt habe?«

»Was?«

»Warum haben wir den Monakh in Izvor nicht einfach auf Cjuceas Karren gesetzt und sind mit dem nächsten Schiff zurück nach Hainrod gefahren?«

Saja schmunzelte. »Den Gedanken hatte ich in Izvor durchaus.«

»Und warum hast du mir davon nichts gesagt?«, fragte Saibro.

»Ich wollte die Welt sehen.«

Das spärliche Sättigungsgefühl, welches Saibro nach ihrem Mittagsmahl erfühlt hatte, war wieder gänzlich einem Hungergefühl gewichen, als Okaya mit dem Schwanz wedelnd ins Freie blickte.

Saibro und Saja schauten sich an und beide wussten, dass dies nur eines bedeuten konnte: Helms war zurückgekehrt. Ihre Vermutung wurde wenige Minuten später bestätigt. Doch als der Kräuterhändler eintrat, war er nicht allein. Ihn begleitete eine große, schlanke Frau, unbestimmbaren Alters. Sie trug ein hochgeschlossenes, dunkelblaues Kleid und ihre schwarzen Haare kurz.

»Das sind die beiden«, sagte Helms zu ihr, ohne auch nur ein Wort zur Begrüßung für sie übrig zu haben.

Die fremde Frau nickte nur leicht, wobei sie ihre Unterlippe vorschob.

Saja tat einen Schritt auf die beiden zu und blaffte Helms an: »Was soll das alles hier?«

Statt auf ihre Frage einzugehen, zog er lediglich eine Augenbraue hoch und sagte mit verschwörerischem Unterton zu seiner Begleiterin: »Wie ich gesagt habe …«

Ohne das Ende des Satzes abzuwarten, tat die Frau einen Schritt auf Saja zu und ohrfeigte sie.

Einem Moment völliger Stille, folgte ein unartikulierter Wutschrei Sajas.

Die Frau war in der Zwischenzeit wieder einen Schritt zurückgetreten.

Saibro eilte zu Saja, zog sie zu sich nach hinten, hielt sie fest und rief empört: »Was soll das?«

Helms hob beschwichtigend die Hände und ergriff das Wort: »Jetzt beruhigen wir uns alle mal wieder. In Ordnung?«

Die fremde Frau verzog keine Miene und Saja hielt sich murrend die Wange.

Dann sprach Helms weiter: »Das ist eure neue Schuldmeisterin, Frau Molar. Ihr werdet nun mit ihr gehen und eure Schuld bei ihr ableisten.«

»Wohl kaum!«, konterte Saja bissig.

Nun ergriff Frau Molar das Wort: »Bring sie mir raus.«

Dann drehte sie sich rum und ging hinaus.

Als sie nicht mehr zu sehen war, hob Saibro die Hände und fragte erneut: »Was soll das?«

»Was das soll, willst du wissen?«, entgegnete Helms. »Das
kann ich dir sagen. Das Pulver, welches ich deiner kleinen
Freundin gestern gegeben habe, verwirrt nicht nur das
Sprachzentrum. Nach ein paar Stunden löst es den Knoten
in der Zunge derart gründlich, dass man offen und freizü-
gig daherquasselt … selbst im Schlaf. Dann erzählt man
zum Beispiel, dass Eldon und seine Freunde einen in nicht
allzu ferner Zukunft *befreien* wollen.«

Sajas Hand schnellte zu ihrem Mund.

»Ein bisschen zu spät, dir den Mund zuzuhalten, meinst
du nicht?«, spottete Helms. »In diesem Moment beziehen
zwei Dutzend Landsknechte Stellung rund um diese Höhle, um für mich Sevhogin zu schnappen. Leider verschenkt
Frau Molar die Dienste ihrer Landsknechte nicht. Wir
konnten uns jedoch darauf einigen, dass sie sie mir für
zwei Schuldhelfer überlässt.«

»Zwei Schuldhelfer?«, entfuhr es Saja. »Ich bin nicht deine Schuldhelferin?«

»Aber du bist *eine* Schuldhelferin. Die von Sevhogin und
der wird in Kürze mein Gefangener sein. Was dich damit
zu *meiner* Schuldhelferin macht.«

»Aber du hast ihn noch gar nicht gefangen!«, polterte Saja
triumphierend. »Spitzfindigkeiten. Im Prinzip greife ich
dem Unausweichlichen nur etwas vor. Und nun: Ende der
Diskussion. Umdrehen und Hände auf den Rücken!«

Mit Nores und Okaya an seiner Seite band Helms ihnen
die Hände auf den Rücken und führte sie ins Tageslicht.
Dort erwartete sie schon Frau Molar hoch zu Ross und in
Begleitung von sechs martialisch gerüsteten Kerlen, die sie

sogleich in ihre Mitte nahmen. Ohne ein Wort ritt Frau Molar los, gefolgt von ihrer Eskorte, die Saibro und Saja hinter ihrer neuen Schuldmeisterin hertrieben.

Als Saibro nochmals zu Helms zurückblicken wollte, bekam er sofort eine behandschuhte Hand gegen den Kopf. Er merkte, wie es ihm im Brustkorb eng wurde und ihm das Atmen schwer fiel. Er schielte zur neben ihm herstolpernden Saja, die mit aufgerissenem Mund und stierem Blick versuchte sich auf den Beinen zu halten. Niemals zuvor in seinem Leben hatte Saibro eine solche Angst verspürt.

Nach mindestens zweistündigem Gewaltmarsch kamen sie an einem großen Steingebäude an, hinter dem weitere Bauwerke im Dämmerlicht zu erahnen waren. Wie bei Saja auch, waren Saibros Knie aufgeschürft, denn nicht immer hatten sie mit dem Trupp Schritt halten können. Während Frau Molar zum Haupttor des Gebäudes ritt, wo sie offensichtlich bereits von einigen Menschen erwartet wurde, führten die sechs Männer sie rechts um das Haus herum. Saja brachten sie an eine Seitentür, wo sie zwei Frauen übergeben wurde. Willenlos wurde Saibro unsanft über einen Hof und hinter einen Verschlag geführt, dort banden sie ihn an und verschwanden. Saibro war nun allein. Was seine Angst erneut anfachte, diesmal sogar noch stärker als zuvor. Er machte sich ein.

Kapitel 24

Nach ein paar Wochen sah er Saja einmal wieder. Nur aus der Ferne, doch es beruhigte Saibro ungemein. Es war nochmals ein recht heißer Tag des zu Ende gegangenen Sommers. Sie war in Begleitung von zwei Frauen und trug einen Korb über eine Wiese. Er schien schwer zu sein, aber sie bewältigte diese Aufgabe strammen Schrittes, was Saibro darauf schließen ließ, dass es ihr zumindest körperlich einigermaßen gut ging.

Ihm selbst ging es körperlich auch einigermaßen gut. Er hatte hart auf den Feldern von Frau Molar zu schuften, doch bekam er genug zu essen und ausreichend Schlaf. Hatte er die erste Nacht noch im Freien hinter diesem Verschlag angebunden verbracht, von Schlafen konnte damals kaum die Rede sein, lebte er seitdem mit drei anderen Schuldhelfern in einem beengten Raum unter dem Dach einer großen Scheune. Während Tulki und Ayiq aus Dagbara und Umgebung stammten, hatte es Kamiel ebenfalls aus der Ferne hierher verschlagen. Er kam aus einer weit östlich gelegenen Gegend namens Koura. Kamiel hatte deutlich dunklere Haut als Saibro und war sogar noch größer als er selbst. Er sprach nur das Allernötigste, und das eher gebrochen und mit einem sehr starken Akzent. Doch zum Reden kamen sie hier sowieso nur selten. Mit dem

Sonnenaufgang hatten sie aufzustehen und bei Sonnenuntergang ins Bett zu gehen. In der Zeit dazwischen mussten sie auf den Feldern arbeiten. Das störte Saibro jedoch nicht. Ihn störte sowieso kaum mehr etwas, denn eine arge Hoffnungslosigkeit hatte sich in ihm breit gemacht.

Am Tag nach ihrer Ankunft auf Frau Molars Gutshof, hatte ihm der Gutsverwalter mitgeteilt, dass er zwei Jahre für Frau Molar zu arbeiten hätte und jedes Problem, das er hervorrufen würde, könne diese Zeitspanne verlängern. Obendrein würde darüber hinaus jedes Mal einer aus seinem Arbeitstrupp körperlich gezüchtigt werden. Der Gerechtigkeit halber würde derjenige ausgelost. Nach dieser Verkündigung wurde er zu einem Bach geführt, der durch das Gutsgelände floss. Dort hatte er sich zu reinigen und bekam neue Kleidung. Anschließend wurde er auf ein Feld gebracht, wo er die drei anderen seines Arbeitstrupps kennenlernte. Mit den dreien war er seit diesem Zeitpunkt ununterbrochen zusammen und doch wusste er nur wenig über sie, denn miteinander reden durften sie nur über die gerade anstehende Arbeit. Nur manchmal wechselten sie in den wenigen Augenblicken flüsternd ein paar Worte, bevor sie in ihrer Dachkammer entkräftet einschliefen.

Mit der Zeit hatte Saibro überschlagen, dass gut zweiunddreißig Männer für Frau Molar auf ihren Feldern arbeiteten; acht Vierertrupps. Immerzu waren Aufseher zu ihrer Bewachung um sie herum. Gab es ein Problem, gingen die Aufseher dazwischen und wenn sie die Situation beruhigt hatten, zog immer einer von ihnen eine Pyramide in der Größe eines Würfels aus der Tasche und ermittelte per

Glückswurf, wer aus dem Arbeitstrupp die Bestrafung entgegenzunehmen hatte. Hierbei war es unerheblich, ob diese Person der Verursacher der Strafaktion war oder nicht. Bei alltäglichen Vergehen, gab es zumeist Stockschläge auf die Schienbeine. Saibro hatte jedoch auch schon anderen Bestrafungsarten beiwohnen müssen. So war einmal ein junger Mann nach einem Fluchtversuch eines anderen mit einem eng anliegenden Sack über dem Kopf rücklings auf eine Pritsche gebunden worden. Auf diese Weise fixiert, wurde ihm dann Wasser auf den nach hinten herabhängenden Kopf geschüttet, vornehmlich über den Mund und die Nase. In den darauffolgenden Tagen sah Saibro, wie der derart gepeinigte, kaum ein Arbeitsgerät in den zitternden Händen halten konnte. Nach ein paar Tagen wurde er gegen einen anderen Mann ausgetauscht.

Seine ursprüngliche Angst verließ Saibro niemals ganz, doch wurde sie mit der Zeit abgemildert. Vor allem die harte körperliche Arbeit vermochte es, ihn seine Situation phasenweise gänzlich vergessen zu lassen. Inzwischen ertrug er die Bestrafungen der Männer aus den anderen Arbeitstrupps leidlich. Wenn allerdings ihr Trupp an der Reihe war, verschlug es ihm immerzu fast den Atem; die Enge in seiner Brust und das Brennen seiner Muskulatur lähmten ihn nahezu vollständig. Insbesondere Tulki schaffte es immer wieder sie in die Bredouille zu bringen. Es war einfach seine Art, das Schicksal allzu oft herauszufordern, und regelmäßig überspannte er den Bogen. So versuchte er unter anderem bei jeder Gelegenheit für sich eine kleine Extrapause von der Arbeit herauszuschlagen oder ein wenig mehr vom Essen abzubekommen. Für ihn schien die Reglung kein Problem darzustellen, dass die Bestrafung immer einer aus dem Trupp nach dem Zufallsprinzip abbekam. Im Gegenteil: Da er meist der Verursacher einer Bestrafung war, schien er sogar darauf zu bauen.

Als Saibro nach einer Züchtigung mal wieder auf dem Boden kauerte und sich das schmerzende Schienbein hielt, flüsterte ihm einer der Aufseher ins Ohr: »Also *ich* würde ihm das nicht immerzu durchgehen lassen.«

Saibro traute sich nicht darauf zu reagieren, doch als er in der folgenden Nacht, mit seinen Schmerzen und Ängsten ringend wach lag, kam ihm der Satz des Aufsehers immer wieder in den Sinn.

Spontan robbte er zu Tulki hinüber und rüttelte ihn.

»Was willst du? Lass mich schlafen.«

»Du musst dich zusammenreißen! Unser Trupp wird immer nur wegen dir bestraft.«

»Ach, leck mich!« Wie er es immer tat, wenn ihm etwas zuwider war, fletschte Tulki auch in diesem Moment die Zähne und präsentierte seinen goldenen Eckzahn. Dann drehte er sich schnaubend von Saibro weg und zog seine grobe Wolldecke über sein schwarzes Haar.

Saibro überlegte, ob er sein Anliegen abermals vortragen sollte, da hörte er aus Kamiels Ecke: »Er richtig! Du dich mehr benehme.«

Als Antwort darauf bekam er von Tulki nur ein weiteres Schnauben zu hören.

Saibro sah zu Kamiel hinüber und dann zu Ayiq. Im durch die Ritzen der Dachschindeln fallenden Mondlicht, sah er diesen aufmerksam seinen Kopf recken. Für gewöhnlich verstanden sich Ayiq und Tulki bestens, sodass Saibro erwartet hätte, dass der gedrungene Dagbarer für Tulki Partei ergreifen würde. Doch Ayiq schwieg.

Was wiederum Saibro ermutigte, nochmals das Wort an Tulki zu richten. »Ich will einfach nicht mehr für dein Verhalten die Schläge einstecken.«

Da fuhr Tulki herum. »Und was willst du dagegen machen?« Auch wenn er schmächtiger als Saibro war, schien er sich nicht vor ihm zu fürchten.

Saibro zuckte mit den Schultern. »Was soll ich dagegen machen? Aber ich bitte dich …«

Mitten in seinen Satz hinein, schubste ihn Tulki gegen die Schulter.

Blitzschnell war Kamiel aufgefahren, packte Tulki unsanft am Kragen und raunzte ihn bedrohlich an: »Ich dir gebe Schmerz von Stock zurück!«

Was hatte Saibro da nur angerichtet? Gleich würde die Luke zu ihrer Kammer auffliegen und die Aufseher eine Menge Ärger hereinbringen.

Brüsk befreite sich Tulki aus Kamiels Griff und dieser ließ ihn gewähren.

»Seid doch still!«, mahnte Ayiq.

Saibro griff nach Kamiels Schulter, um beruhigend auf ihn einzuwirken. Was ihm offensichtlich auch gelang.

In die entstandene Stille hinein lauschten sie, ob sich in der Scheune irgendwelche Anzeichen auf ein Eingreifen der Aufseher vernehmen ließ. Dem war nicht so.

Mit gesenkter Stimme verfügte Ayiq daraufhin: »Und jetzt wird geschlafen!«

Alle zogen sich nun wortlos auf ihre Strohmatratzen und unter ihre Decken zurück.

Saibro brauchte lange, bis er eingeschlafen war.

Entgegen Saibros Erwartung riss sich Tulki in den nächsten Tagen zusammen, sodass ihr Arbeitstrupp kaum mehr gezüchtigt werden musste. Mit der Anzahl der Bestrafungen, ließ auch deren Intensität nach. Die Schläge wurden in aller Regel weniger hart durchgezogen und dadurch verbesserte sich Saibros Situation so weit, dass er immer mehr zu sich fand. Er trug seinen Kopf wieder höher, wodurch er überdies mehr wahrnahm. Unter anderem auch die an dem besagten Tag einen Korb über die Wiese tragende Saja. Nur allzu gerne hätte er alles stehen und liegen gelassen und wäre zu ihr hinübergerannt. Er traute sich hingegen nicht einmal, ihre Aufmerksamkeit auf sich zu lenken, denn damit hätte er selbige auch bei den allgegenwärtigen Aufsehern erregt. Für den Augenblick musste er mit der Erkenntnis zufrieden sein, dass sie in Anbetracht der Umstände auf ihn einen körperlich gesunden Eindruck machte.

Von nun an durchdrang der Wunsch nach einer Kontaktaufnahme all sein Denken. Niemals hatte Saibro gerne gegen die örtlichen Gepflogenheiten verstoßen, doch nun überdachte er diese Überzeugung. Immer wieder hatte man ihm versichert, dass alles rechtens sei, was ihnen widerfahren war. Allerdings war es auch falsch. Und was vom Grunde her falsch war, konnte auch nichts Richtiges hervorbringen. Außerdem sollte niemand derart behandelt werden wie die Menschen auf diesem Gut.

Seine Gedanken an Saja und ihre gemeinsame Situation, hielt ihn auch in einer der jetzt bereits wieder selten gewordenen Gewitternächten wach. Wie auch das ängstliche Gewimmer von Kamiel. Der bärenstarke Mann aus Koura machte nach eigenen Angaben den Zorn Tuhans für Blitz und Donner verantwortlich. Saibro hatte sich gefragt, warum dieser Tuhan in der warmen Jahreszeit so viel häufiger zornig sein sollte als in der kalten? Mit diesen Überlegungen konfrontierte er Kamiel indes nicht. Dieser war ihm ans Herz gewachsen, doch hatte Saibro auch mitbekommen, dass sein Gefährte allzu komplizierten Überlegungen in der für ihn fremden Sprache oftmals nicht folgen konnte.

Mitten in einen sehnsüchtigen und halb schläfrigen Gedanken an seine Lieben zu Hause, wurde Saibro von einem ohrenbetäubenden und bis ins Mark hinein fahrenden Knall aufgeschreckt. Nach einem Augenblick fast absoluter Stille, folgte das Geschrei. Vornehmlich bahnte sich der Ausdruck *Feuer* den Weg in Saibros Bewusstsein.

»Ein Blitzeinschlag!«, schrie Tulki. »Wir müssen hier raus!«

Saibro blickte zu der Klappe im Boden, durch die sie über eine Leiter zu ihrer Schlafstatt kamen. Wie immer war sie nachts geschlossen und auch nur von unten zu öffnen.

»Wir kommen hier nicht raus«, stellte Saibro fest.

Das Gejammer des auf seinem Nachtlager kauernden Kamiel nahm zu.

Von draußen hörten sie zahllose Stimmen, die durcheinander schrien und überall wurde geklopft und gegen Holz gehämmert.

Saibro wurde in diesem Moment bewusst, dass alle Schuldhelfer in der Nacht in den Dachböden der immens großen Scheune weggeschlossen wurden und dass ein Feuer für sie alle schnell zu einer tödlichen Falle werden könnte.

»Das Dach!«, rief Tulki mitten in Saibros hektische Gedanken hinein. »Wir müssen die Schindeln zerschlagen. Dann können wir uns ein Loch nach draußen machen.«

Ohne auf eine Erwiderung zu warten, machte sich Tulki an die Arbeit. Er griff sich seine Schlafdecke, umwickelte damit seine Faust und schlug dann scheinbar wahllos an mehreren Stellen auf die hölzernen Schindeln ein. Nach einigen Versuchen schien Tulki eine entdeckt zu haben, die etwas lockerer saß. Er prügelte einige Male auf diese Schindel ein, bis sie herausflog. Nun löste er die Decke von seiner Hand, warf sie zur Seite und rüttelte an den umliegenden Schindeln. Nach und nach konnte er sie herauslösen, bis nach kurzer Zeit das Loch groß genug war, dass ein jeder von ihnen hindurch passen würde. Auch Kamiel. Doch dieser kauerte weiterhin wimmernd in der Ecke.

»Los kommt!«, befahl Tulki mit krähender Stimme, schon im Begriff hinauszuklettern.

Saibro hastete zu Kamiel und versuchte ihn hochzuziehen, doch dieser war in seiner Angststarre nicht zu bewegen.

Mit einem Seitenblick sah er, dass nun auch Ayiq hinauskletterte.

»Komm schon, Kamiel!«, raunte Saibro diesem ins Ohr.

Doch der große, starke Mann rührte sich nicht.

Da steckte Tulki wieder seinen Kopf durch das Loch im Dach. »Die Scheune! Sie brennt. Kommt schnell, wir können am Ende über die Winde hinunterrutschen.«

Saibro zerrte wieder an Kamiel, doch weiterhin ohne Erfolg. »Er will nicht«, rief er zu Tulki hinaus.

»Scheuer ihm eine!«, war dessen Antwort. »Wenn er darauf nicht reagiert, rette deinen Arsch. Die Hütte brennt lichterloh!«

Saibro zögerte zunächst, rüttelte lieber nochmals an Kamiel. Dann atmete er tief ein und knallte ihm seine Hand ins Gesicht. Von der Wucht seines Schlages, plumpste Saibro mit dem Hintern auf den Boden.

Als er wieder zu Kamiel blickte, sah er Bewegung in den Mann kommen.

Wie ein verängstigtes Kind schaute sich dieser im Raum um, dann sah er Saibro.

Beide rappelten sich gleichzeitig auf und Saibro rief: »Komm. Schnell!«

Kapitel 25

Die ganze Nacht hatten sie mit Eimern, Sand und Hacken darum gekämpft, dass das Feuer nicht auf eines der angrenzenden Gebäude übergriff. Kamiel war dabei nicht von Saibros Seite gewichen. Wie Tulki es gesagt hatte, hatten sie über die Winde am Kopfteil der Scheune zu Boden rutschen können. Ihre Schritte auf dem Dach, hatten weitere Schuldhelfer auf die Idee gebracht, Schindeln zu zerschlagen und dem Feuer über das Dach zu entkommen. Doch nicht alle hatten es aus der Scheune herausgeschafft. Als später durchgezählt wurde, fehlten sieben Männer; darunter auch Tulki. Saibro fragte sich, wie viel der sieben in den Flammen ums Leben gekommen waren und wie viele sich schlichtweg aus dem Staub gemacht hatten?

In den Wirren der Nacht hatte er es geschafft, einen kurzen Blickkontakt mit Saja herzustellen. Ganz sicher war er sich nicht, aber er meinte aus ihren Augen die Botschaft herausgelesen zu haben, dass sie in Ordnung sei. Er hatte ihr ein aufmunterndes Lächeln geschenkt, dann wurde er auch schon wieder zum Weiterarbeiten angetrieben.

Gemeinsam mit Kamiel trug Saibro gerade zusammengefaltete Zeltplanen zu dem Platz hinter dem Gutshaus, an dem derzeit ein provisorisches Feldlazarett für die Verletzten errichtet wurde, da erblickte er Helms. Sein ehemaliger Schuldmeister stieg soeben von seinem Pferd ab. Er hatte Okaya und Nores dabei und sein zweites Pferd mit prall gefüllten Satteltaschen im Schlepptau. Wut stieg in Saibro auf. Einmal tief durchatmend versuchte er sich auf seine Arbeit zu konzentrieren und warf das Bündel Planen neben die zugehörigen Gestänge.

»Vorsicht, ihr Penner!«, schnauzte sie einer ihrer Aufseher an. »Und jetzt fangt an, das Zelt aufzubauen. Du weißt doch, wie das geht, oder?«

Der Mann hatte zu Kamiel gesprochen, welcher daraufhin unterwürfig nickte und sofort anfing, die Gestänge zu sortieren.

Während sie das Zelt aufbauten, konnte Saibro immer wieder mal zu Helms hinüberspähen. Sein ehemaliger Schuldmeister verarztete diejenigen, die in der vergangenen Nacht Verbrennungen davongetragen hatten, indem er eine grünliche Salbe auf die betroffenen Stellen schmierte, die daraufhin wiederum von helfenden Frauen verbunden wurden. Einem Mann, der besonders großflächige Verbrennungen davongetragen hatte, flößte er einen Trunk ein, woraufhin dieser nach wenigen Minuten schon zu schreien aufhörte und zu schlafen schien. Die umsichtige und engagierte Art und Weise, wie sich Helms um die gut ein dutzend zum Teil schwer Verletzten kümmerte, ließ Saibros Wut auf ihn leicht abebben.

Als das Zelt errichtet war, wurde Saibro befohlen, mit einigen anderen zusammen die Verletzten hinein zu tragen; dabei traf sich sein Blick mit dem von Helms. Saibro meinte, darin sowas wie Schuldgefühle erkennen zu können. Doch sicher hatte er sich geirrt.

Nachdem sie am späten Vormittag endlich etwas zu essen bekommen hatten, durften Saibro und die anderen Schuldhelfer sich im Stroh einer der kleineren Scheunen ausruhen. Hundemüde, schlief er sogleich ein.

Ein wilder Traum von Feuer, Helms und Saja ließ ihn aufschrecken. Neben ihm lag Kamiel schnarchend im Stroh. Auch Ayiq konnte er nicht weit von sich erkennen. Tulki war hingegen weiterhin nirgends zu sehen. Saibro machte sich Sorgen wegen der Konsequenzen, die ihnen blühten. Denn insoweit er es abschätzen konnte, war Tulki kein Opfer der Flammen geworden.

Gerade als sich Saibro abermals umdrehen wollte, wurde das Scheunentor aufgeschoben. Sonnenlicht durchflutete den Raum und diejenigen, die vom Quietschen oder dem Licht nicht erwacht waren, wurden von ihren Kameraden geweckt, denn Frau Molar betrat die Scheune. Hinter ihr stiefelten ein halbes Dutzend Aufseher herein, von denen sie einer sogleich brüllend zum Aufstehen aufforderte. Binnen weniger Augenblicke waren alle auf den Beinen. Gespannte Stille lag über allem.

Frau Molar schob ihre Unterlippe vor und schaute umher. Der Moment zog sich beängstigend in die Länge, bis sie endlich nach einem Räuspern das Wort ergriff. »Ich danke euch für euren Einsatz in dieser schrecklichen Nacht.«

Sie machte eine Pause, schaute umher.

»Leider haben wir sechs Leichen in den Trümmern der Scheune gefunden.«

Wieder eine Pause.

»Es fehlen aber sieben Männer.«

Pause.

»Wer kann dazu etwas sagen?«

Stille.

Frau Molar blickte umher.

Niemand sagte etwas.

»Gut. Geht wieder an eure Arbeit.«

Frau Molar drehte sich um, ging ein paar Schritte in Richtung Ausgang, blickte dann jedoch nochmals über ihre Schulter und verkündete mit leiser, aber fester Stimme: »Über eure Bestrafung wegen des Flüchtigen werdet ihr nach dem Nachtmahl informiert. Bis dahin könnt ihr mir allerdings gerne noch etwas mitteilen lassen.«

Nun ging sie ganz.

Gedankenverloren sammelte Saibro auf einem der Felder, welches er schon zu genüge vom stundenlangen Unkraut jäten her kannte, von anderen mit Grabegabeln freigelegte Kartoffeln ein. Diese Knollenpflanze hatte er vor seiner Zeit bei Frau Molar nicht gekannt und sich schon mehrfach gefragt, zu was sie genutzt wird? Als sie ihm zu Beginn seiner Zeit in Frau Molars Feldern erklärt hatten, was Unkräuter waren, hätte er nach der Nutzung solcher Kartoffeln fragen können, hatte sich jedoch nicht getraut. Ayiq hatte ihm später einmal erklärt, dass diese Pflanze gekocht gegessen würde. Sie sei jedoch *nicht von hier* und nur die *besseren Leute* könnten sich diese leisten. Beim immer wiederkehrenden Unkraut jäten, musste er oftmals an Muukja denken. Sie hätte den Begriff sicherlich nicht gemocht. Doch momentan hatte er andere Sorgen. Tulki ging ihm nicht mehr aus dem Sinn. Wenn er nicht unter den Toten war, was Saibro nicht glaubte und auch nicht hoffte, dann war er abgehauen und entweder Ayiq, Kamiel oder er selbst würde dafür hart bestraft werden. Dieser Gedanke rotierte stetig in seinem Kopf und regte seine Angst vor dem immer wieder an, was sie am Abend erwarten würde. Er wühlte und wühlte wie ein Besessener, immer wieder brachte er seinen vollen Kartoffelbeutel zur Sammelstelle. Dabei hielt er angespannt Ausschau, ob er Tulki nicht doch irgendwo erblicken konnte. Dem war allerdings nicht so.

Saibro zwang sich, vom Eintopf zu essen. Es war grundsätzlich nicht erwünscht, dass die Arbeiter beim Nachtmahl miteinander sprachen, doch heute wirkte auch das übliche Schlürfen und Geschirrklappern noch stiller und dadurch bedrückter als sonst. Neben Saibro saß Kamiel und wirkte ungewöhnlich appetitlos. Sie waren heute früher von den Feldern zurückbeordert worden und mussten nach dem Abräumen des Nachtmahls und ihres Geschirrs erneut zu ihren Plätzen zurückkehren. Dort saßen sie eine Weile, doch niemand traute sich laut zu sprechen. Ein leiser Teppich aus Tuscheleien lag über der Szenerie. Dann kam Frau Molar und es wurde schlagartig still. Wie immer war sie in Begleitung einiger kräftiger Männer aus ihrer Leibgarde.

Saibro saß ganz in ihrer Nähe, sodass er sie zu ihren Männern sagen hörte: »Schaut ein letztes Mal durch, ob er nicht doch da ist.«

Daraufhin schritten drei der Aufseher durch die Reihen und begutachteten einen jeden von ihnen. Wer nicht offen zu ihnen hinschaute, dem wurde auch schon mal grob ins Gesicht gelangt oder der Kopf an den Haaren nach hinten gezogen. Kopfschüttelnd kehrte ein jeder zu seiner Herrin zurück.

»Wie es auch sei. Es war ein langer, ereignisreicher Tag. Für uns alle«, sprach Frau Molar in der ihr eigenen bedächtigen Art. »Eines gilt es jedoch nach wie vor zu klären.«

Sie schaute hinüber zu den schwelenden Überresten ihrer Scheune. »Wer ist es, der dort nicht sein Leben verlor?« Ihr Blick wanderte wieder zu ihnen zurück. »Und auch nicht im Lazarett liegt oder hier vor mir sitzt.«

Mit jeder ihrer kleinen Redepausen wurde Saibro nervöser.

»Da auf jeden Fall weder hier noch unter den Toten und Verletzten ein gewisser, sehr redegewandter Mann ist, dem ich es wider besseres Wissen gestattet habe, seinen Goldzahn zu behalten«, sie hob ihren linken Zeigefinger und klopfte sich auf einen ihrer oberen Eckzähne, »statt damit einen Teil seiner Schuld zu begleichen, wissen wir nun, wer von euch fehlt.«

»*Tulki*«, fuhr es Saibro in diesem Moment durch den Sinn.

»Ihr kennt die Regeln!«

Saibro konnte sich kaum mehr auf der Bank halten. Er musste sich daran festkrallen, um nicht unter den Tisch zu rutschen.

Ihm gegenüber saß Ayiq und seine Augen schienen ihm fast aus ihren Höhlen zu quellen.

Es dauerte nicht lange bis Ayiq, Kamiel und er selbst von ihren Sitzen hochgerissen und Frau Molar zu Füßen geworfen wurden.

»Ich erkläre es gerne ein weiteres Mal: Baut einer aus einer Arbeitsgruppe Mist, muss einer aus der Gruppe dafür geradestehen. Es kann ihn selbst treffen, muss es aber nicht.«

Saibro versuchte so zu tun, als wenn er nicht da wäre: Er kauerte, den Kopf ganz tief zwischen den Knien und starrte regungslos in den Staub.

»Üblicherweise«, sprach Frau Molar weiter, »losen meine Männer einen aus, der die Strafe für die Gruppe trägt. Diesmal jedoch … werde ich denjenigen auswählen. Der Übeltäter selbst ist nun mal nicht da. Darum muss definitiv einer von diesen dreien büßen.«

Saibro hielt es kaum mehr aus, er zitterte am ganzen Leib.

»Aus Gründen … wähle ich ihn!«

Saibro hob den Kopf und fragte sich: »*Wen?*« Da sah er, wie die Blicke aller Aufseher und Schuldhelfer auf ihm lagen.

Schon wurde er hochgerissen.

Aus dem Augenwinkel konnte er sehen, wie Ayiq und Kamiel weggeschupst wurden und zu den anderen zurückstolperten.

Frau Molar trat vor Saibro und schaute ihm in die Augen.

Er war wie erstarrt und hätten ihn nicht zwei Aufseher fest gepackt gehabt, er hätte sich nicht auf den Beinen halten können.

»Nun«, sprach die Gutsbesitzerin, »die Strafe sollte dem Vorfall angemessen ausfallen. Verbrennt ihm die Oberarme und die Oberschenkel!«

Kapitel 26

Als er erwachte, brannten Saibros Arme und Beine höllisch. Er hörte sich selbst stöhnen. Vor seine Augen trat schemenhaft ein Mensch, der ihm sogleich etwas Flüssigkeit einflößte. Und nur wenig später dämmerte er wieder weg.

In seinen Träumen geschahen schlimme Dinge; die meisten hatten mit Feuer und Schmerz zu tun. Oft lag er darin wieder auf Helms' Wagen, der ihn in ein dunkles Verlies brachte. Doch wenn er mit einem Schleier vor den Augen erwachte, kamen unverzüglich die Schmerzen und sogleich auch die Person mit dem Trunk, welcher ihn wieder in die Fänge seiner Träume schickte. Mal war diese Person Frau Molar oder Helms, dann aber auch Apaquia oder Saja. Hin und wieder hatte er das Gefühl, seine Arme und Beine seien erfroren, dann wiederum standen sie lichterloh in Flammen.

Gerade eben war Saibro vermeintlich wieder in Finns Verlies erwacht, als es ihm dämmerte, dass er diesmal nicht träumte. Das Brennen war durchaus auszuhalten und es kam auch niemand, um ihm etwas einzuflößen. Er lag auf dem Rücken. Langsam begann er in der Dunkelheit die Umgebung auf der Höhe seiner Hüften zu ertasten. Wäh-

renddessen gewöhnten sich seine Augen an die Lichtverhältnisse und da wusste er, wo er war. Verblüfft probierte er
sich aufzusetzen, wobei er die Schmerzen in den Armen
und Beinen heldenhaft zu ignorieren versuchte. Er war mit
seinen Bemühungen sich aufzurichten noch nicht allzu
weit gekommen, da hörte er auch bereits Okayas tiefes Bellen. Nur wenige Augenblicke später kam Helms mit einer
Lampe aus dem hinteren Teil der Höhle herbeigeeilt. Saibro brach seinen Versuch aufzustehen ab.

Als Helms bei ihm angekommen war, flüsterte Saibro:
»Nix mehr geben.«

Helms legte die Stirn in Falten, schien aber zu verstehen.
»Nur normales Wasser?!«, bot er an.

Saibro konnte seine Zunge kaum bewegen und so nickte
er zustimmend.

Nachdem Saibro etwas getrunken hatte, half Helms ihm
sich aufzusetzen. Diesmal hatte er nicht auf ein wenig auf
dem Boden liegendem Stroh in der Nische der Höhle
schlafen müssen. Helms hatte in der Zwischenzeit an gleicher Stelle aus ein paar Latten und einer Strohmatratze
eine einfache, hüfthohe Bettstatt errichtet.

Saibros Oberschenkel spannten und schmerzten, doch
ließ sich dies leidlich ertragen.

Helms setzte sich neben ihn.

Verstohlen lugte Saibro zu ihm rüber, ohne ihm jedoch
ins Gesicht zu schauen. Auf eine befremdliche Art und
Weise war Saibro ganz froh, dass er hier bei Helms in seiner Höhle war und nicht mehr auf Frau Molars Gutshof.

»Es tut mir so leid«, sagte Helms in die Stille hinein. »Ich war solch ein verblendeter Narr!«

Saibro schaute ihm ins Gesicht und sah dort, was er auch schon neulich bei ihrer Begegnung bei den Verbrennungsopfern gesehen hatte: Schuldgefühle.

Helms nickte gedankenverloren und stand auf. »Ich mach uns eine Kleinigkeit zu essen und dann beichte ich dir meine ganze bescheuerte Idiotie.«

Der fruchtig-süße Brei stärkte Saibro und der Schatten des Baums unter dem sie saßen, hielt die quälende Wärme der Sonne von ihm ab. Nach dem Essen holte Helms für sich einen Kaffee, bot Saibro entgegen seiner üblichen Praxis jedoch keinen an. Er hatte Saibro vor dem Essen einen großen Krug mit Wasser gebracht und erklärt, dass er eine Weile besser keine warmen oder gar heißen Speisen und Getränke zu sich nehmen sollte.

Saibro lauschte der Natur und versuchte sich möglichst wenig zu bewegen, denn auf diese Weise war die Welt ein ganz erträglicher Ort. Auch weil er über den Verbänden wieder seine eigene Kleidung tragen konnte. Helms hatte nicht nur all seine Sachen aufbewahrt beziehungsweise von Frau Molar zurückgefordert, sondern sogar die Löcher an den Knien seiner Hose eigenhändig gestopft.

Nachdem sie beide einer Weile schweigend dagesessen hatten, sagte Helms: »Du bist ein freier Mann. Ich erhebe keinerlei Ansprüche mehr an dich.«

Damit hatte Saibro nicht gerechnet. Wohl auch, da er in diesem Augenblick nicht mehr daran gedacht hatte, dass er im Grunde noch ein Schuldhelfer war.

»Doch ich habe noch ein Versprechen einzulösen«, fuhr Helms fort. »Ich werde dir helfen Saja freizubekommen und danach werde ich höchstpersönlich dafür sorgen, dass ihr heil wieder über die Schwarzberge kommt.«

Saibro verspürte in sich den Impuls Helms die Hand zu reichen und *Abgemacht* zu sagen. Dann musste er allerdings über sich selbst schmunzeln.

»Du kannst mir wirklich glauben!«, missdeutete Helms Saibros zartes Lächeln und tat genau das, worüber Saibro soeben noch hatte schmunzeln müssen. Er reichte ihm seine Hand und sagte: »Abgemacht«.

Nun entfuhr Saibro ein herzhafter Lacher, der sofort von einem brennenden Schmerz unterbrochen wurde.

»Was ist mit dir?«, wollte Helms wissen.

Saibro fuhr sich mit beiden Händen durchs Gesicht und antwortete: »Ach, ich hatte nur eben den gleichen Impuls. Ich wollte dir ein *Abgemacht* anbieten. Da fiel mir ein, dass wir das zu Hause anders machen. Wenn bei uns jemand ein Versprechen gibt, dann gilt das einfach. Ohne *Abgemacht* und ohne Handschlag.«

Helms nickte freundlich.

Gelöst fragte Saibro: »Du wolltest mir doch *deine ganze bescheuerte Idiotie* beichten? Ich hätte jetzt Zeit.«

»Wo fange ich an?«, überlegte Helms laut. »Zunächst einmal: Eldon ist nicht Sevhogin. Er ist unbestreitbar ein kleiner Strauchdieb, aber nicht Sevhogin.«

Saibro überlegte kurz, wie man Sträucher stehlen könnte, entschied sich aber nicht nachzufragen und hörte Helms einfach weiter zu.

»Als Eldon hier auftauchte, um euch zu befreien, stellten ihn Frau Molars Männer und ich erkannte sofort, dass dieser Mann zwar eine gewisse Ähnlichkeit mit Sevhogin hatte, er aber definitiv nicht Sevhogin war. Einer von Frau Molars Männern, der früher im Wachdienst von Dagbara war, erkannte ihn auch – als Eldon. Mir war die Situation mehr als peinlich und ich wollte ihn sofort wieder frei lassen, doch der ehemalige Wachmann wollte sich die Belohnung nicht entgehen lassen, die auf Eldons Ergreifung ausgesetzt war. Sie verscheuchten Eldons Begleiter und brachten ihn selbst nach Dagbara. Ich hingegen machte mich sofort auf den Weg zu Frau Molar und versuchte unsere Abmachung rückgängig zu machen. Da ich ihr indes nichts zu bieten hatte, was euch beide in ihren Augen hätte aufwiegen können und sie den unverschämt hohen Preis von fünfhundert Mince für euch ansetzte, musste ich unverrichteter Dinge wieder abziehen.«

Helms trank einen kräftigen Schluck von seinem Kaffee und fuhr fort: »Ich kehrte hierher zurück und versuchte die ganze Sache zu vergessen. Doch es gelang mir nicht. Nach einigen Tagen ritt ich in die Stadt, geschäftliche Dinge führten mich dorthin. Statt jedoch nach Hause zurückzukehren, nachdem ich alles erledigt hatte, zog es mich zum Gericht.«

»Ähm«, unterbrach ihn Saibro, »warum sind wir damals eigentlich nicht auch gleich zum Gericht gegangen und haben dort nach Saja gefragt?«

Helms seufzte. »Auch das ist mir heute unangenehm: Aber ich wollte Saja damals eigentlich gar nicht wirklich finden, sondern nur so tun, um mir dein Vertrauen zu erschleichen.«

Saibro schloss seufzend seine Augen und schüttelte den Kopf.

»Nun gut«, fuhr Helms fort. »Diesmal ging ich jedenfalls zum Gericht. Ich erkundigte mich nach Eldon und erfuhr, dass ein Bierbrauer ihn als Schuldhelfer aus dem Kerker der Stadt geholt hatte. Kurz überlegte ich, den Bierbrauer aufzusuchen, besann mich indes darauf, dass ich die ganze Sache eigentlich hinter mir lassen wollte und ritt hierher zurück. Ich stürzte mich in die Arbeit, ging meinen Geschäften nach und schlief lausig. Vor vier Tagen wurde ich in den frühen Morgenstunden vom Bellen meiner Hunde geweckt. Vor der Höhle standen zwei von Frau Molars Männer und baten mich mitzukommen, da es bei ihnen auf dem Gut brennen würde und sie meine Hilfe bei der Versorgung der bei dem Feuer verwundeten benötigen würden. Ich packte meine Brandsalben sowie einiges an Kräutern und Zutaten ein, um falls nötig vor Ort weitere Heilmittel herstellen zu können und wir ritten zu Frau Molars Gut. Wie befürchtet, verbrauchte ich nicht nur alle meine Salben, sondern musste auch neue herstellen, um den ganzen Brandopfern helfen zu können. Als Bezahlung forderte ich euch beide zurück. Man rief Frau Molar, denn ihr Gutsverwalter traute sich eine solche Entscheidung alleine nicht zu. Frau Molar kam und lachte spöttisch. Sie sagte, dass ich *den Kerl* haben könnte. Also dich. Mädchen seien jedoch wie immer rar auf dem Markt. Ich war froh, zumindest dich wieder dort herausholen zu können und willigte ein. Sie sagte jedoch noch, dass unsere Vereinbarung ab Mitternacht gelten würde. Auch das akzeptierte ich. Nicht ahnend, was sie mit dir vor hatte. Schrecklich!«

Helms unterbrach seine Erzählung hier kurz. Doch nachdem er sich wieder gefasst hatte, berichtete er weiter. »Nach deiner Bestrafung ließ Frau Molar mich zu dir rufen. Nicht nur, um dir zu helfen, sondern auch zur Demonstration ihrer Macht.«

Da sich Helms bei seinem Bericht die ganze Zeit dazu zu zwingen schien, Saibro anzublicken, schien er auch zu erkennen, dass Saibro an dieser Stelle etwas nicht verstand.

»Du musst wissen, dass sie den Menschen gerne ihre Macht demonstriert. Sie ist in der ganzen Region gefürchtet. Selbst der Rat von Dagbara stellt sich ihr nur ungern in den Weg. Und viele behaupten, sogar der alte Regent in Eosima sah tunlichst zu, sich gut mit ihr zu stellen. Nun ja. Als ich bei dir ankam, hattest du schon das Bewusstsein verloren. Wir brachten dich ins Lazarett, wo ich dich fürs Erste versorgte. Danach bin ich nach Hause geritten, habe meinen Wagen geholt und dich in den kühlen Nachtstunden hierher gebracht.«

Saibro strich sich behutsam über den Verband an einem Unterarm und genoss es fast schon, dass der leichte Schmerz ihn wieder aus Helms' Erzählung herausholte.

»Und was machen wir jetzt?«, wollte Saibro wissen.

Helms zuckte mit den Schultern.

»Dann sollten wir uns jetzt was überlegen«, sagte Saibro.

Kapitel 27

»Sie weigert sich strikt. Nicht für alle Mince der Welt würde sie Saja herausgeben, sagt sie«, berichtete Helms, nach wie vor auf seinem Pferd sitzend.

Saibro ließ resigniert den Kopf sinken.

Helms sprang von dem großen Tier herunter und Saibro überreichte ihm das Zaumzeug, an dem er das Pferd gehalten hatte.

»Hast du ihr eine Nachricht übermitteln oder etwas über meinen Arbeitstrupp herausfinden können?«, wollte Saibro wissen.

»An die Übermittlung einer Nachricht an Saja war nicht zu denken. Es hat sich einfach nichts ergeben. Und über deinen Arbeitstrupp konnte ich nicht viel in Erfahrung bringen, nur dass dieser Tulki weiterhin verschollen ist. Tut mir leid.«

Saibro winkte ab. »Soll er doch glücklich werden.«

Helms nahm seinem Pferd soeben den Sattel ab, als er innehielt. »Ich könnte mir gut vorstellen, dass es ihn zu den Gesetzlosen verschlagen hat, die seit einiger Zeit die Gegend am Fuße der Schwarzberge unsicher machen.«

»Diejenigen, die auch Cjucea überfallen und seine Karren verbrannt haben?«

»Genau die. Man hört jetzt immer häufiger von ihnen. Die Bergführer haben ihre Preise auch schon deutlich erhöht. Und die Nutzung der Transitroute wird auch nicht billiger geworden sein.«

»Darüber werde ich mir erst wieder den Kopf zerbrechen, wenn wir Saja da rausgeholt haben und zurück nach Laakso aufbrechen. Jetzt müssen wir sie zunächst einmal aus den Fängen von Frau Molar befreien.«

»Aber wie?«, wollte Helms wissen. »Gewalt dürfte keine Option sein. Dafür wendet man sich ja gerade an Frau Molar mit ihren Schergen.«

Saibro wusste darauf auch keine Antwort. Nachdenklich blickte er zu der brach liegenden Baustelle und merkte, wie gerne er dort Hand anlegen würde. Beim Sägen und Hämmern bekam er immer am besten den Kopf für neue Ideen frei. Doch an körperliche Arbeit war in seinem Zustand nicht zu denken. Trotzdem schlenderte er, während sich Helms weiter um sein Pferd kümmerte, zu den Löchern, die sie vor einigen Wochen ausgehoben hatten. Langsam ging er die Pfosten ab, die sie zur Markierung der zu errichtenden Gebäude in den Boden gerammt hatten und tippte jeden kurz an.

In seiner dritten Runde kam Helms zu ihm herüber. »Da drüben musste ich drei der Pfosten neu einschlagen. Sie haben während des kurzen Handgemenges bei der Festsetzung von Eldon deutlich Schlagseite bekommen.«

»Das ist es!«, platzte es aus Saibro heraus.

»Was? Was ist es? Ist dir etwas eingefallen?«

»Könnte sein. Saja hat doch damals hier erzählt, dass Eldon sie bei Gericht ausgelöst hat. Also müsste sie doch offiziell *seine* Schuldhelferin sein, oder?«

Helms' Gesichtszüge hellten sich auf. »Du meinst: Ich hätte sie nicht an Frau Molar weiterverkaufen dürfen und sie ist rein rechtlich völlig zu unrecht bei ihr?!«

»So in der Art meinte ich das.«

Helms wühlte nachdenklich in seinem Bart. »Wir müssen Eldon aufsuchen und ihn ins Boot holen, damit er seinen älteren Anspruch auf Saja gelten machen kann.«

An diesem Punkt verfinsterte sich Saibros Miene jedoch wieder. »Nur dass er jetzt selbst ein Schuldhelfer ist. Kann er da seinerseits eine Schuldhelferin haben?«

»Nein«, erwiderte Helms, »aber er ist Schuldhelfer bei einem Bierbrauer. Und Brauer nutzen gerne Kräuter für die Herstellung ihres Bieres. Da komme ich gewiss mit ihm ins Geschäft. Ich weiß leider nicht, welcher der gut ein dutzend Brauer in Dagbara es ist, aber sollten wir zur Abwechslung mal Glück haben, ist er bereits einer meiner Kunden. Gleich morgen mache ich mich auf den Weg in die Stadt.«

»Ich komme mit!«, verlangte Saibro.

»Ich würde dich gerne mitnehmen. Aber ich denke, du solltest dich besser weiter ausruhen. Außerdem hoffe ich, auf dem Rückweg das zweite Pferd für Eldon zu brauchen. Sollte es mir gelingen, ihn gleich heute noch bei dem Bierbrauer auslösen zu können, dann muss ich ihn nicht hierher laufen lassen.«

»Na gut«, lenkte Saibro ein. »Dann brauche ich aber irgendeine Aufgabe. Das Nichtstun, während ich heute auf dich gewartet habe, hat mir den letzten Nerv geraubt.«

Helms hatte Saibro die Weiterverarbeitung einiger seiner Kräuter zur Aufgabe gegeben und soeben zerbröselte er die getrockneten Blätter des Huflattich, als Helms um die Ecke geritten kam. In seinem Schlepptau hatte er Eldon; den Bart gestutzt, mit finsterem Blick und ganz in schwarz gekleidet.

Saibro klopfte sich die Hände ab, nahm das Tuch, auf dem er den Huflattich bearbeitet hatte, an seinen Ecken und verknotete es so zu einem Bündel. Er atmete nochmals tief durch und ging zu den beiden hin.

»Er freut sich tierisch hier bei uns zu sein«, sagte Helms statt einer Begrüßung und zog vielsagend eine Augenbraue hoch.

»Sei gegrüßt, Eldon.«

»Saibro«, antwortete dieser knapp.

Helms sprang aus seinem Sattel. Eldon verweilte weiterhin hoch zu Ross und stieg dann einige Augenblicke später ohne jeglichen Elan vom Pferd.

»Ich kümmere mich um die Tiere. Biete unserem Gast etwas zu trinken an«, sagte Helms.

Am Höhleneingang hatte Saibro vorsorglich einen Krug frisches Wasser mit Pfefferminzblättern im Schatten bereitgestellt und als er darauf zusteuerte, folgte ihm Eldon.

»Danke, dass du mit ihm hierher gekommen bist«, sagte Saibro.

Eldon nahm nochmals einen Schluck, dann erst antwortete er: »Ich tue dies nur für Saja.«

»Da haben wir doch schon mal etwas gemeinsam. Was hat der Bierbrauer gesagt, als …?«

»Soll dir dein Freund erzählen«, unterbrach ihn Eldon und schnaubte.

Saibro merkte zwar, dass Eldon auch keine Lust auf eine Plauderei hatte, fühlte sich jedoch in der Pflicht, ihn sich ihnen gewogen zu machen. »Das ist alles ziemlich aus den Ruder gelaufen, oder? Aber immerhin bist du jetzt ein freier Mann, da dir Helms die Schuld komplett erlassen hat, die du bei dem Bierbrauer abarbeiten solltest.«

Eldon nickte spärlich. Saibro fühlte sich grässlich. Ein solches Gespräch zu führen, lag weit jenseits seiner wesentlichsten Fähigkeiten. Hilfesuchend blickte er durch die Bäume in Helms' Richtung, der gerade die Pferde an ihre Tränke führte.

»Lass uns schon mal zur Feuerstelle gehen«, schlug er vor.

»Mir ist nicht kalt.«

»Mir auch nicht. Doch wird Helms sicher gleich einen Kaffee trinken wollen und den macht er sich immer dort.«

»Bist ja schon reichlich vertraut, mit deinem Schuldmeister, was?«

Darauf wollte Saibro nicht eingehen. Er ging zur Feuerstelle und nahm auf einen der dort liegenden Baumstämme Platz. Eldon war ihm gefolgt und setzte sich ebenfalls, jedoch auf einen der anderen Stämme.

Wie sie so dasaßen, kam Saibro etwas in den Sinn. »Sag mal, warum bist du damals auf unserem Weg über die Schwarzberg am letzten Morgen einfach abgehauen?«

Zum ersten Mal seit er vom Pferd gestiegen war, kam etwas Leben in Eldons Gesichtszüge. »Ihr habt es doch am eigenen Leib erleben müssen. In der Gegend liegt bei gutem Wetter irgendwas in der Luft, das einen wie von Sinnen macht.«

»So kann man es auch ausdrücken«, sagte Helms schmunzelnd, als er von hinten zu ihnen an die Feuerstelle trat.

»Weißt du mehr darüber?«, fragte Saibro.

»Das gehörte zu den Dingen, die mich in der Zeit während du bei Frau Molar warst, nicht hat ruhen lassen. Daher habe ich mich auch dazu in Dagbara umgehört. Es war bereits manchem aufgefallen, wie viele Leute dieser Finn schon mit Schuldhelfern versorgt hat. Unter einem Vorwand habe ich ihm einen Besuch abgestattet. Als jemand mit einer guten Nase und Sachverstand im Bezug auf Kräuter musste ich vor Ort lediglich eins und eins zusammenzählen: Er baut Xitano an und das wahrscheinlich in größeren Mengen, das habe ich deutlich riechen können.«

»Xitano? Das kenn ich nicht«, sagte Saibro.

»Dabei handelt es sich um ein wenig verbreitetes Farngewächs. Es sieht mit seinen hellgrünen Farnwedeln eher unscheinbar aus. Doch getrocknet und gemahlen hat es, wenn man es einatmet, eine extrem betäubende Wirkung. Und bei der Thermik, die dort am Fuß der Schwarzberge bei sonnige-warmen Wetter herrscht, braucht er nichts

weiter zu tun, als das Pulver des Xitanos an ausgewählten
Stellen seiner weitläufigen Gemarkung in die Luft zu geben
und zu warten, bis wieder jemand bewusstlos auf seinen
Grund und Boden purzelt. Damit diese ungewöhnliche
Einnahmequelle nachhaltig funktioniert, muss Finn bestimmt hier und dort an den richtigen Stellen in Dagbara
ein paar Tokén abliefern, aber es scheint sich für ihn trotzdem zu lohnen.«

»Wenn das stimmt …«, brauste Eldon auf.

»Gemach, gemach«, sagte Helms und hob beschwichtigend die Hände. »Bewiesen ist da nichts. Ich schlussfolgere
nur. Außerdem scheint es mir dabei nicht viel zu geben,
wogegen es ein Gesetz gibt. Vielleicht könnte man gegen
den Tormeister am Schwarztor einen Vorwurf erheben,
wenn er sich für sein Wegsehen bezahlen lässt. Und vielleicht könnte man die Bergführer belangen, wenn sie wis-
sentlich ihre Kunden nicht ausreichend schützen«, sagte
Helms schulterzuckend.

»Ist es dermaßen wage, wie es sich anhört?«, fragte Saibro.

»Ist es für uns überhaupt von Bedeutung?«, konterte
Helms die Frage.

Da mischte sich Eldon unerwartet in das Gespräch ein:
»Wenn ihr wollt, dass ich euch helfe, sollte es für euch *von
Bedeutung* sein!«

Saibro und Helms schauten sich erstaunt an, woraufhin
letzterer sagte: »Nun gut. Wir hören?«

»Es geht um meine Schwester. Sie lebt in einem Dorf hinter den Schwarzbergen, in der Nähe von Izvor. Sie ist dort-

hin geflohen, weil sie hier sonst als Schuldhelferin hätte leben müssen.«

»Lass mich raten«, sagte Helms, »sie ist auch eine von Finns Opfern?«

»Ja, genau. Diese *Luftverpestung* am Fuß der Schwarzberge wurde dadurch zu einer Art Familientrauma. Meine alte Mutter ist darüber sterbenskrank geworden und auch meine Schwester hat stetig Heimweh nach ihr. Und da sie nicht zueinander können, pendle ich zwischen den beiden, wann immer ich kann.«

»Gut«, sagte Helms entschlossen Eldon anschauend, »wenn wir Saja da rausgeholt haben, helfe ich dir persönlich, Finn das Handwerk zu legen.«

Eldon glotzte überrascht zu Helms hinüber. Doch einen Augenblick später hatte er sich offensichtlich wieder im Griff und fragte: »Abgemacht?«

»Versprochen«, antwortete Helms.

Sie reichten sich die Hände.

Kapitel 28

Schon viele, lange Minuten laß der Judex eindringlich unter anderem in dem Schreiben, welches Eldon vor Gericht eingereicht hatte. Saibro saß im Publikum. Er hatte den Raum als den wiedererkannt, in dem man ihm den Prozess gemacht hatte. Wo er einst neben seinem Advokate gesessen hatte, saß ein ihm zuvor nicht bekannter Mann. An dem anderen Tisch und ebenfalls mit dem Rücken zum Publikum, hatten Helms und Eldon Platz genommen.

Helms hatte Saibro vor dem Prozessbeginn erklärt, dass dieser Mann an dem Nebentisch Frau Molars Advokate sei und dass er ihre Interessen hier vor Gericht vertreten würde. Wie schon einst sein Prozess, war das alles hier für Saibro reichlich undurchsichtig. Es schien einer bestimmten Choreografie zu folgen; und der Judex stand in ihrem Mittelpunkt.

Irgendwann blickte der Judex von den Papieren auf, welchen er seine ganze Aufmerksamkeit geschenkt hatte und räusperte sich.

Das dezente Murmeln verstummte, welches im Publikum mit der Zeit aufgekommen war.

»Das ist ein ganz schönes Durcheinander. Sie, Herr Eldon aus Dagbara«, dabei zeigte der Judex fast schon unauffällig auf Eldon, »haben, wie auch unsere Gerichtsakten bestätigen«, er tippte auf einen neben ihm liegenden Ordner mit Schriftstücken, »den Streitgegenstand, eine gewisse«, er schlug den Ordner auf und las von dem oben liegenden Blatt, »Frau Saja aus Hainrod in Laakso, hier bei Gericht als Schuldhelferin ausgelöst. Später hat der ebenfalls hier anwesende Herr Helms, gebürtig in Vetlanfe, aus einer, wie Sie hier schreiben, *sich im Nachhinein als falsch offenbarenden Annahme heraus*, den Streitgegenstand als Gegenwert einer Dienstleistung an Frau Igina Autorita Pedana Molar vom Gut Molar weitergegeben. Nun verlangen Sie, Herr Eldon, die Rückgabe des Streitgegenstands und zudem sind Sie, Herr Helms, bereit, den damaligen Gegenwert des Streitgegenstandes im Bezug auf die erbrachte Dienstleistung an Frau Molar anderweitig zu entrichten. So weit richtig?«

Helms und Eldon nickten einmütig.

»Das werte ich als ein *Ja*«, fuhr der Judex fort. »Nun zu ihnen Herr Advokate Klizav. Sie sind hier als gerichtlicher Stellvertreter von Frau Molar, wie es in den Gerichtsakten hinterlegt ist.«

»Richtig, Herr Judex«, sagte der Angesprochene, nachdem er aufgestanden war. »Ich möchte, im Namen meiner Klientin, den Antrag des Herrn Eldon zurückweisen. Der Herr Eldon war zu dem Zeitpunkt, als er den Streitgegenstand hier als Schuldhelferin auslöste, bereits ein gesuchter und später verurteilter Straftäter, der seinerseits nicht berechtigt war, eine Schuldhelferin bei Gericht auszulösen. Was wir, da wir nur zu gut wissen, wie hoch das stetige Arbeitsaufkommen des Gerichtshofs ist, dem Gericht niemals zum Vorwurf machen würden. Doch war somit der Streitgegenstand zu Unrecht über den Umweg Herrn Eldon als Schuldhelferin in die Hände des Herrn Helms gelangt, als meine Klientin die Transaktion nach Treu und Glauben mit ihm abschloss. Da der Stadt Dagbara durch die hier beschriebenen Vorgänge indessen kein Schaden entstanden ist, der Herr Eldon hat den vom Gericht bestimmten Betrag einst eben hier beglichen, beantragen wir, dem Herrn Eldon und dem Herrn Helms, die für ihr jeweiliges Fehlverhalten in dem Vorgang fälligen Strafzahlungen, durch die ihnen entstandenen Ausgaben als abgegolten anzusehen und den Status Quo von Gerichtswegen als gültig zu bestätigen. Die dem Gericht und Frau Molar entstanden Kosten tragen selbstverständlich die Herren Eldon und Helms.«

»Was ist da gerade passiert?«, wollte Saibro wissen, als sie aus dem Gerichtsgebäude getreten waren.

»Frau Molar hat uns durch ihren Advokate das Gesetzbuch um die Ohren hauen lassen. Das ist passiert!«, antwortete der sichtlich fassungslose Helms.

»Und obendrein hatten wir Glück, dass wir nur die Gerichts- und Anwaltskosten und nicht auch noch eine Strafe haben zahlen müssen«, schnaubte der nicht minder geschockt wirkende Eldon.

»Und was heißt das jetzt?«, hakte Saibro nach.

»Das kann ich dir sagen«, erwiderte Helms, »wir haben keine Chance Saja da rauszuholen. Es ist vorbei. Sie muss ihre Zeit dort abarbeiten.«

Saibro schlug sich die Hände vors Gesicht.

»Was für eine riesengroße Scheiße!«, sprach Eldon das aus, was sie alle fühlten. »Und das alles nur, weil ich damals am Schwarztor ein wenig randaliert habe. Meine Schwester war verschwunden und niemand wollte mir beim Suchen helfen! Da hat mich die Wut gepackt.«

»Das kann nicht sein. Das darf nicht sein!«, polterte Saibro empört, ohne weiter auf Eldons Äußerung einzugehen. »Da muss es noch irgendeine Möglichkeit geben. Irgendwer muss doch auch über dem Gericht stehen!«

»Der Regent«, sagte Helms, »aber der ist meines Wissens der Großcousin von Frau Molar und dürfte keinen Finger für Saja rühren, selbst wenn wir an ihn ran kämen und ihn von unserer Sache überzeugen könnten.«

Saibro ließ die Schultern fallen und Helms schaute mitleidig.

»Hmm?!«, brummte da Eldon. »Einen gibt es schon, der sogar noch über dem Regenten steht.«

»Oh nein!«, protestierte Helms.

»Wen meinst du?«, fragte Saibro neugierig.

»Tuhan«, antwortete Helms an Stelle von Eldon.

»Ich dachte, den gibt es nicht wirklich?«, wunderte sich Saibro.

»Aber es gibt die Brüder Tuhans. Und einen davon kennen wir beide nur zu gut«, sagte Eldon.

Saibro nickte wissend. »Anaius.«

»Genau. Der Monakh, bei dem Saja und du noch was gut haben dürftet. Und obendrein sind er und Saja durchaus befreundet. Also wenn jemand die Macht hat, Frau Molar die Stirn zu bieten, dann die Brüder Tuhans.«

Helms, der sich zuvor abgewandt hatte, drehte sich abrupt wieder zu ihnen: »Aber ihre Preise sind hoch! Das weiß jeder hier.«

»Aber der Preis ist bereits bezahlt«, konterte Eldon. »Saibro hat einen von ihnen gerettet, seine Leute haben ihn verarztet und gepflegt. Dann haben er und Saja ihn den ganzen langen Weg hierher gebracht, haben sich dabei nicht nur in Gefahr begeben, sondern sind …«

»Ja, ja!« unterbrach ihn Helms. »Dann müssen wir diesen Bruder Anaius eben aufsuchen. Aber ich sag euch: Das kann übel werden. Ganz übel.«

»Jetzt hör auf schwarzzumalen«, entgegnete Eldon spöttisch, »das ist eigentlich meine Aufgabe.«

Das Kloster der Brüder Tuhans in Dagbara erschien Saibro eine Stadt in der Stadt zu sein. Wie diese waren auch die Klosterbauten von einer unüberwindbar hohen Mauer umgeben.

Sie gingen zum Torhaus, welches als ein Bestandteil der Klostermauer einige Meter in den Vorplatz hineinragte. Dort nahm Saibro besonders viele der Menschen wahr, die Helms immer als *Bettler* bezeichnete. Sie mussten sich regelrecht einen Weg durch die bittenden Hände bahnen, bis sie zu dem zwei Mann hohen Tor des Klosters kamen. Es war Eldon, der sie durch verwinkelte Gassen auf direktem Weg vom Gericht hierher geführt hatte, wobei Helms immer etwas hinterdrein geschlurft war.

Auf ein Klopfen Eldons hin, öffnete sich eine Luke im großen Tor. Ein Augenpaar musterte sie.

»Wir wollen …«, setzte Eldon an. Doch bevor er sein Ansinnen hatte gänzlich vorbringen können, wurde die Luke wieder zugemacht.

Er schaute zu Saibro und sie zuckten zugleich mit den Schultern. Gerade eben wollte Eldon ein zweites Mal klopfen, da wurde linker Hand des großen Tores eine Tür geöffnet. Drei Männer in der gleichen schlichten Kleidung, die Saibro schon von *seinem* Monakh her kannte, traten heraus. Zwei von ihnen orientierten sich zu den Bettlern, die bereits erwartungsfroh näher gerückt waren und ein anderer kam zu ihnen.

»Was können wir für euch tun?«

Eldon ergriff das Wort. »Wir suchen den Monakh Anaius. Er müsste vor ein paar Wochen von einer Pilgerreise über die Schwarzberge hierher zurückgekommen sein. Er hatte sich drüben in Laakso ein Bein gebrochen und dieser Mann hier hat ihn …«

»Bist du Saibro?«, unterbrach der Monakh Eldons Ansprache.

»Ja, ich bin Saibro.«

Nachdem er Saibro gemustert hatte, blickte der Monakh suchend an ihnen vorbei. »Und wo ist Saja?«

»Wegen ihr sind wir hier«, ergriff wieder Eldon das Wort. »Sie ist in Schwierigkeiten. Völlig unverschuldet.«

Der Monakh nickte verständnisvoll. »Ah ja. Kommt erst einmal herein. Drinnen lassen sich solche Angelegenheiten besser besprechen. Ich bin übrigens Bruder Chilavert.«

Einen größeren Kontrast zur dreckigen, stinkenden und ohrenbetäubend lauten Stadt, in der stetig zahllose Menschen um einen herumwuselten, hätte sich Saibro nicht ausmalen können. Um die in einem einheitlichen Erscheinungsbild aus Kalkstein errichteten Gebäude unterschiedlichster Größe waren ausgedehnte Grünflächen mit einem akkurat gepflasterten System aus Wegen angelegt. An ausgewählten Stellen standen uralte Baumriesen, deren Spitzen schon vor der Mauer zu sehen waren. Sogar der in der Stadt allgegenwärtige Gestank nach Müll und menschlichen Ausscheidungen fehlte hier. Die im Inneren des Klosters umherlaufenden Männer waren alle nahezu identisch gekleidet und wirkten recht geschäftig, aber nicht gehetzt. Einige von ihnen bearbeiteten eines der Blumenbeete, die überall auf dem Gelände verteilt zu sehen waren.

Chilavert führte sie zu dem Gebäude, welches dem Tor am nächsten lag. Gemeinsam betraten sie es. Es war hell, geräumig und in seiner Mitte stand ein runder Tisch mit neun Stühlen. Bis auf einen an der Wand hängenden Ring, der an der linken Seite eine nach unten zeigende Weiterführung hatte, war der Raum gänzlich leer. Saibro kannte das Symbol, es glich dem Schmuckstück, welches Anaius stets um seinen Hals trug, nur dass dieses hier aus Holz und deutlich größer war. Chilavert forderte sie auf, sich zu setzen. Saibro bemerkte, dass auch ihr Gastgeber ein solches Schmuckstück an einer Kette um den Hals trug. Er vermutete, dass dies das Symbol der Brüder Tuhans war. Bekräftigt wurde seine Vermutung in dem Moment, da ein junger Mann zur Tür hereinkam, der nicht nur ein Tablett mit einem Wasserkrug und vier Bechern trug, sondern auch dieses Symbol am Hals. Er stellte das Tablett auf den Tisch und ging wortlos wieder hinaus. Die Tür ließ er offen.

»Ihr seid sicher durstig. Bedient euch«, sagte Chilavert und nahm sich selbst einen der Becher, den er mit Wasser aus dem Krug füllte.

Eldon verteilte die anderen drei Becher und bot sich an, den anderen beiden auch etwas einzuschenken. Im Gegensatz zu Saibro lehnte Helms dies jedoch ab.

Nachdem Saibro einen Schluck genommen hatte, fragte er unumwunden: »Woher kennst du meinen Namen? Und den von Saja. Hat uns der Mon… ähm … Anaius erwähnt?«

»Voller Dankbarkeit. Doch bevor ich dazu komme, würde ich gerne auch eure Namen erfahren.«

Eldon hielt sich die Hand vor die Brust und sagte mit leicht gesenktem Haupt: »Mein Name ist Eldon und dies ist Helms. Er ist ein Freund Saibros und anders als er war ich bei der Überquerung der Schwarzberge ebenfalls mit von der Partie.«

»Dann bist du derjenige, der sich an dem letzten Morgen dieser Überquerung aus dem Staub gemacht hatte. Wahrlich keine Heldentat, mein Sohn. Anaius hatte dich durchaus im Verdacht, etwas mit dem Verschwinden der beiden zu tun zu haben.«

»Nein, das hatte ich nicht. Dafür habe ich später, unter Aufwendung meiner letzten Mittel, Saja aus den Gerichtskerkern rausgeholt und dort auch ohne große Probleme die Spur zu Saibro aufgenommen. Warum kam Anaius nicht auf die selbe Idee?«

»Anaius brauchte die innere Einkehr und Pflege.«

»Lass gut sein«, winkte Helms unwirsch ab.

Chilavert schaute zu ihm hinüber. »Und wer bist *du* noch mal?«

»Wie gesagt: nur ein Freund«, antwortete Helms knapp.

»Das sagte Eldon bereits. Aber welche Rolle spielst du in diesem … Stück?«

»Stück?«, fragte Helms mit düsterer Miene. »Wie kommst du dazu, eine solche Formulierung zu wählen?«

Der Monakh wog seinen Kopf einige Male hin und her und schürzte seine Lippen. »Verzeih mir. Ich wollte dir nicht zu nahe treten. Aber: In den Augen Tuhans führen wir Menschen alle nur ein Possenspiel auf.«

Mit solchen Aussagen konnte Saibro nichts anfangen. Er verstand sie einfach nicht, hatte sich aber darin geübt, sie hin und wieder zu ignorieren. Darum ging er auch über das Wortgeplänkel der beiden hinweg und fragte: »Kannst du uns sagen, wo wir Anaius finden? Wir brauchen seine Hilfe.«

Ihm war im Grunde klar, dass sie nicht nur Anaius Hilfe bräuchten, sondern die der Bruderschaft. Doch hatte er inzwischen so viel über diese Gegend verstanden, dass sie ohne persönliche Beziehungen hier kaum Unterstützung bekommen würden.

Wie es offensichtlich seine Art war, konterte Chilavert Saibros Frage ausweichend mit einer Gegenfrage: »Wobei braucht ihr Anaius' Hilfe?«

»Es geht um Saja«, antwortete Saibro. »Sie ist völlig unverschuldet in Schwierigkeiten geraten und unsere Möglichkeiten ihr zu helfen sind erschöpft.«

»Unverschuldet, sagst du. Nun, über Schuld und Unschuld richtet letztendlich immer Tuhan. Also erzählt mir mehr.«

Die drei Männer blickten sich an. Da nach einigen Augenblicken keiner das Wort ergriffen hatte, schaute Chilavert auffordernd zu Eldon, der daraufhin in knappen Worten berichtete. Er erzählte, wie Saja Finn in die Hände fiel, er selbst sie auslöste, dass und warum er sie zu Helms' Höhle brachte, unter welchen Umständen sie an Frau Molar weitergegeben wurde und mit welchen Bemühungen, Saja dort herauszuholen, sie schon gescheitert waren.

Nachdem Chilavert sich Eldons Bericht in aller Ruhe und ohne jegliches Anzeichen von Anteilnahme oder Abneigung angehört hatte, fragte er schlicht: »Und was sollen wir jetzt tun?«

»Wir dachten, wenn jemand Sajas Schicksal zum Guten wenden könnte, dann Tuhan. Oder besser gesagt: seine weltlichen Vertreter«, antwortete Eldon.

»Dann sag mir: Wie?«, hakte der Monakh nach.

»Ihr könntet Sajas Unschuld herausstellen und Frau Molar dazu bringen, dies auch anzuerkennen. Wir sind auch durchaus bereit sie zu entschädigen.«

Chilavert sagte daraufhin nichts, sondern blickte gedankenversunken auf das Symbol an der Wand. Nach einem kurzen Moment der inneren Einkehr, stand er plötzlich auf und sagte: »Kommt mal mit.«

Ihr Gastgeber führte sie zu einem zentralen Punkt inmitten des Klosterhofs. Dort angekommen, zeigte er auf eines der Gebäude, danach auf ein weiteres und zu guter Letzt auf eines, welches sich derzeit im Umbau befand. »Diese Gebäude sind im Laufe der Jahre von den Molars gestiftet worden. Die Modernisierung dieses Hauses dort drüben, finanziert uns Frau Molar gegenwärtig. Nur dank solcher Familien wie den Molars sind wir in der Lage, Tuhan auf die ihm angemessene Art und Weise zu dienen. Ihr werdet verstehen, dass wir unser fruchtbares Verhältnis zu einer guten Freundin unseres Ordens nicht für eine Ungläubige trüben werden. Ich danke euch aber für euer Vertrauen und euren Besuch. Möge Tuhan mit euch sein.«

Wutentbrannt stapfte Helms vor Saibro und Eldon durch die Gassen der Stadt. Sie waren auf dem Weg zum nördlichen Stadttor, vor dem sie Helms' Wagen mit Pferden und den Hunden am morgen auf einem bewachten Platz abgestellt hatten.

Saibro sah in Eldons Gesicht die gleiche Niedergeschlagenheit, die er selbst in jeder Faser seines Körpers verspürte; gepaart mit einer Rat- und viel schlimmer noch: Hoffnungslosigkeit.

Er trottete einfach nur hinter Helms her, schaffte es kaum, den Kopf zu heben, da wurde er völlig unvermittelt von ein paar kräftigen Händen an der Schulter gepackt und in Richtung einer düsteren Seitengasse gezogen. Trotz des spärlichen Lichts, erkannte er schnell, dass es sich bei dem

Angreifer um einen Monakh handelte – oder zumindest um einen wie einen Monakh gekleideten Mann.

Statt Saibro jedoch Gewalt anzutun, hob der Mann beschwichtigend die Hände und rief: »Ich tu euch nichts.«

Bevor jedoch Saibro in irgendeiner Art und Weise hätte reagieren können, kam Eldon förmlich angeflogen und riss den Monakh zu Boden.

Der Niedergerungene schlang seine Arme um seinen Kopf und rief: »Friede. Friede.«

Saibros Herz schlug ihm bis zum Hals und er stand wie erstarrt an der Wand.

Hinter Eldon war nur einige Augenblicke später Helms ebenfalls in die Gasse geeilt. Nachdem dieser sich orientiert hatte, griff er kräftig zu und zerrte Eldon von dem Monakh herab.

Dieser hatte sich ein paar Schläge eingefangen, rappelte sich aber schnell wieder auf. »Wie dumm von mir. Wie dumm von mir«, stammelte er sich die Rippen haltend.

Nun erkannte Saibro ihn. »Ich weiß, wer du bist. Du hast uns im Kloster das Wasser gebracht.«

»Ja, genau«, sagte dieser mit geweiteten Augen.

»Was willst du?«, knurrte ihn Eldon an.

»Ich will euch helfen. Ich habe euer Gespräch mit Chilavert belauscht und kann euch sagen, wo ihr Anaius findet.«

»Warum willst du uns helfen?«, fragte Helms argwöhnig.

»Warum? Bruder Anaius ist ein guter Mensch und Chilavert ist … weiß Tuhan … wahrlich kein Freund von ihm. Ihr findet Anaius im Kloster Veitingar.«

Kaum dass er dies gesagt hatte, stürzte der junge Monakh los.

Eldon versuchte ihn noch halbherzig zu fassen zu kriegen, doch da war dieser auch bereits in der Menschenmenge verschwunden.

Kapitel 29

Da Helms sich schweren Herzens um seine Kräuter kümmern musste, hatte er Saibro und Eldon seine Pferde geliehen und sie alleine ins Kloster Veitingar aufbrechen lassen.

Die Nacht hatten sie gemeinsam in Helms' Höhle verbracht und zuvor ihr weiteres Vorgehen bei einem Essen am Lagerfeuer besprochen.

Als Saibro auf seinem Nachtlager zur Ruhe kam, dachte er über ihr aus der Not geborenes Trio nach. Er musste sich schon sehr wundern, dass er sich ausgerechnet mit Helms und Eldon zusammengetan hatte. Der eine war sein ehemaliger Schuldmeister und der andere war ihm am Anfang reichlich unsympathisch. Saibro musste sich jedoch selbst eingestehen, dass er sich auf ihrer Reise über die Schwarzberge Eldon gegenüber ebenfalls recht missmutig verhalten hatte. Dabei hatte sich dieser in den letzten Tagen nicht nur als wirklich umgänglicher Mensch herausgestellt, sondern auch als durchaus humorvoll. Aber das hatte ihm Saja bereits in ihrer gemeinsamen Zeit in den Bergen versucht klarzumachen. Rätselhaft erschien Saibro hingegen der Wandel, der sich bei Helms vollzogen hatte. Augenscheinlich hatte Helms nach der unglückseligen Gefangennahme Eldons eine extreme Wende in seinen Ansichten vollzogen. Irgendwas hatte die ganze Sache mit seiner Fehleinschätzung im Bezug auf Sevhogin ausgelöst – oder sollte er besser sagen: aufgedeckt? Helms verhielt sich besonders in Anwesenheit anderer oft ruppig, doch wenn sie unter sich waren, war er meist recht umgänglich. Saibro fragte sich, welcher der wahre Helms war? Bevor er sich jedoch hierzu eine letztgültige Meinung hätte bilden können, holte ihn der Schlaf ein.

In direkter Linie lag das Kloster in südöstlicher Richtung kaum dreimal die Strecke von Dagbara zu Helms' Grund von diesem entfernt. Da sie jedoch nicht über das weitläufige Land von Frau Molar reiten und auch Dagbara meiden wollten, folgten sie zunächst dem Fluss Dag in fast schon nordöstlicher Richtung.

Sie waren bereits eine ganze Weile unterwegs, da überwand sich Saibro und fragte Eldon, ob er an dem Überfall auf Cjucea beteiligt war?

»Wie kommst du darauf?«

»Weil Cjucea davon überzeugt war.«

Saibro hielt die Überraschung für nicht gespielt, die er daraufhin in Eldons Augen sah.

»Er kann mich da nicht gesehen haben«, sagte Eldon.

»Wie dem auch sei. Wenn ich mich recht entsinne, wollte er dich an deinem typischen Schnauben erkannt haben.«

»Ich schnaube nicht!«, sagte Eldon entrüstet und Saibro musste schmunzeln. »Doch das tust du. Besonders, wenn du mit irgendwem oder irgendwas nicht einverstanden bist.«

Eldon schnaubte. »Egal. In jedem Fall hatte ich nichts mit dem Überfall auf Cjucea zu tun.«

Saibro glaubte ihm.

Am Dorf Sestbrod überquerten sie per Fähre sowohl den Dag als auch den dort in ihn mündenden Sest. Inzwischen weitestgehend schweigend, den beiden wortkargen Männern waren die Gesprächsthemen schnell ausgegangen, führte sie ihr Weg vorbei an einer endlosen Anzahl an Feldern eine ganze Weile beinahe geradewegs in Richtung Süden durch die weitläufige Ebene des Dag. Als sie auf den Fluss Veit trafen, begann für sie der Aufstieg in die Schwarzberge. Die letzten gut zwei Wegstunden ging es stetig in Serpentinen bergauf durch das Tal, welches der Veit in den östlichen Ausläufer der Schwarzberge geschnitten hatte.

Es war bereits dunkel, als sie im Kloster Veitingar ankamen. Erst dauerte es recht lange, bis überhaupt jemand die Luke an der Klosterpforte öffnete und dann verweigerte man ihnen zudem den Einlass.

Eldon wollte sich bereits für die Nacht in eine Decke gehüllt vor das Tor legen, doch Saibro wollte die Pferde versorgt wissen; was ihm, ortsfremd wie er war, in der Dunkelheit niemals gelungen wäre. Also hämmerte er nochmals auf das Tor ein. Als die Luke abermals geöffnet wurde, wartete Saibro nicht ab, dass von innen heraus etwas gesagt wurde. »Die Pferde. Ich möchte nur die Pferde versorgen. Wir haben einen langen Ritt hinter uns.«

Immerhin wurde die Luke nicht gleich zugeschlagen.

»Bitte«, schob Saibro hinterher.

»Ich muss fragen. Wartet hier«, bekam er als Antwort.

»Wo sonst?«, dachte Saibro. Angespannt, wie er war, dauerte es für ihn eine gefühlte Ewigkeit, bis die Luke wieder geöffnet wurde.

»Tretet zurück. Wir bringen euch Wasser und Futter für die Pferde hinaus.«

Sie taten, wie ihnen geheißen worden war.

Die Luke wurde geschlossen und das Tor ging auf.

Ein halbes Dutzend Monakhs mit Kapuzen über den Köpfen kamen heraus. Zwei trugen je einen Eimer Heu und zwei weitere je einen Eimer Wasser, die anderen beiden erhellten mit Fackeln die Szenerie. Die Eimer wurden vor dem Tor abgestellt und eine Fackel in eine Halterung neben dem Tor gesteckt. Bevor sie etwas hätten sagen können, waren die Monakhs auch schon wieder weg.

»Na, dann … lass uns die Tiere versorgen«, sagte Eldon daraufhin und Saibro hörte den leichten Spott deutlich heraus.

»Hey! Guck mal.« Mit diesen Worten wurde Saibro von Eldon wachgerüttelt.

Er öffnete seine Augen, musste sie allerdings mit seiner Hand gegen die plötzliche Helligkeit beschirmen.

Einige Meter von ihrem improvisierten Nachtlager entfernt, standen zwei Monakhs und schauten sie an.

Saibro setzte sich auf, wobei ihn hauptsächlich die Stellen schmerzten, die Frau Molar hatte verbrennen lassen.

»Was führt euch zu uns?«, fragte einer der Männer.

»Wir wollen zu Bruder Anaius. Wir sind alte Freunde«, antwortete Eldon.

Die beiden Monakhs schauten sich kurz an.

»Wenn es hier einen Bruder dieses Namens geben würde, was würdet ihr von ihm wollen?«

»Eine gemeinsame Freundin von uns ist in Schwierigkeiten und ich glaube, er würde ihr gerne helfen.«

Saibro mochte die Formulierung, die Eldon gewählt hatte und auch bei den Monakhs schien sie eine Wirkung erzielt zu haben, denn ihr Wortführer sagte: »Wartet hier.«

Daraufhin gingen sie wieder ins Kloster hinein; dazu wurde ihnen für einen Moment das Tor geöffnet, ohne dass die Monakhs ein Wort hatten sagen müssen.

Sie waren inzwischen aufgestanden und hatten ihre Sachen für das Nachtlager bereits wieder verschnürt, da öffnete sich zunächst kurz die Luke der Klosterpforte und etwas später dann die Pforte selbst.

Mit freudigem Blick kam Anaius hinausgeeilt. »Ihr beiden? Euch mal derart vertraut zu sehen, hätte ich niemals zu hoffen gewagt. Habt ihr Saja gefunden? Ist etwas mit ihr?«

Bei einem gemeinsamen Morgenmahl brachten Eldon und Saibro Bruder Anaius auf den neusten Stand.

»Was für eine abenteuerliche Geschichte. Es tut mir so leid, mein lieber Saibro, dass ich euch einen solchen Schlamassel eingebrockt habe. Natürlich werde ich versuchen euch zu helfen. Doch das wird nicht einfach: Frau Molar ist sehr einflussreich, stolz und vor allem stur wie eine Horde Esel.«

Eldon schnaubte. Mit überraschter Miene blickte er zu Saibro. »Oh! Jetzt habe ich es auch gemerkt.«

»Was gemerkt?«, wollte Anaius wissen.

»Er schnaubt«, antwortete Saibro.

Anaius musste schmunzeln. »Natürlich schnaubst du. Jeder der dich kennt, weiß das.«

Wieder schnaubte Eldon. »Ach, Mist!«

Saibro und Anaius lachten beide los.

Nach einem Augenblick der allgemeinen Heiterkeit, fragte Saibro wieder ernst: »Siehst du eine Möglichkeit, wie wir Saja da rausholen können?«

Der Monakh rieb sich mit offener Handfläche durchs Gesicht. »Darüber muss ich nachdenken. Dazu gehe ich am besten in Zwiesprache mit Tuhan. Ihr müsst euch derweilen selbst die Zeit vertreiben. Fühlt euch hier wie zu Hause.«

»Was ist eine Zwiesprache mit Tuhan?«, fragte Saibro den jungen Monakh, den ihnen Anaius als Begleiter zur Seite hatte stellen lassen.

»Er ist nicht von hier«, erläuterte Eldon ihrem Aufpasser den Hintergrund dieser Frage.

»Ich verstehe. Ganz einfach gesagt, sucht man dazu einen ruhigen Ort auf und spricht dort mit Tuhan.«

»Aber Tuhan existiert doch gar nicht. Wie kann er da sprechen?«

»Aber selbstverständlich existiert Tuhan. Nicht wie du oder ich, aber auf einer höheren Ebene.«

Saibro zwang sich nicht nach oben zu schauen, denn er verstand schon, dass damit nicht das Hoch eines Hauses oder eines Berges gemeint war. »Glaubst du eigentlich auch an Tuhan?«, fragte er stattdessen Eldon.

Mit geweiteten Augen schaute dieser zu Saibro und wirkte ertappt. »Also … hmm … nun ja. Ich bin mit dem Glauben an Tuhan aufgewachsen.«

»Das beantwortet nicht seine Frage«, forschte der Monakh nach.

»Ja. Ja. Das tu ich. Donnerwetter! Was ist das da drüben?« Mit ernster Miene stapfte Eldon auf einen Brunnen los.

Verunsichert antwortete der Monakh mehr zu sich selbst: »Ähm?! Das ist ein Brunnen.«

In einem Augenblick, als ihr Aufpasser von einem anderen Monakh abgelenkt, mit diesem ein paar Schritte zur Seite getreten war, raunte Eldon Saibro zu: »Du darfst mich doch in Anwesenheit eines Monakh nicht sowas fragen!«

»Gut. Ich werde es mir merken«, sagte Saibro. »Und? Glaubst du an Tuhan?«

»Du lässt auch nicht locker, was? Nun gut: Ich glaube nicht an Tuhan. Ich glaube zwar, dass es da etwas *Höheres* gegeben hat, das eine Art Startpunkt für alles gelegt hat, doch ist es inzwischen entweder längst weg oder lässt allem einfach seinen Lauf.«

Saibro nickte. »Das hört sich für mich schlüssig an. Danke.«

Nun kam der junge Monakh wieder zu ihnen. Er trug
zwei Kleidungsstücke bei sich, die bis auf die dunklere Farbe denen zu gleichen schien, die auch die Brüder Tuhans
immer trugen. »Bruder Anaius erwartet euch zum Mittagsmahl. Vorher sollt ihr jedoch diese Gewänder anziehen. Folgt mir.«

Gemeinsam mit gut drei dutzend Monakhs bekamen sie
eine wunderbar duftende, dicke Linsensuppe vorgesetzt.
Saibro ahnte bereits, was jetzt kommen würde. Dazu hatte
er schon oft genug mit Anaius zusammen gespeist. Außer
ihm, neigten alle im Raum ihr Haupt über der Schale mit
Suppe, auch Eldon, und legten vor ihrer Brust ihre rechte
Hand auf die flach nach oben zeigende Innenseite der linken, wobei sie den Daumen der rechten Hand zwischen die
Hände schoben, sodass die Hände sich kreuzten und nur
neun Finger zu sehen waren. Er beeilte sich, es ihnen
gleichzutun. So verharrend, murmelten alle anderen mit
geschlossenen Augen einträchtig die selben, an Tuhan ge-
richteten Dankesworte; danach wurde schweigend gegess-
sen.

Im Anschluss erklärte Anaius seinen beiden Gästen, dass
er heute zu den Brüdern gehören würde, die für den Abwasch eingeteilt wären und er sich freuen würde, wenn sie
ihnen helfen würden. Was sie auch taten.

»Wohlan! Lasst uns ein wenig die Füße vertreten«, schlug
Anaius vor. Sie waren soeben mit dem Abwasch fertig geworden und in den Hof getreten. Von dort aus führte er sie
vor das Kloster. »Kommt mit dort hinüber. Mein Lieblings-

platz liegt gleich um die Ecke. Der Ausblick ins Tal des Veit ist dort einfach überwältigend.«

An dem Aussichtspunkt angekommen, konnte Saibro Anaius nur zustimmen. Umrahmt vom üppigen Grün der Bäume und von einigen daraus herausragenden kalkweißen Felsen, konnten sie von diesem Fleckchen Erde über das Veittal hinaus bis weit in die Ebene des Dags sehen. Es verwunderte ihn nicht, dass sie an diesem malerischen Ort eine Bank vorfanden, auf der sie nun auch Platz nahmen.

»Ist dir etwas eingefallen?«, fragte Saibro ungeduldig.

Anaius nickte. »Ich habe sogar schon etwas in die Wege geleitet.«

»Wie das?«, wollte Eldon wissen.

»Habt ihr beim Essen den älteren Monakh gesehen, der dieses purpurne Tuch um seine Schultern trug?«

»Der war nicht schwer zu übersehen, unaufdringlich wie ihr Brüder euch ansonsten immer kleidet«, antwortete Saibro.

»Das ist Bruder Aefeldur. Er ist der persönliche Konfessor des Regenten.« Saibros nächste Frage anscheinend schon erahnend, schob Anaius direkt eine Erklärung nach: »Ein Konfessor ist ein klerikaler Berater, also eine Art geistlicher Lehrer und Lenker. Wie man hört, ist er für unseren unerfahrenen Regenten, zudem ein Mentor in weltlichen Dingen. Was für unser Problem dahingehend von Bedeutung ist, dass er derzeit auf einer Inspektionsrundreise durch den Südwesten Majiranis ist. Morgen früh will er mit seinem Begleiter von hier aus in Richtung Dagbara aufbrechen und ich habe ihn überreden können, dass ihr ihn begleiten dürft. Jedoch wird er vorher einen Abstecher zur Großcousine des Regenten machen.«

»Ist das nicht Frau Molar?«, fragte Saibro.

Anaius nickte.

»Hast du ihn überreden können, dass er ein gutes Wort für Saja einlegt?«, fragte Eldon.

»So gut kenne ich ihn leider nicht und ich befürchte, er würde ähnlich wie Chilavert vom Kloster in Dagbara argumentieren. Nein, da müssen wir schon erfindungsreicher vorgehen.«

Kapitel 30

Verstohlen blickte Saibro unter der Kapuze seiner Verkleidung zu Helms hinüber. Anaius hatte ihm und Eldon vor ihrer Abreise eingeschärft, dass sie sich in dem Gewand eines Novizen demütig und zurückhalten zu verhalten hätten. Saibro hatte noch gefragt, ob sie nicht auch solch ein für einen Monakh typisches Schmuckstück bekommen würden. Anaius hatte das verneint, denn die *Sakrale Neun* würde ein Anwärter erst nach seiner Weihe zum Monakh erhalten und das die zwei Jahre als Novize eine Art Probezeit sein.

Helms blickte finster umher. Den Widerwillen, mit dem er an diesen Ort gekommen war, strahlte er mit jeder Pore seines Körpers aus.

Plötzlich schepperte es aus einer Ecke des Saales. Alle Blicke wanderten erschrocken zu dem ungeschickten Novizen, der sich wortreich entschuldigend, die Messingschale wieder mit den auf dem Boden verteilten Früchten zu bestücken versuchte.

Während Eldon dies weiterhin tat und damit sein Ablenkungsmanöver in die Länge zog, trat Saibro unauffällig von der Seite an Helms heran und flüsterte ihm ins Ohr: »Es ist Mavepinekraut.«

Helms blickte über seine Schulter und sein finsterer Blick wechselte binnen kürzester Zeit von Überraschung zu einem Ausdruck des Begreifens.

Während Saibro wieder verstohlen in den Hintergrund trat, ging Helms zu dem sich auf dem Tisch krümmenden Monakh mit dem purpurnen Tuch und begann ihn zu untersuchen.

Nach einer Weile wandte er sich an Frau Molar, die mit respektvollem Abstand ebenfalls im Raum stand. »Ich kann ihm helfen. Doch du weißt, was ich dafür verlange.«

Bedrohlich blickte sie zurück. »Nein!«

»Dann gehe ich wieder.«

Der junge Begleiter des Konfessor trat zu ihnen. »Was ist es, das der Heiler fordert?«

Eldon hatte dem Begleiter auf ihrem Weg zu Frau Molars Gutshof eindringlich von dem berühmten Heiler Helms vorgeschwärmt, sodass dieser unbedingt darauf bestanden hatte, *diesen Heiler* zur Hilfe zu holen, als sein Vorgesetzter während des Essens mit offensichtlich entsetzlichen Magenschmerzen zusammengebrochen war. Daraufhin hatte Frau Molar sogleich zwei ihrer schnellsten Reiter losgeschickt, um Helms zu holen. Zur Not mit Gewalt, hatte sie ihnen aufgetragen.

Noch bevor sich Frau Molar dazu durchringen konnte, dem Begleiter des Konfessors zu antworten, ergriff Helms hastig das Wort: »Ich möchte eine Schuldhelferin namens Saja als Gegenleistung für meine heilerischen Dienste.«

Verblüfft blickte der junge Monakh zu Frau Molar. »Und das ist ihnen die Gesundheit des Konfessors unseres Regenten nicht wert?«

Frau Molar schob ihre Unterlippe vor und blickte mit vor der Brust verschränkten Armen düster an eine Wand.

»Frau Molar?!«, drängte der Monakh nochmals.

»Um Tuhans Willen! Soll er sie doch haben!«

»Der Heiler hat recht. Ich brauche jetzt die geistliche Pflege eines Klosters. Ich reise noch heute weiter nach Dagbara.«, verkündete der Konfessor.

Durch Saibros verstohlenen Tipp mit der Mavepine, hatte Helms ihm schnell helfen können.

»Eine Bitte noch«, sagte da Helms zu ihm.

»Liebend gerne, was kann ich für euch tun, mein Sohn?«

Helms winkte gespielt verschämt wirkend ab, wurde aber sofort wieder geschäftig. »Es wäre mir sehr recht, wenn die besagte Frau Saja unverzüglich hierher geholt werden könnte.«

Der Konfessor schaute begriffsstutzig, sagte aber an Frau Molar gewandt: »Das dürfte doch wohl machbar sein, oder?!«

Grimmig blickend nickte sie einem beistehenden Bediensteten zu, der auch sogleich hinausging und nach einigen Minuten mit Saja im Schlepptau wieder zurückkehrte.

Saibro, der sich wie Eldon im Hintergrund gehalten hatte, wäre ihr am liebsten an Ort und Stelle um den Hals gefallen. Doch wenn es ihm auch wirklich schwer fiel, er spielte seine Rolle lieber weiter, solange sie nicht wieder von diesem Gutshof herunter waren.

Saja schaute sich im Raum um und schien Helms zu erkennen, der auch sogleich zu ihr trag und sagte: »Du wirst
heute mit mir gehen. Du hast sicher einige Fragen, aber
lass uns diese bitte später klären.«

Dann flüsterte er ihr etwas ins Ohr. Nur für den Bruchteil
eines Augenblicks huschte ein Lächeln über ihr Gesicht,
doch sie hatte sich augenscheinlich sofort wieder im Griff
und nickte knapp als Rückmeldung.

So weit es Saibro von seiner Position aus sehen konnte,
machte sie einen recht aufgeräumt wirkenden Eindruck auf
ihn.

Auf seinen Begleiter gestützt, hatte sich der Konfessor zu
seinem Pferd bringen lassen und zwei von Frau Molars
Leuten hatten ihm hinaufgeholfen. Er wechselte noch einige Worte mit Frau Molar, die Saibro indes nicht mehr hören konnte, da er selbst bereits langsam und möglichst unauffällig vom Gutshof ritt; gefolgt von Eldon.

Schon einige Schritte weiter, sah Saibro Helms und Saja
ebenfalls heimlich, still und leise vom Hof gehen.

Nach Dagbara musste man von Frau Molars Gutshof aus
in Richtung Südosten reiten, wohingegen Helms' Grund
nordöstlich lag. Darum folgten Saibro und Eldon dem
Konfessor und seinem Begleiter nur gerade so weit in
Richtung Dagbara, bis sie sich aus dem Sichtfeld der Menschen auf dem Gutshof wähnten und erklärten ihren beiden Reisebegleitern kurz und knapp, dass sie ein schlechtes
Gewissen hätten, den berühmten Heiler und seine Begleiterin zu Fuß durch die anbrechende Nacht nach Hause lau-

fen zu lassen, weshalb sie den beiden lieber mal hinterher
reiten würden.

Mit seinen eigenen Problemen offensichtlich vollauf beschäftigt, nickte der Konfessor nur knapp und ritt weiter.

Sein Begleiter dankte ihnen nochmals für den guten Rat
mit dem Heiler und folgte seinem Vorgesetzten dann zügig.

Saibro und Eldon beeilten sich nun, hinter Helms und
Saja herzukommen. Schon bald hatten sie die beiden eingeholt.

Saibro sprang dermaßen überschwänglich von seinem
Pferd, dass er kaum halt fand und Saja förmlich in die
Arme fiel. Er brach vor Freude in Tränen aus und Saja trös-
tete ihn.

Nachdem sich Saibro wieder gefangen hatte, löste sich
Saja von ihm und eilte zu Eldon. Sie fielen sich in die Arme
und küssten sich.

Helms und Saibro ritten zusammen auf einem seiner Pferde und Saja saß eng an Eldon geschmiegt auf dem zweiten.
Sie steuerten soeben die Fährbarke an, mittels der sie den
Dag in Richtung von Helms' Grund überqueren wollten,
da sahen sie im Mondlicht einen Wanderer am Wegesrand.

Als sie ihn passierten, schaute ihm Saibro ins Gesicht und
erkannte den Mann sogleich. »Kamiel!«, rief Saibro überrascht.

Dieser schien seinen ehemaligen Arbeitskollegen nicht
gleich zu erkennen, denn er brachte sich unverzüglich im
Gebüsch in Sicherheit.

Saibro stieg vom Pferd, zog seine Kapuze vom Kopf und machte einen Schritt auf das Dickicht zu. »Kamiel. Ich bin es! Saibro.«

»Saibro!«, dröhnte es da aus dem Buschwerk. »Nicht tot!« In Windeseile stürmte Kamiel auf Saibro zu und quetschte diesem bei seiner Umarmung fast die ganze Luft aus dem Brustkorb.

Als er losgelassen und wieder zu Luft gekommen war, fragte Saibro: »Was machst du denn hier?«

»Zeit schuldhelfen ist aus. Bin jetzt freie Mann.«

»Und da hat sie dich einfach gehen lassen?«

»Ist böses Frau. Aber correctema. Ah! Heiler. Gruß!«

Während Eldon und Saja weiterhin auf ihrem Pferd sitzen geblieben waren, war Helms heruntergestiegen und neben Saibro getreten. »Sei auch gegrüßt, Kamiel« und an Saibro gerichtet, bestätigte er Kamiels Einschätzung. »Da hat er recht. Sie ist stolz, garstig und gemein, aber sie schätzt und achtet die Vorschriften. Ich habe selbst über viele Jahre mit ihr Geschäfte gemacht: Sie war immer eine harte und vor allem sture Verhandlungspartnerin, die sehr auf ihren Vorteil aus war, aber an die Abmachungen hat sie sich immer gehalten.«

Aus dem Hintergrund meldete sich auch Saja zu Wort. »Korrekt hat sie sich auch mir gegenüber immer verhalten. Sie hat uns alle schuften lassen bis zum Umfallen, aber im Großen und Ganzen ging es uns nicht wirklich schlecht.«

»Aber warum hat sie mich dann verbrennen lassen?«

»Ihre Regeln besagten, dass einer aus eurem Arbeitstrupp bestraft werden musste. Und zwar derart, dass es den anderen zur Abschreckung diente. Da du jedoch an und für sich schon aus ihrem Dienst ausgeschieden warst, war es nur logisch, dich auszuwählen und so die volle Arbeitskraft der anderen beiden zu erhalten.«

Saibro verstand die Logik in dem allen, doch nicht das Menschenbild dahinter. »Und warum hat sie sich bei Saja nicht auf einen rückwärtigen Handel eingelassen?«

»Weil sie einfach stur ist und nur zu genau weiß, dass insbesondere junge Frauen am Markt für Schuldhelfer rar sind.«

Saibro schüttelte sich innerlich und schenkte Kamiel ein Lächeln. »Schön, dass du auch frei bist. Was hast du nun vor?«

»Zuhause gehe. Suche Schiff auf Dag, fahre Eosima, lange Schiff auf Meer. Viel Tage laufe Itemoa, dann ich Koura. Zuhause.«

»Es ist nicht mehr weit bis zu mir nach Hause. Komm doch mit uns und übernachte bei uns. Jetzt findest du am Dag sowieso kein Schiff.«

Kamiel lächelte Helms dankbar an. »Mache das.«

Bevor sie schlafen gingen, tauschten sie sich am Lagerfeuer über ihre Erlebnisse der vergangenen Zeit aus.

Helms reichte dazu zur Freude von Eldon und Kamiel ein seltsames Getränk namens Yep'uk, das Saibro aber zu bitter schmeckte. Saja schien es zu mögen und fing nach einigen tiefen Schlucken hemmungslos an zu kichern. Zuvor hatte sie Saibro mitgeteilt, dass sie mit Eldon in die Gemeinschaft seiner Schwester in die Nähe von Izvor ziehen wolle. Sie hofften, seine kranke Mutter doch noch zu einem Umzug überreden zu können. Helms bot sich an, mal nach ihr zu schauen.

Später begann Kamiel mit seiner tiefen, sonoren Stimme, herzerweichende kouranische Lieder zu singen.

Saibro schaute soeben zufrieden zu Saja und Eldon, die sich dem Gesang Kamiels lauschend zusammen unter eine Decke kuschelten, da sagte Helms zu ihm: »Ich bewundere dich für deinen Mut, dich nochmals zu Frau Molar in die Höhle des Löwen zu begeben. Ich habe nicht schlecht gestaunt, als ich plötzlich deine Stimme in meinem Ohr hatte. Ein wirklich guter Plan und brillant ausgeführt.«

Saibro nickte zufrieden. »Bruder Anaius hat sich den Plan ausgedacht, uns auch das Mavepinekraut mitgegeben und erklärt, wie wir es anwenden müssen. Zur Abwechslung hatten wir mal Glück, dass ausgerechnet zu diesem Zeitpunkt der Konfessor auf seiner Inspektionsreise oben im Kloster halt machte und zudem auf dem Weg nach Dagbara bei Frau Molar vorbeischauen wollte.«

»So, wie eure Reise bisher verlaufen ist, hattet ihr auch wirklich mal ein wenig Glück verdient.«

»Das finde ich auch. Aber sag, wie wird es für dich jetzt weitergehen?«

Helms zog scharf den Atem ein und zuckte mit den Schultern. »In jedem Fall langweiliger«, sagte er schmunzelnd. »Ich suche mir einen erfahrenen Handwerker, dem ich ein gutes Gehalt zahlen werde und dann geht es hier hoffentlich endlich mal voran.«

»Hast du noch genug Geld, um einen Handwerker einzustellen?«

»Mach dir da mal keine Sorgen. Die Heil- und Kräuterkunde ist ein einträgliches Geschäft. Meine Reserven wurden in letzter Zeit zwar schon ein wenig angekratzt, aber es kommt auch immer wieder genügend rein. Und wenn das alles hier so steht, wie ich es mir vorgestellt habe, wird das Geschäft noch mehr brummen.«

»Geschäfte brummen?«, fragte da Saibro arglos nach.

»Wenn die Geschäfte sehr gut laufen, dann *brummen* sie. Das sagt man so. Ach, Saibro«, lächelte Helms, »zu Beginn unserer Zeit hast du mich mit deiner Fragerei fast um den Verstand gebracht.«

»Verzeih mir. Auch dass ich dich noch etwas fragen muss: Aber woher kam dein Sinneswandel? Du warst anfangs immer so schroff und ich hatte durchaus Angst vor dir.«

»Das tut mir leid. Ich bin auch nur ein Kind unserer Zeit. Und dieser Gegend. Hier werden die Dinge nun mal anders gehandhabt als bei euch. Härter, geschäftsmäßiger und gewiss vielen Menschen gegenüber nicht gerade anständig. Die kurze Zeit mit dir, hat in mir eine alte Idee von einer gerechteren Gesellschaft wieder aufkeimen lassen, der ich in meiner Jugend mit einigen Freunden eine Zeit lang nachgehangen habe. Das selbstverantwortliche Leben als Erwachsener hat mich jedoch die Härte gelehrt, die ich dir entgegengebracht habe … und auch Saja. An der Stelle muss ich dir auch noch gestehen, dass ich dir an unserem ersten gemeinsamen Tag einige Märchen aufgetischt habe. Ich hatte deine Fesseln nicht vergiftet und eine Hand bekommt inzwischen auch kein säumiger Schuldner mehr abgeschlagen. Ich wollte dich nur einschüchtern. Aber das

nur am Rande. Doch wie ich neulich schon angedeutet
habe, nachdem ihr von Frau Molar abgeholt worden wart,
gärte es in mir. Und nicht erst da. Du erinnerst dich vielleicht dunkel an unseren Besuch bei dem alten Händler
Kauppias und wie er sich verwundert zeigte, dass ich einen
neuen Schuldhelfer hatte. Mit ihm hatte ich bei einem früheren Treffen mal darüber gesprochen, dass ich bei der
ganzen Sache mit den Schuldhelfern immer ein schlechtes
Gewissen habe. In meinem damaligen Überschwang hatte
ich ihm sodann versichert, dass *ich* mir keinen Schuldhelfer mehr holen würde. Doch nur wenig später hatte ich abzuwägen: einen Zimmermann einzustellen oder wieder
nach einem Schuldhelfer Ausschau zu halten. Mehr aus
Gewohnheit führte mich mein Weg zum Gericht und da
sah ich dich: auch Handwerker und als ein Schuldhelfer
dramatisch billiger als ein angeheuerter Zimmermann. Da
gewann der Geiz wieder die Oberhand. Und während du
bei mir warst, sagte ich in den Momenten des Zweifels immer wieder zu mir, dass ich das nun durchziehen müsste.
Allerdings war ich dann auch irgendwie erleichtert, als ich
dich und Saja an Frau Molar abgeben konnte. Seltsame Logik, oder?«

Saibro zuckte mit den Schultern und Helms berichtete
weiter.

»In dem Moment, in dem ich zu dem Scheunenbrand bei
Frau Molar gerufen wurde, tauchte vor meinem geistigen
Auge deine verkohlte Leiche auf. Ich merkte, wie ich am
ganzen Leib zu zittern anfing. Als ich dich später unversehrt sah, war ich derart erleichtert … und voller Schuld-

gefühle. Da hatte ich den Einfall, wie ich dich mit einer bescheidenen geschäftlichen Transaktion dort wieder herausholen könnte; durchaus auch mit der Perspektive, dich erneut selbst als Schuldhelfer zu behalten. Als ich dich jedoch mit … mit deinen Verbrennungen sah …«

Hier brach Helms während der Erzählung immer brüchiger gewordene Stimme endgültig ab und Saibro vollendete dessen Satz: »… kam der Sinneswandel?!«

Helms nickte nur.

Saibro sah das Glitzern in Helms' Augen und legte dankbar seine Hand auf dessen Schulter.

Kapitel 31

Nachdem Kamiel im Anschluss an ihr spätes Morgenmahl in Richtung des Dag aufgebrochen war, setzten sie sich zusammen, um ihr weiteres Vorgehen zu planen. Zuvor hatte Saja noch von Helms ein Mittel gegen ihre Kopfschmerzen bekommen.

Zwar hatte Helms Eldon vor ein paar Tagen versprochen, ihm zu helfen, Finn das Handwerk zu legen, doch hatten sich Eldons Prioritäten nun verschoben. Er wollte lieber, dass sich Helms mal seine gesundheitlich angeschlagene Mutter anschauen sollte.

Helms war einverstanden, wollte seinerseits jedoch nicht darauf verzichten, in Dagbara die Information über Finns Machenschaften in Kreisen zu streuen, die er für moralisch einwandfrei hielt.

Saibro war das alles recht – und auch ein gutes Stück weit egal. Er drang darauf noch heute aufzubrechen, da er nur schnell zurück nach Hainrod wollte. Er sehnte sich nach Apaquia, Sydän und seiner ganzen Dorfgemeinschaft; selbst nach Teyat und seinen scheußlichen Theaterstücken. Außerdem war er gespannt, was sich bei den Plänen bezüglich der Gründung der Akademie getan hatte.

Saja würde zunächst mit ihm nach Hainrod kommen, um später von Eldon zu sich geholt zu werden, nachdem er hoffentlich seine Mutter zu seiner Schwester geschafft hatte.

Helms und Eldon wollten sie noch über die Transitroute bis zur ersten Hütte auf dem Weg über die Schwarzberge bringen und dann erst gemeinsam nach Dagbara zu Eldons Mutter gehen.

Alles war schon bereit, da musste Eldon ein letztes Mal austreten. Als er soeben im Gebüsch verschwunden war, fingen Helms' Hunde an zu knurren. Saja, Helms und Saibro schauten sich fragend um, da humpelte ein Mann um die Ecke. Es war Cjucea – und er sah mächtig lädiert aus.

Sie rannten zu ihm hinüber und Saibro brachte ihn stützend zur Lagerfeuerstelle, wo er sich ächzend und stöhnend auf einem der Holzstämme niederließ.

Saibro fragte sich, was mit ihm passiert war und auch, warum er hier und nicht in Laakso war? Doch bevor irgendwer ihn hatte irgendetwas fragen können, kam Eldon um die Ecke geeilt. Als Cjucea diesen sah, stieß er einen Schrei aus und verschanzte sich schnellstmöglich hinter Saibro. Dort stammelte er: »Sev… Sev… Sevhogin!«

Saja hockte sich neben ihn, legte ihm die Hand auf die Schulter und sprach mit beruhigender Stimme zu ihm. »Du irrst dich. Das ist nur Eldon. Er ist es wirklich.«

»Aber … aber der da hat gesagt, Eldon sei Sevhogin« Cjucea zeigte auf Helms.

»Da habe ich mich geirrt. Es tut mir leid«, sagte Helms.

»Wirklich?«, fragte Cjucea und strich sich mit zitternder Hand über seinen Schnauzbart.

»Wirklich!«

Nun trat Eldon, der einige Schritte von den anderen entfernt stehen geblieben war, näher an sie heran. »Glaube mir, ich bin ganz gewiss nicht Sevhogin. Ich bin Eldon. Wir sind zusammen über die Schwarzberge gewandert. Und ja: Ich schnaube. Aber da bin ich wahrlich nicht der einzige auf der Welt.«

Saibro hatte sich inzwischen auch zu Cjucea niedergekniet und erklärte ihm ungefragt: »Das mit dem Schnauben habe ich ihm erzählt. Und auch ich bin mir sehr sicher, dass Eldon ein guter Kerl und nicht Sevhogin ist. Du musst dich nicht vor ihm fürchten.«

»Gut. Gut. Hilf mir bitte auf«, sagte Cjucea und streckte Saibro seine zittrige Hand entgegen.

»Was machst du eigentlich hier?«, wollte Saja von Cjucea wissen.

Helms hatte ihn auf die Schnelle durchgecheckt und festgestellt, dass er zwar einige üble Schrammen abbekommen hatte, ihm im Großen und Ganzen jedoch nichts Schlimmeres passiert war.

So saßen Saja, Saibro und Helms bei Cjucea und warteten auf seinen Bericht. Eldon hatte sich aufgemacht, um etwas zu trinken für ihren Überraschungsgast zu holen.

»Ich suche euch. Also dich und Saibro. Es ist etwas Schlimmes passiert. Als ich nach Laakso kam, habe ich mir in Izvor sofort ein Schiff gesucht, welches mich in kaum einer Woche nach Hainrod gebracht hat. Dort machten sich schon alle Sorgen um euch. Diese konnte ich nicht wirklich zerstreuen, denn soweit ich es wusste, warst du … Saja … noch verschwunden.«

Saja nickte. »Ich bin auch erst gestern wieder wirklich aufgetaucht.«

»Oh! Was ist …?«

Doch Saibro unterbrach Cjucea sogleich wieder. »Lange Geschichte. Aber was ist Schlimmes passiert? Ist was mit Sydän oder Apaquia?«

»Ach ja. Also nein. Wo habe ich nur meine Gedanken? Nein, deiner Frau und deinem Sohn geht es gut. Sie vermisst dich und sie lässt dich grüßen.«

Auch wenn ihm die Formulierung *deine Frau* nicht gefiel, verspürte Saibro eine Erleichterung, gepaart mit einem unstillbaren Verlangen nach ihrer Nähe.

»Nach meiner Ankunft gab es sogleich eine eurer Sitzungen und alle waren da. Die Gemeinschaft beschloss, dass euch jemand hierher nachfolgen sollte. Deine Schwester Koremna und dein Freund Frato zeigten sofort auf und ich bot mich an, sie zu führen. Am nächsten Tag brachen wir auf. Wir sind problemlos durchgekommen. Bis wir gestern wieder in dieser vermaledeiten letzten Hütte vor Dagbara nächtigen mussten. Kaum dass wir uns zur Nachtruhe begeben hatten, kamen sie. Da mich meine Furcht nicht hat schlafen lassen, haben sie mich nicht so leicht überraschen können wie Frato und Koremna. Ich habe mir zwar ein paar üble Schläge eingefangen, schaffte es aber doch irgendwie zu entkommen und mich, weil ich mich dort oben gut auskenne, auch sicher zu verstecken. Als es still geworden war, fiel mir nichts anderes ein, als mich hierher durchzuschlagen. Zum Glück kannte mich die Nachtwache am Schwarztor, sodass ich noch in der Nacht in Dagbara Einlass fand. Der zweite Bäcker, bei dem ich an die Tür klopfte, kannte den Kräuterhändler Helms und konnte mir den Weg hierher beschreiben. Und so bin ich nun hier.«

»Und keine Minute zu früh, wir wollten gerade aufbrechen«, sagte der inzwischen wieder anwesende Eldon und reichte Cjucea einen Becher mit Wasser.

Nachdem dieser einen tiefen Schluck genommen hatte, fragte er: »Habt ihr nichts Stärkeres?«

Saibro stapfte entgeistert umher. Eldon tröstete Saja und Helms war in seiner Höhle verschwunden, um für Cjucea etwas vom Yep'uk zu holen.

Die Verzweiflung brannte Saibro geradezu ein Loch in den Magen. Ohne sich dessen bewusst zu sein, tigerte Saibro wieder entlang der Pfosten um die Hausbaustelle.

Nach einer Weile trat Saja zu ihm, woraufhin er stoppte. »Wenn wir sie gefunden haben, werde ich niemals wieder nur einen Fuß in diese Gegend setzen!«

Saja streichelte ihm den Oberarm, woraufhin Saibro zusammenzuckte. »Oh! Es tut mir leid. Deine Brandwunde? Tut es noch sehr weh?«

»Nicht wirklich. Helms' Salbe hat wunderbar geholfen«, antwortete Saibro, um sodann den Gedanken auszusprechen, der ihn umgetrieben hatte, als Saja zu ihm getreten war: »Was sind das nur für Menschen hier?«

Saja zog ihre Schultern hoch. »Gute wie schlechte nehme ich an. Und das zumeist in einer Person. Viele Täter sind auch irgendwo Opfer.«

»Wie meinst du das?«

»Eldon hat mir erzählt, dass sich entkommene Schuldhelfer oftmals zu Banden zusammenschließen, weil sie sonst keinen Ausweg mehr sehen.«

»Wie es Helms von Tulki vermutet?!«

»Wer ist Tulki?«, wollte Saja wissen.

»Er war in meinem Arbeitstrupp auf dem Gutshof. Er ist in der Nacht des Scheunenbrands abgehauen. Deswegen haben sie mir doch die Arme und Beine verbrannt.« Wie so oft in letzter Zeit, fasste sich Saibro an seinen Oberarm und sein Blick fiel auf die drei Männer am Lagerfeuerplatz. »Schau mal, Saja. Cjucea spricht mit Eldon.«

»Das ist gut. Lass uns zu ihnen gehen. Es ist nicht auszuschliessen, dass uns gemeinsam etwas einfällt, wie wir Frato und Koremna da rausholen können. Wo immer sie auch sein mögen?«

»Der Rat der Stadt wird uns nicht helfen. Was außerhalb von Dagbara geschieht, interessiert ihn wenig. Die denken, dafür ist der Regent in Eosima zuständig, aber die Hauptstadt ist fern«, erläuterte Helms.

»Das sehe ich genauso«, bestätigte ihn Eldon und Cjucea nickte zustimmend.

»Aber wer kümmert sich in der Praxis um die Einhaltung eurer Gesetze außerhalb der Städte?«, fragte Saja nach.

»Menschen wie Frau Molar«, antwortete ihr Eldon.

»Und wer entspricht Frau Molar in der Gegend, in der
diese Leute Frato und Koremna gefangen genommen haben?«, hakte Saja nach.

»Frau Molar«, antwortete Helms mit verzagtem Gesichtsausdruck und sorgte damit für nachhaltiges Schweigen.
Auch Cjucea schien das zu verstehen, denn sie hatten ihn
zuvor in groben Zügen von den zwischenzeitlichen Ge-
schehnissen in Kenntnis gesetzt.

Nach einer Weile des allgemeinen Nachdenkens, hatte
Saibro eine Idee. »Sag mal, Helms, hast du jemanden in
deinem Bekanntenkreis, der ein Vertreter der Stadt Dagbara oder einer ähnlichen offiziellen Einrichtung ist und für
uns als Mittelsmann auftreten würde?«

Helms schüttelte verneinend den Kopf.

»Aber ich«, mischte sich da Eldon ein. »Mein Cousin ist
Offizier bei der Stadtwache, also mit einem nicht allzu
niedrigen Rang ausgestattet. Der ist immer auf der Suche
nach der einen oder anderen zusätzlichen Mince. Aber wie
könnte uns so jemand helfen?«

»Nun. Frau Molar ist doch eine sehr stolze Person. Und
dass ihr Tulki abhanden gekommen ist, wurmt sie gewiss
immer noch. Würde ihr jetzt irgendwie zugetragen werden, dass sich dieser bei den Typen da in den Schwarzbergen rumtreibt, würde sie es sich bestimmt nicht nehmen
lassen, dort mal nachzusehen, oder?«, sagte Saibro.

»Und so nebenbei Frato und Koremna aus deren Fängen
befreien?!«, schlussfolgerte Cjucea.

»Darauf würde ich mich nicht vollends verlassen«, sagte
Saibro, »aber zumindest würde sie dort für einiges an Un-

ruhe sorgen, so dass wir im Zuge dessen ihren Leuten folgen und die beiden selbst befreien können.«

»Ein verwegener Plan. Aber was bleibt uns anderes übrig?«, sagte Helms.

Kapitel 32

Als Eldons Cousin am nächsten Tag nach getaner Arbeit seine Mince erhielt, wusste er sogar zu berichten, dass Frau Molar ihre Männer am kommenden Tag in den Abendstunden zuschlagen lassen wollte. Also versuchten sie diesen zuvor zu kommen und hatten sich bereits am besagten Nachmittag in der Nähe der Berghütte in Stellung gebracht. Cjucea zeigte ihnen dazu den Ort, wo er sich selbst schon vor den Räubern versteckt hatte.

Während Eldon sich aus Helms' Werkzeugkasten einen mittelgroßen Hammer rausgesucht hatte, verzichteten die anderen auf irgendeine Bewaffnung, doch hatte Helms seinen Jagdhund Nores zum Schutz mitgenommen.

Es hatte am Morgen eine hitzige Diskussion zwischen Eldon und Saja gegeben. Er wollte, dass sie zu der Befreiungsaktion nicht mitkam und erst als Helms dem besorgten Liebhaber erklärte, dass er vor seinem Umzug nach Laakso noch einiges zur dortigen Rolle der Frau zu akzeptieren hatte, fügte er sich.

Gerade war Saibro in ihrem Unterschlupf eingeschlummert, da stupste der neben ihm liegende Helms ihn an und flüsterte: »Da tut sich was.«

Von da ab ging alles ganz schnell. Im Schutze der anbrechenden Dämmerung hatten sich Frau Molars Männer angeschlichen und schlugen sich blitzartig in das auf der anderen Wegseite gelegene Waldstück. Nach nur wenigen Augenblicken hörte man einen ersten Schrei, der aber abrupt unterdrückt wurde.

Eldon bedeutete Saibro, dass der Zeitpunkt gekommen sei, an dem sie beide, wie vorher abgemacht, Frau Molars Landsknechten still und leise folgen würden.

Weit kamen sie allerdings nicht, denn schon nach wenigen Minuten kamen ihnen einige Kämpfer mit den ersten Gefangenen entgegen. Eldon zerrte Saibro gerade noch rechtzeitig ins Unterholz – dachte Saibro zumindest. Denn einer von Frau Molars Männer blieb abrupt vor ihnen stehen und rief: »Kommt raus da! Die anderen haben wir auch schon.«

Saibro schaute zu Eldon hinüber, doch bevor sie reagieren konnten, packte sie jeweils eine starke Hand und zerrte sie unsanft aus dem Gebüsch. Mit den anderen wurden sie zu der Lichtung vor der Berghütte gebracht, wo von den Landsknechten soeben ein Feuer entzündet wurde. Doch noch reichte das Restlicht, um einen Blick in die Runde zu werfen. Jedoch entdeckte Saibro Frato und Koremna nicht unter den zur Lichtung gebrachten Gefangenen und er wusste nicht, ob ihn dies freuen oder mit Besorgnis erfüllen sollte.

Nach und nach füllte sich der Vorplatz der Hütte immer mehr und als die letzten Landsknechte am Ende noch zwei Männer aus dem Wald schleppten, erkannte Saibro Tulki unter ihnen. Der Gesuchte wurde sogleich von den anderen separiert, gefesselt und geknebelt. Da tat er Saibro nun doch leid. Inzwischen hatte er seinen Frieden mit diesem Mann gemacht, der sie letzten Endes in der Nacht des großen Brandes mit seiner Idee durch das Dach und über die Winde zu entkommen, vor dem Feuer gerettet hatte. Helfen konnte Saibro ihm hingegen nicht. Zu sehr fürchtete er, selbst wieder in der Schuldhelferschaft zu landen – im schlimmsten Fall sogar bei Frau Molar. Er war starr vor Angst und seine Kehle war ihm wie zugeschnürt.

Anders ging es dem neben Saibro hockenden Eldon; als etwas Ruhe eingekehrt war, rief er: »Wir gehören nicht zu denen!«

Als Antwort bekam er eine Ohrfeige.

Zur Ruhe brachte ihn das jedoch nicht. »Wirklich nicht, wir suchen ...«

Der nächste Schlag traf ihn mitten auf die Nase und Saibro hörte sie knacksen. In der Ferne schrie eine Frau und sofort sprangen einige Landsknechte dort in die Büsche, wo sich seines Wissens Saja, Cjucea und Helms mit Nores versteckt hielten. Zu Saibros Überraschung zogen sie dort jedoch nur Saja aus dem Unterholz.

»Wer bist du?«, brüllte einer der Landsknechte.

»Ich gehöre zu den beiden.« Saja zeigte in die Richtung von Saibro und Eldon.

Aus dem Rund trat einer der Landsknechte heraus und sagte zu Saja: »Dich kenn ich! Warst du nicht kürzlich noch Schuldhelferin bei uns im Gutshaus?«

Saja nickte erhobenen Hauptes.

Da drehte sich der Mann zu Saibro um. »Und du? Dich kenne ich doch auch.«

Saibro kannte den Mann ebenfalls. Es war der Aufseher, der ihm einst geraten hatte, sie sollten Tulki seine Regelverstöße nicht immerzu durchgehen lassen.

»Du bist der, den die Alte zur Strafe so übel hat verbrennen lassen.«

Saibro nickte ängstlich.

»Puh! Das war eine zu harte Strafe. Steh auf! Ich will hören, was du hier zu suchen hast?«

»Er gehört zu mir«, rief plötzlich jemand, der soeben aus der inzwischen weitestgehend hereingebrochenen Dunkelheit die Straße herauf ins Licht der Feuerstelle und der zusätzlich entzündeten Fackeln trat. Es war Helms mit seinem Hund Nores – gefolgt von Cjucea. Reflexhaft verfielen die Landsknechte in Habachtstellung.

Nach einigen Momenten der allgemeinen Anspannung, rief einer der Landsknechte: »Du bist doch der Heiler!«

»Genau. Und dies sind meine Freunde.« Er wies auf Saja, Eldon und Saibro. »Und er hier auch.« Helms zeigte auf den inzwischen neben ihn getretenen Cjucea, der nun eine seltsame Geste machte, die Saibro als den Versuch einer Begrüßung deutete.

»Was macht ihr alle hier?«, wollte der Landsknecht wissen, der Saja und Saibro wiedererkannt hatte und offensichtlich auch der Anführer des Trupps war.

Saibro ergriff das Wort. Er erklärte ihm, dass Räuber seine Schwester und einen Freund kürzlich gefangen genommen hatten, als sie mit dem Bergführer Cjucea über die

Schwarzberge kamen und dass nur dieser hatte entkommen können. Nachdem er sie gefunden und ihnen die Nachricht überbracht hatte, hatten sie ihn gebeten, sie hierher zu führen, in der Hoffnung die beiden bei den Räubern auslösen zu können. Das Ende seiner Geschichte entsprach zwar nicht ganz der Wahrheit, aber dass sie mit einem Trick dafür gesorgt hatten, dass Frau Molar ihn und seine Männer als ihre Landsknechte hierher geschickt hatte, wollte er nur ungern erwähnen.

Nach dem Ende von Saibros Ausführungen, schwieg der ihm bekannte Landsknecht eine Weile, bevor er sagte: »Ich glaube dir.«

Saibro atmete erleichtert auf.

»Darf ich mich um seine Nase kümmern?«, fragte hinter ihnen Helms.

Nach einem kurzen Moment der Orientierung, nickte der Anführer und Helms ging zu Eldon. »Könntet ihr bitte seine Fesseln abnehmen?«

Mit einem Kopfnicken zeigte der Anführer einem seiner Männer an, dass sie dies tun könnten. Er selbst tat dasselbe bei Saibro und führte ihn an den Rand des Geschehens, wo er mit gesenkter Stimme fragte: »Und? Sind deine Schwester und ihr Freund hier?«

»Ein Freund«, berichtigte ihn Saibro und wunderte sich sogleich, warum ihm diese Unterscheidung in solch einem Augenblick in den Sinn kam. »Aber nein, sie sind nicht hier.«

»Dann werde ich mal *nachfragen* lassen«.

Saibro haderte mit sich, ob er dies zulassen sollte? Denn er ahnte bereits, auf welche Weise eine solche Befragung ablaufen würde. Er erhob dann allerdings doch keinen Einspruch, als der Landsknecht einen seiner Leute zu sich rief und ihm die entsprechenden Anweisungen gab.

»Was machen die Brandwunden?«, fragte ihn der Anführer.

»Danke, es geht schon wieder. Helms … also der Heiler … hat da ein paar sehr wirkungsvolle Mittel auf Lager.«

»Ja, die meisten der Schuldhelfer, die bei dem Brand verletzt wurden, arbeiten auch schon wieder.«

Saibro wusste nicht, ob er das gut oder schlecht finden sollte und sagte lieber nichts dazu.

In der Runde der Gefangenen wurden einstweilen ein paar Ohrfeigen verteilt.

»Wie kamt ihr auf die Idee, es mit einer solchen Bande aufnehmen zu können?«, fragte der Landsknecht zwischenzeitig.

»Pure Verzweiflung. Den Stadtrat kümmert es nicht und die Hauptstadt ist fern.«

Der Landsknecht nickte wissend.

Nach einer Weile kam Cjucea zu ihnen. »Darf ich kurz stören?«

»Was gibt es?«, wollte der Anführer der Landsknechte von ihm wissen.

»Ich bin Bergführer«, begann Cjucea zu erklären. »Das heißt, ich war es, bis ich vor ein paar Wochen überfallen wurde. Genau hier. Meine Esel haben sie mir genommen

sowie die Waren, die ich über die Schwarzberge bringen
wollte. Und meine beiden Karren haben sie angezündet.«

»Schlimme Sache. Hast du eine Ahnung, ob es diese Kerle
da waren?«

»Ich wurde im Schlaf in der Hütte übermannt und habe
nur einen von ihnen zu Gesicht bekommen, der jedoch
vermummt war. Aber der eine da, der könnte es gewesen
sein.«

Der Landsknecht ließ sich den Mann zeigen und Saibro
erkannte in Frisur und Körperbau durchaus eine Ähnlichkeit zu Eldon.

»Noch eine Frage«, sagte Cjucea.

»Ja?«

»Habt ihr vielleicht ein Paar Esel bei der Bande entdeckt?«

»Nein«, sagte der Landsknecht, »da waren keine Esel. Die
haben sie wahrscheinlich schon weiterverkauft.«

Cjucea zuckte mit den Schultern.

»Es tut mir leid. Aber danke für den Hinweis mit dem
Überfall. Wir kümmern uns jetzt um die Sache«, sagte der
Anführer zu Cjucea.

Dieser ging wieder zurück zu Saja, die abseits am Wegesrand stand.

Viel schneller als erwartet, kam nun auch der beauftragte
Landsknecht zu seinem Anführer zurück und wollte ihm
etwas ins Ohr flüstern. Dieser forderte ihn hingegen auf, es
so zu sagen, dass auch Saibro es hören konnte.

»Sie haben die beiden schon weiterverkauft.«

»Wohin?«, wollte Saibro wissen.

»Nach Eosima, sagen sie. An einen Schuldhändler namens Davo.«

»Und dann sagte er, dass er sich nicht ganz sicher sei, ob Frau Molar damit einverstanden wäre, aber er würde uns jetzt einfach laufen lassen«, berichtete Saibro, als sie im *Zum reitenden Kaninchen* auf der Transitroute beim sehr späten Nachtmahl saßen.

Nachdem der Wirt erfahren hatte, dass sie geholfen hatten, *den Spuk dort oben im Wald* zu beenden, hatte er ihnen nicht nur auf der Stelle verziehen, dass sie ihn so spät noch aus dem Bett geholt hatten, sondern er hatte sie sogar vor Freude zu einer improvisierten Mahlzeit eingeladen. Zudem erlaubte er ihnen den Rest der Nacht kostenlos in seiner Gaststube zu verbringen.

In der Hütte zu kampieren, war für sie alle nicht in Frage gekommen und bis ganz zurück zu Helms nach Hause, wollten sie in der Nacht nicht mehr gehen. Da hatten sie sich entschlossen, über die Transitroute bis hierher ins Wirtshaus zu laufen. Zumal sie auch keine große Lust hatten, mit den Landsknechten und ihren Gefangenen nach Dagbara zu marschieren.

Eldon sah mächtig lädiert aus, doch hatte ihn Helms hier im Wirtshaus zumindest richtig versorgen können. Wenigstens hatte ihm der Landsknecht keinen Zahn ausgeschlagen, trotzdem fiel ihm das Essen schwer. Auch die anderen hatten wenig Appetit. Die Nachricht, dass Frato und Koremna jetzt auf dem Weg in die Hauptstadt Eosima waren, war ihnen allen auf den Magen geschlagen. Da war es auch kein Trost, dass sie dafür gesorgt hatten, dass die Räuberbande zerschlagen wurde.

»Wir müssen so schnell wie möglich nach Eosima«, sagte Helms in die Runde.

»Was heißt *wir*?«, fragte Saibro. »Du hast schon so viel getan. Du musst da wirklich nicht mit.«

Als er dies hörte, wirkte Helms entgeistert. »Aber … aber …«, stammelte er.

»Iff werde mütgehn«, nuschelte Eldon.

Saibro schüttelte den Kopf. »Nein. Ich denke, Saja und ich sollten gehen. Es sind unsere Leute.«

Saja schaute von Saibro zu Eldon und zurück. Sie wirkte nicht glücklich.

»Sie will doch gar nicht gehen«, sagte Helms.

»Was heißt hier *wollen*? Natürlich will ich mich nicht in ein ungewisses Abendteuer stürzen müssen. Aber wie Saibro schon …«

In diesem Moment kippte Eldon von der Bank.

Cjucea quiekte vor Schreck.

Am schnellsten war Saja bei dem Bewusstlosen. Helms eilte dazu, prüfte routiniert Eldons Zustand und rollte ihn sodann mit angewinkeltem Knie auf die Seite, wobei er dessen Hand unter den Kopf legte.

»Ich denke, er hat nur etwas zu viel Blut verloren. Das wird wieder«

Inzwischen war auch der Wirt zu ihnen geeilt. Er bot an, dass sie Eldon in ein freies Bett in der Kammer seiner Schuldhelfer bringen sollten. Während sie noch überlegten, was sie zu einer Bahre umfunktionieren könnten, erwachte Eldon wieder. Bereitwillig ließ er sich in die Schlafkammer bringen und der dort wohnende Schuldhelfer wurde beauftragt, ein Auge auf ihn zu haben.

»Eldon fällt als Begleiter definitiv für zwei bis drei Tage aus«, diagnostizierte Helms. »Doch dermaßen viel Zeit haben wir nicht zu verlieren.«

Saibro und Saja nickten. Cjucea war vor Müdigkeit kaum mehr anwesend.

»Mein Vorschlag ist: Ich unterweise Cjucea morgen früh kurz, wie er sich um meine Kräuter und Tiere zu kümmern hat und dann schiffen wir beide uns so schnell wie möglich nach Eosima ein.«

Saibro war nicht wirklich von diesem Plan überzeugt. Mit einem Seitenblick zu Cjucea fragte er Helms: »Weiß er darüber genug?«

»Oh! Ich mag Pflanzen«, sagte Cjucea.

»Darüber haben wir bereits gesprochen. Jeder Bergführer kennt sich mit den Kräutern aus, die am Wegesrand gedeihen. Das wird schon klappen«, ergänzte Helms.

»Und ich würde gerne zunächst einmal bei Eldon bleiben«, sagte Saja.

»Zunächst einmal?«, hakte Saibro nach.

»Das meinte ich jetzt im Bezug auf seine Verletzung«, sagte Saja. »Ich denke mal, dass wir ein paar Tage hier bleiben können, wenn ich dafür im Gegenzug dem Wirt bei seiner Arbeit unter die Arme greife.«

»Und dann?«, wollte Saibro wissen.

»Das muss ich mit Eldon besprechen. Aber ich denke: Erst mal zu seiner Mutter und danach über die Schwarzberge zurück nach Laakso. Mit oder ohne sie.«

»Ich wäre dir dankbar, wenn …«, setzte Saibro an, doch Saja unterbrach ihn: »Ich werde zu Hause Bescheid geben.«

»Und sie sollen niemanden mehr schicken. Ich regle das hier schon. Irgendwie.«

Kapitel 33

»Da drüben, der alte Navapet läuft heute noch in Richtung Hauptstadt aus.« Der Hafenmeister von Dagbara zeigte auf eines der am Kai liegenden Schiffe. »Er hat bereits Fahrgäste, aber wie ich seinen Kahn kenne, passt ihr da noch locker mit drauf. Und über die zusätzlichen Einnahmen freut er sich bestimmt.«

Helms gab dem Mann ein paar Tokén, dann schulterten er und Saibro ihre Taschen und steuerten auf das Schiff zu.

Mit dem Kapitän waren sie sich schnell einig und so verstauten sie ihre Sachen in einer freien Ecke der einzigen Kabine des Schiffs.

»Wir warten noch auf zwei weitere Passagiere und dann legen wir ab. Geht bald los«, informierte sie der Kapitän. »Und eins noch! Da an Land bin ich Navapet oder auch *der alte Navapet*. Hier auf dem Kahn bin ich der *Käpt'n*« Als er dies sagte, konnte er sich ganz offensichtlich nur schwerlich ein spitzbübisches Lächeln verkneifen.

Zu seiner Überraschung kannte Saibro die beiden anderen Passagiere. Es waren der Konfessor und sein Begleiter. Ein mulmiges Gefühl machte sich in Saibros Magengrube breit. Er versuchte sich hinter der verhüllten Ladung zu halten, zumindest bis sie unterwegs waren; was jedoch nur mehr eine Frage weniger Augenblicke sein durfte, denn der Schiffsjunge machte bereits die Leinen los.

Helms kam zu Saibro geschlichen. »Das sind doch …?«

»Ja, genau«, unterbrach Saibro ihn. Beide sprachen mit gesenkter Stimme und versuchten sich unauffällig zu verhalten.

»Darf ich euch die weiteren Passagiere vorstellen?« Der Käpt'n schaute sich auf seinem Schiff um, ohne Saibro und Helms jedoch gleich zu entdecken.

Mit einem Schulterzucken blickten sich Saibro und Helms in die Augen, dann traten sie hinter der Ladung hervor.

»Hier sind wir«, rief Helms und alle drehten sich zu ihnen.

Helms ging auf die anderen zu und Saibro folgte ihm.

»Dich kenn ich doch«, sagte da der Konfessors. »Du bist der Heiler!«

Helms nickte.

»Und du? Du bist der eine Novize«, sagte der Begleiter des Konfessors.

Auch Saibro nickte.

»Du trägst gewöhnliche Kleidung«, stellte der Begleiter fest. Er wirkte dabei überrascht, aber nicht verärgert.

»Ich bin Helms und das ist Saibro«, stellte sie Helms vor und reichte dem Begleiter die Hand.

»Ich bin … äh … ich bin Avor«, sagte der junge Monakh und ergriff beherzt Helms' Hand.

»Dann dürften wir auf unserer Reise ja vor Krankheiten und üblen Gebrechen sicher sein«, rief der Konfessor aus

und trat zu Helms, um diesem überschwänglich die Hand
zu schütteln.

In der nächsten Stunde wurde Helms von dem Konfessor
regelrecht belagert. Er fragte ihn nach Mitteln und Maß-
nahmen für allerhand gesundheitliche Beschwerden.

Saibro zog sich derweil in eine Stille Ecke zwischen der
Landung zurück. Ein verstohlener Blick unter die abde-
ckenden Stoffbahnen, zeigte ihm, dass der Käpt'n Steine
geladen hatte. Er hatte sich schon gewundert, warum auf
dem Deck des Schiffes noch derart viel Platz war, doch
dann wurde ihm klar, dass das Schiff vom Gewicht her
nicht mehr hätte laden können. Zunächst hatte er sich gewundert, warum man Steine so weit in der Gegend herum-
fährt, aber als er die lebhaften und farbenfrohen Strukturen in dem Gestein sah, machte sein Handwerkerherz einige freudige Hüpfer. Er verspürte große Lust, dieses ganz
besondere Material zu verarbeiten.

»Das nennt man Laan-Marmor«, hörte Saibro jemanden
unvermittelt hinter sich sagen. Es war Avor, der heimlich,
still und leise hinter Saibro aufgetaucht war und ihm einen
gehörigen Schrecken versetzt hatte. »Er stammt aus einem
winzigen Steinbruch in den Schwarzbergen in der Nähe
des Orts Vjlma. Du solltest ihn zu Säulen oder Bodenplat-
ten verarbeitet sehen. Wunderschön.« Avor schlug einen
Teil des schützenden Stoffs zurück, soweit es die verschnü-
renden Taue zuließen. »Kennst du dich mit der Kunstfer-
tigkeit der Steinmetze aus?«

Saibro nickte. »Ich bin Handwerker. Baue Häuser und anderes.«

»Dann bist du gar kein Novize?«

Saibro fühlte sich ertappt. »Nicht wirklich.«

Avor blickte Saibro auf eine durchdringende, aber nicht unfreundliche Weise an. »Es ist eine sichere Art zu reisen, nicht wahr?«

»Was ... äh?«, stammelte Saibro.

»Als Monakh. Man wird von den finsteren Gesellen in Ruhe gelassen«, erklärte Avor. »Sie fürchten den Zorn Tuhans, wenn sie sich an einem Monakh vergreifen.«

»Ah! Das meinst du. Ja, genau, das ist es wohl«, versicherte Saibro ihm hastig seine Zustimmung.

»Aber du bist nicht von hier, oder? Deine Sprache. Sie hat einen fremden Einschlag«, wollte Avor wissen.

»Nein. Ich bin aus Laakso«, antwortete Saibro.

»Laakso«, sagte Avor versonnen, »so nah und doch so fern. Was führt dich nach Majirani?«

Saibro überlegte, ob er diesem Mann die Gründe für seine Reise verraten sollte? Noch vor ein paar Wochen hätte er bereitwillig Auskunft gegeben, aber mittlerweile war er vorsichtiger geworden. Doch was hatte er zu verlieren? »Wir suchen Freunde. Sie wurden von Räubern gefangen genommen, und soweit wir wissen, nach Eosima verkauft.«

»Schlimm, so etwas«, sagte Avor und Saibro nahm ihm seine Anteilnahme ab. »Ich kann mal mit dem Konfessor sprechen, er hat sehr viel Einfluss in Eosima.«

Als Saibro dies hörte, schöpfte er Hoffnung. »Das wäre ... wunderbar!«

»Er hat einen Narren an deinem Freund gefressen, er wird euch schon helfen.« Avor schaute mit einer Mischung aus Belustigung und Mitleid zu Helms hinüber, der dem Konfessor weiterhin Rede und Antwort stehen musste. »Und wenn nicht: Auch ich kenne ein paar Leute in der Hauptstadt.«

»Danke«, sagte Saibro aufrichtig erfreut. »Das macht mir Hoffnung.« Und noch bevor Saibro fragen konnte, was es bedeutet *einen Narren an jemandem zu fressen*, hörte er das Schlagen eines blechernen Gongs und im nächsten Augenblick den Schiffsjungen rufen: »Essen! Es gibt Essen.«

»Ich denke, ich kann den Konfessor auf unsere Seite ziehen«, sagte Helms zu Saibro. Sie hatten sich nach dem Nachtmahl von den anderen abgesetzt und in den Bug des Schiffs zurückgezogen.

»Ja, ich habe auch mit seinem Begleiter gesprochen und er schätzt es ebenso ein«, bestätigte Saibro. »Doch darfst du es dir während der Reise nicht mit ihm verscherzen.«

Helms verzog sein Gesicht, wodurch sich seine Nase kräuselte. »Dann werde ich mir noch eine ganze Menge Krankheitsgeschichten anhören dürfen. Von ihm selbst, seinen ganzen Brüdern und allen Hofschranzen.«

»Was sind Hofschranzen?«, fragte Saibro und Helms fasste sich daraufhin an den Kopf. »Ach herrje! Du kennst die ganze Welt rund um den Hof des Regenten noch nicht. Na, da kann ich mich auf allerhand Fragen gefasst machen, wenn wir erst in Eosima angekommen sind.«

In diesem Moment fühlte sich Saibro nicht besonders helle und zu dem wusste er nach wie vor nicht, was eine Hofschranze ist? Er traute sich nicht abermals zu fragen und wechselte darum das Thema: »Fahren wir die ganze Nacht hindurch weiter?«

»Das hängt von der Sicht ab. Scheint der Mond hell und gibt es keinen Nebel, könnte es der Käpt'n wagen, langsam weiterzufahren. Dafür dürfte er den Fluss in seinem Alter gut genug kennen.«

»Und wie lange werden wir nach Eosima brauchen?«

»Ich schätze, dass wir in zwei bis drei Tagen dort sein sollten.«

Saibro musste an die Fahrt auf ihrem Nagare von Hainrod nach Izvor denken und wahr froh, dass sie diesmal flussabwärts reisten und nicht wieder über Wochen in den Rudern hängen mussten. Auch war der Dag ein vergleichsweise *langweiliger* Fluss. Wie Helms ihm berichtet hatte, lag der Dag zusammen mit seinen zahlreichen Zuflüssen in einer breiten Talsohle und hatte dort eine fruchtbare Gegend geschaffen, welche er in einem weiten Bogen durchfloss.

Am Nachmittag des nächsten Tages, Saibro hatte das Gefühl, dass sie gut voran kamen und hatte es sich erneut am Bug bequem gemacht, trat Avor wieder an ihn heran. »Ein schönes Plätzchen, hier vorne. Darf ich mich zu dir setzen?«

Saibro rückte zur Seite und zeigte neben sich.

»Da vorne wird der Fluss noch breiter«, dozierte Avor unaufgefordert, »denn dort fließt der Gadi von Norden her in den Dag. Das wird unsere Fahrt nochmals beschleunigen. Das heißt aber auch, dass die Schiffe flussaufwärts bis dorthin von Pferden gezogen werden müssen, weil sie mit-

tels ihrer Segel nicht mehr genug Fahrt aufnehmen können, um gegen die Strömung anzukommen. Dies gilt jedoch nur für den Weg von einer Gegend etwa auf der halben Strecke von hier nach Eosima bis zur Mündung des
Gadi. Bis dahin drückt der Wind vom Meer her meistens
stark genug ins Land herein.«

»Du kennst dich aber gut damit aus«, stellte Saibro fest.

»Mich interessiert dieses Land eben sehr«, sagte Avor und
blickte mit einem Ausdruck von Ehrfurcht über den Fluss
zum Ufer ins weite Land.

»Ich wäre froh, wenn ich hier wieder weg wäre«, platzte
es da aus Saibro heraus und er ärgerte sich bereits im
nächsten Augenblick über seine verräterischen Worte.

»Was gefällt dir nicht an Majirani?«, fragte Avor und
schaute Saibro mit neugierigen Augen an.

»Das war nicht so gemeint. Vergiss es wieder«, wiegelte
Saibro ab.

Avor legte seine Hand auf Saibros Schulter. »Nur keine
Scheu. Es interessiert mich wirklich, was du von uns hältst.
Sind wir alles schlechte Menschen?«

»Nein, das gewiss nicht«, entgegnete Saibro. »Aber wie
ihr miteinander umgeht …«

»… ist schlecht?«, vervollständigte Avor Saibros Satz.

»Ich habe hier viele tolle Menschen kennengelernt und …
wie soll ich es ausdrücken? Es gibt so viel Schuld hier.« Saibro wusste es nicht besser zu sagen.

»Schuld? Gibt es die nicht überall?«, fragte Avor nach.

»Nicht dermaßen. Wir haben da eine ganz andere Einstellung, viel … wohlwollender«, antwortete Saibro und wünschte sich Apaquias Wortgewandtheit. »Ich bin nicht gut darin, sowas in Worte zu fassen.«

»Lass mich versuchen, dir zu helfen. Du hast *Schuld* und *Wohlwollen* in einen Gegensatz gestellt. Für mich hört sich das an, als würde es deiner Meinung nach mit mehr Wohlwollen weniger Schuld geben?«

»Ich denke schon. Schuld ist in Majirani einfach zu … wie sagt man hier: Gewinn bringend?! Es ist ein Geschäft. Ich weiß nicht, ob es genau dazu passt, aber mir kommt gerade ein Beispiel in den Sinn: Helms und ich haben zweimal zusammen einen bestimmten Gastwirt getroffen. Beim ersten Mal war ich Helms' Schuldhelfer. Das war für den Wirt völlig normal. Es wurde kein Wort darüber verloren. Beim zweiten Besuch seines Gasthauses berichteten wir ihm von der Entführung meiner Schwester und unseres Freundes durch eine Räuberbande und dass diese die beiden nach Eosima verkauft hätten. Er war entrüstet. Er beklagte das Schicksal der beiden wortreich. Dabei hatte ihn mein Schicksal ein paar Wochen zuvor nicht im Geringsten interessiert, denn da hielt er mich für schuldig und die beiden nun für unschuldig.«

Avor runzelte die Stirn. »Ich verstehe nicht. Warst du nicht schuldig?«

»Ich bin höchstens unwissend gewesen, da ich das Land eines anderen betreten hatte, ohne erstens zu wissen, dass es seines ist und zweitens, dass sowas strafbar ist.« Saibro suchte nach den richtigen Worten. »Was ich eigentlich sagen wollte: Beides hat jemanden zu einem unfreien Menschen gemacht und bei jemandem, der eine Schuld hat, ist das hier völlig normal und für alle in Ordnung. Aber es sind doch alles Menschen und jeder Mensch sollte frei sein.«

»Zum Teil glaube ich zu verstehen, worauf du hinaus willst«, sagte Avor mit nachdenklichem Gesichtsausdruck. »Menschen dürfen nicht zur Ware werden, oder?«

»Nein, definitiv nicht«, bestätigte Saibro. »Worauf ich aber hinaus will, ist, dass die Schuld der Menschen nicht zur Ware werden darf. Das macht Schuld viel zu mächtig. Wie auch die Mince.«

»Was ist damit nicht in Ordnung?«, wunderte sich Avor erneut.

»Das hängt irgendwie alles zusammen. Aber ich bin da sicher nicht der Richtige, um das alles im Detail zu … ähm … zerlegen. Aber so viel weiß ich, wir haben sowas wie Mince nicht und dadurch können wir sowas wie Schuld auch nicht in Mince umrechnen.«

»Ich muss zugeben, mir schwirrt der Kopf. Doch finde ich das alles sehr interessant. Und du hast recht: Wir können fast alles in Mince umrechnen.« Avor wirkte bedrückt.

»Nicht alles«, sagte da Saibro. »Denn auch das habe ich hier erfahren: Freundschaft wird hier nicht in Mince umgerechnet. Da sind Helms und ich das beste Beispiel. Als seinem Schuldhelfer wollte er mir geradezu jeden Bissen Brot in Rechnung stellen. Nachdem ich allerdings sein Freund geworden war, gab er mich nicht nur einfach so frei, sondern auch bereitwillig was immer für die Bewältigung unserer … meiner Probleme nötig war. Und das, ohne auch nur einen einzigen eurer Tokén zu berechnen.«

Kapitel 34

Als sie am späten Nachmittag des kommenden Tages in Eosima ankam, verlangte der Käpt'n keine einzige Mince von ihnen. Helms fragte sogleich verwundert nach und da erklärte ihnen der alte Navapet, dass ihr Anteil an den Reisekosten vom Konfessor und seinem Begleiter gezahlt worden wären.

Im Gegensatz zu ihnen waren ihre Gönner schon kurz nach der Einfahrt in Eosima von Bord gegangen; der Käpt'n hatte dazu außerplanmäßig angelegt. Zuvor hatte Avor Helms eine Adresse in der Nähe des endgültigen Anlegeplatzes ihres Schiffs zugesteckt, wo sie die Nacht verbringen könnten. Dort wollte er sie auch am nächsten Morgen treffen, um ihnen wie versprochen bei der Suche nach Frato und Koremna zu helfen.

Niemals zuvor hatte Saibro einen Seehafen zu Gesicht bekommen. Er kam aus dem Staunen nicht mehr heraus. Der Kahn des alten Navapets hatte in einem schmalen Seitenarm des Dag-Deltas seine Anlegestelle gefunden und kaum, dass sie vom Schiff herunter waren, kamen auch schon Hafenarbeiter, um den Marmor zu entladen. Im Gegensatz zu Saibro, wollte sich Helms dieses Schauspiel nicht weiter ansehen. Zähneknirschend beugte sich Saibro dessen Willen und sie zogen los, um ihre Bleibe für die Nacht aufzusuchen; auch in der Hoffnung dort noch etwas zu essen zu bekommen.

Es fiel Saibro schwer mit Helms Schritt zu halten, denn er wollte sich am liebsten alles ansehen. Überall passierte irgendetwas Interessantes und Saibro sah allerorts Neues, wobei ihm insbesondere die mächtigen Gerätschaften und außergewöhnlichen Werkzeuge ins Auge fielen.

»Achte auf deine Sachen!«, raunte ihm Helms ins Ohr. »Das ist keine besonders sichere Gegend.«

»Diebe?«, fragte Saibro.

Helms nickte und zog ihn weiter. Zum Teil mussten sie sich regelrecht durch die geschäftige Menschenmenge hindurcharbeiten. Dabei fragte Helms einige Male halbwegs vertrauenswürdig erscheinende Passanten nach dem Weg. Als sie wieder einmal aus einer der zahlreichen Gassen des weitläufigen Hafengebiets kamen, blieb Saibro wie vom Donner gerührt stehen. Vor ihm lag ein Koloss von einem Schiff. Saibro zählte drei Schiffsmasten: ein kleiner und zwei große. Wobei der kleinere immer noch größer war, als der eine auf Navapets Schiff. Und wenn sich Saibro alleine das Deck dieses gigantischen Schiffs ansah, dürfte dort im Vergleich zu Navapets Schiff gut und gerne die fünffache Menge an Marmor Platz finden.

Helms gönnte Saibro einige Augenblicke der Andacht, dann drängte er darauf weiterzugehen. Schweren Herzens folgte ihm Saibro, warf jedoch noch einige Male einen Blick zurück.

Jäh wurde Saibro aus seinen Gedanken gerissen, als eine Hand ihm in den Schritt griff. Bass erstaunt versuchte er sich mit einer kurzen Körperdrehung diesem Griff zu entziehen. Dann erblickte er die Übeltäterin. Es war eine schaurig bemalte Frau in einem dreckigen Kleid mit Spitzen und einem sehr üppigen Dekolletee.

»Na? Gefällt dir das, Süßer?«

Saibro wusste nicht was er tun und wo er hinblicken, oder eben nicht hinblicken sollte. Und obwohl er diese Frau in ihrer ganzen Erscheinung abstoßend fand, regte sich etwas in seiner Hose.

Er stand mit offenem Mund und halbsteifem Glied von Angesicht zu Angesicht mit dieser schief lächelnden Frau, als sich zu seiner Rettung Helms zwischen sie schob. »Mach das du wegkommst!«, herrschte er die Frau an.

»Ich komme auch mit euch beiden klar«, erwiderte sie grinsend.

»Bitte nicht!«, spottete Helms, drehte sich von ihr weg und zog Saibro mit sich.

»Was … was war *das*?«, stammelte Saibro, als sie sich zügig einige Schritte von der Frau entfernt hatten, die ihnen zum Abschied noch einige unfreundlich klingende Worte in einer ihm nicht geläufigen Sprache nachgerufen hatte.

»Für solche Frauen … wenn es denn Frauen sind … haben wir so einige Namen. *Dirne* dürfte wahrscheinlich noch einer der freundlichsten sein.«

»Aber was *wollte* sie? Sie hat mir in den Schritt gefasst!«

Helms schmunzelte. »Ach, Saibro. Selbst du dürftest verstehen, was sie wollte.«

»Sex?«, fragte Saibro.

»Den wollte sie dir geben. Haben wollte sie Mince.«

Saibro blieb stehen. »Sex für Mince?« Weitere Worte fand er nicht und wurde auch sogleich von Helms weitergezogen.

»Ich weiß, was du jetzt wieder denkst: Hier gibt es nichts, was es nicht zu kaufen gibt. Lass es jetzt gut sein und komm!«, grummelt Helms.

Saibro nickte gedankenversunken. Er wunderte sich, warum die Stimmung seines Begleiters derart unvermittelt umgeschlagen war?

»Wir dürften gleich da sein«, sagte Helms, wieder mit neutraler Stimme, nachdem sie einige Ecken weiter in eine breite Gasse eingebogen waren. Hier waren verhältnismäßig wenige Menschen unterwegs und die in geschlossener Reihe stehenden Häuser sahen sehr gepflegt aus und waren aufwändig mit schmückenden Elementen ausgestattet.

»Da stimmt doch was nicht«, murmelte Helms, der inzwischen stehengeblieben war und auf Avors Zettel schaute.

»Was ist?«, wollte Saibro wissen, der sich inzwischen wieder einigermaßen beruhigt hatte.

»Zu vornehm.«

Saibro verstand nicht, tat es aber Helms gleich und schaute ebenfalls an der Fassade des dreistöckigen Hauses hinauf.

Einige Augenblicke später öffnete sich ein Teil der zwei-
flügligen Haustür und ein alter Mann mit tadellosem Erscheinungsbild trat heraus und tat einige Schritte auf sie
zu. »Die Herren Helms und Saibro?«, fragte er steif.

Helms überwand sein Erstaunen und fand als Erster wieder zu sich. »Das sind wir. Ein Mann namens Avor hat uns
diese Adresse gegeben und sagte, wir könnten die Nacht
hier verbringen.«

Der Mann wirkte für einen kurzen Augenblick desorien-
tiert und fragte: »Avor?« Dann erhellte sich jedoch sein
Blick. »Ach so! Avor. Ja. Ich war kurz … ach, nicht wichtig.
Ja, man hat uns einen Boten geschickt. Die Herren sind
uns als Gäste sehr willkommen. Kommen Sie, ich zeige Ihnen Ihre Zimmer und dann haben wir auch noch ein be-
scheidenes Nachtmahl vorbereitet.«

Er war schon im Begriff sich wegzudrehen, da räusperte
sich Helms. Der Mann verharrte an Ort und Stelle, verschränkte seine Hände hinter dem Rücken und setzte einen fragenden Gesichtsausdruck auf.

»Ich frage mich«, sagte Helms mit leicht brüchiger Stimme, »ob wir uns ein Haus wie dieses leisten können?«

»Nun«, antwortete der Mann, »davon gehe ich aus. Denn
Ihre Zeit bei uns wird Sie nichts kosten. Und nun: Folgen
Sie mir bitte.« Bevor er sich indes gänzlich wegdrehte, füg-
te er noch hinzu: »Mein Name lautet übrigens Karsun.«

Saibro bekam ein eigenes Zimmer! Es lag im zweiten Stock
des Hauses und seine Einrichtung war – wie das gesamte
Haus – mit nichts zu vergleichen, was er bisher in seinem
Leben gesehen hatte. Einzig der Saal in dem Frau Molar

den Konfessor bewirtet hatte, kam dem allem nahe. Das riesige Bett sah wolkenweich aus, die Wand war bunt gemustert und alle Möbel mit aufwändigen Schnitzereien verziert. Zudem hing ein großes Gemälde über dem Bett, welches eine unfassbar realistisch wirkende Gebirgslandschaft zeigte. Was Saibro allerdings am meisten verwunderte, war, dass der Boden weich war. Als er ihn befühlte, erkannte er, dass er aus einer Art verwobener Wolle bestand.

So am Boden kniend, hörte Saibro mit einem Mal ein gläsern klingendes Klopfen und er blickte in Richtung der Wand, wo er hinter den lichtdurchlässigen Vorhängen die Fenster vermutete. Dort sah er zu seinem Erstaunen die Silhouette eines Menschen. Er stand auf, ging hin und öffnete den Vorhang. Das mittlere der drei Fenster war eine Tür ganz aus Glas, hinter der Helms stand und gestikulierte. Er schien ihn auf den Türgriff aufmerksam machen zu wollen und so zog Saibro daran, ohne das sich jedoch etwas tat. Als Nächstes drehte er daran und schon ließ sich die Tür nach innen öffnen.

»Komm auf den Balkon und schau dir *das* an!«, rief Helms, der kindlich erregt wirkte. Er stand auf einer Art Plattform, die über ihre ganze Breite an dem Gebäude *hing* und von einem massivem Steingeländer eingefasst war. Saibro wagte es, dort hinauszutreten und dann erblickte er die pure Schönheit. So weit sein Auge reichte, sah er Wasser!

»Wunderschön, nicht wahr?«, fragte Helms rhetorisch. »Warst du schon mal am Meer?«

Nein, das war Saibro nicht. Auch wenn Laakso im Westen an das Große Meer grenzte und es von Hainrod in nur zwei Tagesreisen zu erreichen gewesen wäre. Nun stand er nur mit großen Augen am Geländer, schaute auf das unendliche Glitzern der Wellen hinab und fand keine Worte. Hier und da sah er Schiffe – große wie kleine. Eines erschien ihm sogar noch größer als jenes, welches er im Hafen gesehen hatte, denn es hatte vier Masten und zudem waren seine cremeweißen Segel gehisst; was es unfassbar imposant wirken ließ.

Als sich Saibro gedanklich von dem Anblick losreißen konnte, hörte er noch, wie ihm Helms erklärte, dass dies ein so genanntes *Herrenhaus* sei und verglich es vom gesellschaftlichen Status her mit dem Gutshaus von Frau Molar. Saibro wunderte sich, wie eine Frau ein *Herrenhaus* besitzen konnte, sagte aber nichts, sondern genoss lieber weiterhin die Aussicht; bis später der Mann namens Karsun wieder zu ihnen kam.

»Wir haben Ihnen ein Bad eingelassen. Bitte folgen Sie mir.«

Am Ende des Ganges, auf dem auch ihre Zimmer lagen, führte sie Karsun in einen Raum, in dem zwei dampfende Badezuber standen.

»Dort drüben haben wir frische Kleidung für Sie bereitgelegt. Lassen Sie Ihre Reisekleidung einfach dort liegen, wenn Sie fertig sind. Wir werden sie später für Sie reinigen. Dort an der Wand ist die Klingel«. Karsun zeigte auf eine Vorrichtung mit einem hängenden Seil an dessen Ende ein

Ring hing. »Wenn Sie noch etwas brauchen, läuten Sie ruhig.« Dann ging er.

»Sag mal, Saibro, hat dieser Avor in euren Gesprächen irgendwas zu seiner Herkunft gesagt? Ein einfacher Monakh ist der sicher nicht.«

Saibro schaute zu dem vom Dampf verschleierten Helms im anderen Zuber und antwortete: »Nicht wirklich. Er hat nicht viel erzählt, das war eher ich.«

»Du?« Helms schien verwundert. »Ansonsten bist du doch gerade bei Fremden nicht so der redselige Typ.«

»Mag sein. Aber er hatte so eine Art an sich.«

»Was hast du ihm alles erzählt?«, wollte Helms wissen.

»Recht viel, schätze ich. Wahrscheinlich so ziemlich die ganze Geschichte meiner Reise hierher nach Majirani«, antwortete Saibro und fühlte sich reichlich töricht.

»Ach, Saibro, du gute Seele. Hast du ihm auch erzählt, dass ihr den Konfessor vergiftet habt?«

»Wohl schon. Aber Avor fand es amüsant und sagte, er werde es dem Konfessor nicht erzählen.«

Helms rieb sich durch sein Gesicht und zog scharf die Luft ein. »Du weißt schon, dass diesen Brüdern nicht zu trauen ist?«

»Den Brüdern Tuhans? Die machen doch einen friedlichen und oftmals hilfsbereiten Eindruck. Wenn man mal von Chilavert absieht«, antwortete Saibro.

»Genau so wollen sie nach außen hin wirken. Doch im Kern geht es ihnen um Macht. Macht über Menschen und über *alles*. Nicht ganz zufällig ist der oberste Berater des Regenten ein Monakh.«

»Der Konfessor, nicht wahr?! Aber gerade der wirkte doch eher harmlos auf mich«, wunderte sich Saibro.

Helms schnaubte. »Führ dir nur mal die Position vor Augen, die der Mann innehat: Er ist nicht nur ein hochgestellter Bruder Tuhans, sondern auch sowas wie der heimliche Anführer dieses Landes. Der Regent ist reichlich jung, insbesondere für dieses Amt. Nach einem Jagdunfall seines Vaters kam er viel zu früh in diese Position. Der Konfessor wird einen großen Einfluss auf seine Politik haben.«

Saibro musste seine Gedanken sortieren und stellte einfach die Erste seiner vielen Fragen: »Wenn der Konfessor ein solch wichtiger Mann ist, warum reist er ohne Wachen und nur mit einem Begleiter durchs Land?«

»Da siehst du mal, wie sicher sich diese Brüder hier fühlen«, antwortete Helms.

Saibro fiel hierzu wieder ein, dass Avor erwähnt hatte, dass es eine sichere Art des Reisens sei, wenn man als Monakh unterwegs ist.

»Aber ich habe mich schon sehr gewundert, dass der Konfessor überhaupt solch eine Reise gemacht hat. Ich kann mir nicht vorstellen, dass das seine Idee war. Zumindest wirkte er nicht so«, sagte Helms. »Möglicherweise ist der junge Regent keineswegs dermaßen naiv, wie ich dachte.«

»Warum sollte ein Mann naiv sein, der ein Land regiert? Wenn ihr schon solch einen Regenten haben wollt, wählt ihr euch da nicht einen fähigen Menschen in dieses Amt?«

Helms lachte. »Wollen? Wählen? Der Regent ist der Sohn des vorherigen Regenten und der des Regenten davor und

so weiter. Das Amt wird vererbt und wenn wir Glück haben, ist der Regent ein guter Mann und wenn nicht, bleibt
nur zu hoffen, dass ihn die Brüder Tuhans irgendwie in
den Griff bekommen.«

Saibro schlussfolgerte aus Helms' Worten, dass die Majirani nur Männer zu ihren Regenten machten, was ihn nun
wirklich nicht mehr verwunderte; auch wenn er sich fragte, was passierte, wenn ein Regent mal keinen Sohn hatte?
Wie einige andere, schob er auch diese Frage beiseite und
wollte stattdessen wissen: »In diesem Fall hoffst du dann
schon, dass die Brüder Tuhans mächtig sind?«

Helms schwieg eine Weile, dann antwortete er: »Abartig,
oder?! Weißt du, wenn etwas vom Grunde her falsch ist,
kann doch alles, was darauf aufgebaut ist, auch nicht richtig sein.«

Dann tauchte er unter und Saibro murmelte vor sich hin:
»Der Gedanke kommt mir irgendwie bekannt vor.«

Kapitel 35

Entgegen seiner Erwartung, dass er in der Nacht himmlisch schlafen würde, hielten Saibro seine Gedanken wach. War es zunächst vornehmlich die Sorge um seine Schwester und Frato, drängte sich immer wieder die Sehnsucht nach Hainrod in seine Gedanken. Und hier insbesondere die körperliche Sehnsucht nach Apaquia. War es die unverschämte Berührung der Dirne oder die Tatsache, dass er seit ewiger Zeit mal wieder ein Nachtlager ganz für sich alleine hatte? Er musste es sich einfach selbst machen. Danach fühlte er sich seltsam einsam, doch war er nun wenigstens so erschöpft, dass er zügig einschlief.

Früher als es ihm recht war, wurde er durch ein beharrliches Klopfen an der Zimmertür geweckt. Verschlafen rief er »Ja?« und hörte Karsun hinter der Tür sagen: »Wir haben Ihnen heißes Wasser und frische Tücher ins Badezimmer gebracht. Das Morgenmahl wird in Kürze unten im Salon bereitstehen.«

Saibro bedankte sich und zwang sich aufzustehen. Kurz ging ihm durch den Sinn, dass sich Karsun immer so seltsam ausdrückte: Statt *du*, sagte er *Sie*, statt *dir*, *Ihnen* und so weiter. Wahrscheinlich war er auch nicht von hier, schlussfolgerte Saibro und raffte seine Sachen zusammen, um ins Badezimmer zu gehen.

»Ich habe herrlich geschlafen!« Helms wartete bereits beim Morgenmahl auf Saibro – mit einem zufriedenen Lächeln auf den Lippen.

Zerknittert brummte Saibro eine Begrüßung und setzte sich neben Helms an den Tisch. Kaum, dass er saß, trat Karsun von hinten heran und schenkte ihm ein schwarzes, dampfendes Gebräu in seine Tasse.

»*Das* ist *richtiger* Kaffee!« Helms grinste bis über beide Ohren. »Aber Vorsicht: Er ist heiß. Heiß … aber gut!«

Der Kaffee hatte Saibro bei weitem nicht derart gut geschmeckt wie Helms, aber er hatte ihn wacher gemacht. Das bildete er sich zumindest ein. Der Grund dafür mochte aber auch darin liegen, dass Helms insbesondere diese Wirkung von *echtem Kaffee* mehrfach herausgestellt hatte. Durch den von Helms nachgemachten Kaffee, hatte er sich vor dem Probieren des echten schon auf dessen grundsätzliche Geschmacksrichtung einstellen können. Er erkannte, dass echter Kaffee noch deutlich würziger schmeckte. Aber tief in seinem Herzen wünschte er sich eine Tasse Gerstentee, welche er am liebsten vor Apaquias Hütte genießen würde – mit ihr und in Anwesenheit seines Sohnes.

Sein wehmütiger Gedankengang wurde von Karsun unterbrochen: »Ein Wagen steht vor der Tür bereit und bringt Sie zu Herrn Avor.«

»Ich dachte, er wollte hierher kommen?,« fragte Helms nach.

»Davon weiß ich nichts«, antwortete Karsun – und schwieg.

»Aber wir haben noch diese geliehene Kleidung an«, sagte Saibro. Nicht, dass er diese nicht mögen würde, sie war sehr fein gewebt und passte ihm hervorragend; auch wenn er sich darin *verkleidet* vorkam.

»Das ist auch besser so«, kommentierte Karsun Saibros Feststellung lapidar.

»Komm, mein Freund«, sagte Helms, »lass uns aufbrechen. Wir haben nach wie vor dringende Dinge zu erledigen.«

Ein von einem Mann gelenktes und von einem Pferd gezogenes, gefedertes Fuhrwerk mit einer bequemen Sitzbank brachte sie in Richtung der erhöht liegenden Stadtmitte. Als sie an einer Art Stadttor inmitten der Stadt ankamen, wurden sie dort von einem Landsknecht aufgehalten.

Helms raunte Saibro ins Ohr: »Der Palast des Regenten.«

Der vor ihnen sitzende Fuhrmann, den Helms als *Kutscher* bezeichnet hatte, redete mit dem Landsknecht und sogleich durften sie durch das Tor in den *Palast* einfahren.

Der sogenannte Palast lag auf einer Anhöhe und war eine eigene Stadt in der Stadt. Er erinnerte Saibro an das Kloster in Dagbara. Nur dass dieser Palast noch um einiges größer und seine Gebäude noch beeindruckender waren. Da ihm Helms bereits zu Beginn ihrer Fahrt mit einem wortlosen Hinweis auf den Kutscher signalisiert hatte, dass sie besser schweigen sollten, was er aber selbst immer wieder mit einem flüsternden Hinweis auf dies und das unterbrach, schaute sich Saibro einfach nur um. Jenseits von Hafen und

Palast, erinnerte Eosima ihn stark an Dagbara, nur dass es noch größer wirkte und merklich weniger stank; was er dem stetig vom Meer her wehenden Wind zuschrieb.

»Wo führst du uns hin?«, wollte Helms von dem jungen Mann wissen, den er Saibro gegenüber zuvor als *Diener* bezeichnet hatte und der sie anscheinend zielsicher durch einige Gänge und Gärten im Zentrum des Palastes führte. Doch Helms bekam keine Antwort und so liefen sie einfach weiter hinter dem Mann her, der Saibro von seiner Sprache und seinem Kleidungsstil her sehr an Karsun erinnerte. Nach einer Weile kamen sie zu einem Ort, der in gewisser Weise dem Balkon in dem Herrenhaus ähnelte; nur das er nicht freischwebend, um ein vielfaches größer und der Ausblick noch atemberaubender war. Saibro konnte von diesem Ort aus nicht nur viel weiter auf das Meer hinausblicken als von dem Balkon des Herrenhauses, sondern sah zwischen hier und dem Meer auf einen großen Teil von Eosima hinab. Es wirkte auf ihn, als wenn jemand eine Stadt in einem Miniaturformat nachgebaut hätte. Von dieser faszinierenden Aussicht abgelenkt, hatte er den an der Seite der Terrasse stehenden Mann, erst auf den zweiten Blick wahrgenommen. Dieser stand mit dem Rücken zu ihnen und warf soeben Brotkrumen durch die Gitterstäbe eines mächtigen Käfigs, in dem sich einige exotisch bunte und lauthals zwitschernde Vögel befanden. Das Gewand des Mannes erinnerte Saibro an eine Verkleidung, die er einmal bei einem von Teyats Theaterstücken gesehen und für unfassbar kitschig gehalten hatte. Ein weiterer, in einiger Entfernung von dem Mann an dem Käfig stehender

Diener verkündete mit fester Stimme: »Majestät, Ihre Gäste sind da.« Als sich der Mann daraufhin umdrehte, erkannte Saibro ihn sofort: Es war Avor.

»Was? Was?«, stammelte Helms neben Saibro und der
Diener raunte ihnen zu: »Kniet nieder!«

»Lass gut sein, Komuin. Du kannst uns alleine lassen«,
sagte Avor abwinkend und kam zu Helms und Saibro spa-
ziert. Er gab ihnen nacheinander die Hand, wobei er sie
mit der anderen zudem an den Oberarm fasste und kurz
mit seinen bernsteinbraunen Augen fixierte.

Helms lächelte dümmlich, wobei er den Kopf schüttelte
und sagte: »Tag'avor, der Zweite! Regent von Majirani.
Kurz: Avor.«

»Es tut mir leid, dass ich euch nicht früher habe einwei-
hen können, aber diese Reise war auch so schon riskant genug«, entschuldigte sich der Regent.

Saibro brauchte ein wenig länger als Helms, um zu verstehen. Dann wurde ihm jedoch klar, wer hier vor ihm stand
– und damit auch, mit wem er auf dem Schiff zwei Tage
lang über die Unzulänglichkeiten dieses Landes diskutiert
hatte. Er starrte Avor oder genauer gesagt *Tag'avor, den
Zweiten* unverhohlen an.

»Also wart nicht Ihr der Begleiter, sondern der Konfessor
war es! Warum seid Ihr nur mit diesem alten Mann als
Schutz durch Euer Land gereist?«, fragte Helms ganz un-
verblümt.

»Ich bin zwar nicht solch ein Baum von einem Mann, wie
unser Saibro hier, aber dafür flink und durchtrainiert. Außerdem habe ich von Kindesbeinen an gelernt, wie man

kämpft und sich gegen jede Art von Angreifer zu verteidigen hat. Und für sein Alter ist selbst Aefeldur nach wie vor ein ausgezeichneter Kämpfer. Wir waren uns sicher, zusammen mit der Kluft eines Monakhs würde uns das ausreichend Schutz bieten. Und wenn ich als Regent mit meinem ganzen Gefolge durchs Land gereist wäre, wären meine Erkenntnisse über mein Reich mit Sicherheit sehr bescheiden ausgefallen. Zudem weißt du sicher auch, dass die Brüder Tuhans meist allein, und nur in Ausnahmefällen zu zweit reisen.«

»Und Frau Molar? Majestät«, wollte Helms wissen, »warum hat sie Euch nicht erkannt?«

»Wenn wir unter uns sind, nennt ihr mich bitte weiterhin *Avor*«, wünschte sich der Regent und beantwortete daraufhin Helms’ Frage: »Meine liebe Großcousine? Sie hat mich zuletzt gesehen, da war ich noch ein pausbackiger Knabe mit langen, goldglänzenden Locken.« Er strich sich über seine nach wie vor blonden, inzwischen jedoch mittellangen und eher glatten Haare. »Sie konnte mich nicht erkennen. Aber genug der Fragerei. Saibro ist noch ganz mitgenommen. Dort drüben habe ich Erfrischungen bereitstellen lassen. Kommt!«

Mit seiner Mutmaßung über Saibros Gemütszustand hatte Avor recht. Hinter den beiden hertrottend, versuchte er die neuerliche Wendung zu verarbeiten. Wenn er es richtig verstand, hatte er so etwas wie eine Freundschaft mit dem mächtigsten Mann weit und breit geschlossen.

Noch bevor sie den beschatteten Platz mit den Getränken erreicht hatten, drängte sich ein wichtiger Gedanke in Saibros Bewusstsein: »Was ist mit Frato und Koremna?«

Avor blieb stehen und antwortete: »Ich warte selbst auf die Antwort zu dieser Frage, rechne jedoch jederzeit mit einer Nachricht von dem Anführer meiner Palastwache. Ich habe ihn gestern noch persönlich mit der Suche nach den beiden beauftragt. Uns bleibt derzeit nichts anderes übrig, als auf ihn zu warten. Nun komm, dort drüben im Schatten wartet es sich besser.«

»Aefeldur hast du übrigens wirklich nachhaltig beeindruckt«, sagte Avor zu Helms. »Meine Diener berichteten mir heute früh, dass er sich bis tief in die Nacht hinein Notizen gemacht hat, in denen es wohl vornehmlich um Fragen der Gesundheit ging. Stimmt es, dass du angeregt hast, dass es in jeder Stadt sowas wie ein Haus für Kranke geben sollte, in dem Heiler wie du die Menschen versorgen?«

»Das habe ich«, sagte Helms mit unüberhörbarem Stolz in seiner Stimme.

»Und habt ihr sowas in Laakso bereits?«, wandte sich Avor an Saibro, der gerade fasziniert einen mit Wasser und Zucker versetzten, sauren Saft durch eine Art Strohröhrchen saugte.

»Was? Äh … nein. Städte haben wir keine.«

Helms lachte kurz auf und Avor sagte erstaunt: »Ihr habt keine Städte?«

Saibro versuchte sich wieder auf das Gespräch zu konzentrieren. »Je nachdem, was eine Stadt ausmacht, könnte man Izvor unter Umständen als eine ansehen. Aber einen

Ort wie Dagbara oder Eosima gibt es in Laakso ganz gewiss nicht.«

Nun erklärte er ihre Faustregel mit der maximalen Anzahl von hundertfünfzig Menschen pro Dorf sowie dass diese die Entfremdung zwischen den einzelnen Bewohnern und Bewohnerinnen verhindern und den Zusammenhalt zwischen den Menschen in einem Dorf gewährleisten soll.

»Und wie regelt ihr eure …? Helms, wie hast du es genannt? Gesundheitsversorgung?«

Helms nickte und blickte Saibro ebenfalls interessiert wirkend an.

»In jedem Dorf gibt es mindestens eine Person wie Helms, die sich mit ihresgleichen aus den benachbarten Ortschaften regelmäßig austauscht und stetig für Nachwuchs auf dem Gebiet der Heilkunst sorgt. Außerdem lernen wir von Kindesbeinen an, ausreichend Heil- und Kräuterkunde, um die am häufigsten auftretenden Probleme selbst behandeln zu können und auch generell auf unsere Gesundheit aufzupassen. Muukja, die Heilerin in meinem Dorf, zählt dazu auch das, was wir essen und trinken.«

»Faszinierend«, beschied ihm Avor. Aber dann verdüsterte sich seine Miene. »Doch ich bezweifle, dass wir das in Majirani jemals derart hinbekommen können.«

»Aber die Häuser für Kranke wären ein guter Anfang«, sagte Helms.

»Ich werde das in meinem Rat ansprechen«, sagte Avor und zog dabei scharf die Luft ein. Dann wechselte er abrupt das Thema, wie es Saibro bereits von ihm gewohnt war. »Zu dieser Räuberbande: Da wusstet ihr euch nicht anders zu behelfen, als meine *geliebte* Großcousine mit einem kleinen Schwindel als ungewollte Helferin in der Not zu gewinnen?«

Saibro und Helms schauten sich verlegen an.

»Keine Angst. Ich werde es ihr nicht verraten. Stattdessen sollte ich mal mit meinem Anführer der Wache sprechen, ob es da nicht auch andere Vorgehensweisen gibt.«

»Na, am besten wäre es doch, wenn kein Mensch in eine solche persönliche Not geraten würde, dass er sich nicht anders zu helfen weiß, als sich solch einer Bande anzuschließen«, sagte Saibro.

»Und die ganzen, vom Grunde her verdorbenen Seelen?«, fragte der Regent.

»Diese Formulierung hört sich für mich sehr nach den Brüdern Tuhans an«, sagte Helms.

Bevor Avor sich dazu hätte äußern können, trat ein einzelner Mann zu ihnen auf die Terrasse. Saibro erkannte in ihm zwar sogleich einen Landsknecht, doch sein ganzes Erscheinungsbild kam ihm nicht dermaßen grobschlächtig vor, wie er es bisher bei den allermeisten Landsknechten gesehen hatte. Seine Rüstung war auf Hochglanz poliert und die Kleidung, die er darunter trug, sauber und frei von Löchern und Flicken.

Avor stand auf und der Mann nahm zackig eine versteifte Haltung mit aneinander gepressten Beinen an. Er legte zudem die gestreckten Finger der rechten Hand an die Schläfe, wobei der Ellenbogen des rechten Arms weit von seinem Körper abstand. Zwischen dem linken Arm und der

Flanke seines Oberkörpers hatte er seinen Helm einge-
klemmt.

»Steh' bequem«, sagte Avor. Der Mann deutete das Ent-
spannen seiner Haltung an, doch Saibro erkannte darin
wahrlich kein *bequemes Stehen.* Da wurde ihm bewusst,
dass in Avors Gegenwart viele Menschen derart verkrampft
dastanden und sich zudem recht statisch bewegten. Er
nahm sich vor, Helms später danach zu fragen.

»Was gibt es?«, fragte Avor den Mann.

»Wir haben besagten Davo gefunden und befragt. Zunächst bestritt er, die gesuchten Personen zu kennen. Als
wir ihm klar machten, wer nach den beiden suchen lässt,
gab er zu, die Personen in Dagbara *freigekauft* zu haben.
Wie befohlen, boten wir ihm eine Auslösungszahlung an
und er willigte ein. Jedoch nur für die Frau. Sie ist auch bereits auf dem Weg hierher. Der Mann wurde allerdings
schon an einen Reeder weiter veräußert. Dieser Davo
wusste noch zu berichten, dass die Galeere, die der Gesuchte als Ruderer verstärken sollte, heute bereits mit Sonnenaufgang auslaufen wollte. Meine Männer versuchen gegenwärtig herauszufinden, ob das stimmt und wenn ja,
wohin das Schiff unterwegs ist.«

Kapitel 36

»Sie schläft jetzt. Ich habe ihr dafür ein Mittel gegeben. Komm ruhig rein«, sagte Helms zu Saibro, der ungeduldig vor dem Schlafgemach für Gäste gewartet hatte, welches vorübergehend zum Krankenzimmer umfunktioniert worden war.

Kurz nachdem Saibro den Raum betreten hatte, kam auch Avor herein. »Wie geht es ihr?«

Helms wischte sich einige Schweißtropfen von der Stirn. »Sie wird sich wieder erholen. Ihr Arm war gebrochen. Die zugehörige Wunde am Arm wurde nicht behandelt und hat sich entzündet. Den Bruch musste ich richten, da er sonst schief zusammengewachsen wäre. Nun ist er geschient und auch gegen das Fieber habe ich etwas unternommen. Sie schläft jetzt.«

»Hast du alles bekommen, was du brauchst?«, wollte Avor wissen.

»Ja. Danke. Ogaka hier ist eine große Hilfe.« Helms wies auf die Frau, die im Hintergrund Koremna soeben ein feuchtes Tuch auf die Stirn legte, ihr Tun allerdings sofort unterbrach, als sie ihren Namen hörte. Neben Koremnas Krankenlager stellte sie sich nach einer tiefen Verbeugung ebenso steif hin, wie es Saibro auch weiterhin bei fast allen

Menschen beobachtet hatte, die Avor irgendwo im Palast begegneten. Der Regent lächelte ihr kurz zu, woraufhin sie verlegen wirkte und sich zu beeilen schien, ihre Arbeit eifrig fortzusetzen.

Saibro selbst hatte sich zu seiner Schwester auf das Bett gesetzt und hielt die Hand ihres gesunden Arms.

Helms trat zu ihm. »Wahrscheinlich war es sogar ihr Glück, dass sie das Fieber bekam.«

»Glück?« Saibro war fassungslos.

»So schlimm es sich anhört, aber ohne das Fieber hätten sie sie sicher bereits in ein Bordell gesteckt. Als Dirne«, antwortete Helms behutsam.

»Wie diese Frau am Hafen?«, fragte Saibro erschrocken.

Helms nickte mit zerknirschtem Gesichtsausdruck.

Avor trat nun ebenfalls näher und wechselte das Thema – Saibro war ihm durchaus dankbar dafür: »Meine Männer haben jetzt auch mehr über die Galeere herausfinden können, auf der Frato derzeit unterwegs ist. Sie ist auf dem Weg übers Meer zur Mündung des Ictus und wahrscheinlich hat sie diese auch schon erreicht. Von dort aus wird sie ihre Fracht den Fluss aufwärts Richtung Qushtog bringen.«

»Meine Heimat«, schob Helms da ein.

»Ach!«, sagte Avor. »Noch so ein Zufall.«

»Zufall?«, fragte Helms.

»Ja. Ihr werdet es kaum glauben, aber das Schiff hat ausgerechnet den Marmor geladen, neben dem wir gestern noch auf Navapets Schiff gesessen haben.«

Ein spöttisches Lachen entfuhr Helms.

»Kann ich meine Schwester bei dir lassen?«, fragte Saibro Avor unumwunden.

»Unbedingt«, antwortete dieser. »Du willst dich also wieder auf den Weg machen? Hinter der Galeere her?«

»Und ich komme wieder mit!«, teilte ihnen Helms mit. »Für Koremna kann ich nichts mehr tun, das nicht auch Avors Leute für sie tun könnten. Und im Gebiet des Qushtog kenne ich mich bestens aus. Ich habe Freunde und Familie dort.«

»Ich gebe euch einen meiner Offiziere mit, damit er euch helfen kann, deinen Freund bei dem Kapitän der Galeere auszulösen. Die notwendigen offiziellen Schreiben lasse ich ihm auch mitgeben.«

»In den kommenden beiden Tagen legt leider kein Schiff in Richtung Qushtog ab«, berichtete Avors Diener seinem Herrn.

Neben ihm sitzend spürte Saibro, wie er aufgrund dieser Nachricht schon missmutig wurde.

»Aber zur Stunde will sich ein Gefangenentransport auf den Weg in den Qushtog machen. Er führt bis Icbara über Land und dann weiter auf dem Ictus bis Vetlanfe.«

Saibro wusste, dass Vetlanfe der Ortsverband war, aus dem Helms stammte und dessen Dörfer und Siedlungen im Vulkankrater des Qushtog lagen.

Avor und Saibro, die auf der Terrasse auf diese Meldung gewartet hatten, während Helms abermals nach Koremna schaute, sahen einander an.

Saibro nickte Avor zu. Daraufhin befahl dieser seinem Diener, dass er dafür zu sorgen hätte, dass der Gefangenentransport am Nordtor auf drei weitere Mitreisende warten sollte.

Ihr kampfgestählter Begleiter wartete mit drei stattlichen Pferden vor dem Tor des Palais auf sie, dem innersten und höchstgelegenen Teil des Palastes, der vornehmlich dem Regenten und seinen Amtsgeschäften vorbehalten war. Eben dieser hatte sich bereits auf seiner Terrasse von ihnen verabschiedet und ihnen noch ausreichend Proviant mitgeben lassen. Ihr Begleiter stellte sich ihnen als Vechtor vor und drängte sie aufzusitzen, da sie schon am Nordtor erwartet würden. Saibro sah auf Vechtors Brustpanzer ein Zeichen, dass er inzwischen mehrfach im Palast gesehen hatte. Er vermutete, dass es die Zugehörigkeit von etwas oder jemandem zum Regenten ausdrückte. Das Zeichen war etwas höher als breit, nach unten hin rund und hatte auf der linken Hälfte drei apfelgrüne, dachartige Balken auf cremefarbigem Grund. Die rechte Seite war in einen unteren und einen oberen Bereich unterteilt. Der obere Teil hatte den gleichen cremefarbigen Hintergrund und zeigte darauf ein einfarbig schwarzes Pferd mit Flügeln und einem langen Horn auf seiner Stirn, welches sich wild auf seine Hinterbeine stellte. Der untere Teil bestand aus abwechselnd weißen und orangefarbenen Kacheln, die leicht schief standen.

Als sie am Nordtor ankamen, war es bereits später Nachmittag. Zu ihrer aller Überraschung wartete dort nur ein einzelner Reiter auf sie.

»Entschuldigt, aber der Wagen mit dem Gefangenen ist bereits vorausgefahren, sonst erreichen sie das Gut Bealach nicht mehr vor dem Einbruch der Dunkelheit. Unser Kommandant möchte aber unbedingt dort die Nacht verbringen. Aus Sicherheitsgründen. Wenn wir uns beeilen, haben wir den Trupp jedoch bald wieder eingeholt.«

»Ich bin froh, dass wir Koremna noch rechtzeitig gefunden haben«, sagte Saibro zu dem neben ihm reitenden Helms.

»Das war echt Glück im Unglück. Aber du kannst dir sicher sein, wenn wir zurückkommen, wird es ihr schon viel besser gehen.«

»Wie ist es für dich«, wechselte Saibro das Thema, »jetzt nach Vetlanfe zu reiten?«

»Immer wieder besonders. Ich war zuletzt vor gut vier Jahren dort. Bis auf die Aufregung einst rund um Sevhogin und seine versuchte Rebellion, ist die Zeit dort oben stehen geblieben.« Helms mutmaßte offensichtlich, dass er einen Ausdruck verwendet hatte, den Saibro wahrscheinlich nicht kennen würde und setzte schon zur Erklärung an: »Damit meint man …«

»Ich weiß, was das heißt: Es verändert sich wenig und gibt wenig Fortschritt«, unterbrach ihn Saibro.

»Genau. Die Brüder Tuhans und die Bewohner Vetlanfes leben dort in einer solchen Symbiose ihren stetigen Alltagstrott, dass da auch keiner Interesse an einer Veränderung zu haben scheint«, sagte Helms und wirkte verbittert.

»Bist du deshalb dort weggegangen?«, fragte Saibro.
Helms nickte.

»Glaubst du, dass du den Menschen dort einen Gefallen getan hättest, wenn du Sevhogin gefangen und den Brüdern Tuhans ausgeliefert hättest?«

Helms schaute Saibro erstaunt an, sagte aber nichts.

Saibro merkte schnell, dass sein Freund nun in seine eigenen Gedanken versunken war, ließ sich mit seinem Pferd zurückfallen und betrachtete die Landschaft. Er sah nur wenige hohe Bäume, dafür jedoch viele Sträucher und großflächig wuchernde Heidekräuter. »Eine typische Heidelandschaft«, dachte er und erblickte kurz darauf in der Ferne auch einen Schäfer mit seiner Herde.

»Anfangs hielt ich dich für dumm«, sagte Helms nachdem er sich nach einer Weile wieder zu Saibro zurückfallen lassen hatte.

»Na, danke!«, gab Saibro zurück.

»Aber jetzt weiß ich, du bist ein verdammter Weiser!«

»So, so«, sagte Saibro gespannt, »und wie kommst du gerade jetzt darauf?«

»Na, wegen dem, was du vorhin über Sevhogin und Vetlanfe gesagt hast. Wahrscheinlich wäre es eher eine Katastrophe für die Menschen dort gewesen, wenn ich ihn geschnappt und sie damit aus ihrer gewohnten Erbschuld herausgelöst hätte, die nun bereits seit vielen Generationen zum Gerüst ihrer Gemeinschaft gehört. Wie ich die Menschen dort kenne, wäre diese Freiheit für sie viel schwerer zu ertragen, als ein Dasein als Untergebene.«

»Das hört sich für mich eher traurig an«, sagte Saibro.

Helms schien indes zufrieden zu sein.

Nur wenige Wegkehren weiter, sahen sie den Trupp zu
dem sie aufschließen wollten. Es dämmerte schon und Saibro nahm an, dass es zu dem besagten Gut nicht mehr weit
hin sein dürfte. Hinter dem Trupp mit einem von Pferden
gezogenen Wagen mit vergittertem Kastenaufbau, in dem
Saibro den Gefangenen vermutete, ritt ein Mann, der eher
schlichte Kleidung trug und in keinem Fall ein Landsknecht war. Saibro machte sich jedoch keine weiteren Gedanken zu seiner Feststellung, denn er vermutete, dass sich
dieser dem Trupp angeschlossen hatte, um auf diese Weise
sicherer in den Norden zu reisen. Doch als sie ansetzten,
den Mann zu überholen, um den weiter vorne reitenden
Kommandanten des Gefangenentransports zu begrüßen,
rief der Mann mit lauter Stimme: »Helms! Ich werd' verrückt. Alter Kumpel!«

»Bonde«, rief Helms mit überraschter Stimme, »bist du
das?«

»Darauf kannst du aber einen lassen!«, antwortete Bonde
grölend und strahlte von einem Ohr bis zum anderen.

»Wie hat es dich denn in die Ferne verschlagen? Du hast
doch nie gerne einen Fuß aus dem Qushtog rausgesetzt?«,
fragte Helms und wirkte ganz aufgeregt.

»Jetzt quatsch nicht so einen Unsinn. Ich bin schon seit
fast zwei Jahren unterwegs in der Welt. Aber jetzt geht's zurück! Hab meinen Auftrag erledigt und mir den da geschnappt.«

Helms schaute zu dem Gefangenen auf dem Kastenwagen, der seinerseits über seine Schulter zu ihnen blickte.
Helms riss die Augen auf und raunte: »Sevhogin?!«

Kapitel 37

Zu Saibros Verwunderung, hatten sowohl er als auch Helms in dem Gästehaus des Gutshofs ein eigenes Zimmer bekommen. Diese waren nicht derart komfortabel, wie die, die sie in der vergangenen Nacht im Herrenhaus bezogen hatten, doch gaben sich alle die größte Mühe, ihnen jeden Wunsch von den Augen abzulesen. Helms hatte Saibro erklärt, dass das gewiss an ihrer *Freundschaft* zum Regenten von Majirani liegen würde, die sich anscheinend über ihren begleitenden Offizier herumgesprochen hätte.

Helms' alter Bekannter Bonde staunte nicht schlecht, als ihm klar wurde, dass Helms zu den hochstehenden Männern gehörte, die ihren Transport ankündigungsgemäß nach Vetlanfe begleiten sollten. Er berichtete ihnen, dass er in den vergangenen beiden Jahren ganz Majirani nach Sevhogin abgesucht hatte, um ihn mehr oder minder zufällig unter den Hafenarbeitern in Eosima zu entdecken. Die Stadtwache hatte ihm bereitwillig geholfen, den Gesuchten festzunehmen. Ein Judex hatte jedoch befunden, dass für Sevhogin der *Rat der Neun* zuständig sei, also das im Qushtog ansässige oberste Gericht der Brüder, und diese Überstellung verfügt.

Eine ganze Weile nachdem sich Saibro im Anschluss an das Nachtmahl auf sein Zimmer zurückgezogen hatte, klopfte es abermals an seiner Tür. Diesmal war es jedoch keiner der eifrigen Bediensteten des Gutshofs, sondern Helms.

»Tut mir leid, dass ich dich vom Schlafen abhalte, aber ich muss unbedingt mit dir reden, bevor ich … nun ja … vielleicht eine Dummheit begehe.«

»Welche Dummheit?«, wollte Saibro wissen, der sich in seinem Bett aufgesetzt hatte.

Helms schnappte sich einen Stuhl und setzte sich rücklings darauf. »Ich überlege, ob ich Sevhogin zur Flucht verhelfen soll?«

Saibro war überrascht. »Würde das nicht Ärger geben?«

»Jede Menge. Wenn sie mich dabei erwischen«, antwortete Helms.

»Oder es rausfinden würden«, ergänzte Saibro.

Helms nickte. »Ich muss entscheiden, was besser für Vetlanfe ist.«

»Willst du wieder dorthin ziehen?«

»Was?«, fragte Helms mit finstere Miene. »Nein, natürlich nicht.«

»Dann hast du meiner Meinung nach auch nicht das Recht, eine solche Entscheidung zu treffen«, sagte Saibro.

Helms kramte regelrecht in seinem Bart herum, blieb allerdings still. Nach einer Weile stand er auf und sagte im Hinausgehen: »Danke, Saibro. Wir sehen uns morgen.«

Als Saibro am nächsten Tag zum Morgenmahl in den Hof des Guts kam, winkte ihn Helms sogleich zu sich. Er saß bereits mit zahlreichen ihrer Reisegefährten an der dort aufgebauten langen Tafel beim Essen. Saibro hoffte, dass Helms ihn nicht wieder mit allzu tiefgründigen Fragen konfrontieren würde, denn er fühlte sich noch recht schläfrig. In dieser Nacht hatte er keine Probleme mit dem Einschlafen. Wenige Augenblicke, nachdem Helms die Zimmertür hinter sich geschlossen hatte, war Saibro auch schon im Land der Träume.

»Das wird heute ein anstrengender Tag für mich. Ich habe heute Nacht kaum ein Auge zubekommen«, murmelte Helms und winkte einen der Diener zu sich, wobei er seine leere Tasse hochhielt. »Ich brauch dringend mehr Kaffee.«

Ohne zu fragen, schenkte der Diener Saibro ebenfalls von dem dampfenden Gebräu ein. Nachdem er weg war, raunte Helms Saibro zu: »Nur wir beide bekommen aus dieser Kanne. Die anderen kriegen wahrscheinlich nur den unechten Kaffee.«

Saibro kommentierte das nicht weiter, sondern belegte sich eine Scheibe Brot mit Käse und begann zu essen.

Die Vorbereitungen für ihre Weiterreise gingen weitestgehend im Stillen voran. Zu ihrer Reisegesellschaft gehörten neben Bonde, *seinem* Gefangenen, ihrem begleitenden Offizier und dem Kommandanten, fünf weitere Landsknechte. Einer davon war derjenige, der am Nordtor Eosimas zurückgeblieben und auf sie gewartet hatte.

Wieder auf ihrem Weg nach Icbara, das sie im Laufe des Vormittags erreichen sollten, führte Saibro sein Pferd möglichst unauffällig neben den Kastenwagen, in dem Sevhogin hockte. Aus seinem Fenster im Gutshof hatte er beobachtet, dass sie ihn dort auch in der Nacht nicht herausgelassen, sondern Brot und Wasser hineingereicht hatten – und er den Nachttopf hinaus.

Wenn er sich Sevhogin ganz in Schwarz gekleidet und mit dem zotteligen, schwarzen Vollbart von Eldon vorstellte, erkannte er eine gewisse Ähnlichkeit. Ansonsten sah er für ihn wie ein ganz normaler Mensch aus. Irgendwie hatte er unterschwellig erwartet, dass ein angeblich dermaßen gefährlicher Mann, irgendwie auch gefährlich aussah. Saibro musste über sich selbst und seine Naivität schmunzeln.

»Darf ich mitlachen?«

Saibro schaute sich ertappt um und begriff, dass es Sevhogin war, der ihn das gefragt hatte.

Saibro machte mit seiner Hand eine knappe, abwehrende Geste. »Ach, nichts.«

»Du bist also der geheimnisvolle neue Freund des Regenten.«, sagte Sevhogin, ohne dabei in Saibros Richtung zu sehen.

»Ähm … was?« Saibro schaute verdattert zu dem teilnahmslos wirkenden Mann hinter den Gitterstäben.

»Man hört hier so einiges. Gelangweilte Landsknechte sind Tratschtanten. Haben sie recht?«

Saibro blickte sich um. Schlagartig schauten die hinter ihm reitenden Männer in eine andere Richtung; unter ihnen auch der Kommandant des Trupps. Er wandte sich wieder an Sevhogin: »Was sind Tratschtanten?«

»Und damit, dass du nicht von hier bist, haben sie offensichtlich auch recht«, sagte dieser, ohne Saibros Frage damit zu beantworten.

»Auf ein Wort, Herr Saibro.«

Saibro schaute sich erneut um, von hinten war der Kommandant herangeritten und hatte ihn angesprochen. Er nickte und ließ sich mit seinem Pferd zu dem Mann zurückfallen.

»Darf ich fragen, ob du hinsichtlich des Gefangenen einen Auftrag des Regenten hast?«, fragte der Kommandant in verschwörerischem Tonfall.

Saibro verneinte das.

»Dann muss ich dich höflichst bitten, nicht mit ihm zu sprechen.«

»Nun … gut. Ja«, erwiderte Saibro.

»Danke«, sagte der Kommandant und trieb sein Pferd an, um nach einigen Metern neben dem Wagen mit dem Gefangenen wieder langsamer zu werden. Dort erinnerte er Sevhogin in barschem Tonfall daran, dass er doch mit niemandem zu sprechen habe.

Sogleich nahm Helms mit seinem Pferd den leer gewordenen Platz neben Saibro ein. »Was wollte er?«

»Er wollte, dass ich nicht mehr mit Sevhogin spreche.«

»Nein, nicht der. Was wollte Sevhogin?«

Saibro berichtete Helms von ihrem kurzen Gespräch.

»Das ist ein schlauer Bursche«, sagte Helms mit grimmigem Gesichtsausdruck.

»Hätte er sonst für so viel Unruhe sorgen können?«

»Sicher nicht«, sagte Helms und schnaubte.

»Wie hast du dich im Bezug auf ihn entschieden?«

»Ich mache gar nichts. Nachher läuft irgendwas schief und wir könnten damit die Chance verspielen, Frato zu helfen. Und deswegen sind wir doch ursprünglich aufgebrochen. Außerdem hat Bonde einen Fehler gemacht, indem er die Stadtwache zur Hilfe gerufen hat. Jetzt wird der Rat der Neun nur ihm persönlich die Schuldfreiheit gewähren. Er hätte Sevhogin auf eigene Faust fangen und unauffällig zu den Einwohnern Vetlanfes bringen müssen, damit sie ihn als Gemeinschaft hätten ausliefern können.«

»Wollte er das überhaupt?«, fragte Saibro.

Helms schmunzelte und seufzte zugleich. »Wahrscheinlich nicht.«

Im Vergleich zu Dagbara oder Eosima, war Icbara eine kleine Stadt und so waren sie schnell am Hafen, der hier alles zu dominieren schien. Im Gegensatz zum Dag und dem Nagare mit ihren vielen Seitenarmen, war der Ictus ein einziger breiter Strom.

Mit Hilfe des Hafenmeisters, der sich als Limines vorstellte, war schnell ein Kapitän gefunden, der den Gefangenentransport mit seinem Schiff nach Vetlanfe bringen würde. Doch wusste der Hafenmeister auch zu berichten, dass die von ihnen gesuchte Galeere mit dem Marmor bisher nicht an Icbara vorbeigekommen war. Also verabschiedeten sich Helms, Saibro und ihr begleitender Offizier Vechtor von ihren Reisegefährten. Helms versäumte es nicht, Bonde einige Grüße an die Heimat mit auf den Weg zu geben. Saibro warf nochmals einen ausgiebigen Blick auf Sevhogin, der dies in diesem Moment offensichtlich nicht mitbekam. Saibro glaubte eine gewisse Resignation in dem Gesicht des einstmaligen Rebellen zu erkennen.

Nachdem er das Schreiben des Regenten gesehen hatte, wich ihnen der Hafenmeister nicht mehr von der Seite. Er ließ zudem einige Männer von der Stadtwache holen, die beauftragt wurden sowohl am Hafen als auch mit einem Boot auf dem Ictus nach der Galeere Ausschau zu halten.

Helms und Saibro wurde der Platz vor dem Kontor des Hafenmeisters sowie einiges an Speisen und Getränken als Mittagsmahl angeboten. Von dort aus hatten sie alles im Blick, was auf dem Fluss und in weiten Teilen des Hafens passierte. Während sich der Hafenmeister zu ihnen an den Tisch gesetzt hatte, schloss sich Vechtor den an Land gebliebenen Männern der Stadtwache an.

»Der Fluß führt zurzeit viel Wasser«, erklärte ihnen der Hafenmeister ungefragt. »Darum schätze ich, dass die Galeere erst gegen Abend hier eintreffen wird. Aber keine Angst, wir werden sie in jedem Fall aufhalten und euren Mann dort rausholen.«

Am späten Nachmittag waren selbst dem Hafenmeister die Geschichten ausgegangen. Sie hätten nun wahrscheinlich alles über Icbara und den Ictus wissen müssen, aber Saibro hatte bereits nach einer guten halben Stunde nicht mehr richtig zugehört. Helms hatte dem Hafenmeister mehrfach versichert, dass er ruhig seinen eigentlichen Geschäften nachgehen könne, doch dieser blieb tapfer bei ihnen sitzen und erzählte und erzählte. Als selbst er nichts mehr zu berichten wusste und es relativ still am Kontor wurde, schlummerte Saibro weg.

»Das müsste es sein!«, rief der Hafenmeister und Saibro schreckte hoch. Auf dem Fluss näherte sich ein Schiff mit einem zu einem Großteil gerefftem Segel und einer ganzen Reihe von Rudern, die wohlsynchronisiert durch das Wasser glitten. Auf einem Boot, welches vor dem deutlich größeren Schiff kreuzte, signalisierte ein Mann gestenreich, dass die Galeere am Kai anzulegen habe.

In der Zeit, die die Galeere brauchte, um dieser Anweisung folge zu leisten, gingen Saibro und Helms zu der Anlegestelle hinunter, dicht gefolgt vom Hafenmeister. Dort erwartete sie bereits Vechtor mit drei Männern der Stadtwache.

Als das Schiff vertäut am Kai lag, wurde vom Deck eine Bohle herübergeschoben. Ein wütend wirkender Mann stapfte darüber hinweg und direkt auf sie zu. Er wandte sich geradeheraus an den Hafenmeister: »Was soll das, Limines? Ich bin spät dran. Der Fluss ist heute besonders widerspenstig.«

Der Hafenmeister machte eine beschwichtigende Geste und erklärte: »Die Herren haben ein offizielles Anliegen.«

Vechtor trat vor und überreichte dem Kapitän der Galeere ein Schreiben.

Nachdem dieser es mit düsterem Blick gelesen hatte, schüttelte er den Kopf und schrie auf sein Schiff hinüber: »Hey, Primes! Schick den laaksonischen Lump hier rüber.«

Saibros Herzschlag beschleunigte sich abermals, als nach einer Weile Frato auf dem Deck auftauchte und dort unsanft in Richtung Bohle geschoben wurde. Er wirkte irritiert, doch folgte er den Anweisungen und stolperte an Land.

Saibro ging sogleich auf ihn zu. Erfreut nahm er wahr, dass sein Freund ihn erkannte und ein Lächeln aufsetzte.

»Alter Balkenbieger«, sagte Frato leise.

Er wirkte sehr erschöpft. Sein Blick wanderte an Saibro vorbei zu den zahlreichen Männern, die ebenfalls am Kai standen.

»Alles in Ordnung«, sagte Saibro, der die Besorgnis in Fratos Blick wahrgenommen hatte. »Die sind alle auf unserer Seite. Du bist frei. Und Koremna ist es auch.«

Kapitel 38

Die Nacht verbrachten sie auf einem Schiff, welches Weizen nach Eosima lieferte und nur eine gute halbe Stunde nach der Galeere aufgebrochen war, deren Kapitän es nach Fratos Auslösung eilig hatte, wieder in Richtung Vetlanfe weiterzufahren. Die Zwischenzeit hatte Saibro genutzt, um den sich mit reichlich Wasser und einer Brotsuppe stärkenden Frato in groben Zügen über die Umstände seiner Befreiung zu informieren. Nachdem sie sich auf dem Schiff für die kommende Nacht eingerichtet hatten, wollte Frato zwar gerne noch von seiner bisherigen *Reise* nach und durch Majirani berichten, doch fielen ihm immer wieder die Augen zu, sodass sie dies auf den kommenden Morgen vertagten.

Als Vechtor sie am nächsten Tag weckte, liefen sie soeben in Eosima ein und so hatte Saibro seine erste kleine Seereise von der östlich von Eosima gelegenen Mündung des Ictus bis hierher völlig verschlafen. Für einen kurzen Augenblick ärgerte er sich, doch überwog schnell wieder die Erleichterung über das Gelingen ihrer Mission und die Vorfreude auf seine Heimat.

An der Anlegestelle des Schiffes organisierte Vechtor kurzerhand eine Kutsche, die sie alle umgehend zum Palast brachte. An ihrem Ziel angekommen, wurden sie sogleich in das Krankenzimmer von Koremna geführt. Dort erwartete sie auch Avor. Saibro war erleichtert, dass Koremna bei ihrem Eintreffen wach und soeben am Schlürfen einer Suppe war. Sie schenkte ihm ein Lächeln. Ihren Versuch etwas zur Begrüßung zu sagen, brach sie ab, weil ihr die Stimme versagte. Saibro merkte schnell, dass es aus Freude geschah und eilte eiligen Schrittes an ihr Bett, um sie dort ungelenk zu umarmen. Längst waren ihm Tränen in die Augen geschossen und auch die seiner Schwester glitzerten glasig. Frato trat nun ebenfalls zu ihnen.

»Ist der Albtraum wirklich zu Ende?«, fragte Saibro.

Koremna lachte schniefend. »Das Schlimmste davon«, sagte sie und hob vorsichtig ihren bandagierten Arm an.

Dies war das Einsatzzeichen für Helms, der daraufhin zu ihnen ans Bett trat und fragte: »Und das Fieber?«

Koremna schaute zu ihm auf. »Dann bist du der Heiler?«

Helms nickte. »Mein Name ist Helms und ich …«

»Avor hat mir bereits alles erzählt«, unterbrach ihn Koremna. »Danke für deine Hilfe. Nicht nur hierbei.« Wieder lupfte sie ihren gebrochenen Arm leicht.

»Und wie steht es mit dem Fieber?«, hakte Helms nach.

»So gut wie weg.« Es war Avor, der dies sagte. Er hatte sich bisher im Hintergrund gehalten, sodass sich nun alle zu ihm umdrehten. Für einen kurzen Augenblick sah Saibro in ihm nicht den Regenten dieses Landes, sondern den jungen Burschen, der er noch war.

»Wir sollten dich mal an die frische Luft bringen«, sagte Helms zu Koremna und fuhr an Ogaka gewandt fort:

»Kannst du in der Zwischenzeit dafür sorgen, dass hier kräftig durchgelüftet und das Bettzeug gewechselt wird?«

Die Angesprochene hatte die ganze Zeit still und steif in der Ecke des Raumes gewartet und nickte nun hastig mit großen Augen und zugekniffenem Mund.

Von Helms' Schmerzmittel berauscht, wollte sich Koremna zunächst nicht in das opulente Kissenlager legen, welches Avor auf der Terrasse hatte errichten lassen, sondern lieber die Aussicht bewundern. Doch nach kurzer Zeit schien sie zu merken, dass ihre Kräfte bei weitem nicht wieder vollständig hergestellt waren und ließ sich schnaufend nieder.

Avor hatte zuhauf Speisen und Getränke auftischen lassen und so saßen sie jetzt beieinander und berichteten sich gegenseitig von ihren Abenteuern.

Saibro erzählte von Saja und ihrem Eldon, von seinen Schuldhelferschaften bei Helms und bei Frau Molar und ihrem Versuch, mittels Frau Molars unfreiwilliger Hilfe Frato und Koremna zu befreien sowie von Cjucea und seiner Rolle bei dem Ganzen. Frato berichtete von ihrer Gefangennahme und seiner Zeit auf der Galeere, die vor allem anstrengend war. Nun wollte Saibro noch von seiner Schwester wissen, wie sie sich den Arm gebrochen hatte.

»Gleich am nächsten Morgen«, berichtete sie, »nach unserer Gefangennahme, kam ein zu diesem Davo gehörender Mann in das Lager der Bande und nach nur wenigen Minuten wurden wir beide jeweils auf ein Pferd gesetzt, um nach Dagbara gebracht zu werden. Du weißt ja, dass ich nie eine gute Reiterin war und mit gefesselten Händen schon mal gar nicht, da hat es mich schon nach wenigen

Metern aus dem Sattel gehauen. Zunächst hat es kaum weh getan, aber mit der Zeit kam der Schmerz. Ich weiß noch, dass wir bei Dagbara auf ein Schiff *verladen* wurden und dass auf der Reise irgendwann das Fieber kam. So richtig wieder zu mir, kam ich erst hier. Von der Zeit dazwischen sind mir nur verschwommene Erinnerungsfetzen geblieben.«

Auch, um das unangenehme Schweigen zu durchbrechen, welches nach Koremnas Bericht entstanden war, fragte Saibro, wie es in Hainrod stehen würde?

»Wie ich dir gestern in Icbara bereits erzählt habe, geht es Apaquia und Sydän gut. Der Kleine wächst kräftig und sie vermisst dich schrecklich«, erzählte Frato und Saibros Herz setzte für einen Schlag aus. »Und die anderen machen sich große Sorgen. Ansonsten geht aber alles seinen gewohnten Gang. Nur dass …«

»Nur dass Muukja gestorben ist«, ergänzte Koremna und Saibro sah in ihren Augen die gleiche Trauer, die sich unverzüglich in sein Herz geschlichen hatte. »Suico muss sich jetzt vorerst um Fiskstedt *und* Hainrod kümmern, da doch dort im letzten Jahr sowohl ihr langjähriger Heiler Zesonu als auch seine Schülerin Xebia bei einem Unfall ums Leben gekommen sind.«

Saibro erinnerte sich gut an dieses dramatische Ereignis und dass Muukjas Schüler Suico infolgedessen nach Fiskstedt gezogen war. Muukjas Urenkelin Minxia hatte im Anschluss verkündet, dass sie gerne in die Fußstapfen ihrer Urgroßmutter treten wolle. Sie war jedoch erst fünfzehn Jahre alt und Muukja hatte in diesem Frühjahr gerade mal begonnen, sie in diese Tätigkeit hineinschnuppern zu lassen. Die richtige Ausbildung sollte erst jetzt im Herbst beginnen. Saibro war sich indes sicher, dass die Suche nach einer erfahrenen Heilerin oder einem erfahrenem Heiler aus den umliegenden Dörfern schon im Gange und vielleicht sogar schon abgeschlossen war. Er wischte den Gedanken daran beiseite und fragte Frato nach dem Fortschritt bei den Plänen für die Akademie.

Fratos Miene hellte sich sogleich auf. »Du erinnerst dich an unseren *Zwist* im Bezug auf den am besten geeigneten Ort für die Akademie?«

Saibro nickte. Er hatte sich für einen Standort westlich und Frato für einen nördlich von Hainrod ausgesprochen.

»Es ist der im Norden geworden!«, triumphierte Frato.

Doch Koremna prustete. »Quatschkopf!«

Frato grinste schelmisch. »Gut. Gut. Es ist *dein* Vorschlag geworden. Der mit dem Hain an dem Bach.«

Saibro freute sich zweifach: Zum einen, weil sie seinen Standort ausgewählt hatten und zum anderen, weil er Fratos Neckereien vermisst hatte.

»Was ist eine Akademie?«, fragte Avor, der bei der Unterhaltung bisher lediglich schweigend gelauscht hatte.

Saibro schaute hilfesuchend zu Frato, der daraufhin erklärte: »Das soll ein Ort werden, an dem Wissen gesammelt, weiterentwickelt und gelehrt wird. Wir wollen dazu einen neuen Weiler in der Nähe von Koremnas und Saibros Heimatort Hainrod aufbauen.«

»Und wer ist in diesem Fall *Wir*?«, fragte der Regent nach.

»Auf die Idee kam eine Frau namens Jiwe. Sie lebt derzeit in einem Dorf namens Laisingen und lehrt dort in der Schola.«

»So wie *deine* Apaquia in eurem Dorf?«

Saibro bejahte Avors Frage mit einem Nicken.

»Genau«, bestätigte Frato. »Kurz bevor Saibro mit Saja und dem Monakh im Sommer in Hainrod aufbrachen, trug besagte Jiwe die Idee von einer Akademie auf dem alljährlichen Treffen der Dörfer aus dem westlichen Teil von Laakso vor. Da sich damals einige Menschen fanden, die die Idee unterstützen und weiterentwickeln wollten, sind wir jetzt daran, Jiwes Idee in einen möglichst konkreten Plan umzuwandeln. Diesen wollen wir beim Treffen im nächsten Jahr wieder vorstellen und hoffen, dass wir das Projekt danach ganz konkret in Angriff nehmen können.«

Avor schien die Idee zu gefallen, denn er fragte: »Kann ich euch eine Kopie des Plans für solch eine Akademie abkaufen? Wenn er gebrauchsfertig ist, meine ich.«

Frato schaute verwirrt zu Saibro, der daraufhin antwortete: »Nein. Aber geschenkt kannst du ihn haben.«

Avor schaute überrascht.

»So sind sie eben dort drüben in Laakso«, sagte Helms.

»Ich habe nun schon häufig davon gehört, aber es will mir schlichtweg nicht in den Kopf hinein. Wie gerne würde ich mir das mal eine Zeit lang ansehen. Aber meine Aufgaben als Regent von Majirani werden das kaum jemals zulassen.«

»Solange wir hier sind, kann ich dir gerne einiges von unserer Art des Zusammenlebens erzählen«, sagte Koremna.

»Helms meinte, dass ich mich ein paar Tage ausruhen
müsse, bis ich mich den Strapazen der Heimreise aussetzen
kann. Und solange können sich Frato und Saibro die Stadt
ansehen. Ich weiß doch, wie neugierig sie darauf sind.«

»Und ich kann versuchen, mich ausgiebig mit dem Konfessor über das Gesundheitssystem in Majirani zu unterhalten«, sagte Helms und schob gleich die Frage hinterher:
»Wo ist der eigentlich? Ich habe ihn zuletzt auf Navapets
Schiff gesehen.«

»So genau weiß ich das meistens nicht«, antwortete Avor.
»Er ist immer sehr beschäftigt. Ich kann ihm Bescheid geben lassen, dass er sich mit dir treffen soll.« An Koremna
gewandt, fügte er hinzu: »Dein Angebot nehme ich natürlich mit Freude an.«

Kapitel 39

»Könntest du hier leben?«, wollte Frato von Saibro wissen.

Sie saßen auf einer Bank am Hafen und beobachteten das Be- und Entladen der Schiffe. Sie waren am Morgen vom Palast aus aufgebrochen und durch Eosima gestreift, immer mit einem Kämpfer der Palastwache in ihrem Schlepptau.

»Bist du verrückt? Es ist schrecklich hier«, antwortete Saibro und merkte sogleich, wie ihn diese Vorstellung innerlich aufwühlte.

»Und trotzdem hast du hier schon einige Freunde gefunden.«

»Freunde? Du meinst Helms? Den Mann, der mich wie einen Haufen Marmor gekauft und verkauft hat?«

»Ich meinte eher *den* Helms, der mit dir durch ganz Majirani reist, um deinen Freunden zu helfen und dabei weder Kosten noch Mühen scheut. Und ich meine auch Avor, den alle anderen nur Tag'avor, den Zweiten oder *Eure Majestät* nennen.«

»Du nennst ihn doch auch Avor?«, konterte Saibro widerspenstig.

»Ich darf das, weil ich dein Freund bin. Und glaub mir, Helms und Koremna dürfen das auch nur, weil sie zu dir gehören.«

Das Thema war Saibro unangenehm. Da ihm allerdings kein anderes einfiel, schwieg er und schaute weiter den Hafenarbeitern zu, wie sie ihr Tagwerk verrichteten.

»Herr Saibro, es ist an der Zeit«, unterbrach der Mann der Palastwache ihr einträchtiges Schweigen nach einer Weile. »Der Regent erwartet euch zum Mittagsmahl im Palais.«

»Nun gut«, kommentierte Frato die Aufforderung des Mannes, »ich habe auch schon mächtig Hunger.«

Sie standen auf und Saibro wollte schon in Richtung des Palastberges aufbrechen, da sagte ihr Begleiter: »Kommt hier entlang. Wir nehmen eine Kutsche.«

Zwei Straßenecken weiter war ein großer Platz, an dem mehrere Kutschen auf Fahrgäste warteten, so hatte es ihnen zumindest der Mann der Palastwache erklärt. Zielsicher steuerte er auf eine der Kutschen zu und öffnete ihnen die Tür des überdachten Fahrgastbereichs. Als Saibro einstieg, sah er, dass bereits ein Mann in der Kutsche saß. Es war Aefeldur.

Als Frato folgen wollte, bemerkte er den weiteren Fahrgast. »Oh! Hier ist schon besetzt.«

»Keine Sorge«, erwiderte dieser, »wir haben das gleiche Ziel. Mein Name ist Aefeldur. Ich bin der Konfessor des Regenten. Saibro und ich kennen uns schon.«

»Ach so. Nun gut. Mein Name ist …«

»… Frato«, unterbrach ihn der Konfessor. »Ich habe bereits von dir gehört. Ich hoffe, deine Zeit bei den Banditen und auf der Galeere war nicht allzu … verdrießlich?«

»Alles wieder gut«, antwortete Frato zurückhaltend.

»Es ist doch sicher kein Zufall, dass wir uns hier treffen?«

»Nein, Saibro, ist es nicht«, antwortete Aefeldur gönnerhaft. »Ich hatte im Hafenkonvent zu tun und da ich gehört hatte, dass ihr den Vormittag hier in der Stadt verbringt, habe ich dies arrangieren lassen.«

Die Kutsche war inzwischen losgefahren.

»Warum?«, wollte Saibro wissen.

»Ich bin ein viel beschäftigter Mann und muss meine Zeit einzuteilen wissen.«

»Das ist nicht wirklich eine Antwort auf seine Frage«, hakte Frato nach.

»Richtig. Ich möchte mit euch eure Heimreise besprechen.«

»Was gibt es da viel zu besprechen?«, fragte Saibro nach. »Wir besteigen ein Schiff nach Dagbara, von dort aus laufen wir über die Schwarzberge nach Ivzor und von …«

»Schon klar«, unterbrach ihn der Konfessor, »doch frage ich mich: Wann wird das geschehen und … nehmt ihr den Heiler mit?«

»Ah! Ich ahne, worauf du hinaus willst: Du hoffst, dass Helms hier bleibt.« Da er keine Antwort auf seine Mutmaßung bekam und im Mienenspiel des Konfessors auch keine ablesen konnte, sprach Saibro weiter: »Zumindest noch eine Weile? Das muss er aber selbst entscheiden. Er hat seine Geschäfte nun mal in und um Dagbara. Aber warum fragst du ihn das nicht selbst?«

»Mich würde es wundern, wenn das dein wirkliches Anliegen ist«, sagte Frato.

»Doch, doch«, erwiderte Aefeldur. »Mich würde höchstens noch interessieren, wie eure Begegnung mit Sevhogin verlaufen ist?«

Saibro war überrascht, dass der Konfessor davon wusste. »Da war nicht viel. Ich selbst habe nur zwei, drei Sätze mit ihm gesprochen.«

»Und der Heiler?«

»Helms?«, wunderte sich Saibro. »Der hat nicht mit ihm geredet.«

»Und ihr wart während der gesamten Reise immer mit ihm zusammen?«

Saibro fand die Fragerei merkwürdig. »Nicht während der Nacht, die wir auf dem Weg nach Icbara auf dem Gutshof verbracht haben. Da hatten wir jeweils ein eigenes Zimmer.«

»Hat sich der Heiler für Sevhogin interessiert?«, hakte der Konfessor immer weiter nach.

Saibro schaute hilfesuchend zu Frato und dieser eilte ihm auch sofort zur Hilfe: »Wie Saibro vorhin bereits sagte: Warum fragst du ihn nicht selbst?«

»Ja, ja. Das sollte ich vermutlich tun. Nebenbei bemerkt: Wie geht es deiner Schwester?«

»So weit ganz gut. Das Fieber war heute früh weg und nun muss sie nur wieder zu Kräften kommen, dann machen wir uns auf den Heimweg.«

»Schön. Hat der Heiler dafür gesorgt?«

»So lässt sich das sagen«, antwortete Saibro.

»Das ist gut zu wissen«, sagte Aefeldur und blickte ausdruckslos aus dem Fenster der Kutsche.

Saibro tat es ihm gleich und erkannte, dass sie soeben das Tor des Palastes durchfuhren, jedoch ohne wie üblich angehalten zu werden. Nur wenig später stoppte die Kutsche, noch bevor sie das Palais des Regenten erreicht hatte. Bei einem Blick aus dem Fenster entdeckte Saibro die *Sakrale Neun* über dem Portal des Gebäudes, vor dem sie derzeit hielten und er schloss daraus, dass es zu der Bruderschaft Tuhans gehörte.

»Wenn es sich einrichten lässt, sehen wir uns beim Nachtmahl. So hoffe ich zumindest«, sagte der im Aussteigen begriffene Konfessor. »Die Kutsche bringt euch noch hoch zum Palais.«

Als sie wenig später auf die Terrasse des Palais kamen, stand dort eine lange, gedeckte Tafel und an der Brüstung einige prachtvoll gekleidete Menschen. In ein Gespräch vertieft, entdeckte Saibro unter ihnen Avor. Koremna sah er an der Seite in *ihren* Kissen sitzend, bei ihr saßen zwei ebenfalls aufwendig gekleidete Frauen und redeten auf sie ein. Helms sah er nirgends.

Neben Saibro und Frato dröhnte plötzlich ein wie aus dem Nichts aufgetauchter Diener: »Die Herren Saibro und Frato.«

Mit einem Mal richtete sich alle Aufmerksamkeit auf sie und nur einen Augenblick später kam Avor zu ihnen herüber. Eilig flüsterte er ihnen zu: »Heute nennt mich bitte

Majestät.« Anschließend sagte er, sodass es alle hören konnten: »Dann können wir ja jetzt speisen.«

Komuin räusperte sich auffällig. Saibro wusste inzwischen, dass er der Höchstgestellte von Avors Leibdienern war.

»Ach ja«, rief da Avor, »ich muss euch noch bekannt machen.«

Nachdem sie mit der Vorstellungsrunde fertig waren, schwirrten Saibro derart viele, viel zu lange Namen durch den Kopf, dass er sich schon jetzt nicht mehr genau an die meisten davon erinnern oder diejenigen zuordnen konnte, die er noch wusste. Zudem wurde seine Aufmerksamkeit davon abgelenkt, dass Avors Leibdiener neben ihm zweimal in die Hände klatschte. Wenig später kamen zahlreiche weitere Diener mit allerlei Speisen auf die Terrasse geeilt. Saibro hatte niemals so viel Essen für nur ein Dutzend Menschen gesehen. Zudem sah es nicht aus, als wenn es zum Essen gedacht wäre, sondern eher wie kitschige, aus Nahrungsmitteln gemachte Kunstwerke.

»Ich habe inzwischen gelernt, dass ihr in Laakso kein Fleisch esst«, sagte Avor halb zu Saibro, halb zu den anderen Anwesenden, »darum habe ich meine Küche angewiesen, heute nur Gerichte ohne Fleisch zu servieren.«

Ein Diener führte Saibro zu einem Platz in der Mitte der Tafel. Nachdem alle platziert waren, fand er sich seiner Schwester gegenübersitzend wieder, neben der Avor Platz genommen hatte. Saibro erkannte, dass immer abwechselnd eine Frau und ein Mann an dem breiten Tisch saßen. Neben ihm hatte eine Frau Platz genommen, die ihn zwar nicht von ihrer Kleidung, aber von ihrer Gesichtsbemalung her an die Dirne vom Hafen erinnerte. Er schloß seine Beine fester.

Während sie aßen, wurden am Tisch zahlreiche Gespräche geführt, deren Inhalte Saibro durchweg als belanglos erachtete. Zu seiner Erleichterung hatte sich die bemalte Frau, welche zwischen ihm und Frato platziert worden war, mittlerweile ausschließlich diesem zugewandt. Sicherlich auch, weil Fratos Erwiderungen auf ihre seltsamen Fragen und wortreichen Erzählungen bei weitem nicht derart einsilbig waren wie die seinen. So hatte sie Saibro gefragt, ob alle laaksonischen Männer dermaßen gut gebaut wären, hatte ihm ausgedehnt von der *majestätischen Voliere* auf der Terrasse und den fremden Ländern vorgeschwärmt, aus denen die darin gefangenen Vögel stammten und hatte ihm ungefragt versichert: Das gesamte Gestänge des Käfigs sei mit purem Gold überzogen!

Für ihn war das ganze Essen eine einzige Qual – im Gegensatz zu seiner Schwester. Denn Koremna unterhielt sich auf der anderen Seite des Tischs angeregt mit Avor und dem anderen Mann an ihrer Seite. Der Frau neben diesem Mann, schien dies augenscheinlich jedoch nicht so zu schmecken. Sie stocherte mit ihrer Gabel im Essen herum und bedachte den Mann des Öfteren mit unheilvollen Seitenblicken.

»Man erzählt sich, du seist ein weit gereister Mann?« Saibro erschrak fast ein wenig, hatte er die Frau zu seiner Linken, doch in einem Zwiegespräch mit dem Mann ganz außen am Tisch gewähnt.

»Nein, das kann man so nicht sagen«, antwortete er ihr.

»Und wie kann man es sagen?«, fragte die Frau nach.

Sie war jung, Saibro schätzte sie auf Mitte zwanzig, und zu seiner Freude nicht dermaßen schrecklich bemalt wie die Frau zu seiner Rechten.

»Ich habe eine Reise in meinem Leben gemacht und die führte mich hierher.«

Die Frau seufzte spöttisch lächelnd. »War doch klar, dass hier am Hof nur getratscht und immerzu heillos übertrieben wird.«

»Von den *Hofschranzen*?« Saibro war wieder eingefallen, dass Helms ihm das mal erzählt hatte.

Der Frau entfuhr ein kurzer, aber heftiger Lacher, sodass alle am Tisch zu ihnen herüberschauten. Saibro merkte, dass er rot wurde. Er griff schleunigst zu seinem Glas mit süßem Fruchtwasser und nippte daran. Der Frau schien diese Aufmerksamkeit ebenfalls unangenehm zu sein, denn während Saibro zum Glas griff, hatte sie sich das an jedem Platz bereitliegende Tuch geschnappt und sich mit gesenktem Kopf die Lippen damit abgetupft. Ihre Wangen waren gleichermaßen leicht gerötet. Doch schnell wanden sich alle wieder ihren Speisen und Gesprächen zu.

»Habe ich was Falsches gesagt?«, flüsterte Saibro der Frau zu, an deren Namen er sich bei besten Willen nicht erinnern konnte.

»Eher im Gegenteil«, schmunzelte seine Gesprächspartnerin, wurde dann aber wieder von dem Mann zu ihrer Linken abgelenkt.

Saibro war froh darum und widmete sich lieber wieder seinem Essen.

Auf Geheiß von Avors Leibdiener Komuin, gingen sie nach dem Mittagsmahl in einen benachbarten Raum, wo sich die Grüppchen in anderen Konstellationen neu bildeten und es Kaffee in sehr kleinen Tassen gab. Saibro suchte die Gegenwart seiner Schwester, zu der sich jedoch bereits einer der anderen Gäste gesellt hatte. Da es in dem Gespräch der beiden um nichts ging, was Saibro interessiert hätte, stand er einige Schritte daneben und wartete darauf das der Mann irgendwann wegging. Sein Blick fiel auf Frato, der sich mit in der Runde um Avor befand und sich ebenfalls angeregt zu unterhalten schien.

»Gibt es bei euch in Laakso auch Kaffee?«

Die junge Frau, die am Tisch neben ihm gesessen hatte, war von ihm unbemerkt an Saibro herangetreten. Er räusperte sich und schaute auf das unberührte Tässchen in seiner Hand. »Ähm … nein.«

»Ich mag ihn so als *Impresso* am liebsten.« Die Frau hob ihre leere Tasse. »Hast du schon probiert?«

Saibro schüttelte den Kopf und trank. Er konnte es nicht verhindern, dass er sein Gesicht verziehen musste, denn dieser Impresso war noch bitterer als das Getränk, das Helms als *echten Kaffee* bezeichnete. Zudem war er bereits kalt.

Die Frau lachte freundlich.

»Der schmeckt noch stärker als echter Kaffee!«

»Oh! Das ist echter Kaffee. Die Bohnen sind nur anders geröstet und das heiße Wasser läuft nicht nur einfach durch das Pulver hindurch, sondern wird mit Druck hindurchgepresst. Daher auch der Name *Impresso*.«

»Du kennst dich aber gut damit aus«, lobte Saibro sie.

»Meine Familie handelt mit Kaffee. Wir holen die Bohnen mit dem Schiff übers Meer, rösten sie in unserem Lagerhaus unten am Hafen und verkaufen sie am Stück oder als Pulver in ganz Majirani.«

Saibro erinnerte sich an Helms' Erzählungen über die Kaffeehändler von Eosima und auch daran, dass er berichtet hatte, dass einige unter ihnen sehr reich seien; was bedeutete, dass sie sehr viele Mince und andere – in Mince umgerechnet – wertvolle Dinge besitzen würden.

»Habt ihr auch ein Schiff?«

»Mehrere sogar. Darunter ein großes für die Überfahrt nach Mibada, woher wir die rohen Bohnen beziehen und noch andere für die Binnengewässer hier in Majirani.«

»Kann ich das große Schiff mal besuchen?«, fragte Saibro neugierig.

»Leider im Moment nicht. Es ist erst vor zwei Wochen nach Mibada ausgelaufen und wird frühestens in einem Monat wieder zurück sein. Aber du kannst mich gerne mal im Kontor besuchen.«

»Dort arbeitest du?«

»Ich weiß, das ist ungewöhnlich für eine Frau, aber …«

»Nicht für Saibro«, unterbrach sie Avor, der in ihrem Rücken zu ihnen herübergekommen war.

»Majestät!«, sagte die Frau, machte eine verneigende Geste, wobei sie abermals leicht errötete.

Avor ging über diese Ehrenbekundung stillschweigend hinweg und sagte stattdessen: »Darum habe ich dich heute eingeladen. Saibro soll mal sehen, dass es hier im Gegensatz zu meiner *lieben* Großcousine auch Frauen in führenden Positionen gibt, die nicht von Adel sind.«

Saibro nickte und versuchte die unangenehme Erinnerung an Frau Molar beiseite zuschieben.

»Du musst wissen, werte Lobèl, wo Saibro lebt, machen sie keine Unterschiede zwischen Männern und Frauen.«

»Das wusste ich nicht«, sagte Lobèl ohne Avor dabei anzublicken.

Saibro konnte ihr Unbehagen gut nachvollziehen. »Sie hat mich soeben zu sich in ihren Kontor eingeladen.«

»Das ist toll«, sagte Avor, »wenn wir hier fertig sind, lasse ich euch in einer Kutsche dort hinbringen.«

»Woran merke ich das?«, wollte Saibro wissen.

»Nun?! Du bist doch schon mal mit einer Kutsche …«

»Nein«, unterbrach ihn Saibro, »woran ich merke, dass wir *hiermit* fertig sind?«

Avor lachte lauthals los.

Kapitel 40

Eine gute halbe Stunde später saßen Saibro und Lobèl in einer Kutsche auf dem Weg in Richtung Hafen.

Zwischenzeitlich hatte er kurz mit Koremna sprechen können und unter anderem erfahren, dass auch sie nicht wusste, wo Helms während des Mittagsmahls war. Sie hatte ihn bereits den ganzen Vormittag nicht gesehen. Avor, der stets von seinen Gästen umringt war, wollte Saibro derzeit jedoch nicht nach Helms fragen.

Frato hatte sich ihm diesmal nicht anschließen wollen, da er sich nach wie vor von seiner Zeit auf der Galeere körperlich wie geistig erschöpft fühlte und sich lieber ausruhen wollte. So saß Saibro nun schweigend mit Lobèl und einem Mann von der Palastwache in dieser Kutsche. Er war sich sicher, dass die anderen beiden die Situation als ebenso misslich empfanden wie er selbst.

Nach einer sich recht lang hinziehenden Fahrt, die Saibro hauptsächlich aus dem Fenster schauend verbracht hatte, waren sie endlich am Kontor angekommen. Über der Eingangstür des zweistöckigen Hauses prangte der Schriftzug *Azzaval*.

»Das ist der Name unseres Kaffees und auch der unserer Firma«, sagte Lobèl, bevor sie hineingingen. Sie hatte Saibros fragenden Blick auf das Schild wohl bemerkt.

»Was ist eine Firma?«, fragte Saibro.

»Was eine Firma ist? Mhm?! Das ist ein unternehmerisches Konstrukt unter dessen Namen wir unsere Geschäfte machen. Gibt es bei euch sowas nicht?«

Saibro hatte schon mit dieser Gegenfrage gerechnet, war dies doch eine durchaus übliche Reaktion auf seine Fragen zu Sachen und Bräuchen, die er aus seiner Heimat nicht kannte. »Nein«, antwortete er knapp.

»Das ist spannend. Davon musst du mir gleich mehr erzählen. Doch lass uns erst einmal hineingehen.«

Lobèl führte ihn in einen gleich neben dem Eingang gelegenen Raum. »Kannst du hier kurz auf mich warten? Ich komme mir verkleidet vor und würde gerne etwas anderes anziehen. Ich schicke dir jemanden, der dir etwas zu trinken bringt.«

Natürlich hatte Saibro einen Kaffee gebracht bekommen, aber auch einen Krug mit Wasser. Anstandshalber trank er die Tasse Kaffee leer und spülte dann den bitteren Geschmack mit reichlich Wasser hinunter. In dem Raum stand ein unbequemes Sofa mit einem Beistelltisch, eine ihm fremde buschartige Pflanze und an den Wänden hingen zahlreiche Rahmen, die jedoch keine Bilder enthielten, sondern große, grob gewebte Jutesäcke. Auf jedem Sack war der Schriftzug *Azzaval* in leicht unterschiedlichen Ausprägungen zu sehen.

Während Saibro vor einem der Säcke stand, um diesen zum Zeitvertreib zu begutachten, hörte er Lobèl von der Tür her sagen: »Dies ist unser Firmenzeichen, wie es sich über die Generationen entwickelt hat.«

Er drehte sich zu ihr hin und musste gleich zweimal hinschauen. Die junge Frau hatte ihr buntes Kleid gegen eine schlichte braune Hose und eine cremefarbige Bluse getauscht, zudem trug sie die blonden Haare jetzt offen, sodass sie ihr in Locken über die Schultern fielen.

»Das steht dir viel besser«, hörte sich Saibro sagen. Sogleich fragte er sich, was ihn dazu getrieben hatte?

»Das sollte sicher ein Kompliment sein. Also: Danke«, sagte Lobèl und wirkte nun deutlich selbstsicherer als im Palais. »Komm, ich zeig dir alles.«

Zunächst führte Lobèl ihn durch das Kontor und berichtete dabei, dass dies hier ihr Arbeitsplatz sei. Saibro sah dort fünf weitere Menschen hinter ihren Tischen sitzen und schreiben. In der Ecke war ein mit Fenstern abgetrennter Raum, in dem ebenfalls ein Schreibtisch und einige Schränke an den Wänden standen. Lobèl erklärte ihm, dass dies das Büro ihres Vaters war, der im letzten Jahr gestorben sei und dass sie die Firma nun als sein einziges Kind alleine zu leiten hätte. Sie würde sich gleichwohl noch nicht trauen, auch sein Büro zu übernehmen.

Nachdem Saibro den Abort besucht hatte, gingen sie im Anschluss in die Rösterei, einem großen Raum in dem Saibro einige Männer arbeiten sah. Er merkte sofort, wo der in diesem Haus allgegenwärtige Kaffeegeruch ursprünglich herstammte. An zwei großen Kesseln standen jeweils drei

Männer mit beeindruckenden Oberarmen und rührten in den darin befindlichen Bohnen. Leichter Dampf lag im Raum, der vornehmlich aus den befeuerten Kesseln aufstieg. Überall sah Saibro die gleichen Säcke stehen, wie er sie an den Wänden in dem Warteraum gesehen hatte. Ihm gefiel das meditativ rasselnde Geräusch, welches die Bohnen bei ihrer Umwälzung in den Kesseln machten.

Lobèl führte Saibro nach hinten aus einer großen Schiebetür aus dem Haus hinaus, wo eine Bootsanlegestelle an einem der zahlreichen Seitenarme des Dag-Deltas lag.

»Hier verladen wir die Kaffeesäcke«, erklärte sie Saibro.

Saibro fühlte sich unwohl, da er die ganze Zeit das Gefühl nicht los wurde, dass er sie von ihrer eigentlichen Arbeit abhalten würde, zumal stetig einer ihrer Mitarbeiter und Mitarbeiterinnen mit dieser und jener Frage zu ihr kamen.

»Wenn du willst, können wir noch hinüber in die Stadt und uns dort unser Ladengeschäft ansehen«, bot Lobèl an.

Saibro schüttelte mit dem Kopf. »Ich will dich nicht länger von deiner Arbeit abhalten.«

»Unsinn! Ich mache das gerne. Außerdem wartet die Kutsche vor der Tür auf dich und wir können uns schnell dort hinüberfahren lassen. So käme ich wenigstens einmal durch die Straßen, ohne mir an den Hintern grapschen zu lassen.«

Wäre Saibro zu Beginn seiner Zeit in Majirani von einer solchen Aussage mehr als überrascht gewesen, hatte er ein solches Verhalten seiner Geschlechtsgenossen inzwischen schon mehrfach selbst beobachten müssen.

»Sowas kenne ich von zu Hause nicht«, fühlte er sich genötigt zu sagen.

»Das dir jemand an den Hintern grapscht?«, sagte Lobèl schmunzelnd und Saibro merkte, dass sie ihm dabei auf den Hintern schaute.

»Äh … nein.«, stotterte er.

»War doch nur ein Scherz«, sagte Lobèl vor sich hin lächelnd. »Komm, wir fahren in unseren Laden.«

Lobèl erklärte auf dem Weg zur Kutsche, dass sie in den Westen von Eosima fahren würden; einen Teil der Stadt, den Saibro bisher nicht kannte. Ihren Begleiter von der Palastwache, der mit dem Kutscher vor Lobèls Haus auf Saibro hatte warten müssen, hatte sie vor dieser Fahrt ganz selbstbewusst zum Kutscher auf dessen Bock verwiesen.

Seine Begleiterin wurde mit der Zeit immer redseliger, erzählte jedoch auf eine solch charmante Weise über ihre Geschäfte und über Eosima, dass Saibro das nicht im Geringsten störte. Ebensowenig wie es ihn störte, dass sie sich nach einer Weile bei ihm unterhakte.

Der Teil von Eosima in dem das Ladengeschäft von Lobèls Firma lag, machte auf Saibro einen recht aufgeräumten Eindruck, was seine Begleiterin bestätigte, in dem sie West-Eosima als einen *etwas besseren* Teil der Stadt bezeichnete.

In Mitten einer Reihe von mehrstöckigen Häusern, lag auch jenes mit dem *Kaffeeladen*, wie Lobèl den Geschäftsraum nannte. Wie sie in den behaglich wirkenden und wohlriechenden Laden eintraten, fielen Saibro zuallererst

die zahlreichen, schmalen und hohen Messingbehälter mit
Schütte auf, die an der hinteren Wand nebeneinander auf-
gereiht bis fast unter die Decke angebracht waren. Davor
befand sich eine Theke, hinter der zwei Frauen standen
und Kunden bedienten. Saibro kannte das Prinzip eines
Verkaufsstands von damals, als er Helms nach Dagbara
zum Ausliefern seiner Produkte begleitet hatte. Anders war
im wesentlichen nur, dass dieser Stand *innerhalb* eines
Hauses war.

Im vorderen Teil des Ladens standen drei runde Tische
mit jeweils vier Stühlen, wohin Lobèl ihn auch wieder
führte, nachdem sie ihm den Verkaufsbereich, das dahinter
befindliche Lager und – erneut – den Abort gezeigt hatte.

»Was für ein aufregender Tag«, sagte sie zu Saibro, als sie
sich gesetzt hatten. »Zuerst die kurzfristige Einladung zum
Mittagsmahl beim Regenten, um die ich mich schon lange
bemüht hatte und dann noch den Nachmittag mit solch einem Mann wie dir verbringen zu dürfen.«

»Was meinst du damit? Was für ein Mann bin ich denn?«

»Du bist unaufdringlich, wertschätzend und natürlich
auch spannend, weil du aus der Fremde kommst. Laakso
ist bestimmt eine interessante Gegend.« Hier unterbrach
Lobèl ihre Rede und schaute Saibro tief in die Augen. »Und
nicht zu vergessen: Du bist ein sehr attraktiver Mann.«

Saibro reagierte, wie er immer reagierte, wenn eine Frau
so etwas zu ihm sagte: Die Röte schoss ihm vom Hals aufwärts ins Gesicht und er verstummte.

Lobèl lächelte nun, neigte ihren Kopf leicht zur Seite und
drehte mit dem Finger in ihren blonden Locken. Dann

klopfte sie plötzlich mit beiden Handflächen leicht auf den Tisch. »Komm, wir machen eine Kaffeeverkostung. Du wirst staunen, was sich geschmacklich aus ein und der selben Bohnenart herausholen lässt. Warte hier!«

Ohne auf eine Antwort zu warten, sprang sie auf und verschwand im Lagerraum hinter der Theke.

Saibro spielte tatsächlich für einen Moment mit dem Gedanken, einfach abzuhauen. Allerdings besann er sich und merkte, wie albern das gewesen wäre. Also wartete er. Dabei schaute er aus dem großen Fenster auf die Straße und versuchte die Leute zu beobachten, die dort vorbeigingen, doch seine Gedanken kehrten immer wieder zu Lobèl zurück. Es gefiel ihm, dass sie ihn zu mögen schien. Er fühlte sich geschmeichelt. Und nicht nur das regte sich bei ihm, als er an sie dachte. Er atmete tief durch und versuchte sich Apaquias Gesicht vor Augen zu führen, was ihm zu seinem Erschrecken nur leidlich gelang.

Als Lobèl mit einem Tablett zurückkehrte, auf dem zehn, jeweils halb volle Tassen mit dampfendem Kaffee standen, versuchte er ihr ein Lächeln zu schenken und hoffte, dass es nicht zu gequält rüberkam.

»Ich habe mal fünf unserer zweiundzwanzig Sorten zubereitet, die meiner Meinung nach das gesamte Spektrum der unterschiedlichen Geschmacksnoten am besten zeigen«, erklärte sie Saibro, während sie sich wieder zu ihm setzte.

Als sie Saibro die erste Tasse reichte, streifte sie seine mit ihrer Hand. Er bekam sofort eine Gänsehaut und ein leichtes Zucken durchfuhr ihn.

»Oh! Entschuldigung«, sagte Lobèl und lächelte ihn kokett an.

Saibro versuchte sich auf die Tasse in seiner Hand zu konzentrieren. Wie sie ihm nun erklärte, war das ihre Standardröstung und als er davon trank, erkannte er den Geschmack auch wieder. Es war Kaffee. Doch bereits nach dem ersten Schluck von der nächsten Tasse, hatte er verstanden was sie ihm demonstrieren wollte. Dieses Getränk war zwar ganz klar auch ein Kaffee, doch erkannte Saibro darin etwas, dass er ihr als fast schon fruchtig, aber auch ein wenig sauer beschrieb. Lobèl erzählte ihm, dass die Bohnen dieses Kaffees beim Rösten schon nach dem ersten Knacksen aus dem Kessel genommen würden.

Der dritte Kaffee schmeckte wesentlich bitterer, kaum mehr sauer und leicht rauchig. Hierzu erklärte ihm Lobèl, dass ihre Röster bei dieser Sorte ein zweites Knacksen der Bohnen abwarten würden, sodass diese teilweise durchaus leicht angekokelt waren, wenn sie aus dem Kessel geholt würden.

Bei der vierten und fünften Tasse handelte es sich um Kaffees mit zugesetztem Aroma. Saibro erkannte beim Ersten der beiden auch, dass er nach Haselnuss schmeckte; wofür sie ihn überschwänglich lobte. Bei der letzten Sorte kam er hingegen beim besten Willen nicht auf die zugesetzte Geschmacksnote und Lobèl erklärte ihm, dass diese ebenso exotisch sei wie die Kaffeebohne selbst. Sie nannte sie Vanille.

Auch wenn sich Saibro, während er die unterschiedlichen Kaffees probierte, durchaus wieder entspannt hatte, sagte

Lobèl anschließend zu ihm: »Du siehst nicht wirklich zufrieden aus.«

»Doch, doch«, beeilte sich Saibro ihr zu versichern.

Aber Lobèl fixierte ihn mit skeptischem Blick. »Moment mal. Ich will mal etwas probieren.« Sie stand auf und verschwand wieder im Raum hinter der Theke.

Saibro hatte nur am Rande mitbekommen, dass in dem Laden immer wieder neue Kunden ein- und ausgingen und so schaute er sich, während er auf die Rückkehr Lobèls wartete, den Mann und die Frau an, die soeben an der Theke bedient wurden. Inzwischen hatte er bereits mitbekommen, dass sich die soziale Stellung der Menschen hier in Majirani gut auch an ihrer Kleidung ablesen ließ und die Leute, die er bisher in diesem Laden wahrgenommen hatte, zählten bestimmt nicht zu denen, die Helms gerne als *die einfachen Leute* bezeichnete.

Als Lobèl zurückkam, hatte sie nur eine Tasse bei sich, die aber größer war als diejenigen mit denen sie die Kaffeeprobe gemacht hatten. Zu Saibros Überraschung enthielt diese Tasse nicht die tief dunkle Flüssigkeit, die er als Kaffee kennengelernt hatte, sondern eine hellbraune.

»Probier mal«, ordnete Lobèl an und blieb mit Interesse im Blick neben ihm stehen.

Saibro nahm einen Schluck. Was er da trank, schmeckte ihm schon deutlich besser.

»Ich sehe schon, das ist viel eher nach deinem Geschmack«, sagte Lobèl schmunzelnd und setzte sich wieder.

»Was ist das?«, fragte Saibro neugierig.

»Das ist Kaffee mit Milch.«

Nachdem Saibro seinen Milchkaffee getrunken hatte, beschlossen sie, dass es jetzt für sie beide an der Zeit wäre, nach Hause zurückzukehren. Wobei dies für Saibro noch für zwei oder drei Tage hieß, in den Palast zu fahren. Er bot Lobèl an, sie mit der Kutsche zu ihrem Zuhause bringen zu lassen. Auch wenn er nicht wüsste, wo das sei. Sie erklärte ihm, dass sie in der Etage über ihrem Kontor wohnen und sein Angebot gerne annehmen würde.

Nachdem Lobèl ihren Verkäuferinnen noch einige Anweisungen gegeben und Saibro abermals den Abort besucht hatte, stiegen sie beide in die Kutsche, die in der nächsten Seitengasse auf sie gewartet hatte. Saibro fühlte sich aufgekratzt und dank Helms' früheren Erzählungen wusste er auch, dass er dies dem vielen Kaffee zu verdanken hatte. Er war froh, dass dies nicht so eine geschlossene Kutsche war wie die des Konfessors, denn der leichte Fahrtwind tat ihm gut.

»Das war ein schöner Tag, Saibro«, flüsterte Lobèl ihm ins Ohr, nachdem sie sich einmal mehr bei ihm untergehakt hatte. Saibros Unterleib reagierte extrem stark auf Lobèls Worte und ihre körperliche Nähe. Er spürte ihre feste Brust an seinem Oberarm, der zwar von den Verbrennungen nach wie vor spannte, aber nicht mehr schmerzte.

»Es ist wirklich ärgerlich, dass ich für heute Abend bereits ein Treffen mit wichtigen Geschäftspartnern vereinbart habe«, säuselte Lobèl weiter, »sonst könnte der Tag noch viel schöner werden.«

Saibro konnte die verführerische Spannung in diesem Gefährt kaum mehr aushalten. Zum Glück saßen vor ihnen der Kutscher und der Mann von der Palastwache auf dem Bock, sonst hätte er vielleicht nicht mehr an sich halten können. Er sehnte die Ankunft an Lobèls Haus herbei – und gleichzeitig auch nicht.

Als sie vor dem Kontor hielten, hauchte Lobèl ihm einen Kuss auf die Wange und sagte: »Ich melde mich morgen bei dir.«

»Ähm … gut«, stammelte Saibro.

»Bis dahin wünsche ich dir süße Träume.«, sagte sie, stieg unter mithilfe des Wächters aus und ging zur Tür des Hauses. Saibro merkte selbst, dass er ihr auf den Hintern starrte. An der Tür angekommen, öffnete sie diese, doch statt zügig hindurchzugehen, drehte sie sich aufs Neue zu ihm um und winkte lächelnd.

Kapitel 41

»Hattest du einen schönen Nachmittag?«, wollte Koremna wissen. Sie saß mit Frato in der Sitzecke der Terrasse.

Saibro nickte, wobei er hoffte nicht irgendwie verräterisch zu wirken, hatte ihn doch sein schlechtes Gewissen schon den ganzen Weg hierher gequält. Nicht nur sicherheitshalber wechselte er das Thema: »Ist Helms inzwischen mal aufgetaucht?«

»Nein. Wir haben uns auch schon gewundert«, antwortete ihm Frato.

»Und wo ist Avor? Habt ihr den mal gefragt?«

»Nein. Er hat bereits den ganzen Nachmittag ein Treffen mit seinem Rat und will zum Nachtmahl zurück sein. Also bald«, sagte Koremna.

»Und wie geht es dir?«, fragte Saibro seine Schwester.

»Du willst sicher wissen, wann ich endlich transportfähig bin?«, sagte sie mit ihrem typischen, verschmitzten Lächeln auf den Lippen, welches sie immer dann aufsetzte, wenn sie ihn necken wollte. »Ich würde zwar gerne noch Helms' fachliche Meinung dazu hören, aber ich denke, von mir aus kann es morgen schon losgehen.«

Saibro musste sofort wieder an Lobèl und ihr für morgen angedachtes Treffen denken und wusste nicht, ob er sich darüber freuen sollte oder nicht. Dann musste er innerlich den Kopf über sich selbst schütteln: Natürlich wollte er zurück nach Hainrod und das so schnell wie möglich.

»Schaut mal, wer da wie gerufen kommt?«, sagte Frato mitten in Saibros Gedankengang hinein. Er drehte sich sogleich um und sah, dass Avor auf sie zu kam.

»Ah, Saibro. Bist du schon lange zurück?«, fragte der Regent.

»Ich bin auch gerade erst gekommen.«

Avor lächelte freudlos und klopfte Saibro kumpelhaft auf die Schulter. »Da hast du es lange mit der hübschen Lobèl ausgehalten.«

»Dafür weiß ich jetzt auch alles über Kaffee.«

»Und was zum Beispiel?«, fragte Koremna.

»Das er eigentlich nur mit Milch gut schmeckt.«

Avor lachte zwar über diese Erkenntnis, wirkte aber irgendwie gequält. »Für mich ist Zucker die entscheidende Zutat und mein Vater brauchte beides: Milch und Zucker.«

Saibro zuckte mit den Schultern, denn es gab Dinge, die ihn viel mehr interessierten. »Weißt du, wo Helms abgeblieben ist?«

Avors schon die ganze Zeit kummervoll wirkender Gesichtsausdruck verhärtete sich nochmals und er nickte. »Darüber wollte ich gerade mit euch sprechen. Aefeldur hat ihn heute nach dem Morgenmahl festnehmen lassen.«

»*Was?*«, entfuhr es Saibro, Frato und Koremna einhellig.

»Ich habe es auch erst gegen Ende der Ratssitzung erfahren. Aefeldur hat uns eine mehrere Seiten lange Anklage-

schrift vorgelegt, die ich bisher nur habe überfliegen können, doch klagt er ihn der Hexerei an.«

»Der *was*?«, fragte Saibro fassungslos.

»Der Hexerei. Das ist eine dunkle Zauberkunst vor der
sich viele sehr fürchten und nach den Gesetzen der Bruder
Tuhans ein sehr schweres Vergehen. Kurz gesagt, behauptet
Aefeldur, Helms greife mit unheilvollen, magischen Mittel
in die Natur ein.«

»Ich verstehe kein Wort«, sagte Saibro reichlich durcheinander.

»Aber *du* kannst ihm doch helfen? Du bist der Regent!«,
mischte sich Koremna ein. Ihr Gesicht war weiß wie frisch
gefallener Schnee.

»Leider nein. Das ist eine göttliche Angelegenheit und
liegt weitestgehend außerhalb meines Machtbereichs.«
Avor wirkte sichtlich zerknirscht.

»Helms hat es immer gesagt: Diesen Brüdern Tuhans
kann man nicht trauen!«, polterte Saibro und stampfte wütend umher.

»Weißt du, wo er jetzt ist?«, wollte der inzwischen aufge-
standene Frato von Avor wissen.

»Ja. Er ist im Hafenkonvent. Dort haben die Brüder Tuhans einige unterirdische Kerkerräume. Ich habe schon einen meiner Diener hinunter in die Stadt geschickt, damit
er nachsieht, ob es Helms einigermaßen gut geht.«

»Und was wird jetzt passieren?«, wollte Frato weiter wissen.

»Zum Glück hat Aefeldur, wie er selbst im Rat sagte, eine
mögliche Verschwörung mit diesem Sevhogin kurzfristig

verworfen, so dass er ihn *lediglich* der Hexerei anklagt. Dies ist jedoch keine Sache mit der sich der Rat der Neun belastet, sodass sie Helms hier in Eosima vor Gericht stellen werden. Aefeldur steht bereits als Ankläger fest und ich nehme an, dass der Vorsteher des Hafenkonvents der Judex sein wird.«

»Sein Kerkermeister wird über ihn richten?« Saibro konnte das alles nicht fassen. Er war stinkwütend.

»Besser so«, versuchte ihn Avor zu beruhigen, »als andersrum. Lukare ist als anständiger Mann bekannt, den sich Aefeldur gewiss nicht als Richter gewünscht hat, aber er ist nunmal nach ihm der zweithöchste Vertreter der Bruderschaft in Eosima.«

»Und wer wird sein Advokate sein?«, fragte Saibro.

»Das steht noch nicht fest, da Helms bei dessen Auswahl ein Mitspracherecht hat. Es muss jedoch ebenfalls ein Bruder Tuhans sein. Nach der Ratssitzung habe ich mich mit Kontab beraten. Er ist mein Meister der Mince und kennt einige fortschrittlich denkende Monakhs. Zur Stunde lässt er nach einem seiner Meinung nach geeigneten Bruder rufen. Ich kenne diesen nicht, aber ich vertraue Kontab bedingungslos.«

»So wie du deinem Konfessor bedingungslos vertraut hast?«, grummelte Saibro leise vor sich hin.

Avor hatte es trotzdem gehört, denn er zischte: »Vorsicht! Ich bin derjenige, der zurzeit zwischen deinem Freund und dem sicheren Tod steht!«

Saibro wurden schlagartig die Knie weich und er musste sich an der Brüstung festhalten. »Dem *Tod*?«

Avor machte ein paar schnelle Schritte auf Saibro zu, hielt ihn an den Schultern und sagte mit sanfter Stimme: »Verzeih meine harschen Worte. Wir holen Helms da raus. Ich verspreche es!«

Nach dem Nachtmahl, bei dem sie alle mehr oder weniger appetitlos in ihrem Essen herumgestochert hatten, saß Saibro noch lange mit Frato und seiner Schwester beisammen. Sie hatten sich dazu in Koremnas Zimmer zurückgezogen, da es langsam Herbst wurde und die Abendstunden inzwischen empfindlich kühl sein konnten. Avor hatte sich gleich nach dem Nachtmahl aufs Neue mit seinem Meister der Mince und dem des Rechts treffen wollen, in der Hoffnung doch noch ein *Schlupfloch für Helms* finden zu können.

Und auch in Koremnas Zimmer diskutierten sie die Lage und ihre Möglichkeiten. Dabei fühlte sich Saibro auf eine ganz besondere Art seltsam: Er spürte, wie niedergeschlagen er war, doch tat zugleich der Kaffee seine Wirkung und hielt ihn auf Trab.

»Du zitterst ja«, sagte Koremna.

Saibro hob seine Hände und sah, dass sie recht hatte.

»Das muss die Aufregung sein. Und dieser Kaffee. Helms hat gesagt, dass er wach macht.«

»Wie viel hast du davon getrunken?«

Saibro überlegte. »Über den Tag verteilt? Es könnten sieben oder auch acht mehr oder weniger große Tassen gewesen sein.«

»Das hört sich viel an. Vor allem, wenn man sowas nicht gewöhnt ist«, sagte Frato.

»Da hat er recht. Wie sagt Muukja … ähm … *sagte* sie immer: Die Dosis macht das Gift«, erinnerte ihn Koremna.

Saibro dachte traurig an die alte Frau, die sowohl ihm wie auch seinem Sohn auf die Welt geholfen und so vielen Menschen bei ihren kleineren und größeren Beschwerden mit Rat und Tat beigestanden hatte. Wehmütig erinnerte er sich: »Was hat sie immer über das Wermutkraut gesagt? *Ein bisschen schubst den Hunger an …*«

»*… zu viel macht Magen bang*«, vollende Koremna seinen Satz und alle mussten sie schmunzeln.

Anschließend schlug Frato vor: »Bei allem, was ich über Vergiftungen weiß, dürfte es nicht schaden, wenn du jetzt reichlich Wasser trinkst.«

»Da hast du sicher recht.« Saibro stand auf und holte sich den auf der Kommode bereitstehenden Krug mit Wasser zu ihnen an den Tisch und brachte auch gleich drei Becher mit.

»Auf jeden Fall werde ich in Zukunft Kaffee meiden«, sagte er beim zittrigen Einschenken. »Ich bin froh, dass wir zu Hause unseren Gerstentee und keinen Kaffee haben.«

Sie stießen mit ihren Bechern voller Wasser an und Frato rief: »Auf Muukja!«

»Auf Muukja!«, antworteten Saibro und Koremna einstimmig.

Saibro trank seinen Becher in einem Zug aus, schenkte sich sogleich einen weiteren ein und wollte noch wissen: »Da wir gerade von Muukja sprechen: Wie wollte sie eigentlich bestattet werden?«

»Ihr ehemaliger Schüler Suico wusste, dass es ihr egal war. Sie hätte ihm immer gesagt, dass wenn sie tot wäre, sie davon sowieso nichts mehr mitbekommen würde und die Gemeinschaft mit ihrem Leichnam tun sollte, was die Menschen für ihre Trauerbewältigung bräuchten«, berichtete Koremna.

»Und was habt ihr nun mit ihr gemacht?«, wollte Saibro wissen.

»Wir haben uns darauf geeinigt, sie wie die meisten im Wald zu begraben. Jemand wusste, dass dort eine Buche stand, die sie wegen ihres schiefen Wuchses besonders gemocht haben soll. Darunter haben wir sie beerdigt. Beinahe alle aus Hainrod waren bei dem Begräbnis zugegen und auch aus den umliegenden Dörfern waren sie zahlreich gekommen.«

»Derart viele Menschen dort im Wald? Das hätte Muukja zu ihren Lebzeiten nicht gerne gesehen. Sie hat sich doch immer aufgeregt, wenn wir als Kinder den Waldboden beim Spielen allzu sehr traktiert haben.«

»Nein, nein. Die Trauerfeier fand auf dem Dorfplatz statt. Bei der eigentlichen Beerdigung waren eben aus diesem Grund nur einige wenige dabei«, antwortete Koremna.

»Werde ich die Buche denn finden, wenn ich zurück bin?«, wollte Saibro wissen.

»Ja. Knibbe hat eine Tafel geschmiedet und ihren Namen darin eingraviert. Sie hängt nun an der Buche über ihrer Grabstelle. Wusstest du eigentlich, dass Muukja ursprünglich auch aus Majirani stammte?«

»Nein! Wirklich? Apaquia hat zwar einmal erzählt, dass Muukja erst als junge Erwachsene nach Hainrod gekommen war, aber das wusste ich nicht. Je nachdem was ihre Gründe für diese Übersiedlung waren, stammte daher vielleicht ihre ausgeprägte Abneigung gegen Religionen und alles was mit ihnen zu tun hat.«

Nachdem Saibro zwischenzeitlich zwei weitere Becher Wasser getrunken hatte, drückte seine Blase. Er fand es allerdings unpassend, ausgerechnet dieses Thema durch einen Hinweis darauf zu unterbrechen, dass er mal Wasser lassen müsste. Er wartete auf die nächste Gesprächspause, dann stand er auf und ging mit einem Hinweis auf sein Vorhaben hinaus.

Vor der Tür stand wie immer ein Mann der Palastwache und beim Wasser lassen fragte sich Saibro, was der Mann eigentlich durch die Tür von ihren Gesprächen mitbekommen würde? Ihm fiel auf, dass in diesem Palast fast immer irgendwer von den Bediensteten mehr oder weniger offen zugegen oder in der Nähe war. Und nicht nur das. Selbst außerhalb des Palastes war immer jemand bei ihnen, der sie aus Sicherheitsgründen begleitete. Saibro wurde klar, dass er seit er zum ersten Mal den Palast betreten hatte, er nicht mehr die Freiheit besaß, hinzugehen wohin er wollte, ohne dass zu seiner Sicherheit ein Mann der Dienerschaft oder der Palastwache ihn begleitete.

Wieder vor Koremnas Zimmer angekommen, sprach er den Mann vor ihrer Tür an: »Hallo, ich bin Saibro.«

Der steif dastehende Mann schaute ihn nur an und nickte.

»Wie ist dein Name?«

Der Mann räusperte sich. »Korporal Onbelang.«

»Das ist aber ein langer Name«, stellte Saibro fest.

»Der Name ist Onbelang. Korporal ist der Rang.«

»Was ist ein Rang?«, fragte Saibro.

Der Mann schaute ihn verwirrt an und Saibro wurde bewusst, wie jung der Mann war – vermutlich keine Zwanzig.

»Äh … ich … ähm … darf eigentlich nicht mit euch reden.«

Saibro hob beschwichtigend die Hände. »Schade, aber gut. Kannst du mir einen Gefallen tun?«

Korporal Onbelang schaute ihn nur fragend an.

»Kannst du dich bitte dort am Ende des Ganges platzieren?«

»Nein. Das ist mir nicht erlaubt.«

»Ich erlaube es dir«, sagte Saibro großmütig.

»Nein. Ich muss hier stehen bleiben.«

»Wie wäre es mit drei Meter weiter darüber?«

»Nein.«

Saibro gab schulterzuckend auf und klopfte dem Korporal beim Hineingehen kumpelhaft auf den Oberarm.

»Dem hast du aber kräftig zugesetzt«, sagte Frato nachdem Saibro die Tür wieder hinter sich geschlossen und zu ihnen zurück an den Tisch getreten war.

»Ihr habt mein Gespräch mit Korporal … wie auch immer sein Name weiterging? Ihr habt unser Gespräch also mitbekommen?«

»Jedes Wort«, antwortete Frato.

Damit wusste Saibro alles was er hatte herausfinden wollen. Er stand auf und holte von der Kommode einen Zettel und einen Graphitstift. Auf den Zettel schrieb er: *Ich glaube, wir werden belauscht.* Dann sagte er laut: »Es ist schon spät. Wir sollten schlafen gehen.«

Kapitel 42

In dieser Nacht fand Saibro lange keinen Schlaf. Unzählige Gedanken kreisten ihm im Kopf umher. Und gewiss trug auch der viele Kaffee dazu bei, dass er noch lange wach lag und erst einschlief, nachdem er schon vor Stunden über den Flur in sein Zimmer gegangen war.

Als Saibro aufwachte, stand die Sonne bereits hoch am Himmel. Da er weder Frato noch Koremna in ihren Zimmern fand, ging er hinauf ins Palais. Auf der Terrasse fand er sie. Der Tisch fürs Morgenmahl war auch noch dort – mit einem Gedeck. Saibro ging daran vorbei und setzte sich zu den beiden in die gemütliche Ecke.

»Guten Morgen«, sagte seine Schwester. Sie wirkte ernst. »Wir haben dich schlafen lassen. Nachdem wir Avor von dem vielen Kaffee erzählt hatten, den du gestern getrunken hattest, vermutete er, dass du noch lange wach gelegen hast.«

»Da hatte er recht. Wo ist er?«

»Er wollte zu Helms«, antwortete Frato.

»Das ist doch gut, oder?«

»Ich denke schon«, sagte Frato und fuhr im Flüsterton fort: »Du, Saibro? Anderes Thema: Wir haben überlegt, ob Koremna und ich nicht zurück nach Laakso gehen sollten?

Bis auf den Armbruch geht es deiner Schwester soweit wieder ganz gut und eine wirkliche Hilfe sind wir hier auch niemandem. In Hainrod könnten wir jedoch zumindest von den Ereignissen berichten und damit alle beruhigen. Avor sagte vorhin, dass solch ein Prozess durchaus einige Wochen dauern könnte, wenn nicht gar Monate. So lange sollten wir eure Leute zuhause gewiss nicht in Unwissenheit lassen. Vor allem nicht Apaquia.«

Koremna fügte hinzu: »Und besonders wohl fühlen wir uns hier auch nicht.«

Saibro dachte, dass er sich hier auch nicht *besonders wohl* fühlte und konnte die Überlegung somit nachempfinden.

»Avor meinte, er würde uns eine Eskorte mitgeben, die uns bis nach Izvor bringt. Was sagst du dazu, Bruderherz?«

Bevor Saibro antworten konnte, wurde er von einem Diener angesprochen. Dieser wollte wissen, ob er nun sein Morgenmahl bringen sollte? Saibro bejahte dies und wartete bis der Mann wieder gegangen war.

»Macht das. Es würde auch mich beruhigen, wenn ich wüsste, dass sie in Hainrod Bescheid wissen und sich keine unnötigen Sorgen machen müssten. Ich werde Helms bei seinem Prozess zwar vermutlich auch kaum eine große Hilfe sein. Es wäre jedoch keine schöne Geste, wenn ich ebenfalls abreisen und ihn mit dem ganzen Ärger alleine lassen würde.«

Hinter ihm räusperte sich jemand und als Saibro sich umdrehte, sah er den Diener, der bereits ein Tablett mit einigen Speisen auf den Tisch gestellt hatte.

Von Frato und Koremna begleitet ging Saibro hinüber und sie setzten sich gemeinsam an den Tisch. Als der Diener ihm Kaffee einschenken wollte, hielt Saibro schnell seine Hand über die Tasse. »Kann ich einen Kräutertee haben?«

Der Diener zog seine Augenbraue hoch, nickte steif und ging weg.

Als Saibro soeben herzhaft in ein Brot mit Beerenaufstrich biss, kam Avor um die Ecke.

»Schaut mal, wen ich auf dem Weg aufgegabelt habe?«

Hinter Avor trat Lobèl hervor.

Avor kam zu ihnen an den Tisch, schnappte sich eines der dort in einem Korb liegenden Gebäckstücke und biss herzhaft hinein. Kauend murmelte er: »Was habe ich einen Hunger!« Er setzte sich, winkte den beiseite stehenden Diener zu sich und fragte Lobèl: »Willst du auch etwas essen?«

Die Angesprochene schüttelte zaghaft mit dem Kopf.

»Setz dich bitte trotzdem zu uns«, forderte sie Avor auf.

Saibro war ganz seltsam zumute seit Lobèl hinter Avor hervorgetreten war. Er legte den Rest seiner Brotscheibe auf den Teller zurück und versuchte sie möglichst gleichmütig wirkend zu begrüßen. Sie hatte sich wieder schick angezogen und ihre Haare hochgesteckt, was Saibro nicht so gut gefiel wie ihre Aufmachung vom gestrigen Nachmittag.

Lobèl wählte den freien Stuhl neben Saibro und schenkte ihm ein liebliches Lächeln.

»Heute geht es hier deutlich zwangloser zu als gestern«, versicherte ihr Avor, während ihm sein Diener ein Gedeck brachte. »Willst du auch Kaffee? Er ist auch von deiner Firma. Ist der doch, oder?«

»Gewiss, Majestät«, antwortete der Diener und schenkte dabei Avor eine Tasse Kaffee ein.

»Ja, danke, Majestät«, sagte Lobèl.

»Das *Majestät* kannst du hier in der Runde gerne weglassen.«

»Danke, Ma… ähm … danke.«

Saibro fand das leichte Rot hinreißend, welches sich bei Lobèls Gespräch mit Avor auf ihre Wangen geschlichen hatte. Er wusste allerdings nicht, wie er mit ihr umgehen sollte. Fieberhaft durchforstete er sein Hirn nach einem unverfänglichen Thema. »Wie war das Treffen mit deinen Geschäftspartnern?«

Lobèl schaute ihn verständnislos an, dann hellte sich ihr Blick auf. »Ach, die Geschäftspartner. Ja … ähm … gut. Sehr erfolgreich.«

»Gibt es was Neues von Helms?«, fragte nun Koremna bei Avor nach und Saibro war ihr dankbar dafür, dass sie die Aufmerksamkeit aller auf ein anderes Thema lenkte.

»Ich habe veranlasst, dass er nicht mehr im Kerker untergebracht ist, sondern in einem der Gästezimmer des Konvents. Dort habe ich kurz mit ihm geredet. Ich würde sagen: Er ist *stinksauer*.«

»Wer ist dieser Helms?«

Lobèl hatte die Frage im Flüsterton an Saibro gerichtet, doch hatte sie jeder am Tisch gehört, denn Avor antwortete: »Ein Freund von Saibro. Ihm ist eine blöde Sache widerfahren, die wir hoffentlich bald geklärt haben. Aber sag: Was führt dich her?«

»Ich hatte es Saibro gestern versprochen.«

»So, so«, sagte der Regent mit einem süffisanten Lächeln auf den Lippen. Dann wandte er sich an Frato und Koremna: »Habt ihr bereits mit ihm über eure Reisepläne gesprochen?«

»Haben sie«, antwortete Saibro an deren Stelle. »Ich denke, dass es die richtige Idee ist. Wenn Helms wieder frei ist, begleite ich ihn nach Hause, von wo aus ich mit Cjucea nach Laakso reisen kann. Er kennt sich ja von Berufs wegen bestens in den Schwarzbergen aus.«

»Das ist der Bergführer, von dem du erzählt hast?«, fragte Avor nach.

»Genau«, bestätigte Saibro und schob seinen Teller mit der halb gegessenen Brotscheibe von sich. Seit Lobèls Ankunft, war ihm irgendwie der Appetit vergangen. Er nahm lieber einen Schluck von seinem Tee.

»Was trinkst du da?«, wollte Lobèl von ihm wissen.

»Das ist Kräutertee. Es tut mir leid, aber Kaffee ist einfach nichts für mich.«

Ein gequältes Lächeln fuhr Lobèl übers Gesicht.

»Das ist kein Getränk für laaksonische Mägen«, sagte Koremna und Saibro entging der gallige Unterton in ihrer Stimme keineswegs. Er wusste, dass sie Apaquia in Freundschaft verbunden war und sie seine Tändelei mit Lobèl deshalb nicht gut heißen konnte.

»Bis jetzt nicht. Aber wer weiß was die Zukunft bringt?«, sagte Lobèl und streckte dabei ihr Kinn himmelwärts.

Saibro schaute hilfesuchend zu Frato, der seinen Blick schmunzelnd mit einem Schulterzucken kommentierte.

Auch Avor schien amüsiert. »Du scheinst nicht viel über die Wirtschaftsweise der Laaksoner zu wissen, meine Liebe«, sagte er mit einem breiten Grinsen.

Saibro sah nun eine Härte in Lobèls Gesicht, die ihm für ihre Attraktivität deutlich abträglich erschien.

»Was soll damit sein?«, wollte sie wissen.

»Sie haben keine Mince. Und auch nichts Vergleichbares«, antwortete ihr Avor zufrieden lächelnd.

»*Was?*« Lobèl musste schlucken. »Aber wie machen sie … *Geschäfte?*«

»Wir machen keine Geschäfte«, erklärte ihr Koremna genüsslich. »Wir tauschen alles einfach aus und lassen die Dinge dahin fließen, wo sie gebraucht werden.«

Lobèl wirkte schwer angeschlagen und nahm einen tiefen Schluck aus ihrer Tasse Kaffee.

»Es tut mir leid«, sagte Avor, wirkte jedoch nicht, als wenn er es allzu ehrlich meinte. »Da musst du dir etwas anderes überlegen, um zu expandieren.«

Lobèl rutschte unruhig auf ihrem Stuhl umher. Sie tat Saibro irgendwie leid und er legte ihr mitfühlend seine Hand auf die Schulter.

Entgeistert schaute sie zu ihm rüber und wischte diese hastig weg. Sie schien sehr mit ihrer Selbstbeherrschung zu kämpfen, zog tief Luft durch ihre hübsche Nase ein und atmete stoßhaft wieder aus. Anschließend stand sie auf, zupfte ihr geblümtes Kleid zurecht und sagte schmallippig: »Majestät. Meine … Geschäfte.«

Avor sprang auf, ging zu ihr und sagte mit versöhnlicher Miene: »Jetzt schau nicht so verdrießlich. Geh doch mal unten im Kontor vorbei und besprich dort nochmals die Konditionen für unsere Kaffeeabnahme von deiner Firma.«

Eine Art Erleichterung war in Lobèls Augen zu sehen.

»Danke, Majestät.« Nun ging sie, ohne Saibro oder die anderen eines weiteren Blickes zu würdigen.

»Was war *das* denn?« Saibro war wieder einmal verwirrt.

»Eine majiranische Geschäftsfrau, die ihre Reize üblicherweise gewinnbringend einzusetzen weiß«, erklärte ihm Avor schmunzelnd, »aber erkennen musste, dass es wohl nicht so leicht sein dürfte in Laakso Gewinne einzustreichen, wie von ihr erhofft.«

»Und da warst du plötzlich nicht mehr interessant für sie«, legte Koremna nach. »Lass dir das eine Lehre sein!«

»Gut. Jetzt habe ich verstanden. Hier gibt es wirklich keinerlei Grenzen, wenn es um Mince geht.«

»Ach, Saibro. Jetzt habe ich fast schon ein schlechtes Gewissen, dich hier alleine zu lassen«, sagte Frato, wohl halb im Spaß, halb im Ernst.

»Ich kümmere mich schon um ihn. Außerdem habe ich für euch bereits eine Schiffspassage nach Dagbara organisieren lassen.«

»Wirklich?«, wunderte sich Koremna. »Für wann?«

»Heute Abend noch. Aber wenn das zu früh …?«

»Nein, nein. Das passt schon«, wurde Avor von Koremna unterbrochen. Anschließend sagte sie an Frato gerichtet: »Dann sollten wir jetzt unsere Sachen packen gehen.«

»Ein schlechtes Gewissen habe ich schon«, sagte Saibro, als er seiner Schwester beim Packen ihrer Sachen für die Reise half. Alles was er in den nagelneuen Reisesack stopfte, hatte sie in den letzten Tagen von Avor geschenkt bekommen; unter anderem auch die Kleidung, die sie am Leib trug. Bei Frato war es nicht anders.

»So gehört sich das auch für einen liebenden Bruder«, sagte Koremna schmunzelnd. Als sie sodann aber ganz nah an ihn herantrat und ihm die Hand ihres gesunden Arms auf die Schulter legte, wurde sie ernst. »Ich bin es, die ein schlechtes Gewissen haben sollte. Sollen wir wirklich abreisen?«

»Ihr sitzt doch hier sonst nur rum und wartet auf das Ende des Prozesses. Fahrt lieber nach Hause, da seid ihr sicher und frei.«

»Frei? Wie meinst du das?«

Saibro rückte an ihr Ohr heran und flüsterte: »Gerade jetzt steht vor der Tür wieder ein Mann der Palastwache und auf jedem Schritt den wir hier tun, werden wir von jemandem begleitet, wahrscheinlich sogar belauscht. Wir sitzen hier in einem *goldenen Käfig* … wie die Vögel oben auf der Terrasse.«

»Es tut mir wirklich leid, dass ihr solche Schwierigkeiten in meinem Land hattet«, sagte Avor zum Abschied zu Frato und Koremna, als sie soeben in die vor dem Palais bereitstehende Kutsche steigen wollten. »Aber ich weiß, dass eure Heimreise ganz reibungslos verlaufen wird. Dafür wird Vechtor hier mit seinen Männern schon sorgen.«

Der neben seinem Regenten stehende Soldat nickte. »Da könnt ihr euch absolut sicher sein, Majestät. Wir werden sie heil und unbehelligt nach Izvor bringen.«

Avor klopfte dem Mann kräftig auf die Schulter und sagte, wieder an Frato und Koremna gerichtet: »Ich wünsche euch eine gute Reise. Hoffentlich sehen wir uns einmal wieder.«

»Danke für deine Hilfe und Gastfreundschaft«, sagte Koremna und Frato fügte hinzu: »Und seht zu, dass ihr Helms da unversehrt wieder rausholt.«

Avor nickte vielsagend und trat zurück, um für Saibro den Platz zu räumen.

»Passt auf euch auf und grüßt mir Hainrod. Vor allem …«

»… Apaquia und Sydän. Ich weiß. Und du passt auf dich auf, Brüderchen.«

Saibro umarmte seine Schwester und auch Frato schweren Herzens, dann stiegen die beiden in die Kutsche. Vechtor war zuvor bereits zum Kutscher auf den Bock gestiegen.

In dem Moment, da die offene Kutsche mit einem Ruckeln losrollte, rief Frato noch: »Pass auf dich auf, alter Balkenbieger!«

Während er mit Avor in Richtung der Terrasse zurückging, fragte Saibro: »Ob ich Helms mal besuchen darf?«

»Ich werde sehen, was ich veranlassen kann. Aber ganz ehrlich? Ich glaube nicht, dass Aefeldur das zulässt.«

Da Saibro niemanden um sie herum sah, sagte er im Flüsterton zu Avor: »Wie ist das jetzt für dich? Aefeldur ist doch eigentlich dein engster Berater.«

Avor seufzte. »Unter uns gesagt: Meine Reise durch das Land mit ihm, diente nicht nur dazu das Land besser kennenzulernen. Meinen *Berater* in geistlichen Fragen kann ich mir leider nicht aussuchen, das besagt eine uralte Abmachung zwischen meinen Vorfahren und den Brüdern Tuhans, aber in allen anderen Dingen werde ich mir andere Berater suchen. Da kannst du dir ganz sicher sein.«

Da sie nun auf der Terrasse angekommen waren, wo wie immer auch schon einige Diener auf sie warteten, sagte Saibro dazu lieber nichts mehr und fragte stattdessen: »Ob es möglich ist, dass ich in die Stadt runterziehe? Vielleicht wieder in das Haus, in dem Helms und ich in der ersten Nacht untergebracht waren?«

»Du willst doch nicht in die Stadt ziehen, um Lobèl näher zu sein? Das kannst du dir abschminken. Sie hat dich nur als Türöffner für ihre Geschäfte nach Laakso gesehen.«

»Nein, das habe ich schon verstanden. Ich fühle mich hier im Palast nur ein wenig eingesperrt.«

Sie waren inzwischen an der Brüstung der Terrasse angekommen, wo Avor jetzt in die Weite blickte.

»Ich verstehe«, sagte Avor schwermütig. »Früher war mir das nicht bewusst, da ich hier aufgewachsen bin und es nie anders kennengelernt habe. Aber seit ich die Reise als

Monakh gemacht habe, merke ich jeden Tag, wie unfrei ich bin.«

»Und was willst du dagegen tun?«, fragte Saibro.

»Was soll ich dagegen tun?«

»Nicht mehr wichtig sein«

»Was? Wie meinst du das?«

»Als Regent bist du einfach zu wichtig, um dich frei herumlaufen zu lassen. Mich wundert es, dass man dich die Reise hat machen lassen.«

»Du glaubst nicht, was das für ein Kampf war! Der Rat hat nur unwillig zugestimmt. Ich durfte diese Reise lediglich für einige wenige Tage und auch nur in dem recht kleinen Teil von Majirani zwischen hier und Dagbara machen.«

»Inzwischen glaube ich das gerne. Aber sag mal: Willst du eigentlich der Regent von Majirani sein?«

Avor schaute Saibro verwirrt an. »Was für eine Frage? Ich bin es nun mal. Das ist eben so.«

»Aber muss es auch so bleiben? Es gibt andere Möglichkeiten, wie sich Menschen organisieren können.«

»Wie etwa die Anarchie bei euch in Laakso? Was meinst du, was los wäre, wenn ich hier von heute auf morgen alles in der Art laufen lassen würde, wie es bei euch üblich ist. Das Land würde in einem Bürgerkrieg untergehen!«

»Da dir das bewusst ist, kannst du darauf hinwirken, dass die Art wie die Menschen in diesem Land zusammenleben, sich nicht von jetzt auf gleich ändert. Du kannst die Verantwortung nach und nach immer mehr in die Hände deiner Untertanen geben. Lade regelmäßig Vertreter aus jeder

Stadt oder Region in eine Art großen Rat ein und lass diese Abgesandten wichtige Dinge diskutieren und Entscheidungen treffen. Wir machen mit unseren jährlichen Treffen was ganz ähnliches.«

»Aber ich wäre trotzdem weiterhin der Regent und nach wie vor so unfrei wie heute.«

Saibro seufzte. »Da gibt es bestimmt klügere Leute als mich, mit denen du einen Ausweg suchen könntest. Doch wenn du Pech hast, gibt es den für dich auch gar nicht? Unter Umständen jedoch für deinen Sohn oder seinen Sohn. Es ist nicht auszuschließen, dass du nur den Anstoß geben wirst, damit sie irgendwann mal von der Bürde der Macht befreit sind und … die Gesellschaft dieses Landes gerechter wird.«

Avor klopfte leicht mit seiner Faust auf die Brüstung. »Saibro! Es mag sein, dass es klügere Menschen als dich gibt. Aber ich kenne keinen von ihnen!«

Kapitel 43

Noch vor dem Nachtmahl brachte eine Kutsche Saibro in das Gästehaus am Hafen, wo ihn Karsun bereits erwartete. Sein Essen ließ sich Saibro an diesem Abend auf dem Balkon seines Zimmers servieren. Später saß er lange dort und schaute über das Meer. Tausend Gedanken geisterten durch seinen Kopf und mit einem Mal fühlte er sich sehr einsam.

Am nächsten Tag wollte er sich nach dem Morgenmahl im Salon von Karsun den Weg zum Hafenkonvent beschreiben lassen. Er hatte den Wunsch, sich ein Bild von diesem Ort zu machen. Doch Karsun erklärte, dass er eine Nachricht aus dem Palast erhalten habe, in der sich der Regent für den Vormittag angekündigt hätte und dass Saibro auf diesen zu warten habe. Saibro überlegte kurz, ob er sich dieser *Anweisung* widersetzen sollte, ging jedoch wieder in sein Zimmer und wartete dort.

Es fiel ihm schwer in diesem Zimmer einen Zeitvertreib zu finden. Der Raum war schön eingerichtet, doch ganz praktisch gesehen, war er ein reines Schlafzimmer. Einzig im Beobachten des Meeres und der es befahrenden Schiffe, fand Saibro ein wenig Ablenkung. Doch auch daran hatte er sich irgendwann sattgesehen. In seinem Zimmer fand

Saibro einen Stuhl, der etwas wackelte. Er erfragte bei Karsun Holzleim, der ihm aber verwehrt wurde. Stattdessen wurde der Stuhl von einem Diener gegen einen baugleichen ausgetauscht. Saibro ging wieder auf den Balkon und schaute abermals über das weite Meer.

Als Karsun später kam, um zu erfragen, ob er sein Mittagsmahl im Salon zu sich nehmen wolle, war Saibro für diese Abwechslung sehr dankbar. Allerdings wurde das ebenfalls zu einer recht eintönigen Angelegenheit. Zumeist war er dabei allein im Salon und das Klappern seines Bestecks war schon das aufregendste Geräusch im Raum. Saibro verzichtete auf den Kaffee, der ihm nach dem Essen angedient wurde. Er bot sich stattdessen an, beim Abwasch zu helfen. Das wurde jedoch von Karsun recht brüsk abgelehnt. Wann Avor endlich kommen würde, konnte ihm dieser auch nicht beantworten, doch bot er ihm an, in der Bibliothek auf den Regenten zu warten. Saibro nahm dankend an und wurde in einen an den Salon angrenzenden Raum geführt.

Im Vergleich zum Salon war es ein kleiner Raum. Drei der vier Wände des Zimmers waren bis unter die Decke voll mit in Regalen angeordneten Büchern. In der Mitte stand eine aus drei Sesseln bestehende Sitzgruppe, die zur Fensterfront ausgerichtet waren, welche einen schönen Blick auf den Himmel über dem Meer freigab.

Saibro hatte es nicht so mit dem Lesen von Büchern, gleichwohl zog er wahllos das eine oder andere heraus und blätterte darin herum. Doch als Avor endlich hereingeschneit kam, hätte Saibro nicht sagen können, was in einem dieser Bücher wirklich geschrieben stand.

»Saibro, mein Lieber, hast du was Schönes zum Lesen gefunden?«, fragte der als Monakh gekleidete Regent.

Doch statt zu antworten, starrte Saibro lediglich an Avor vorbei, auf den Mann der mit ihm die Bibliothek betreten hatte. Dieser schien nicht minder erstaunt. Es war Anaius.

»Das ist Bruder Anaius. Er wird Helms beim Prozess verteidigen«, stellte Avor ihm den Monakh im Plauderton vor. Da erkannte auch er, dass die beiden sich verblüfft anstarrten. »Kennt ihr euch?«

Statt seinem Regenten zu antworten, ging Anaius einen Schritt auf Saibro zu. »Mein Sohn. Es ist schön, dich wiederzusehen.«

»Stimmt ja«, stellte Avor fest, »das Kloster Veitingar. Daran habe ich jetzt nicht mehr gedacht.«

»Ja, das ist *der* Monakh«, sagte Saibro.

»Ach! *Das* ist *der* Monakh?«

»Der bin ich wohl, Majestät«, bestätigte Anaius.

»Dieser Zusammenhang war mir so nicht klar. Aber Helms kennst du nicht, oder?«

»Nein, wir sind uns nie begegnet. Wir waren nur unbekannterweise Komplizen bei der Operation, die dem Konfessor in Gegenwart von Frau Molar *ein wenig Bauchschmerzen* bereitet hatte«, antwortete Anaius.

»Aber: *Das* bleibt wirklich besser unter uns«, sagte Avor.

Anaius sagte dazu nichts und fragte stattdessen Saibro: »Wo sind Saja und Eldon? Geht es ihnen gut?«

»Alles in Ordnung. Dein Plan hat wunderbar funktioniert. Saja und Eldon sind jetzt ein Paar und hoffentlich weiterhin in Sicherheit. Sie wollten sich um Eldons kranke Mutter kümmern und danach mit ihr nach Ivzor zu Eldons Schwester.«

»Gut«, sagte Anaius, »dann wollen wir uns mal um die Sache mit Helms und der angeblichen Hexerei kümmern. Wollen wir uns gleich hier hinsetzen?«

Durch den Boten, der Anaius im Kloster Veitingar aufgesucht hatte, war ihm in Avors Auftrag auch bereits eine der dem Rat von Aefeldur vorgelegten Kopien der Anklageschrift ausgehändigt worden. So hatte sich Anaius schon mit der Anklage vertraut machen können.

»Habt ihr die Anklageschrift gelesen, Majestät?«

»Nur in groben Zügen«, antwortete Avor, »und Saibro hier kennt sie gar nicht.«

Saibro schüttelte zur Bestätigung mit dem Kopf.

»Nun denn: Im Kern bezieht sich der Konfessor auf Helms' Gesundheitslehre. Aber teilweise auch auf einige Ereignisse, die auch dich betreffen, Saibro.«

»Mich?«

»Dich und Saja. Stimmt es, dass er dich mehrfach *willenlos* gemacht hat?«

»Willenlos? Er hat mir einige Male etwas gegeben, damit ich bewusstlos wurde. Meinst du das?«

Anaius nickte. »Und stimmt es, dass er Saja verzaubert hat, sodass sie in *fremden Zungen* sprach?«

Saibro musste darüber nachdenken.

»Damit könnte er die Sache meinen, bei der sie ihre Worte nicht mehr steuern konnte«, sagte Avor.

»Stimmt. Er hatte ihr ein Mittel gegeben, danach kam zunächst eine Zeit lang nur mehr Unsinn aus ihrem Mund heraus und in der Nacht hat sie ihm dann im Schlaf einige Geheimnisse verraten, ohne dass sie am nächsten Tag etwas davon wusste. Aber das alles hatte ich nur dir erzählt«, sagte Saibro argwöhnisch.

»Und ich habe es an niemand anderen weitergetragen. Versprochen!«, sagte Avor.

»Das glaube ich dir auch«, versicherte ihm Saibro. »Was mich jedoch stutzig macht: Ich bin mir durchaus bewusst, dass man in deinem Palast ständig von irgendjemandem belauscht wird, aber diese Geschichte habe ich dir auf dem Schiff erzählt.«

»Es könnte sein, dass uns der Schiffsjunge ausgehorcht hat. Es würde mich nicht wundern, wenn sich Aefeldur seine Dienste gesichert hätte, gleich nachdem wir in Dagbara abgelegt haben«, sagte Avor. »Und mit der Sache mit den Spitzeln im Palast: Hast du da irgendwas mitbekommen? Ich habe nach meinem Amtsantritt extra zahlreiche Diener und Palastwachen austauschen lassen. Ich dachte, ich wäre inzwischen dort nur mehr von Getreuen umgeben.«

»Hast du zum Beispiel veranlasst, dass der Korporal vor Koremnas Zimmer nicht von seinem Posten weichen darf?«, hakte Saibro nach.

»Ich habe da gar nichts veranlasst«, antwortete Avor erbost.

»Wenn ich da mal einhaken dürfte«, sagte Anaius. »Es ist bestimmt wichtig, dem Ganzen irgendwann einmal nachzugehen, aber in Helms' Fall hilft uns das jetzt nicht wirklich weiter.«

»Da hast du recht. Was gibt es noch?«, sagte Avor.

»Aefeldur behauptet, Helms könnte mit Tieren reden. Genauer gesagt mit seinen Hunden. Dann soll er zudem wissen, wie man den Wald verzaubert, sodass dieser Menschen seiner Sinne beraubt und sie zeitweilig willenlosen Wiedergängern gleichen lässt.«

»Wiedergänger? Was ist ein Wiedergänger?«, fragte Saibro.

»In den alten Geschichten der einfachen Leute sind Wiedergänger umherziehende Leichen. Also Verstorbene, die weder den Weg in Tuhans Seelenreich gefunden haben, noch im *Tam* gelandet sind … dem unaufhörlichen Nichts«, erklärte ihm Avor.

»Für mich hört sich das nach einer Gruselgeschichte an, die zu später Stunde rund ums Lagerfeuer erzählt wird«, spöttelte Saibro.

»Ob Legende oder Wahrheit. Für Helms spielt das in dem Fall keine Rolle. Er muss sich vor dem Judex damit auseinandersetzen«, erwiderte Avor und fragte Anaius: »Wie schätzt du die Chancen ein, dass Helms frei gesprochen wird?«

Anaius presste die Lippen zusammen und schüttelte leicht den Kopf. »Nicht besonders gut. Wenn wir statt uns auf den Prozess einzulassen, eine andere Lösung finden würden, wäre das wirklich, wirklich gut.«

Avor faltete seine Hände und setzte sein Kinn darauf. »Ich werde mich jetzt auf den Weg ins Palais machen und mich ein weiteres Mal mit meinem Meister der Mince und dem des Rechts beraten. Vielleicht fällt uns noch etwas ein?«

»Gut. Und ich mache mich auf den Weg zum Hafenkonvent. Schließlich muss mich Helms noch als seinen Advokate akzeptieren und ich mich mit seiner Sicht auf die Dinge auseinandersetzten.«

»Da werde ich mitkommen«, sagte Saibro.«

Anaius legte ihm die Hand auf die Schulter. »Das wird nicht gehen. Sie lassen nur Monakhs und hochgestellte Repräsentanten zu ihm.«

»Dann verkleide ich mich wieder als Novize«, schlug Saibro vor.

»Das kann auch ganz schön nach hinten losgehen. Wahrscheinlich wirst du während der Verhandlung als Zeuge aussagen müssen und wenn dich dann jemand wiedererkennt, kann das nicht nur für Helms katastrophale Folgen haben«, erklärte ihm Anaius.

»Willst du mit in den Palast kommen?«, bot Avor an.

»Na gut. Hier langweile ich mich doch nur zu Tode.«

Avor stand auf und wollte schon hinausgehen, da sagte Anaius: »Ach, Saibro?! Eins noch. Kannst du mir irgendwas nennen, woran Helms eindeutig erkennt, dass ich von dir … sagen wir mal … gesandt wurde?«

Saibro ließ sich wieder in den Sessel zurückfallen und überlegte. »Sag ihm: Der Händler Kauppias weiß schon lange, wie Helms zur Schuldhelferschaft steht.«

Kapitel 44

Die Meister des Rechts und der Mince wollten nicht, dass Saibro an ihrer Besprechung teilnahm und da Avor sie nicht verärgert sehen wollte, saß Saibro wieder alleine herum. Avor hatte angeboten, ihm Bücher, Spiele oder musikalische Unterhaltung besorgen zu lassen. Da sich darunter indes nichts mit Säge, Hammer oder Schaufel befand, lehnte Saibro dies alles ab und schaute sich mal wieder Eosima von der Terrasse aus an.

Als er in seine Gedanken versunken dort stand, hörte er mit einem Mal ein Stimmengewirr näher kommen. Er blickte in Richtung des seitlichen Eingangs, wo er den Ursprung des Lärms ausmachte. Dort tauchte eine Erscheinung aus umherfliegenden Armen, Haaren und bunten Stoffen auf. Er erkannte darin eine ältere Frau, gefolgt von einem Diener und zwei ebenfalls auffällig gekleideten Mädchen im Trippelschritt. Der Mann war Avors Leibdiener Komuin, der für seine Verhältnisse ungewöhnlich heftig gestikulierte und sich offensichtlich in einem Wortgefecht mit der voranpreschenden Frau befand.

Auf der Terrasse angekommen, blieb die Frau abrupt stehen. Sie hatte Saibro erblickt. Fast wären die anderen in sie hineingerauscht.

»*Wer* ist *das*?«

Komuin trat hervor und antwortete: »Das ist Saibro. Er ist ein Vertrauter ihres Sohns, Majestät.«

»Und warum kenne ich ihn nicht?«

»Er ist erst vor einigen Tagen zu uns gestoßen. Er kam mit ihrem Sohn von seiner Reise hierher, Majestät«

»Ach, diese schreckliche Reise! So voller Gefahren. Was will er hier?«

Saibro überlegte, ob er sich in das Schauspiel einmischen sollte, entschied sich jedoch dagegen.

»Er wartet auf die Rückkehr ihres Sohnes. Der, wie ich bereits mehrfach sagte, bei einem Treffen mit seinen Meistern ist, Majestät.«

»Einer Ratssitzung?«, fragte Avors Mutter mit unangenehm lauter Stimme.

»Nein, Majestät. Er trifft sich nur mit dem Meister der Mince und dem des Rechts.«

»Und wo?«

»Unten im Ratssaal, Majestät.«

»Also ist es doch eine Ratssitzung! Komuin, du bist verwirrt!«

»Wenn Ihr das derart seht, Majestät.«

Avors Mutter drehte sich um und stiefelte wieder dorthin zurück, wo sie die Terrasse betreten hatte. Komuin und die beiden Mädchen beeilten sich, ihr zu folgen. Saibro war wieder allein und obwohl er versucht hatte, es zu vermeiden, musste er laut lachen.

»Du hast meine Mutter Ar'inku Midabo kennengelernt?«, fragte Avor rhetorisch, als er gut eine Stunde später wieder zu Saibro auf die Terrasse kam.

»Sowas in der Art.«

»Sie war bisher auf einer Reise nach … ach … irgendwohin. Sie ist eine *Naturgewalt*«, sagte Avor schulterzuckend.

»Wo ist sie jetzt?«, wollte Saibro wissen.

»Was weiß ich? Der Palast ist groß. Irgendwen wird sie schon gefunden haben, um ihn in den Wahnsinn zu treiben. Jedenfalls ist es jetzt mit der Ruhe hier vorbei.«

Da Saibro nicht wusste, was er noch dazu sagen sollte, fragte er: »Hat eure Beratung etwas ergeben?«

»Kaum. Kontab hatte gestern vorgeschlagen, einen Gesandten in den Qushtog zu senden, um dort mit dem Rat der Neun Gespräche zu führen. Doch bis wann der wieder zurück sein wird, ist unklar. Genauso wie der Ausgang seiner Verhandlungen. Von dieser Seite erhoffe ich mir allerdings kaum etwas. Destra lässt derzeit die Gesetze und die Rechtsprechung überprüfen, ob sich nicht irgendein Schlupfloch finden lässt, wie wir Helms aus dem juristischen Einflussbereich der Bruderschaft in den des Staates bekommen können.«

»Destra ist der Meister des Rechts?«, schlussfolgerte Saibro.

»Genau. Du kennst ihn noch nicht, oder?«

»Nein«, antwortete Saibro. »Und er schaut jetzt … irgendwas mit dem Recht der Brüder Tuhans und …? Ach, Avor! Ich verstehe das alles nicht so richtig.«

Avor seufzte. »Es ist so: Von alters her haben die Brüder Tuhans für ihre Belange ein eigenes Rechtssystem. Das hat sich irgendwann etabliert, da sie der Ansicht sind, dass sie sich selbst sowie ihre Taten nur vor Tuhan zu rechtfertigen haben. Mit der Zeit kamen einige Bereiche dazu, die sie selbst als Unrecht ansehen und für die es … sagen wir mal … keine weltliche Erklärung gibt.«

»So wie die Hexerei?«

»Genau.«

»Aber für das, was Helms mit seinen Kräutern macht, gibt es eine *weltliche* Erklärung. Er kann eine bestimmte Wirkung immer nur mit einer bestimmten Pflanze erziehen. Oder eben mit der Kombination bestimmter Pflanzen. Da gibt es immer einen klaren Zusammenhang«, erklärte Saibro.

Avor dachte darüber nach.

»Wenn sie Helms der Hexerei anklagen, dann müssen sie das mit Lobèl auch tun«, fügte Saibro noch hinzu.

»Was hat das mit Lobèl zu tun?«

»Ihr Kaffee hat auch eine Wirkung, die sich genau bestimmen lässt: Er hält einen wach. Ursache und Wirkung. Hinzu kommt noch das Wissen um die Dosierung und schon hat man diese angebliche Hexerei entzaubert. Frag irgendeinen Heiler in Laakso und ihr werdet diesen Zusammenhang bei unzähligen Pflanzen und ihren Früchten genannt bekommen. Das ist keine Zauberei, das ist Wissenschaft.«

Avor nickte lang und anhaltend. »Ja, genau. Das ist es! Wir müssen Wissenschaft in das majiranische Recht einführen und damit Helms' Sachverhalt zu unserem Problem machen.«

Saibro schöpfte ein wenig Hoffnung.

Avor klopfte ihm auf die Schulter und grinste. »Mensch, Saibro. Damit werden wir bei den Brüdern für viel Empörung sorgen. Ich muss sofort mit Destra sprechen. Kommst du solange alleine klar?«

»Ich habe Hunger«, entgegnete Saibro.

»Dann lass dir was zu essen bringen.«

Saibro hatte für sich entschieden, dass er diese Nacht lieber wieder im Palast verbringen würde. Eine weitere Absprache mit Avor war diesbezüglich nicht nötig, da er sein Zimmer hier sowieso behalten hatte.

Dorthin war er nach seinem einsamen Mittagsmahl auf der Terrasse nun auch unterwegs, als ihm auf dem Gang ein Mann begegnete. Saibro kannte ihn nicht, sah jedoch schon von weitem, dass er nicht zur Palastwache oder der Dienerschaft gehörte.

Als Saibro den Mann mit einem Gruß passieren wollte, sprach dieser ihn an: »Entschuldige bitte, aber du bist doch Saibro?«

»Der bin ich und du bist?«

»Mein Name ist Kontab. Der Segen Tuhans hat verfügt, dass ich seiner Majestät als Meister der Mince dienen darf. Ich möchte nicht ausschließen, dass du von mir gehört hast.«

Saibro nickte. Kontabs Haar war schneeweiß und dünn, seine Haut faltig und er schien weitaus älter zu sein als Saibro ihn sich vorgestellt hatte.

»Hättet ihr einen Moment für mich? Dort drüben am Ende des Ganges ist ein kleiner Balkon mit einer netten Aussicht.«

An einer *netten Aussicht* war Saibro inzwischen längst nicht mehr interessiert, trotzdem folgte er Kontab zu dem Balkon, denn er war sich sicher, dass es diesem auch nicht um die dortige Aussicht ging.

Auf dem Balkon angekommen fragte Saibro: »Was gibt es?«

»Zunächst wollte ich dir persönlich versichern, dass wir alles tun werden, um deinen Freund da rauszuholen. Auch wenn ich nunmehr tausend andere Dinge zu tun hätte.«

»Danke«, sagte Saibro, da er nicht wusste, was er dazu sonst sagen sollte.

»Gerne. Nun frage ich mich doch: Was hast du vor?«

»Ich? Was meinst du?«

»Der Regent hält große Stücke auf dich. Leiht dir immer häufiger sein Ohr«, sagte Kontab.

»Große Stücke? Sein Ohr leihen? Es tut mir leid, aber ich verstehe dich nicht? Was willst du mir damit sagen?«

Mit eine Mal war das vorher wie eingemeißelt wirkende Lächeln aus Kontabs Gesicht gewichen und er schien sogar etwas zu wachsen.

»Pass mal auf, mein Junge. Dies hier ist Majirani. Unser Land. Mein Land! Und es ist gut, wie es ist. Wenn du dem Regenten deine kruden Ideen von Tausch und der Abschaffung der Mince ins Gehirn pflanzt, sorge ich dafür, das du das bitter bereuen wirst! Und dein Freund Helms gleich mit. Haben wir uns da verstanden?«

Saibro wusste nicht, was da mit ihm geschah. »Was willst
du von mir?«, fragte er entgeistert.

»Das kann ich dir sagen, Söhnchen«, zischte Kontab. »Ich
will, dass du hier so schnell wie möglich verschwindest!«

»Das will ich auch«, brummte Saibro. »Sobald Helms frei
ist, bin ich … sind wir weg.«

Kontabs Gesichtszüge entspannten sich ein wenig und er
schien abzuwägen, was er von Saibros Worten halten sollte.
»Gut, dann sind wir uns einig. Setz dem Regenten keine
Flausen mehr ins Ohr. Und! Kein Wort zu ihm von diesem
Gespräch. Sonst sorge ich persönlich dafür, dass dein
Freund nicht lebend aus Aefeldurs Fängen rauskommt.
Verstanden?«

Saibro hatte verstanden. Was *Flausen ins Ohr setzen* bedeuten könnte, reimte er sich zwar nur zusammen, doch
würde er lieber jemand anderen als Kontab fragen, ob er
die Bedeutung dessen richtig gedeutet hatte. »Alles klar.
Hol Helms da raus und ich bin spätestens am nächsten Tag
aus Eosima verschwunden.«

Kontab wurde wieder kleiner, nickte und humpelte gruß-
los davon.

Als Saibro an seinem Zimmer ankam, stand dort Korporal
Onbelang vor der Tür.

»Sei gegrüßt, Korporal.«

Der junge Wächter nahm Haltung an und nickte zum
Gruß.

Statt jedoch in sein Zimmer zu gehen, blieb Saibro vor
dem Korporal stehen und fragte ihn: »Was tut man, wenn
man jemandem *Flausen ins Ohr setzt*?«

Onbelangs Gesicht durchlebte in kürzester Zeit mehrere Gesichtsausdrücke, die alle etwas mit Erstaunen und Ratlosigkeit zu tun hatten.

»Du kennst den Ausdruck doch, oder?«, hakte Saibro nach.

»Ja, schon«, antwortete der Korporal vorsichtig. »Jeder kennt den.«

»Dann verrate mir, was er bedeutet.«

»Nun, ich würde sagen, es bedeutet so viel wie: Jemanden auf eine Idee bringen, auf die er selbst nicht gekommen wäre.«

»Ah! Gut. Danke.« Saibro fühlte sich bestätigt und ging in sein Zimmer.

Von einem Klopfen geweckt, raffte Saibro sich auf und öffnete die Tür. Ein Diener richtete ihm aus, dass der Regent ihn im Verandazimmer zum Nachtmahl erwarten würde. Das war der große Raum, der direkt an die Terrasse angrenzte. Mit einem Seitenblick aus dem Fenster sah Saibro, dass es draußen regnete; zum ersten Mal seit er in Eosima angekommen war.

Wie immer schnappte er sich seine Umhängetasche und folgte dem Mann. Als sie im Verandazimmer ankamen, wartete dort nicht nur Avor auf Saibro, sondern auch Anaius sowie Kontab mit einem weiteren Mann, den Saibro nicht kannte.

»Da ist er ja«, rief Avor, als er Saibro sah und setzte an Kontab sowie den anderen Mann gewandt hinzu: »Meine Herren: Das ist Saibro.«

»Guten Abend«, sagte Saibro.

»Und das sind Kontab, mein Meister der Mince, und Destra, der des Rechts.«

Kontab nickte Saibro nur spärlich zu, während der deutlich jüngere Destra mit einem Lächeln in den Augen auf ihn zukam. Er reichte Saibro die Hand. »Freut mich, dich endlich kennenzulernen.«

»Lasst uns zu Tisch gehen, das Essen kommt sicher bald«, forderte Avor sie auf.

Der Regent setzte sich an den Kopf des Tisches und wies Saibro an, zu seiner Rechten Platz zu nehmen. Zu Saibros Erleichterung setzte sich Anaius und nicht Kontab neben ihn. Sofort kamen Diener mit einigen Platten voller Speisen herein.

Die Gespräche beim Essen drehten sich zunächst um allerlei Themen rund um die Staatsführung und um Glaubensfragen. Saibro hielt sich dabei bedeckt. Nicht nur, da er vieles nicht verstand oder es ihn nicht interessierte. Er wollte auch vermeiden, etwas zu sagen, was Kontab gegen ihn aufbringen könnte. Um seine persönliche Sicherheit machte er sich keine großen Sorgen, doch wollte er Helms nicht noch mehr in Gefahr bringen, als er es ohnehin bereits war.

»Saibro, du bist so still. Bist du im Gedanken bei deinem Freund?«, wollte Avor nach einer Weile von ihm wissen.

Nickend steckte sich Saibro zügig einen weiteren Löffel mit einem Kartoffelstück in den Mund.

»Mach dir mal keine zu großen Sorgen«, sagtc Destra. Er saß Saibro direkt gegenüber. »Ich habe meine besten Leute auf die Formulierung des neuen Gesetzes zum Schutz der

Wissenschaft angesetzt. Ich denke, morgen sollte es so weit sein, dass seine Majestät es unterschreiben kann.«

»Was besagt das Gesetz?«, wollte Anaius von dem Meister des Rechts wissen.

»Im Großen und Ganzen wird darin festgehalten, dass von Anklägern vor einem weltlichen Gericht bewiesen werden muss, dass etwas eine nicht wissenschaftliche Grundlage hat, bevor es einem Beklagten vor einem klerikalen Gericht zum Vorwurf gemacht werden kann.«

Anaius schaute nachdenklich in die Ferne. Nach einer Weile nickte er bedächtig und sagte: »Damit bekommen wir wahrscheinlich die meisten Anschuldigungen gegen Helms vom Tisch. Wenn nicht gar alle. Aber wenn Aefeldur stur bleibt, wird er Helms so lange in Gewahrsam behalten, bis er jeden einzelnen Punkt der Anklage gegen ihn vor einem weltlichen Gericht verhandeln lassen hat. Das kann Jahre dauern.«

Da wurde es still am Tisch. Doch hielt die Ruhe nicht lange an, denn mit einem Mal kam Avors Mutter hereingestürmt. Saibro erkannte sie vor allem an der Stimme und an ihren beiden Begleiterinnen. Sie selbst sah völlig anders aus. Hatte ihre Garderobe am Vormittag noch aus zahlreichen, luftig umherfliegenden Tüchern in Rot-, Gelb- und Blautönen bestanden, so hatte sie ihren fülligen Körper jetzt in ein einfarbig apfelgrünes Kleid gepresst. Dazu trug sie über der Schulter einen winzigen Schirm in der gleichen Farbe und – Saibro musste zweimal hinschauen – einen Berg an orangefarbenen Haaren.

»Mein Sohn!« johlte sie und hielt zielstrebig auf Avor zu.

Dieser beeilte sich aufzustehen. »Mutter. Darf ich dir meine Gäste …?«

»Ja, ja. Ein Monakh, zwei Meister und dieser … Fremdling«, winkte sie ab. »Aber schau doch! Welch *Ka-ta-strophe!* Mein Kleid, die haben es zu heiß gewaschen! Du musst dieses Gesindel auspeitschen lassen!«

Avor verdrehte die Augen. »Zu heiß gewaschen? Und du hast nicht …?«

»*Was?* Ich habe gar nichts! Auspeitschen, habe ich gesagt!«

»Mutter. Du weißt, dass ich das Auspeitschen als Strafe untersagt habe.«

»Du bist viel zu weich! Dein Vater …«

»Mutter!«, unterbrach sie Avor. »Ich habe Gäste!«

Zackig den Hals verdrehend, schaute sie demonstrativ ins Nichts, schüttelte den Kopf und stürmte zeternd wieder hinaus. Ihre Mädchen folgten ihr trippelnd.

Avor ließ sich auf seinen Stuhl fallen und hob warnend den Finger: »Ich will *nichts* hören. Kein Wort.«

Von da an wurde schweigend gegessen. Erst beim Kaffee nach dem Nachtmahl – Saibro nahm einen Kräutertee – hatte sich der Regent wieder so weit beruhigt, dass noch über einige belanglose Dinge gesprochen wurde. Danach gingen sie alle auseinander.

Beim Hinausgehen fragte Saibro Anaius, als sie unter sich waren: »Wie war es bei Helms? Hat er dich als Advokate akzeptiert?«

»Das hat er«, antwortete der Monakh. »Danke nochmals
für den Hinweis mit diesem Händler. Es hat Helms sichtlich gut getan, von dir zu hören.«

»Gut«, sagte Saibro. »Doch eine Frage habe ich noch:
Stört dich das neue Gesetz nicht? Du bist schließlich auch
ein Bruder Tuhans.«

»Nein, Saibro. Ich weiß zwar nicht, ob sich die weltlichen
Gerichte darüber freuen werden, wird es für sie dadurch
doch so einige zusätzliche Prozesse geben, aber mich stört
es nicht.«

»Warum nicht?«, wollte Saibro wissen.

»Weil ich der Meinung bin … Nein! Weil ich davon überzeugt bin, dass sich die Bruderschaft weitestgehend auf
geistliche und ihre eigenen Belange konzentrieren sollte.
So ist es mir ein Dorn im Auge, dass der Konfessor im
weltlichen Rat des Regenten sitzt und sich nicht alleine um
dessen spirituelle Verfassung kümmert.«

Anaius hatte sich richtiggehend ereifert, sodass Saibro
nicht wusste, wie er jetzt auf das Gesagte reagieren sollte.

»Ach, Saibro!«, sagte da Anaius, wieder mit seiner typischen Milde im Blick. »Du schaust wie ein getadeltes Kind.
Dabei hat das im Grunde genommen gar nichts mit dir zu
tun. Du bist nur meinetwegen in diese missliche Lage hin-
eingeraten.«

»Da hast du recht. Und ich könnte auch gut und gerne
auf das eine oder andere verzichten, was mir widerfahren
ist. Aber im Großen und Ganzen bin ich froh, dass ich das
alles erleben durfte. Ich habe ganz viel gelernt, habe Freun-

de gefunden und werde als ein anderer nach Hainrod zurückkehren … und bestimmt nicht dümmer.«

»Dann verstehst du jetzt sicher auch, warum mir das Reisen dermaßen wichtig ist: Es macht einen kleiner und es macht einen größer.«

Kapitel 45

Als Saibro am nächsten Morgen durch den Palast ging, herrschte unter der Dienerschaft helle Aufregung. Überall hatten sich Grüppchen gebildet und es wurde getuschelt. Dieses Verhalten kannte Saibro nicht von den Menschen, die hier im Palast arbeiteten. Üblicherweise eilten sie entweder geschäftig umher oder warteten still und möglichst unauffällig darauf, irgendwem zu Diensten sein zu können. Hinzu kam heute, dass immer wenn Saibro in die Nähe einer solchen Ansammlung kam, die Bediensteten verstummten und sie betroffen unter sich schauten.

Saibro merkte, dass er selbst unruhig wurde und beschleunigte seine Schritte. An seinem Ziel – dem Verandazimmer – fand er indes niemanden, nicht einmal einen der dort üblicherweise immer anwesenden Leibdiener Avors. Die Durchgänge zur Terrasse waren verschlossen und durch die großen Scheiben konnte er den Regen auf die Steinplatten prasseln sehen. Menschen hielten sich dort draußen keine auf. Saibro überlegte, ob er sich in die Sofaecke des großen Raumes setzen und warten sollte, bis jemand vorbeikam. Doch diese Geduld brachte er nicht auf. Er öffnete die Tür zum Bereich der Dienerschaft und ging hinein. Nach einigen Metern kam er zu einem Zimmer, das wie ein kleines Kontor aussah. Dort redeten ein Diener sowie eine Frau mit Schürze und Kopftuch auf Komuin ein. Sie standen vor einem Schreibtisch, hinter dem der oberste Leibdiener Avors saß und ihnen mit kummervoller Miene zuhörte.

»Oh! Herr Saibro. Sie wollen ihr Morgenmahl«, sagte Komuin, als er ihn bemerkte.

»Zunächst einmal würde ich gerne wissen, was hier los ist?«

»Ein Bote kam aus dem Qushtog: Bruder Ibokaj ist tot«, antwortete Komuin und seine Trauer wirkte echt und tief.

Saibro scheute sich fast zu fragen. »Wer war das?«

Entgeistert schauten ihn alle an. Saibro sah ein Glitzern in den Augen des Dieners und auch bei der Frau war deutlich zu sehen, dass sie kürzlich geweint hatte.

Routiniert fasste sich Komuin schnell wieder. »Bruder Ibokaj war Mitglied im Rat der Neun und für jeden gläubigen Majirani wie ein Vater. Dort im Rat war er der Älteste und der Einzige, der aus Eosima stammte. Er war irgendwie immer schon da.«

Saibro wusste nicht, was die richtigen Worte für eine solche Begebenheit waren, so sagte er schlicht: »Das tut mir leid.«

»Danke«, sagte Komuin. »Wollt ihr trotzdem jetzt euer Morgenmahl zu euch nehmen? Seine Majestät hat seinen gesamten Rat zusammengerufen, das wird eine Weile dauern.«

»Ja, ich würde gerne etwas essen. Wenn das geht?«

»Ein wenig Arbeit zur Ablenkung wird uns allen gut tun«, antwortete Komuin und scheuchte die beiden Bediensteten aus seinem Zimmer: »Los! An die Arbeit! Herr Saibro hat Hunger.«

Nach dem Morgenmahl zog sich Saibro wieder in sein Zimmer zurück, denn sein Gefühl, im Palais fehl am Platz zu sein, war heute besonders stark.

Wie er sodann am Fenster seines Gästezimmers saß und sich die prachtvollen Dahlien im Innenhof ansah, musste er an Muukja denken – und an seine eigene Mutter. Sie war zeitlebens eine kränkliche Person gewesen und gestorben, als Saibro gerade einmal elf Jahre alt war. Bei ihrer Trauerfeier hatte eine ihrer besten Freundinnen eine Rede gehalten und gesagt, dass sie mit ihrem Tod zu einer *inneren Person* geworden sei. Diese Vorstellung hatte Saibro in den folgenden Wochen und Monaten sehr geholfen – seinem Vater weniger. Er hatte während seiner langen Trauerzeit irgendwie den Kontakt zu den Menschen verloren. Einmal hörte Saibro, wie sein Vater einem Freund erzählte, dass er sich in Hainrod *wie ein Fremdkörper fühlte.* Gut vier Jahre nach dem Tod von Saibros und Koremnas Mutter zog ihr Vater weg. Er hatte Saibro vor die Wahl gestellt, in Hainrod zu bleiben oder mit ihm in das gut drei Tagesreisen entfernte Süstetten zu ziehen. Saibro entschied sich bei seinen Freunden, seiner drei Jahre älteren Schwester und der Dorfgemeinschaft zu bleiben, zumal er einige Monate zuvor damit begonnen hatte, sein Handwerk von Grund auf zu erlernen. Schaute ihr Vater im ersten Jahr noch mehrfach nach seinen Kindern, wurden seine Besuche im zweiten und dritten Jahr immer seltener und ab dem vierten kam er gar nicht mehr nach Hainrod. Also reiste Saibro mit Koremna im darauf folgenden Jahr zum ersten Mal zu ihm nach Süstetten. Hatte Saibro seinen Vater in Hainrod immer als schwermütigen Menschen erlebt, war er in seiner neuen Heimat lebensfroh geworden. Für Saibro war das schön zu sehen; und auch zu erleben. So oft wie er in den zwei Wochen ihres Besuchs von seinem Vater gedrückt und geherzt wurde, war er in seiner ganzen Kindheit nicht von ihm liebkost worden. Nach diesem Besuch war Saibro noch zweimal bei seinem Vater in Süstetten, doch der hatte Hainrod nie wieder besucht.

Als Saibro über das lange Zeit schwierige Verhältnis zu seinem Vater nachdachte, kam ihm in den Sinn, dass Anaius ihn gerne *mein Sohn* nannte. Er fragte sich, ob die Brüder Tuhans für viele Majirani wirklich wie Väter waren und ein in deren Hierarchie derart hochgestellter Mann wie Bruder Ibokaj, damit eine Art *Übervater*? Die Trauer, die er in den Augen der Bediensteten gesehen hatte, sprach dafür. Wahrscheinlich waren viele von ihnen diesem Mann zwar schon während ihrer Arbeit im Palast begegnet, doch konnte Saibro sich nicht vorstellen, dass auch nur einer von ihnen eine persönliche Beziehung zu ihm aufgebaut hatte – geschweige denn eine wirklich familiäre. Zudem kam ihm in den Sinn, dass sich die Monakhs untereinander als Brüder ansahen. *Mein Sohn, meine Tochter, Vater* oder *Bruder*. Saibro spürte trotz dem allgegenwärtigen Gebrauch dieser aus familiären Verbindungen entlehnten Begriffen keine wahre Verbundenheit zwischen diesen Leuten. Für ihn wirkte in den Beziehungen zwischen den Menschen, die er hier erlebte, vieles *aufgesetzt* und unecht.

Irgendwie einstudiert. Saibro erinnerte sich deutlich, dass Aefeldur auf der Fahrt nach Eosima sowie auch schon auf dem Gut von Frau Molar Helms häufiger *mein Sohn* genannt hatte – und inzwischen wollte er ihn töten lassen. Keiner wusste besser als Saibro, dass Beziehungen zwischen Vätern und Söhnen schwierig sein konnten, doch war dieses Verhalten des Konfessors alles andere als *väterlich*. Auch konnte er sich Ar'inku Midabo beim besten Willen nicht als liebende Mutter für den jungen Avor vorstellen.

Erneut erschien ihm in dieser Gesellschaft etwas als vollends verschoben. Er beneidete Avor nicht um seine Aufgabe als Regent, zumal er bei ihm deutlich spürte, dass er sein Land wirklich verändern und zum Teil auch neu gestalten wollte.

Später wurde Saibro zu Avor gerufen. Ein Diener brachte ihn in einen Raum, den er bisher nicht kannte und wo Avor hinter einem Schreibtisch sitzend auf ihn wartete.

»Saibro, mein Freund. Setz dich.« Avor zeigte auf den vor dem Schreibtisch stehenden Stuhl. Er wirkte ernst und im Gegensatz zu seinem sonst farbenfrohen Kleidungsstil, trug er Schwarz.

Nachdem er sich gesetzt hatte, sagte Saibro: »Das mit dem Tod von Bruder Ibokaj tut mir leid.«

»Du hast bereits davon gehört? Aber so wie ich meinen Hof kenne, darf mich das wirklich nicht verwundern.« Avor quälte sich ein Lächeln ab. »Ich habe Staatstrauer ausgerufen. Er war ein wichtiger Mann in diesem Land.«

»Kanntest du ihn gut?«, wollte Saibro wissen.

»Irgendwie schon. Wenn auch nicht auf einer persönlichen Ebene. Er war einst der Konfessor meines Großvaters und auch anfänglich der meines Vaters. Das war jedoch vor meiner Geburt. Er hat deren Handeln maßgeblich geprägt und dadurch auch mein Erbe in diesem Amt. Wirklich getroffen habe ich ihn nur ein paar Mal. Er war eine Persönlichkeit: willensstark und fest im Glaube an Tuhan.«

»Er war Aefeldurs Vorgänger als Konfessor?«

Avor nickte.

»Wird er auch sein Nachfolger?«

Avor schaute fragend. »Bitte?«

»Ich frage mich, ob Aefeldur auch im Rat der Neun der Nachfolger von Ibokaj wird? Als Konfessor war er es ja immerhin geworden.«

Avor schlug mit der Faust auf den Tisch. »*Das* ist es!«

Saibro erschrak ein wenig. Diesmal war er es, der nicht verstand. »Was?«

»Warum bin ich da nicht selbst drauf gekommen? Wir sorgen dafür, dass Aefeldur den freien Platz im Rat der Neun anstrebt!«

»Ja, gut. Und?«

»Du verstehst anscheinend nicht ganz«, sagte Avor mit großen Augen. Dann tippte er sich jedoch an die Stirn. »Wie auch? Du kennst die neusten Entwicklungen ja noch nicht.«

»Dann klär mich auf«, forderte Saibro.

»Ursprünglich hatte ich dich wegen einer anderen schlechten Nachricht hierher gerufen: Aufgrund des Todes von Bruder Ibokaj, war es mir, aus sicher auch für dich nachvollziehbaren Gründen, heute nicht möglich das neue Gesetz zum Schutz der Wissenschaft zu unterschreiben. Die Stimmungslage in der Bevölkerung und bei der Bruderschaft wird in der nächsten Zeit sehr religiös aufgeladen sein und damit hätte das Gesetz einen denkbar schlechten Start. Was das allerdings für Helms und den Prozess gegen ihn bedeutet hat, dürfte klar sein.«

Saibro nickte.

»Aber wo der Tod Ibokajs ein Tor wieder zugeschlagen hat, hat er ein anderes geöffnet: Ich weiß aus einem persönlichen, vertraulichen Gespräch mit Bruder Lukare, dem Judex in Helms' Prozess und Vorsteher des Hafenkonvents, dass er und auch viele andere Brüder den Prozess am liebsten vom Tisch hätten. Nur einer drängt darauf, dass sich Helms vor dem weltlichen Auge Tuhans verantworten muss.«

»Aefeldur«, schlussfolgerte Saibro. »Aber wer bestimmt, dass Aefeldur in den Rat der Neun aufgenommen wird? Doch nicht du, oder?«

»Nein. Die übrig gebliebenen aus dem Rat der Neun wählen ihr neues Mitglied. Aus diesem Grund werden sich auch spätestens morgen die Anwärter auf den freien Platz aus ganz Majirani auf den Weg in den Qushtog machen, um dort ihren Anspruch anzumelden. Und wenn ich es mir recht überlege, können wir uns sicher sein, dass Aefeldur seine Reisetaschen bereits packen lässt. Ich werde mich gleich nach unserem Gespräch versichern, dass dem wirklich so ist und falls nötig unauffällig etwas nachhelfen.

Aber ich bin mir *ganz* sicher: Diese Chance wird sich Aefeldur nicht entgehen lassen.«

»Hat er denn heute im Rat nichts dazu gesagt?«

»Er war gar nicht da. Er hatte einen anderen Bruder an seiner statt in den Rat geschickt, um die Stimme Tuhans zu sein. Mir war es ganz recht so.«

»Und du meinst wirklich, dass wir Helms dadurch ohne Prozess aus der Geschichte herausbekommen?«, fragte Saibro hoffnungsvoll.

»Wenn Aefeldur tatsächlich in den Qushtog reist, und dafür werde ich sorgen, wird er entweder für immer oder zumindest für viele Wochen weg sein. Der Auswahlprozess für ein neues Mitglied in den Rat der Neun ist sehr formell und wird wahrscheinlich monatelang dauern. Nach menschlichem Ermessen hat sich das Verfahren gegen Helms damit erledigt.«

Saibro klatschte freudig in die Hände.

»Psst! Freu dich meinetwegen, aber tu es leise: Der Hof ist in Trauer«, mahnte Avor, schenkte Saibro dabei aber ein Lächeln.

»Ja, klar. Wenn es für dich in Ordnung ist, werde ich nachher wieder ins Gästehaus fahren und die Nacht dort verbringen. Dort fühle ich mich Helms irgendwie näher«, sagte Saibro und dachte bei sich: » … und gehe auch den ganzen Leuten am Hof aus dem Weg.«

»Kein Problem. Es wird für mich ein arbeitsreicher Tag bleiben und ich werde heute gewiss bis tief in die Nacht beschäftigt sein. Doch eines musst du mir versprechen: Bevor du aus Eosima abreist, führen wir ein letztes eingehendes Gespräch über die Zukunft meines Landes.«

»Versprochen. Aber erst wenn Helms wirklich auf freien Füßen ist«, sagte Saibro und musste dabei an Kontab sowie seine Drohung denken.

Kapitel 46

Den Nachmittag und Abend hatte Saibro in der Bibliothek des Gästehauses verbracht und tatsächlich etwas Muse zum Lesen gefunden. Karsun hatte ihm Kräutertee, eine Wolldecke sowie einige Kerzen gebracht und der Regen prasselte unaufhörlich an die Scheiben der Fenster. Beim Stöbern in den Regalen, hatte ein Buch über den Bau von Schiffen Saibros ungeteilte Aufmerksamkeit gefunden: Dass kleinere Wasserfahrzeuge Boote und größere Schiffe genannt wurden, war ihm bereits vorher durchaus bewusst gewesen, doch erfuhr er aus dem Buch viel Neues über die unterschiedlichen Bauweisen und die Takelung von Segelschiffen.

Nach dem Nachtmahl entdeckte er unter anderem ein Buch namens *Kriegskunst*. Den Titel fand Saibro besonders widersprüchlich, was wiederum sein Interesse weckte. Vieles von dem im Buch beschriebenen, fand er abstoßend und widerlich. Doch konnte er nicht davon lassen und nur so war es ihm vergönnt, das Kapitel über den *majiranischen Pazifismus* zu entdecken. Zu seinem Erstaunen, war es ausgerechnet die Ablehnung der Brüder Tuhans von Krieg als Mittel der Auseinandersetzung, die dem Land eine Tradition des Verzichts auf militärische Gewalt und damit bereits zwei Jahrhunderte lang Frieden eingebracht hatte. Stattdessen setzten die Majirani im Falle eines Konflikts auf ein Konzept namens *Diplomatie*, bei dem die Differenzen mittels Verhandlungen abgebaut wurden. Der Verfasser des Werks rühmte den majiranischen Pazifismus als Garant für den Frieden auf nahezu dem gesamten Kontinent Magano. Saibro spürte etwas wie Dankbarkeit. Denn er vermutete, dass auch Laakso und seine Nachbarregionen hier im Südwesten Maganos Nutznießer dieser Haltung des größten Landes des Kontinents waren. Dieses Gefühl wurde allerdings durch eine spätere Passage in dem Kapitel wieder gemindert. Dort stand, dass sich die Majirani nur zu gerne auf diese friedfertige Grundhaltung ihres Landes eingelassen hatten, da sie der einhelligen Meinung waren, dass Krieg schlecht für das Geschäft sei.

Am kommenden Morgen hatte der Regen aufgehört und die Gemütlichkeit des Vorabends wurde durch einen makellos blauen Himmel ersetzt.

Während Saibro im Salon saß und sein morgendliches Mahl einnahm, kam Bruder Anaius herein.

»Guten Morgen, mein Sohn. Lass es dir schmecken.«

»Guten Morgen, mein Bruder. Setzt dich.«

Während Anaius der Aufforderung folge leistete, sagte er: »Ich bin aber doch gar nicht dein Bruder.«

»So wie ich nicht dein Sohn bin«, erwiderte Saibro mit einem Augenzwinkern.

»Ach so!« Anaius schmunzelte. »Ich merke gar nicht mehr, wenn ich das sage. Seh es mir bitte nach.«

»Gerne. Aber erzähl: Was führt dich her?«

»Ich bin auf dem Weg in den Palast und wollte dich fragen, ob du mitkommen willst. Die Spatzen pfeifen es von den Dächern: Aefeldur wird noch heute in den Qushtog aufbrechen, um sich dort für den freigewordenen Platz im Rat der Neun anzudienen.«

»Macht er es tatsächlich?!«

Anaius schmunzelte. »Du scheinst mir gut informiert zu sein. Demnach hat der Regent schon mit Aefeldurs Bewerbung für die Position gerechnet.«

Saibro fühlte sich irgendwie ertappt und als wenn er ein Geheimnis verraten hätte.

»Schau nicht so. Alles andere wäre auch töricht von ihm gewesen.«

»Von wem? Von Avor oder Aefeldur?«, fragte Saibro.

Anaius schnaubte amüsiert. »Irgendwie von beiden. Aber im Grunde meinte ich den Regenten. Du nennst ihn bei anderen besser auch so. Oder zumindest Tag'avor. Ein gut gemeinter Ratschlag von mir.«

Saibro erinnerte sich daran, dass ihn Avor dazu angehalten hatte, ihn nur im Kreis von Vertrauten *Avor* zu nennen; und prinzipiell hatte er sich auch immer daran gehalten. Da wurde Saibro klar, dass er Anaius inzwischen ebenfalls zum Kreis seiner persönlichen Vertrauten zählte. Dieser war in Eosima allerdings recht überschaubar, zählte Saibro neben Anaius nur mehr Avor und Helms dazu.

»Wie geht es Helms? Hast du ihn kürzlich gesehen?«, wechselte Saibro das Thema.

»Zuletzt gestern Abend. Wir haben die Entwicklungen besprochen, die seinen Fall betreffen. Es ist für ihn ein stetiges Auf und Ab der Gefühle. Doch zumindest lassen sie ihn in Ruhe.«

»Was heißt das?«

»Seine Gefangenschaft ist für ihn wie Stubenarrest: Er sitzt den ganzen Tag in einem der Gästezimmer des Konvents und wartet. Er weiß jedoch auch, dass seine Situation ohne Avors Fürsprache bei Bruder Lukare deutlich *unangenehmer* sein könnte.«

»Unangenehmer?«, hakte Saibro erneut nach.

Anaius neigte sein Haupt leicht zur Seite und schaute Saibro durchdringend an, dann lächelte er. »Du bist echt etwas besonderes: Viele Menschen sind neugierig, aber wenige auf eine solch offene Art wie du.«

»Du wolltest mir jetzt damit aber nicht demonstrieren, was das Wort *unangenehm* bedeutet? Denn das weiß ich«, dachte Saibro laut nach.

»Nein, nein. Wenn du es genau wissen willst: Helms hat den ersten Tag und die erste Nacht seiner Haft im Kerker des Hafenkonvents verbracht und dort mit eigenen Augen die Gerätschaften gesehen, die sie dort für die *peinliche Befragung* benutzen. Und bevor du fragst: *peinlich* leitet sich in diesem Fall von *Pein* ab, also von Qual, Schmerz und Tortur. Der Begriff *peinliche Befragung* ist schlichtweg eine verharmlosende Umschreibung für *Folter*.«

Zum Thema Folter hatte Saibro in seiner Lektüre über die *Kriegskunst* mehr gelesen als ihm lieb war. Sein Mund klappte auf und die Farbe wich ihm aus dem Gesicht. »Haben sie …?«

Anaius schüttelte den Kopf. »Nein. Aber sie hätten.«

Saibro war schockiert. »Wozu?«

»Viele eher traditionell denkende Brüder sind der Ansicht, dass Hexer von einer bösen Macht besessen sind und dass diese ausgetrieben werden muss, damit sich der Beklagte der Verderbtheit seiner Taten überhaupt bewusst werden *kann*. Aefeldur hätte vor dem Beginn des Prozesses mit Sicherheit noch auf die Durchführung der peinlichen Befragung bestanden.«

»Weil er Helms sonst nicht in der Lage gesehen hätte, seine *Verbrechen* selbst zu erkennen?«

Anaius zuckte mit den Schultern und schaute wie ein ertapptes Kind. »So ist es wohl. Aber bevor du jetzt schlecht von der Bruderschaft denkst: Damit vertritt er eine Meinung, die nicht mehr sehr verbreitet ist.«

»Was Helms wahrscheinlich aber nicht viel genutzt hätte, oder?«

»Da hast du vermutlich recht. Die peinliche Befragung ist nun mal nach wie vor Bestandteil des klerikalen Rechts und solange sie in unseren Rechtsgebräuchen festgeschrieben ist, solange kann sie auch Anwendung finden.«

»Und wer kann das ändern?«, wollte Saibro wissen.

»Der Rat der Neun«, antwortete Anaius.

»Der Rat der Neun? Also die Leute, in deren Kreis Aefeldur aufgenommen werden will. Jener Aefeldur, der die peinliche Befragung selbst noch bei Helms anwenden wollte, müsste mit den anderen aus dem Rat dafür sorgen, dass sie abgeschafft werden würde?!«

Anaius warf seine Hände abwehrend in die Luft und antwortete: »Gut Ding muss reifen. Und der Reifeprozess in der Bruderschaft ist meist ein eher langer. Aber das hat auch oft sein Gutes.«

Saibro nickte. »Unsere Entscheidungsprozesse können auch recht lange Zeit in Anspruch nehmen. Nur liegt es bei uns daran, dass keiner der von der Entscheidung Betroffenen etwas dagegen haben darf.«

»Ich erinnere mich. Apaquia hatte mir dieses Prinzip eurer Entscheidungsfindung erläutert. Sie meinte, dass die so getroffenen Beschlüsse besser und länger *tragen* würden.«

Als er Apaquias Namen hörte, musste Saibro einmal tief durchatmen. Statt etwas zu erwidern, nickte er nur – mit Sehnsucht im Herzen.

Bruder Anaius schaute Saibro tief in die Augen. »Du möchtest gerne wieder nach Hause, stimmt's?«

Saibro kämpfte augenblicklich mit den Tränen und so nickte er nur.

»Dann lass uns mal nicht länger hier herumquatschen und lieber dafür sorgen, dass dein Freund dort rauskommt.«

Auch wenn Anaius sein Bein wieder voll belasten konnte, schien er nicht traurig darüber zu sein, dass sie mit der Kutsche in den Palast fahren konnten. Avor hatte Saibro am Vortag einen Wagen mitgegeben und der Kutscher war beauftragt worden, ihm stets zur Verfügung zu stehen.

Nachdem sie im Palais angekommen waren, wurden ihnen auf der wieder von der Sonne beschienenen Terrasse erfrischende Fruchtgetränke gereicht, denn sie hatten noch eine Weile auf Avor zu warten.

»Ich verweichliche hier noch total«, sagte Saibro zu Anaius und zog einen Schluck seines Apfelwassers durch einen Strohhalm aus dem Glas. »Wie bekommen die das immer hin, dass das dermaßen kühl ist?«

»Der östlichste Ausläufer der Schwarzberge ist nicht fern und von dort holen sie bis ins späte Frühjahr hinein Schnee, der in den tiefsten Kellern des Palastes eingelagert wird. Damit wird der Saft kurz vor dem Servieren versetzt und der Regent sowie seine Gäste den ganzen Sommer über erfrischt«, erklärte ihm Anaius.

»Verrückt!« Saibro schüttelte den Kopf und klopfte mit dem Finger an einen der vergoldeten Stäbe des wieder auf der Terrasse stehenden Vogelkäfigs. Wie auch alle Möbel, war er während des Regens der vergangenen Tage ins Verandazimmer hineingetragen worden.

Mit einem Räuspern machte der zu ihnen an den Käfig getretene Komuin auf sich aufmerksam. »Bitte folgen Sie mir. Seine Majestät erwartet sie beide in seinem Arbeitszimmer.«

»Bruder Anaius. Saibro. Seid gegrüßt. Bitte setzt euch.« Avor wirkte auf Saibro ungewöhnlich formell, als er sie begrüßte. Weiterhin schwarz gekleidet, stand er hinter seinem Schreibtisch und wies auf die beiden davor stehenden Stühle. Sie setzten sich alle zeitgleich. »Kann euch Komuin noch etwas bringen? Einen Kaffee? Oder einen Tee?«

»Nein, danke«, antwortete Anaius und auch Saibro schüttelte mit dem Kopf.

»Dann kannst du uns alleine lassen«, sagte der Regent zu Komuin. Als sein Leibdiener die Tür hinter sich geschlos-

sen hatte, wartete Avor einen Moment, dann schlug er mit
der Faust auf den Tisch und lachte: »Er ist weg! In diesem
Augenblick müsste sein Schiff in Richtung Qushtog auslaufen.«

»Du meinst Aefeldur?«, fragte Saibro nach.

»Genau der!« Avor schien sich wirklich zu freuen. Er atmete tief durch. »Ich fühle mich irgendwie total befreit.«

Saibro musste ebenfalls grinsen. »Und nun?«

»Nun werde ich meinen kommissarischen Konfessor in
den Hafenkonvent schicken, damit er mit dessen Vorsteher
über die Entlassung von Helms verhandelt.«

»Du hast schon einen Vertreter für Aefeldur?«, fragte
Anaius nach.

»Bisher nicht«, antwortete Avor. Er war unvermittelt wieder sehr ernst geworden und sagte zu Anaius: »Steh auf!«

Anaius schaute zu Saibro hinüber, dann verstand er.
»Ich?! Ich soll …?«

Avor erhob sich und mit einer kurzen Verzögerung tat es
ihm Anaius gleich. Als jedoch Saibro auch aufstehen wollte, schüttelte Avor nur den Kopf und Saibro sank wieder in
seinen Stuhl.

»Also: Willst du, Bruder Anaius, vor Tuhan und diesem
Zeugen schwören, deinem Regenten treu zu dienen und
ihm stets den wahren Willen Tuhans zu offenbaren?«

Anaius suchte offensichtlich nach den richtigen Worten
und stammelte: »Ja, ich will. So wahr mir Tuhan helfe.«

»Gut, das muss fürs Erste reichen«, sagte Avor und bedeutete Anaius, dass er sich wieder setzen könne. Als sie
beide wieder saßen, fügte er hinzu: »Vor dem Rat wirst du

mir ein weiteres Mal schwören müssen. Dann allerdings den vollen Treueeid. Aber das hat Zeit. Jetzt wirst du dich erstmal auf den Weg in den Hafenkonvent machen und Helms dort rausholen.«

Anaius lächelte. »Gerne. Sehr gerne.«

An Saibro gewandt sagte Avor darauffolgend: »Und wir beide gehen auf die Terrasse und lassen uns das Mittagsmahl servieren. Ich habe mächtig Hunger.«

»*Kommissarisch* bedeutet, dass Anaius stellvertretend Konfessors sein wird?«, fragte Saibro Avor bei ihrem gemeinsamen Mittagsmahl.

»Richtig«, antwortete Avor kauend.

»Aber ich dachte, dein Konfessor würde von der Bruderschaft bestimmt?«

»Auch richtig. Nur da Aefeldur in seiner Eile vergessen hat, einen Stellvertreter zu benennen, steht es mir nach alter Sitte frei, einen kommissarischen Konfessor zu wählen. Ich darf schließlich nicht ohne seelischen Beistand sein«, antwortete Avor und zwinkerte Saibro zu.

Saibro wusste diese Geste zwar nicht recht zu deuten, entschied sich jedoch auf eine Nachfrage zu verzichten und steckte sich stattdessen ein Stück Broccoli in den Mund. Dieses Gemüse hatte er erst in Eosima kennen und schnell auch schätzen gelernt. Wie auch von der Kartoffel, wollte er davon gerne Samen oder Setzlinge mit nach Laakso nehmen, doch würde er lieber Helms statt Avor danach fragen.

»Du hast Helms doch persönlich gesehen, oder?«, wechselte Saibro das Thema.

Avor nickte.

»Hattest du den Eindruck, dass es ihm gut ging? Dass sie keine peinliche Befragung an ihm durchgeführt haben?«

Avor schaute zu Saibro, legte seine Gabel weg und schluckte hastig sein Essen herunter. »Ach, Saibro. Wir müssen dir wie wahre Monster vorkommen! Nein. Sie haben ihn nicht gefoltert. Dafür habe ich persönlich gesorgt.«

»Danke«, sagte Saibro schlicht.

»Gerne. Du kannst dir sicher sein, dass ich bereits seit meinem Amtsantritt mit Meister Destra an einer grundlegenden Rechtsreform arbeite, die die Gewalthoheit vollständig in meine Hände legt. Danach dürfen nur mehr von mir befugte Einrichtungen Gewalt anwenden, wie etwa die Stadtwachen oder meine Landsknechte. Und denen werden wir strenge Regeln dafür auferlegen.«

»Wäre es nicht besser, wenn niemand mehr irgendwem Gewalt antun dürfte?«

»Mag sein, aber ich kann mir nicht vorstellen, dass ich meinem Land von heute auf morgen Gewaltverzicht befehlen kann. Das ist ein Prozess. Doch ich bin durchaus hoffnungsfroh, dass Majirani im Inneren nach und nach genauso friedfertig wird, wie es nach Außen schon länger ist.«

»Du meinst den majiranischen Pazifismus?«, fragte Saibro.

Avor schmunzelte. »Respekt. Du kennst dich immer besser mit diesem Land aus. Aber nun essen wir weiter, sonst wird der Brokkoli und die Kartoffeln noch kalt und wir ernten wieder böse Blicke von Komuin.«

Mit einem Seitenblick auf Avors beiseite stehenden Leibdiener, erkannte Saibro eine bitterstolze Regung auf dessen
Gesicht und es gelang ihm ein Grinsen zu unterdrücken –
im Gegensatz zu Avor.

Kapitel 47

Als Helms mit Anaius auf die Terrasse kam, fütterte Saibro soeben Avors bunte Vogelschar. Er hatte einen Großteil des Nachmittags damit verbracht, sich von dessen Tierpfleger allerhand mehr oder weniger Interessantes über die Herkunft und die Eigenheiten der gefiederten Exoten erläutern zu lassen. Das Angebot, sich im Park des Palastes noch die Fische zeigen zu lassen, hatte Saibro dankend ausgeschlagen und so hatte ihn der fachkundige Mann auf der Terrasse ebenso alleine zurückgelassen, wie es vor ihm nach dem Mittagsmahl bereits Avor getan hatte.

»Helms!«, rief Saibro seinem Freund zu und schnaufte einmal kräftig durch. Schnell schritten die beiden Männer aufeinander zu und umarmten sich ungelenk.

»Ach, Saibro«, sagte Helms sichtlich bewegt. »Danke, dass du für mich da warst.«

Saibro wollte schon abwiegeln, entschied sich jedoch für ein knappes »Bitte.«

Helms wand sich Anaius zu. »Auch dir möchte ich danken.«

Der Monakh nickte nur huldvoll.

»Und nun: Wie kommen wir am schnellsten hier weg?«, fragte Helms und wirkte dabei voller Tatendrang.

»Frato und Koremna hat Avor eine Eskorte bis nach Ivzor mitgegeben. Ich denke mal, dass wir auch eine bekommen können«, antwortete Saibro. Jetzt da ihrer Heimreise nichts mehr im Weg stand, spürte er, wie aufgeregt ihn das machte.

»Das freut mich für die beiden. Hoffentlich kommen sie gut in Izvor an. Aber sag: Weißt du, wo unser Regent ist? Ihm will ich auch noch danken.«

»Ich habe ihn zuletzt beim Mittagsmahl gesehen und da sagte er nur, dass Staatsgeschäfte auf ihn warten würden«, antwortete Saibro.

»Ah!«, rief Anaius aus. »Ich kann mal nach ihm sehen. Ich bin schließlich sein Konfessor. Ich darf das jetzt.« Er wirkte reichlich über sich selbst und seine neue Rolle erstaunt.

»Sollen wir hier warten?«, fragte Saibro.

Anaius überlegte kurz. »Nein, kommt einfach mit.«

Als sie durch das Palais liefen, erschien Saibro die Dienerschaft recht umtriebig und als er von einem pausbackigen Diener fast umgerannt worden wäre, fragte er Anaius: »Was ist denn hier los?«

»Keine Ahnung. Als wir vorhin hier ankamen, hatte ich auch schon das Gefühl, dass irgendwas in der Luft liegt.«

»Damit meint er …«

»Ja, ich weiß, was er damit meint«, unterbrach Saibro Helms.

Derweil waren sie an Avors Arbeitszimmer angekommen und ließen sich von dem davor stehenden Wächter ankündigen.

Während sie eintraten, kam Avor bereits um seinen Schreibtisch herumgeeilt und fasste Helms zur Begrüßung bei den Oberarmen. »Schön, dich wohlbehalten auf freiem Fuß zu sehen. Dann kann es ja losgehen!«

»Danke. Danke für alles«, murmelte Helms, räusperte sich und fragte dann: »Was kann losgehen?«

»Wir fahren jetzt gleich alle zusammen auf mein Landgut auf der Insel Eolean, draußen auf dem Lacdag. Und dort feiern wir. Ist das nicht eine tolle Idee?«

»Lacdag? Ist das nicht der See, den wir auf dem Weg hierher durchquert haben?«, musste Saibro nachfragen.

»Genau. Und dort im See liegt die Insel Eolean, auf der mein Landgut liegt. Wenn wir jetzt gleich aufbrechen, sind wir in einer guten Stunde dort.« Avor schien ganz begeistert von seiner Idee.

»Aber wir wollten so schnell wie …«

»Genau, Helms«, unterbrach ihn der Regent. »Die Insel liegt quasi auf dem Weg in Richtung Dagbara. Heute Abend feiern wir dort und morgen könnt ihr aufbrechen. Ist alles schon organisiert. Saibro und ich werden nach dem Morgenmahl noch das versprochene Gespräch führen und danach werdet ihr auf einer Galeere nach Dagbara gebracht. Mitsamt einer Eskorte, die bis nach Izvor nicht von Saibros Seite weichen wird.«

»Feiern? Aber die Staatstrauer, Majestät«, hakte Anaius nach.

»Darum die Insel! Offiziell gehen wir dort in Klausur. Saibro, das meint eine Art Arbeitstreffen unter Ausschluss der Öffentlichkeit.«

Saibro nickte und wunderte sich über den Überschwang des Regenten.

»Und wer ist in dem Fall *Wir*?«, wollte Helms wissen.

»Wir vier und ein paar Diener. Also los, wir brechen auf.«

»Und unsere Sachen?«, fragte Saibro.

»Deine und Helms' Sachen habe ich bereits einpacken lassen und ein Monakh braucht ja für eine Nacht nicht viel, oder?«

Eine Kutsche brachte sie aus der Stadt, vor deren Toren der Eolean lag. Auf der Fahrt nach Eosima hatte Avor Saibro erklärt, dass der See künstlich entstanden sei und vornehmlich dem Hochwasserschutz diente. An die Insel, auf die sie jetzt mit einem Fährschiff übersetzen, konnte er sich dunkel erinnern. Vom Wasser aus waren vor allem Bäume sowie ein Turm aus Kalkstein zu sehen.

Saibro merkte selbst, wie er sich mit tiefen Zügen von der Stadtluft frei atmete. An der Anlegestelle warteten Diener mit Pferden auf sie, doch Avor schickte sie weg und so liefen sie durch den Wald zum Gutshaus. Mit jedem Schritt merkte Saibro, wie er sich von der Umklammerung der Stadt befreite. Liebend gerne wäre er vom befestigten Weg in den Wald abgebogen und durch das Unterholz gestakst. Doch er folgte weiterhin im Abstand von einigen Schritten den vor ihm dahinschreitenden Männern, die er inzwischen ohne mit der Wimper zu zucken als Freunde bezeichnen würde – selbst Anaius.

Als sich nach einer guten Viertelstunde der Wald zu einer breiten Lichtung hin öffnete, offenbarte er in deren Mitte eine zu einem Haus gewordene Stadtmauer. Das Gebäude aus Kalkstein war ein großer Klotz mit Zinnen, aus dessen Mitte der weithin sichtbare Turm mit flachem Aussichtsbereich herausragte. Saibro war beeindruckt. Er hatte zwar nicht mit einer Hütte gerechnet, aber irgendwie doch mit etwas Kleinerem.

Nachdem sie die Lichtung auf einem sorgfältig angelegten Weg überquert hatten und bei dem Gebäude ankamen, wartete dort – zu Saibros Überraschung – Karsun auf sie.

»Majestät! Die Herren. Es ist alles arrangiert. Die Zimmer stehen für Sie bereit und das Nachtmahl kann jederzeit serviert werden.«

»Sei gegrüßt, Karsun. Können wir draußen essen?«, fragte Avor.

»Ich werde auf der Terrasse hinter dem Haus auftischen lassen. Wollen die Herren sich vorher frisch machen?«

»Die Hände waschen, aber sonst nichts. Sind unsere Sachen bereits auf den Zimmern?«

»Selbstverständlich, Majestät. Wie gewünscht, habe ich den Herren die Zimmer der Familie herrichten lassen.«

»Gut, Karsun, dann gehen wir kurz hinauf und das Essen richtest du für in einer halben Stunde.«

»*Was?*«, entfuhr es da Saibro.

Avor drehte sich zu ihm um. »Nicht?«

Saibro fühlte sich irgendwie ertappt. »Ähm … es ist nur so: Ich habe mächtig Hunger.«

»Nun gut! Essen wir jetzt gleich. Karsun, lass für jeden eine Schale mit Wasser, Seife und einem Handtuch zur Terrasse bringen.«

Auf dem Weg zur Terrasse durchquerten sie das Haus. Es erinnerte Saibro in seiner luftigen Raumaufteilung an das Palais. In seiner Mitte war ein besonders großer Raum, der über mehrere Stockwerke nach oben reichte und an dessen Wänden sich eine raumgreifende Treppe nach oben *schlängelte*. Doch hatte Saibro kaum Augen für die Architektur des Raumes, sondern war schockiert von den vielen toten Tieren an den Wänden. Er sah Köpfe von Hirschen, Bären und Wölfen, die aussahen, als würden sie aus der Wand *herausschauen*. Andere Tiere wie Luchse, Dachse und Wildkatzen hingen dort in ihrer Gänze. Alle diese Tiere wirkten, als wären sie lebendig erstarrt. Saibro beeilte sich damit den Raum zu durchschreiten, um schnell wieder dort herauszukommen.

Als sie auf der Terrasse ankamen, war ihm der Appetit vergangen.

»Du bist bleich wie eine Wand«, sagte Helms zu ihm. »Geht es dir nicht gut?«

»Hast du die toten Tiere gesehen?«, fragte Saibro und musste einige Male tief durchatmen.

»Ja. Dies hier ist ein Jagdchateau, da ist es üblich, die Trophäen auf diese Weise auszustellen.«

Avor hatte die Unterhaltung offensichtlich mitbekommen und trat an Saibro heran. »Daran habe ich nicht gedacht. Aber natürlich, wenn du schon kein Fleisch isst, dann bist du gewiss auch kein Freund der Jagd. Karsun?!«

»Majestät?«

»Lass bitte die Jagdtrophäen abhängen und wo es auf die Schnelle nicht geht, lasst ein Tuch oder sowas darüberwerfen.«

»Ja, Majestät.« Karsun ging zu einem der bereitstehenden Diener und gab ihm die entsprechenden Anweisungen.

Anaius hatte inzwischen ein Glas Wasser besorgt und reichte es Saibro.

Nach einem kräftigen Schluck ging es ihm bereits wieder besser.

»Ohje«, sagte Avor, »hoffentlich haben sie kein Wildbrett für das Nachtmahl zubereitet!«

Der wieder zu ihnen getretene Karsun sagte dazu: »Nein, Majestät. Zu unserer Freude durften wir den Herrn Saibro einige Male verköstigen und somit …«

Da klatschte Avor in die Hände. »Wunderbar! Also her mit dem Gemüse!«

Der Hunger gewann bei Saibro schnell wieder die Oberhand und er schlug sich den Bauch ebenso voll wie die anderen. Nach dem Essen machten sie einen Spaziergang über die Lichtung. Saibro wusste inzwischen, dass diese Art der kurzgehaltenen Wiese *Rasen* genannt wurde und vermisste darauf die Wildblumen. Wenigstens hatten die Blätter der Bäume angefangen sich zu färben, was jedoch in der weiter fortschreitenden Dämmerung kaum mehr zu sehen war. Im Gegensatz zu dem durch seine Fassade aus Kalkstein im Restlicht des Tages fast schon leuchtenden Gebäude.

Avor war mitten auf dem Rasen stehengeblieben und blickte versonnen zu dem Chateau. Während Helms und

Anaius in ein Gespräch vertieft weitergingen, blieb Saibro
neben ihm stehen und betrachtete das Gebäude ebenfalls.

»Willst du es haben?«, fragte Avor in die Stille.

»Was?«, fragte Saibro.

Avor drehte sich zu ihm hin. »Das Chateau. Das Landgut.
Die ganze Insel. Ich schenke sie dir.«

Damit hatte er Saibro kalt erwischt. »Was soll ich damit?«

»Wohne darin. Oder reiß es ab und gründe hier eine
Siedlung, was immer du willst. Ich zahle auch alles.«

»Aber ich will zurück nach Hainrod«, erwiderte Saibro
entgeistert.

»Dann holen wir Hainrod hierher! Deine Apaquia. Deinen Sohn. Was und wen immer du magst. Ihr könnt hier
auch eine Akademie gründen! Ich mache alles möglich.
Aber bitte bleib hier.«

Mit einem Mal wirkte dieser mächtige Regent noch jünger als er ohnedies war und in einer gewissen Weise klein
und hilflos.

»Ach, Avor!«, sagte Saibro nachsichtig. »Das ist nicht das
selbe und es würde es auch nie sein.«

»Ich will nicht, dass du gehst!« Avor drehte sich von ihm
weg, doch Saibro hatte das Glitzern in seinen Augen gesehen.

»Du schaffst das auch ohne mich. Schau mal, du hast mit
Anaius einen wirklich guten Mann an deiner Seite. Auch
wenn ich mir noch vor ein paar Wochen lieber die Zunge
abgebissen hätte als das zuzugeben. Und Destra scheint
mir auch in Ordnung zu sein. Nur diesem Kontab solltest
du nicht trauen.«

»Siehst du«, fuhr Avor herum, »sowas sagt mir sonst keiner. Nur du! Ich brauche dich. Ich habe sonst doch keine Freunde.«

Saibro seufzte und legte Avor die Hand auf die Schulter. »Ich kann dir da nicht helfen. Diese Bürde hat dir dieses Land auferlegt und du wirst sie nur nach und nach ablegen können.«

Avor schniefte ganz ungeniert und sagte mit einem gezwungen wirkendem Lächeln: »Daran arbeiten, nicht mehr so wichtig zu sein. Das ist es, was du meinst?!«

Saibro zuckte mit den Schultern. »Wahrscheinlich schon. Aber nicht mehr heute. Heute wollten wir doch feiern?!«

Avor nickte. »Genau! Lass uns zurück zu den anderen gehen. Die beiden sind schon wieder auf der Terrasse angekommen. Ich habe Majiranis besten Yep'uk herbringen lassen. Kennst du Yep'uk?«

Saibro verzog das Gesicht. »Dieses bittere Zeug? Da trinke ich doch lieber Kaffee.«

Avor klopfte ihm auf die Schulter. »Es gibt auch Lemonade. Das sind diese gezuckerten und mit Eis verdünnten Säfte, die du so magst.«

Während sich Saibro an den verschiedenen Variationen von Lemonade erfreute und Anaius ausschließlich Wasser trank, vergnügten sich Avor und Helms mit zahlreichen Gläsern Yep'uk. Zudem hatte Avor einen Mann kommen lassen, der mit Feuerstöcken wunderbare Bilder in die dunkle Nacht zeichnete und sogar aus dem Mund Feuerfontänen ausstieß. Danach tanzten für sie ein Mann und eine Frau zur Musik einer dreiköpfigen Musikergruppe.

Wobei Saibro sich noch nie hatte Menschen auf eine solche Art und Weise bewegen sehen. Die Frau schien keinen einzigen Knochen im Leib zu haben, wurde zudem von dem Mann meterhoch in die Luft geworfen und voller Anmut wieder aufgefangen. Im Anschluss sang ein Mann mit einer wunderbar tiefen Stimme einige Lieder für sie. Dabei musste Saibro an Kamiel denken und er fragte sich, ob es ihm gut ging und ob er vielleicht sogar bereits zu Hause angekommen war? Er wünschte es ihm von ganzem Herzen, denn auch er wünschte sich, wieder zu Hause zu sein. Nachdem sich der Sänger irgendwann zurückgezogen hatte und die Musik des Trios nur mehr im Hintergrund dahinplätscherte, schlich sich Müdigkeit in Saibros Körper und seinen Geist. Er wollte gerne schlafen. Als er kundtat, dass er zu Bett gehen würde, taten es ihm die anderen gleich und sie beendeten den schönen Abend.

Kapitel 48

Am nächsten Tag wurde Saibro nach dem Morgenmahl von Avor auf den Turm des Jagdguts geführt. Von hier aus hatten sie einen fantastischen Ausblick über die Insel, den See und große Teile des umliegenden Landes.

»Dort liegt dein Schiff. Und keine Sorge: An den Rudern sind keine Schuldhelfer oder sonst wie Unfreie, sondern ausschließlich gut bezahlte Landsknechte. Mit etwas Windglück dürftet ihr in spätestens drei Tagen in Dagbara sein«, erläuterte Avor.

»Wenn alles gut geht, werde ich nicht nochmal in diese Stadt hinein müssen. Unser Plan ist es, vom Hafen bei Dagbara ohne Umwege zu Helms nach Hause zu gehen, wo Cjucea hoffentlich wohlbehalten auf uns wartet.«

»Das ist der Bergführer, der sich auch in Laakso ansiedeln will, oder?«

»Genau der. Wenn er das denn weiterhin möchte?«

»Und wenn auch nicht, meine Männer werden dich in jedem Fall sicher über die Schwarzberge bringen. Es sei denn, du möchtest doch hier bleiben. Das Angebot mit dieser Insel besteht weiterhin.«

»Danke dir, Avor. Es fühlt sich wunderbar an, dermaßen wertgeschätzt zu werden. Es zieht mich jedoch nach Hainrod.«

»Schon gut. Schon gut. Ich habe verstanden. Also dann: Nenn mir noch drei Dinge, die ich für mein Land machen soll.«

»Uff!«, stöhnte Saibro.

»Sag frei raus, was dir am wichtigsten erscheint.«

Saibro überlegte, jedoch nicht lange. »Es ist nicht in Ordnung, dass Menschen ihre Strafen als Schuldhelfer ableisten müssen.«

»Aber du willst doch sicher nicht, dass sie stattdessen zur Strafe in einem Kerker sitzen, oder?«

»Natürlich nicht. Es sollten einfach weniger Sachen strafbar sein. Was ist zum Beispiel schlimm daran, wenn jemand zufällig auf das Land von jemandem gerät? Da entschuldigt sich derjenige und gut ist es.«

»Das lässt sich regeln. Aber es gibt auch Diebe und Mörder, sollen die nicht bestraft werden?«

»Natürlich muss ein Umgang mit solchen Taten gefunden werden. Aber es wäre besser, wenn kaum mehr jemand zum Dieb oder Mörder werden würde. Da lässt sich vieles tun. Denn insbesondere unter den Dieben wirst du viele finden, die aus eigener Not zu solchen wurden. Selbst die Schuldigsten sind immer nur ein Teil eines größeren Problems.«

»Ich glaube, ich habe verstanden. Es ist das zugrundeliegende Problem, welches wir uns anschauen müssen, statt einfach nur einen Schuldigen zu suchen und zu denken:

Nach seiner Bestrafung ist die Angelegenheit vom Tisch und alles wieder in Ordnung. Unser Ziel muss es sein, möglichst wenige und nicht möglichst viele Menschen zu bestrafen.«

Saibro wusste nicht, ob er das hatte sagen wollen, doch nickte er zufrieden.

»Was ist dein zweiter Punkt?«

»Baut Scholas und verpflichtet die Leute, ihre Kinder dort hinzuschicken. Ich habe in Dagbara und Eosima derart viele Kinder betteln oder arbeiten sehen, die lieber Kinder sein und auf das Leben vorbereitet werden sollten.«

Avor nickte. »Und dein dritter Punkt?«

»Mach einen Schuldenschnitt. Erlasse allen ihre Schulden und lass die Leute nach Hause gehen.«

»Wow! Das ist eine größere Sache.« Avor hatte die Augen aufgerissen. »Es gibt hier unzählige Menschen, die etwas auf Kredit gekauft haben und wenn sie diesen Verpflich-tungen nicht mehr nachkommen müssten, würden sich viele um ihre im guten Glauben verliehenen Mince und Dinge betrogen fühlen.«

»Helms hat mir einmal erklärt, dass er keine Schulden hätte, sondern einen Kredit. Demnach denke ich, dass die Menschen da gut zu unterscheiden wissen. Folglich solltet ihr in diesem Sinne auch einen angemessenen Weg zur Unterscheidung finden.«

»Mag sein. Ich werde das ausführlich mit Destra bespre-chen. Danke dir, mein Freund.«

Avor umarmte Saibro und drückte ihn fest an sich. Saibro fühlte sich dabei zunächst unbehaglich, ließ sich dann aber darauf ein.

»Jetzt kannst du nach Hause gehen«, sagte Avor feierlich, nachdem er Saibro wieder losgelassen hatte.

Diese Gewissheit berührte Saibro zutiefst und für einen Moment blieb ihm die Luft weg.

Avor nickte einige Male mit zugekniffenem Mund vor sich hin, dann sagte er: »Nun komm. Ich bringe dich zu dem Schiff.«

Auf dem Weg zur Galeere wurde Saibro von Bruder Anaius am Arm gefasst und sie blieben einige Meter hinter Avor und Helms zurück.

»So, mein So… ähm … mein lieber Saibro. Du kannst endlich nach Hause. Ich wollte dir noch danken und dich für die schlimmen Seiten deiner Reise um Verzeihung bitten.«

»Sei unbesorgt, wenn ich wieder in Hainrod bin, werde ich auf ein großes Abenteuer zurückblicken können und die schmerzlichen Momente werden mir mit der Zeit kühn vorkommen.«

Anaius lächelte. »Grüß mir die Menschen in Hainrod. Vor allem Apaquia und euren kleinen Sydän. Und wenn du mal wieder Kontakt zu Saja und Eldon hast, grüße auch sie von mir. Gerne hätte ich dich beauftragt, Muukja von mir zu berichten, dass ich kein solch großer Unhold bin, wie sie dachte. Aber je nachdem, wer von uns beiden recht hatte, wird sie das entweder bereits wissen oder es spielt für sie keine Rolle mehr. Ich wünsche ihr, dass sie es weiß.«

Saibro glaubte zu verstehen, was der Monakh meinte, wollte diesen Moment indes nicht durch eine Diskussion über Glauben und Wissen zerstören, darum wechselte er lieber das Thema: »Sorge dich gut um … ach … ich nenne ihn auch bei dir einfach Avor! Sorge dich gut um ihn und hilf ihm, nicht mehr so wichtig zu sein.«

»Nicht mehr so wichtig zu sein? Was soll das bedeuten?«

»Das wird er dir schon erklären.«

Als die Galeere ablegte, winkten Saibro und Helms vom Heck aus zu den vom Bootsanleger zurückgebliebenen Bruder Anaius und Tag'avor, dem Zweiten von Majirani hinüber. Anaius schaute lediglich milde lächelnd zu ihnen herüber, während Avor ungelenk die Hand hob, sich dann aber schnell wegdrehte und ging.

Avor hatte ihnen drei Landsknechte als Leibwache mitgegeben und ihnen ihren Anführer Troydar vorgestellt. Dieser begrüßte sie und gelobte vor seinem Regenten feierlich, dass sie Helms und Saibro mit ihrem Leben verteidigen und sicher an ihr Ziel bringen würden. Anschließend stellte er ihnen seine beiden Kameraden Dhali und Barani vor. Die beiden muskulösen Männer wirkten in Anwesenheit ihres Regenten reichlich angespannt, was sich auf dem Schiff jedoch schnell legte.

Bis zum Abend kamen sie mit der Unterstützung einer stetig in das Land hineindrückenden Brise unter Segeln gut voran, doch den Rest der Reise mussten sie rudern. Wobei es ihr Kapitän Saibro nicht gestattete, dabei mit Hand anzulegen. Die Nacht verbrachten sie auf dem Schiff. Der Kapitän erlaubte es ihm auch nicht, auf Deck und unter freiem Himmel zu schlafen. Er wurde mit Helms zusammen in der Kabine des Kapitäns einquartiert.

Am Morgen des zweiten Tages ihrer Reise den Dag hinauf, kam Helms zu Saibro an den Bug des Schiffes. Saibro hatte es sich dort gemütlich gemacht und betrachtete sich den Fluss und die umliegende Landschaft.

»Darf ich mich zu dir gesellen?«

»Gerne«, sagte Saibro und rückte zur Seite.

»Das ging jetzt schnell. Vorgestern zu dieser Stunde saß ich noch im Hafenkonvent fest und musste das Schlimmste befürchten.«

»Und das alles wegen mir«, entgegnete Saibro betrübt.

»Das alles *dank* dir. Wahrscheinlich wird deine kleine Reise in die Geschichte von Majirani eingehen.«

»Jetzt übertreib mal nicht!«, erwiderte Saibro ungläubig.

»Wir werden sehen. Oder eben auch nicht«, sinnierte Helms.

Saibro hatte das Gefühl, dass ihm Helms irgendwas mitteilen wollte. »Was ist los?«

Helms atmete tief durch. »Bei euch wird doch derzeit ein Heiler gesucht, oder?«

Saibro dachte an Muukja und daran, dass sich Suico derzeit um Fiskstedt *und* Hainrod kümmern musste, also bejahte er die Frage.

»Kannst du dir vorstellen, dass ich diese Aufgabe übernehmen könnte?«

Saibro war erstaunt. »Du? Aber du hast dein Land und deine Geschäfte hier in Majirani?«

»Majirani ist mir irgendwie fremd geworden. Ich dachte, dass ich mein Land sowie das Geschäft verpachte und mit dir komme. Was sagst du dazu?«

Saibro war sprachlos.

»Keine gute Idee?« hakte Helms nach.

»Warst du schon mal in Laakso?«

»Nein, davon hätte ich dir gewiss erzählt. Darum die Idee mit dem Verpachten.«

»Du kannst dir sicher denken, dass ich nicht weiß, was das bedeutet.«

»Das bedeutet, dass jemand sowas wie Land oder ein Geschäft auf Zeit übernimmt und dafür bezahlt.«

»Aber wozu das? In Laakso brauchst du keine Mince«, fragte Saibro.

»Wenn ich jemals wieder nach Majirani zurückkehren will, ohne sofort in der Schuldhelferschaft zu landen, sollte ich dafür sorgen, dass ich meinen Kreditzahlungen nachkomme. Über die Pacht können meine Kredite nach und nach abbezahlt werden und wenn ich in einigen Jahren schuldenfrei bin, sollte ich genug über das Leben in Laakso wissen, um eine endgültige Entscheidung treffen zu können.«

»Also von mir aus kannst du das gerne machen«, hatte sich Saibro überlegt. »Hast du bereits eine Idee, wer dein Land und dein Geschäft pachten könnte?«

»Ich habe an Cjucea gedacht«, antwortete Helms.

»Aber der will doch auch nach Laakso?«

»Ich kann mich täuschen, aber ich glaube nicht, dass er das wirklich will.«

»Ach?! Na, gut. Dann lass uns mit ihm reden, wenn wir wieder bei dir sind.«

Am Abend des übernächsten Tages kamen Helms und Saibro mit ihren drei Begleitern an dessen Höhle an. Sofort kamen Nores und Okaya bellend und Schwanz wedelnd angerannt, um ihren Herrn zu begrüßen. Nur wenige Augenblicke später kam auch Cjucea herbeigeeilt.

»Da seid ihr ja wieder! Wo sind Frato und Koremna? Was ist passiert?«

»Jetzt beruhig dich mal wieder. Alles ist gut.« Helms schenkte Cjucea ein Lächeln.

»Sie sind demnach auf ihrem Nachhauseweg nicht hier vorbeigekommen?«, fragte Saibro.

»Nein. Wer sind denn die?« Cjucea zeigte auf die drei Landsknechte. »Seid ihr wieder in Schwierigkeiten?«

»Du sollst dich beruhigen, habe ich gesagt«, tadelte Helms seinen aufgeregten Stellvertreter. »Es ist alles in bester Ordnung. Wenn du dir ihre Wappen auf der Brust mal genauer anschaust, wirst du erkennen, dass diese drei zu den Männern des Regenten gehören. Sie sind von ihm persönlich beauftragt, uns heil nach Hause zu bringen.«

»Dem Regenten? Von Majirani?« Cjuceas Kinnlade klappte abermals herab.

»Genau dem«, sagte Helms. »Und nun haben wir Hunger und Durst. Sind noch ausreichend Vorräte da?«

»Aber sicher doch«, antwortete Cjucea und machte Helms mit einer einladenden Geste den Weg in Richtung Höhle frei.

Helms steuerte daraufhin auf die Bäume zu, die den Höhleneingang hinter sich verbargen und seine Hunde folgten ihm – ebenso Cjucea. Saibro zeigte den Landsknechten an, dass sie am Lagerfeuerplatz warten sollten und ging ebenfalls hinterher.

Bei der Zubereitung einer kräftigen Suppe für das Nachtmahl berichteten Helms und Saibro dem erstaunten Cjucea so knapp wie möglich, was ihnen seit ihrer Abreise widerfahren war. Anschließend aßen sie gemeinsam mit Troydar, Dhali und Barani zu Abend, woraufhin Helms und Cjucea einen langen Spaziergang machten. Währenddessen spielte Saibro mit den drei Landsknechten ein Würfelspiel, welches sie ihm schon auf dem Schiff beigebracht hatten.

Als die beiden von ihrem Spaziergang zurückkamen, winkten sie Saibro zu sich.

In einiger Entfernung zu den drei Begleitern erklärte Helms ihm dann: »Alles klar. Er ist nun mein Pächter.«

An Cjucea gewandt, fragte Saibro: »Demzufolge willst du nun doch hier in Majirani bleiben?«

»Sei nicht böse, aber genau genommen wollte ich nie hier weg. Ich wollte nur kein Bergführer mehr sein.«

Saibro klopfte ihm auf die Schulter. »Ich bin dir nicht böse. Welches Recht hätte ich dazu? Im Gegenteil: Ich freue mich, dass du dies für dich herausgefunden hast.«

»Wir müssten nur morgen eine letzte Runde durch Dagbara drehen«, erklärte Helms. »Eine solche Abmachung sollte vor Gericht bekundet werden und ich sollte Cjucea auch meinen wichtigsten Geschäftspartnern vorstellen. Vor allem denen, bei denen ich Kredit habe.«

»Nun gut. Aber danach geht es sogleich weiter über die Schwarzberge?!«, wollte sich Saibro versichern.

»Von mir aus gleich nachdem wir morgen in Dagbara alles erledigt haben. Ich brauche danach nicht mehr hierherzukommen. Ich werde heute Abend ein paar Sachen zusammenpacken und dann kann es morgen früh gleich losgehen. Die Hunde und ein Pferd werde ich mitnehmen, damit es mein Hab und Gut für mich tragen kann. Der Rest bleibt hier bei Cjucea.«

»Wirst du denn auch die Häuser bauen, wie es Helms geplant hatte?«, fragte Saibro Cjucea.

»Erstmal nicht. Aber das Holz sollte sich in der Höhle eine Weile halten. Sollte er sich irgendwann endgültig für Laakso entschieden haben, kann ich mir gut vorstellen, mir daraus eine nette kleine Hütte zu bauen.«

»Ach«, sagte Saibro, »schade um die schönen Pläne.«

»Sollen wir sie mitnehmen?«, fragte Helms.

»Gerne. Vielleicht baue ich die Häuser ja doch noch. Nur eben nicht hier in Majirani«, schmunzelte Saibro.

»Und wenn, dann völlig freiwillig«, ergänzte Helms.

Kapitel 49

Saibro wartete mit seinen drei Begleitern am Schwarztor darauf, dass Helms und Cjucea nach ihrer Runde durch Dagbara ebenfalls dorthin kommen würden. Der Tormeister hatte sich nach einem knappen Gespräch mit Troydar und einem Blick auf das Wappen auf dessen Brust beeilt, für seine *Gäste* einen Tisch und Stühle vor seinem Kontor bereitzustellen. Zudem hatte er einige Speisen und Getränke herbeigeschafft, die Pferde versorgen lassen und ihr Gepäck für die Dauer ihrer Wartezeit sicher in seinem Kontor verstaut. An dem Tisch vor dem Kontor vertrieben sich Saibro und seine drei Begleiter ihre Wartezeit beim Würfelspiel. Dhali hatte ihm zuvor verraten, dass sie üblicherweise um ein paar Tokén spielen würden. Saibro hatte den Landsknechten erklärt, dass er kein Geld besaß, was zu ungläubigen Nachfragen sowie einigen Erklärungsversuchen seinerseits und reichlich Unverständnis ihrerseits geführt hatte.

Soeben hatte Saibro eine Fünf und eine Drei gewürfelt, als ihm vor Schreck der bereits reichlich abgegriffene Lederbecher aus der Hand fiel. Sofort versteiften sich die erfahrenen Kämpfer und griffen an die Knäufe ihrer am Gürtel hängenden Kurzschwerter.

»Was ist?«, fragte Troydar und suchte die Umgebung mit wachen Augen nach möglichen Bedrohungen ab.

Saibro versuchte sich und seine Aufpasser zu beruhigen. »Keine Gefahr! Da drüben läuft nur ein *alter Bekannter* von mir, auf den ich wahrlich nicht gut zu sprechen bin.«

»Wo? Welcher ist es?«, fragte Barani knurrend.

»Da. Der Glatzkopf mit dem Leiterwagen.«

»Der Fette? Der hat doch jemanden da hinten drauf liegen?«

»Genau der. Wen hat er nun wieder reingelegt?«, fragte sich Saibro laut nachdenkend.

»Das werden wir gleich wissen. Dhali, du bleibst hier! Barani, du kommst mit!«, befahl Troydar und ehe sich Saibro versah, hatten die beiden Landsknechte Finn bereits erreicht und sich vor ihm aufgebaut. Nach einem kurzen Wortwechsel packte Troydar Finn am Kragen und zerrte ihn unsanft zu ihnen herüber. Barani schnappte sich den Leiterwagen und folgte seinem Vorgesetzten.

»Ist er das?«, fragte Troydar.

Saibro nickte als Antwort.

»Was wollt ihr von mir? Ich muss weiter. Ich habe einen wichtigen Gerichtstermin«, nörgelte Finn mit brüchiger Stimme.

»Du kennst mich nicht mehr?«, fragte ihn Saibro.

Finn schaute sich Saibro nun genauer an. »Ach, du bist das. Hör zu! Es tut mir leid, dass du diese Schwierigkeiten hattest, aber ich war im Recht. Du hattest auf meinem Grundstück nix zu suchen!«

»So wie der arme Kerl dort auf deinem Wagen?«, fragte Saibro und versuchte seine Wut nicht zu sehr zu offenbaren.

Finn zuckte nur mit den Schultern.

»Barani, kannst du den Kerl wecken?«, wollte Saibro wissen.

»Nicht nötig, er ist wach. Der rührt sich nur nicht, weil er gefesselt, geknebelt und wahrscheinlich starr vor Angst ist.«

»Mach ihn los und wenn es geht: Stell ihn auf die Beine.«

Barani zückte sein Messer. Mit ein paar gezielten Schnitten war der Mann von seinen Fesseln befreit und wurde von dem Landsknecht ohne jegliche Mühe auf seine Füße gestellt.

»Was ist passiert?«, fragte Saibro den Mann, der in die gleiche einfache Kleidung gehüllt war, die er einst selbst von Finn verpasst bekommen hatte.

»Ich war mit einer Gruppe Reisender auf dem Weg von Kaynta nach Dagbara. Wir kamen auf dem Südsteig über die Schwarzberge und auf unserer letzten Etappe vor Dagbara wurde es mir irgendwie schwindlig. Danach bin ich in seinem Verlies aufgewacht.« Dabei zeigte er vorsichtig in Finns Richtung.

Saibro winkte ab. »Danke. Ich habe genug gehört. Dein Ziel hast du übrigens erreicht. Willkommen in Dagbara. Geht es dir so weit gut?«

Der Mann nickte hastig.

»Fein«, sagte Saibro. »Sind das deine Sachen auf dem Wagen?«

Der Mann schaute sich das auf Finns Wagen liegende Bündel an und bejahte anschließend auch dies.

»Dann schnapp sie dir und seh zu, dass du hier wegkommst. Du bist frei«, bestimmte Saibro kurzerhand.

»Was? Spinnst du? Das …«

Weiter kam Finn mit seiner Beschwerde nicht, da ihm Troydar unsanft auf den Hinterkopf schlug.

»Troydar! Nicht«, intervenierte Saibro und sah zufrieden hinterher, wie sich Finns *Fang* aus dem Staub machte.

»Und was machen wir jetzt mit dem?«, fragte Troydar.

»Lass ihn laufen, der Regent weiß schon über ihn Bescheid und wird ihm sowieso bald die Stadtwache ins Haus schicken.«

»Der Regent?«, fragte Finn mit angsterfülltem Blick.

»Genau. Tag'avor, der Zweite von Majirani. Wenn du dir ihre Wappen auf der Brust mal genauer ansiehst, wirst du erkennen, dass dies hier seine Männer sind. In den kommenden Tagen werden übrigens weitere folgen. Auch solche, die sich eingehend mit deinen Machenschaften am Aufstieg in die Schwarzberge beschäftigen werden.«

»Ich … ich mach doch gar nichts«, stammelte Finn.

»Sagt dir *Xitano* etwas?«, fragte ihn Saibro.

Finn antwortete nicht, wurde lediglich eine Spur blasser.

»Ich an deiner Stelle würde zusehen, dass das Kraut sowie das entsprechende Pulver restlos von meinem Hof verschwunden ist, bevor jemand danach zu suchen beginnt«, sagte Saibro und nickte Troydar dezent zu.

Der Landsknecht verstand sofort und ließ Finn los; allerdings nicht ohne ihm einen letzten Schubs in Richtung seines Leiterwagens zu geben.

Finn schnappte sich diesen und beeilte sich wegzukommen.

»Aber warum hast du ihn laufen lassen?«, wollte Cjucea wissen.

»Was hätte ich denn mit ihm machen sollen?«, fragte Saibro zurück.

»Das hat er schon ganz richtig gemacht. Mehr als einen Schrecken konnten sie ihm nicht einjagen, ohne sich auf sein Niveau herabzulassen«, stellte Helms fest. »Solange der Regent die entsprechenden Gesetze nicht geändert hat, war echt nicht mehr zu machen. Du kannst die Sache ja mal im Auge behalten, Cjucea.«

»Mal sehen«, seufzte dieser. »Jetzt habe ich aber erstmal Hunger. Da drüben hat ein Bäcker einen Stand, an dem er sagenhaft leckere, gefüllte Teigtaschen verkauft.«

»Gute Idee«, sagte Helms, »du bezahlst. Du bist jetzt der Wohlhabendste unter uns. Gerichtlich beurkundet.«

»Nein, nein. Gehören tut das alles weiterhin dir«, neckte Cjucea zurück.

Da räusperte sich Troydar. »Ihr dürft sowieso nichts bezahlen, das hat der Regent untersagt und mir reichlich Mince mitgegeben.«

Cjucea grinste und strich sich genüßlich über seinen Schnauzbart. »Vom Regenten eingeladen? Das ist mal was ganz Neues für mich. Sind auch zwei Teigtaschen für jeden von uns drin?«

»Gewiss«, antwortete Troydar humorlos.

Nach ihrem verspäteten Mittagsmahl holten sie die Pferde und ihr Gepäck beim Tormeister ab, der seinerseits zum Abschied noch einige übertrieben freundliche Lobpreisungen auf den Regenten äußerte. Während die Landsknechte wachsam beiseite standen, schüttelten sich Helms und Cjucea zum Abschied feierlich die Hände.

»Pass gut auf alles auf. Vor allem aber auch auf dich. Du hast so eine Neigung in Schwierigkeiten zu geraten«, sagte Helms mit ernster Stimme, aber auch einem Lächeln in den Augen.

»Mach ich«, antwortete Cjucea und ging zu Saibro. »Und du ... grüß mir Hainrod. Vor allem Frato und deine Schwester. Sag ihnen, dass es mir leid tut, was ihnen widerfahren ist.«

»Mach ich«, ahmte Saibro den ehemaligen Bergführer und Neu-Kräuterhändler nach.

Danach umarmten sie sich und Cjucea ließ sich von Dhali die Zügel seines Pferdes reichen. Er wendete es in Richtung Stadtmitte und verschwand nach und nach im Gewimmel der Stadt.

»Also dann!«, sagte Helms, nachdem sie Cjucea eine Weile nachgeblickt hatten und klatschte dabei in die Hände. »Machen wir uns auf den Weg.«

Auch wenn es bereits zu dämmern begann und es ihre drei Begleiter absolut nicht nachvollziehen konnten, bestanden Saibro und Helms darauf an der ersten Berghütte vorbeizuziehen. Sie schlugen ihr Nachtlager in den Schwarzbergen gut eine Stunde später auf einer Lichtung auf. Mit dem ersten Licht des neuen Tages waren sie schon wieder unterwegs. Saibro merkte selbst, dass er ein ziemliches Tempo anschlug, aber die anderen folgten ihm ohne zu murren und so sah er nicht ein, warum er langsamer machen sollte. So erreichten sie Ivzor nach nur fünf kalten Nächten, am Nachmittag des sechsten Tages ihrer ereignisarmen Überquerung der Schwarzberge.

»Ich bin Pritje. Willkommen in Izvor.«

Saibro erkannte die junge Frau am Empfang für Reisende sofort wieder. Es stellte sich eine Art von Heimatgefühl bei ihm ein und er lächelte sie freudig an. Die anderen waren draußen vor der Hütte geblieben. Helms kümmerte sich um das Pferd. Er wollte dafür sorgen, dass es im benachbarten Stall etwas zu fressen und saufen bekam.

»Hallo, ich bin Saibro. Kannst …?«

»Ach, *du* bist Saibro?!«, unterbrach ihn Pritje umgehend. »Stimmt, ich erkenne dich wieder. Ich soll dir alles Mögliche ausrichten. Moment mal …« Sie kramte unter der Theke und holte einen Zettel heraus, auf dem einiges geschrieben, aber auch teilweise wieder durchgestrichen war. »Das muss ich jetzt erstmal wieder alles … ah! Ja. Genau. Du hast eine Nachricht von einer Saja und einem … Eldon. Sie lassen dir ausrichten, dass sie mit Eldons Mutter nach Wildsteig zu seiner Schwester unterwegs sind.«

Saibro war sehr erfreut, das zu hören.

»Weiter lassen dir Frato und Koremna ausrichten, dass sie … Ach! Das war ja erst heute morgen. Da hatte hier noch jemand anderes Thekendienst. Sie lassen dir ausrichten, dass sie auf dem Weg nach Hainrod sind … wohl auf dem Nagare.«

Saibro war erleichtert, ärgerte sich aber auch ein wenig, dass sie sich derart knapp verpasst hatten.

»Die Männer, die sie hergebracht haben, sollten aber noch hier sein. Zumindest habe ich nicht mitbekommen, dass sie wieder aufgebrochen sind. Das waren *Kämpfer*, glaube ich.« Pritje nickte ein paar Mal und sah dabei mit ihrer hochgezogenen Augenbraue aus, als wenn sie Saibro soeben ein großes Geheimnis offenbart hätte.

»Solche Jungs habe ich auch dabei. Sie warten vor der Tür.«

Pritje riss die Augen auf. »Die haben doch Waffen, oder?«

»Es sind Landsknechte des Regenten von Majirani. Er ist mein Freund«, erklärte Saibro.

»Sie sind aber nicht irgendwie *gefährlich*, oder?«, fragte Pritje und wirkte dabei eher neugierig als besorgt.

Saibro musste schmunzeln, erinnerte ihn die junge Frau irgendwie an sich selbst, wie er in Majirani immer wieder alle mit seinen Fragen gelöchert hatte. Er beugte sich leicht zu ihr über die Theke und sagte in verschwörerischem Tonfall: »Nicht, solange mir keiner ans Leder will.«

Pritje, die sich ebenfalls leicht über die Theke gebeugt hatte, lehnte sich wieder zurück und fragte: »Hast du Leder aus Majirani mitgebracht?«

Saibro musste lachen. »Nein, das ist nur eine Redewendung und besagt, dass irgendwer jemand anderen etwas antun will.«

»Ach so«, sagte Pritje, die das offensichtlich nicht so komisch fand wie Saibro. »Was kann ich sonst noch für dich tun?«

Saibro versuchte wieder ernst zu werden. »Weißt du zufällig, wann wieder jemand den Nagare runterfährt?«

»Zufällig schon. Weyso war eben hier und hat gefragt, ob er morgen früh noch etwas den Fluss mit hinunternehmen soll. Er sollte jetzt sicher bei seinem Boot zu finden sein.«

»Passt ein Pferd auf das Boot?«

»Das kann ich mir nicht vorstellen. Aber frag ihn am besten selbst.«

»Wenn nicht, kann ich dann stattdessen ein weiteres Pferd haben? Eins haben wir schon.«

»Klar doch. Wie du gewiss gesehen hast, ist der Stall hier gleich um die Ecke. Ich schreib es auf die Liste von Hainrod. Braucht ihr auch eine Übernachtungsmöglichkeit?«

»Ich denke schon. Eine Nacht in einem richtigen Bett wird uns gut tun. Wir sind zu fünft.«

Als Saibro aus der Hütte kam, standen dort keine drei Landsknechte, sondern sechs. Als Vechtor ihn sah, löste er sich von der Gruppe und trat auf ihn zu.

»Saibro. Ich habe schon erfahren, dass du wohlbehalten in Laakso angekommen bist. Frato und Koremna hast du um einen halben Tag verpasst. Wir haben sie sicher hergebracht.«

»Danke Vechtor. Ich habe bereits davon gehört.«

»Wir wollten zur Stunde wieder aufbrechen und *verhandeln* mit Troydar und seinen Männern, ob sie gleich mitkommen wollen.«

»Verhandeln? Der war gut! Er gönnt uns keine Verschnaufpause«, sagte der inzwischen zu ihnen getretene Troydar. »Und leider ist er der Ranghöhere.«

Mit einem gönnerhaften Lächeln sagte Vechtor: »Da hat er recht.«

»Und welchen Rang habe ich?«, fragte Saibro.

»Bisher musste ich immer auf alles hören, was du mir befohlen hast«, antwortete Vechtor.

»Dann schlage ich vor, dass ihr eine weitere Nacht hier bleibt und wir uns einen letzten Abend mit Würfelspiel gönnen.«

»Hast du denn auch ein paar Tokén zum Verlieren?«, wollte Vechtor von Saibro wissen.

»Ich denke, ich kann mir im Kontor welche geben lassen.«

Kapitel 50

Den Abend verbrachten sie in großer Runde hinter ihrem Gästehaus. Vechtor berichtete ihnen von ihrer Reise nach Izvor. Besonders auf dem Fluss hatten sie deutlich länger gebraucht, da ihr Handelsschiff keine Ruderer und auch nur wenig Glück mit dem Wind hatte. Einen großen Teil der Fahrt, hatten sie sich von Land aus, von Pferden ziehen lassen müssen. Für die Überquerung der Schwarzberge hatten sie sich einigen Reisenden angeschlossen und auch für diese Strecke fast zwei volle Tage länger gebraucht als Saibros Gruppe.

Später wurde wie geplant gewürfelt. Das Glück wanderte stetig wechselnd umher, doch am Ende war es Saibro, der mit einem Sack voll Tokén ins Bett ging. Am nächsten Morgen verteilte er das Geld unter den Landsknechten, die sich sodann freudig verabschiedeten und mit Grüßen an den Regenten und seinen neuen Konfessor im Gepäck in die Schwarzberge aufbrachen.

»Da marschiert der letzte Rest Majirani«, sagte Helms, als sie den Männern am Ortsrand von Izvor einen Moment lang hinterher schauten.

Saibro nickte. »Außer dir natürlich. Nun komm. Wir holen unsere Pferde und dann geht es gen Westen. Ich habe

mal gefragt: Im Stall schätzen sie, dass wir gut sechs Tage
bis Hainrod brauchen werden. Wenn wir richtig gut vorankommen, treffen wir dort sogar noch vor Frato und Koremna ein.«

»Ich kann gut verstehen, dass du es eilig hast, aber gib
mir hin und wieder auch die Möglichkeit die Schönheit
Laaksos zu betrachten.«

»Keine Sorge, du wirst schon auf deine Kosten kommen.«

Die ersten drei Tage folgten sie im Großen und Ganzen
dem Lauf des Nagare, bevor sie eine Abkürzung über den
Höhenzug Sunuat nahmen, um den der Fluss im Süden einen weitläufigen Bogen machen musste. Die Nächte verbrachten sie immer in einer der zahlreichen Siedlungen
und Dörfer, wo sie mit den Erzählungen ihrer majiranischen Abenteuer jeden Abend große Teile der Menschen
vor Ort vortrefflich unterhielten. Einige Male wurden sie
auf ihrem Weg durch das herbstliche Laakso von dem einen oder anderen Regenguss ordentlich durchnässt, ansonsten verlief ihre Reise jedoch geruhsam. Am Abend vor
ihrer letzten Etappe musste Helms geradezu betteln, damit
Saibro einen letzten Stopp mit ihm einlegte und nicht die
ganze Nacht hindurch ritt. Der Hinweis auf das Wohlergehen ihrer Pferde war das Argument, welches Saibro letzten
Endes doch einlenken ließ. Am nächsten Morgen weckte
Saibro Helms mit dem ersten Glimmen am Horizont und
als sie die Pferde aus dem Stall holten und aus dem Dorf
ritten, sahen sie nur einen einzigen Menschen. Sie dankten
dem Viehwirt für die Gastfreundschaft seiner Gemeinschaft und schon waren sie wieder unterwegs.

Die Sonne war noch nicht ganz am höchsten Punkt angekommen, da ritten sie am Holzwerk vorbei in Hainrod ein. Saibros Herz klopfte ihm bis zum Hals und er musste sich zügeln, nicht mit seinem Pferd über den Flussweg in die Mitte des Dorfes zu galoppieren.

»Warum ist hier keiner?«, fragte Helms.

Da fiel es auch Saibro auf, dass er niemanden auf den Wegen oder vor den Hütten sah. Weil er nicht wusste, welchen Wochentag sie heute hatten, überlegte er kurz, ob derzeit ein Plenum stattfinden könnte. Doch fand es üblicherweise nicht am Vormittag statt und meist nahmen auch nicht alle daran teil, sodass doch immer irgendwo jemand zu sehen war.

»Seltsam«, sagte er zu Helms und ihm wurde etwas schwindlig.

»Nur die Ruhe«, sagte Helms. »Es wird gewiss eine ganz einfache Erklärung dafür geben.«

Saibro hoffte, dass sein Freund recht hatte, beschleunigte trotzdem den Gang seines Pferdes. Helms und seine Hunde folgten ihm.

Als sie sich dem Dorfplatz annäherten, hörte Saibro einige Stimmen und je näher sie kamen, desto lauter wurden diese. Sie ritten um die letzte Ecke und da waren seine Leute. Alle schauten mehr oder weniger in Richtung der Mitte des Platzes und Saibro erkannte, dass die Stimmung freudig zu sein schien. Er beruhigte sich ein wenig, seine Knie zitterten jedoch, als er von seinem Pferd sprang. Mit einem Seitenblick zu Helms, sah er, dass dieser sein Pferd zwar auch gestoppt hatte, indes keine Anstalten machte, ebenfalls herabzusteigen. Saibro warf ihm die Zügel seines Pferdes zu und ging zu der Menschenmenge hin.

»Was ist hier los?«, fragte er Madro, wobei er diesem seine Hand auf die Schulter legte.

»Frato und Koremna sind gerade …«, begann dieser zu erklären, brach dies jedoch ab und starrte Saibro mit offenem Mund an.

»Auch eben erst?«, fragte Saibro.

Madro nickte nur.

Saibro schüttelte leicht den Kopf und ein fettes Grinsen wanderte ihm ins Gesicht. Er begann, sich einen Weg durch die Menschen hindurch zu bahnen, wobei er einmal ein »War das nicht …?« hörte. Ansonsten blieb er offensichtlich eher unerkannt. Als er in der Mitte der Menschenmenge ankam, sah er dort Koremna, Frato, seinen alten Freund Gygoy und – ihm stockte der Atem – Apaquia mit Sydän auf dem Arm. Er konnte kaum glauben, wie groß sein Sohn bereits geworden war. Es war Koremna, die ihn zuerst erblickte.

»Saibro?!«, las er auf ihren Lippen, konnte sie in dem allgemeinen Stimmengewirr jedoch nicht hören. Doch dann brüllte seine Schwester aus Leibeskräften: »Saibro!«

Er sah, wie Apaquia Koremna verständnislos anblickte. Fast schon vorsichtig wendete sie sich Koremnas Blicken folgend um, dann schauten sich Saibro und Apaquia direkt in die Augen.

Mit einer Geistesgegenwart, die Saibro seinem Freund niemals zugetraut hätte, griff sich Gygoy Sydän aus

Apaquias Armen und so konnte sich Saibro seine Liebste schnappen, sie mit Küssen überziehen und ihren so lange vermissten Geruch genussvoll durch die Nase einatmen.

Dann fing Sydän an zu plärren.

Saibro und Apaquia ließen sogleich von einander. Apaquia nahm ihren Sohn wieder an sich und flüsterte ihm mit Tränen in den Augen ins Ohr: »Das ist dein Papa. Endlich. Er ist zurück.«

Saibro zog die Nase hoch und schmiegte sich an die beiden an. Er küsste seinen Sohn auf die Stirn und mit einem Mal war der Kleine still.

Sydän fixierte Saibro mit geröteten Augen und zog sich mit seiner kleinen Hand den Rotz durch das Gesicht.

Apaquia legte Saibro sanft ihre Hand auf die Wange und er legte seine Hand um ihre Hüften. In diesem Moment war er sich sicher, niemals zuvor etwas derart angenehmes berührt zu haben.

»Da hast du uns aber ganz schön die Schau gestohlen«, sagte Koremna mit einem unverschämt breiten Grinsen im Gesicht. »Bist du auch mit dem Boot gekommen?«

»Nein«, sagte Saibro, »mit dem Pferd. Und mit dem da.« Er zeigte über die Köpfe der Menschen hinweg.

Dort war Helms auf seinem Pferd zu sehen. Er winkte unbeholfen, als er merkte, dass ihn alle anschauten.

»Helms?!«, rief Frato da. »Du bist frei!«

An die nächste halbe Stunde konnte sich Saibro später nur wie im Rausch erinnern. Unzählige Fragen und zu schüttelnde Hände stürmten auf ihn ein, viele wollten ihn Umarmen und in alledem, wollte er nur Apaquia küssen und

seinen Sohn knuddeln. Dankbar nahm er wahr, dass sich
Frato sogleich Helms und den Hunden angenommen hatte. Irgendwer hatte sich auch um die Pferde gekümmert.
Schneller als er es für möglich gehalten hatte, ging das
Ganze in ein rauschendes Fest über. Tische, Bänke, Speisen
und Getränke tauchten plötzlich wie aus dem Nichts auf
dem Dorfplatz auf und nach nur einer guten Stunde, hatten einige ihre Instrumente geholt und es wurde das Tanz-
bein geschwungen.

Irgendwann schafften es Saibro und Apaquia sich hinter
das nahegelegene Gebäude der Schola zu schleichen. Sydän
hatten sie bei Gygoy gelassen. Wie zu ihrer eigenen Zeit in
der Schola, zogen sie sich hinter *ihre* Edelkastanie zurück
und sie knutschten wie verliebte Heranwachsende. Nur zu
gerne wäre Saibro weiter gegangen, doch hemmte ihn die
allgemeine Zugänglichkeit dieses Ortes. Jedoch nicht
Apaquia: Sie stieß Saibro rücklings ins Gras, zog flugs ihre
Unterwäsche unter ihrem weiten Rock hervor sowie ihm
geschickt seiner Hose herunter, dann schwang sie sich auf
ihn. Saibro brauchte nur wenige Augenblicke und schon
war alles vorbei.

»Es tut mir leid«, keuchte er nach Luft japsend.

»Quatschkopf! So wie es war, war es wundervoll.« Sie
beugte sich zu ihm hinunter und küsste ihn lang und innig.
Anschließend blieben sie eine ganze Weile eng umschlun-
gen im Gras liegen.

Als sie zu dem spontanen Fest zurückkamen, fühlte sich
Saibro, als wenn es jeder auf dem ganzen Dorfplatz mitbe-

kommen hätte. Er schnappte sich einen Becher Zoetesaft und leerte ihn in einem Zug. Mit einem Strahlen im Gesicht, ließ sich Apaquia ihren Sohn von Gygoy zurückgeben und drehte sich einige Male schnell mit ihm im Kreis. Der Kleine jauchzte und giggelte vergnügt.

Gygoy klopfte Saibro auf die Schulter. »Sie hat dich so vermisst. Und ich auch. Viele hier haben dich vermisst. Und Angst um dich hatten wir alle.«

Saibro nickte versonnen. »Es war ein wirkliches Abenteuer und ich werde einige Zeit brauchen, bis ich dir alles erzählt habe. Es ist dermaßen anders … das Land hinter den Bergen.«

»Dieser Cjucea hat uns allen einen ordentlichen Schrecken eingejagt und als ich vorhin lediglich Frato und Koremna vom Boot klettern sah, sind mir die Knie fast weggesackt. Wir waren zufällig dabei einige Kisten mit Äpfeln für Fiskstedt zu verladen. Zum Glück war Frato so geistesgegenwärtig und hat uns sofort zugerufen, dass es dir gut geht. Ich bin schnell in die Schola gelaufen …«

»… und dort hat er gerufen: Saibro geht es gut. Frato und Koremna sind zurück und er kommt auch sicher bald«, vollendete die zu ihnen hinzugetretene Apaquia Gygoys Erzählung lächelnd, tanzte allerdings sogleich wieder mit Sydän auf dem Arm hinfort.

Saibro musste lachen. »Wie recht du hattest.«

»Wer ist eigentlich dieser Helms?«, wechselte Gygoy das Thema.

»Inzwischen ist er mein Freund«, antwortete Saibro.

»Na, das hört sich auch nach einer hörenswerten Geschichte an«, schmunzelte Gygoy.

»Das kannst du aber glauben!«, sagte Saibro. »Er ist ein Heiler und überlegt, ob er nicht ganz nach Laakso übersiedeln soll.«

Da wurde Gygoy ernst. »Du hast das von Muukja gehört?«

Saibro seufzte und nickte. »Ich werde sie vermissen.«

»Was ist eigentlich aus dem Monakh geworden?«, fragte Gygoy.

»Anaius? Er ist gar kein so schlechter Kerl. Er macht jetzt in Majirani Karriere.«

Gygoy legte seine hohe Stirn in Falten. »Was ist das? Eine Karriere?«

Die Feier ging bis in die späte Nacht. Saibro musste viele Fragen beantworten und immer wieder über dies und jenes berichten. Apaquia wich dabei nur selten von seiner Seite, was er unendlich genoss. Oft wurde er nach Saja gefragt, manchmal auch nach Anaius. Doch nur selten hatte er bei seinen Erzählungen das Gefühl, dass er wirklich verstanden wurde. Es machte ihm aber nichts aus, hätte er doch selbst noch vor einem guten halben Jahr nahezu kein Wort von seinen heutigen Erzählungen verstanden.

Als einmal niemand etwas von Saibro wollte, zog ihn Apaquia auf eine Bank am Rande des Dorfplatzes und schmiegte sich an ihn an. Wie sie es auch früher bei ähnlichen Gelegenheiten immer gerne gemacht hatten, betrachteten sie sich von dort aus das allgemeine Treiben auf dem Fest. Ein großes Feuer war entzündet worden, denn es war bereits dunkel und herbstlich kühl geworden. Ihr Sohn schlief trotz des Trubels im Korb neben ihnen. Wie sie selbst, war er in eine dünne Wolldecke eingeschlagen.

»Sydän wird heute Nacht bei Gygoy bleiben. Ich glaube, in ihm haben wir eine der Bezugspersonen für unseren Sohn gefunden.«

»Das hätte ich nie gedacht. Aber Saja ist dabei wohl aus dem Rennen«, sagte Saibro.

Apaquia schaute zu Sydän in den Korb hinab. »Schade eigentlich. Ich hätte gerne gesehen, dass sie ihn mit uns erzieht.«

»Jetzt denke ich das auch. Du siehst in den Menschen schnell etwas, wofür ich immer ewig brauche.«

»Alle haben ihre eigenen Stärken und Schwächen. Und du brauchst dich mit deinen vor niemandem zu verstecken. Was ich bisher von deiner Reise mitbekommen habe, ist sehr beeindruckend«, sagte Apaquia und küsste ihn auf die Wange.

»Du hast aber auch nur meine Sicht auf die Dinge gehört.«

»Weitestgehend schon. Aber ich kenne dich als aufrichtigen und ehrlichen Menschen, der sich und seine Rolle in einer Sache im Zweifelsfall eher zu gering einschätzt.«

Das machte Saibro verlegen, darum löste er ihren Blickkontakt und so sah er, dass Helms auf sie zu kam. Sie rückten beiseite und Saibro klopfte auf den derart entstandenen freien Platz neben sich.

»Willst du auch ein Plaid?«, fragte ihn Apaquia und griff schon einmal vorsorglich hinter die Bank, wo weitere dieser dünnen Wolldecken deponiert waren.

»Nein, danke. Mir ist nicht kalt«, antwortete Helms.

»Wie geht es dir?«, wollte Saibro von ihm wissen.

»Das bin ich hier bereits häufiger gefragt worden als in den letzten zehn Jahren in Majirani«, schmunzelte Helms. »Aber danke: Gut. Nur bin ich langsam hundemüde.«

»Oh!«, schreckte Apaquia auf. »Hast du bereits eine Unterkunft?«

Helms schmunzelte. »Auch das bin ich schon mehrfach gefragt worden. Aber ja, Koremna hat mir das Gästehaus gezeigt und ich konnte mir ein Zimmer aussuchen. Es ist eines mit Blick auf den Fluss. Ich mag Zimmer mit Ausblick. Wahrscheinlich habe ich zu lange in einer Höhle gehaust.«

»Jetzt wirst du erstmal einige Tage dort wohnen müssen«, erklärte Saibro, »dann werden wir sehen, ob …?«

»Nur keine Eile, mein Freund«, unterbrach ihn Helms. »Du hast mir die übliche Vorgehensweise für Neuankömmlinge auf unsere Reise mehrfach erklärt. Ich wollte nur *Gute Nacht* sagen und mich ins Gästehaus zurückziehen. Nores und Okaya warten sicher bereits auf mich. Aber eines wollte ich noch loswerden: Danke für alles, Saibro.«

Bevor er hätte darauf reagieren können, stand Helms zügig auf und eilte davon. Saibro spürte eine Last auf seinen Schultern, fühlte er sich für diesen Mann doch irgendwie verantwortlich.

»Er wird schon für sich sorgen«, sagte Apaquia, als wenn sie seine Gedanken gelesen hätte.

Saibro drehte sich zu ihr, schenkte ihr ein Lächeln und küsste sie.

»Ich habe dich *auch* vermisst, mein muskelbepackter Traummann.«

Kaum hatte Saibro in der Nacht ein paar Augenblicke in Apaquias Bett gelegen, schon war er eingeschlafen. Dafür brauchten sie für das Aufstehen am Morgen um so länger. Anschließend holten sie Sydän bei Gygoy ab. Auf dem Weg dorthin, hatten sie einen Blick in Saibros eigene Hütte geworfen. Nach seiner Rückkehr hatte er sie bisher nur einmal kurz von Außen gesehen, als er in der Nacht sein Gepäck dort vor die Tür *geworfen* hatte. Im Inneren machte sie einen unveränderten Eindruck, nur dass sie sauberer war als üblich; dafür schien ihm Apaquia verantwortlich zu sein.

Nachdem sie Sydän bei Gygoy abgeholt hatten, ging Apaquia mit ihrem Sohn wieder zurück zu ihrer Hütte, um diesen dort zu versorgen. In der Gewissheit, dass er diese Aufgabe in Zukunft oftmals selber übernehmen werde würde, ging Saibro derweil dankbar zum Morgenbuffet am Dorfplatz.

Beim Morgenmahl saß Saibro mit Koremna, Frato und Helms zusammen am Tisch. Jemand hatte Helms erzählt, dass Suico wohl am Vormittag aus Fiskstedt herüberkommen würde und er hoffte, sich mit ihm unterhalten zu können. Helms schien deswegen nervös zu sein und Koremna versicherte ihm, dass Suico ein sehr netter Mensch und bestimmt dankbar für seine Unterstützung sei.

Ansonsten erzählten sie sich gegenseitig aufs Neue ausführlich, was sie seit ihrer Trennung in Eosima alles erlebt hatten.

Saibro war froh, dass diese Geschichte ein Ende hatte und mit der Gründung der Akademie wahrscheinlich bald eine neue beginnen würde. Wenn sie sich denn alle gemeinsam mit den anderen Dörfern dafür entscheiden würden. Was Saibro allerdings für schon recht wahrscheinlich hielt.

Als sie soeben ihre schmutzigen Teller, Becher und das Besteck in den Dorfbau bringen wollten, kam Gygoy ebenfalls auf den inzwischen wieder tadellos aufgeräumten Dorfplatz und steuerte geradewegs auf sie zu.

»Könnt ihr das für Saibro mit erledigen? Ich brauche ihn mal für eine Weile.«

»Ich mach das«, sagte Helms.

»Gut, danke.«

Gygoy wirkte sehr ernst und bat Saibro mitzukommen. Er führte ihn wortlos an der Schmiede und dem Bootsbaugelände vorbei, bis in die letzte Ecke des Dorfes zu der Hütte des im Frühsommer verstorbenen Kyesi. Sie gingen hinein und Saibro erkannte, dass alles Nützliche und eventuell noch zu gebrauchende ausgebaut oder herausgebracht worden war.

»Wir haben sie bereits vor Wochen komplett entkernt. Die anderen vom Kollektiv der Pflanzerinnen wollte sie bereits lange komplett abgerissen wissen. Ich konnte sie jedoch bislang vertrösten, denn ich hatte so ein Gefühl…«

»Was für ein Gefühl?«, fragte Saibro.

Statt gleich zu antworten, ging Gygoy in die ehemalige Speisekammer und holte einen riesigen Hammer hervor. »Dass du bei deiner Rückkehr einen *gewissen* Ausgleich brauchen könntest.«

Sie lächelten sich an und Gygoy ging hinaus.

Saibro nahm den Hammer, grinste voller Vorfreude, holte weit aus und schlug zu.

Ende

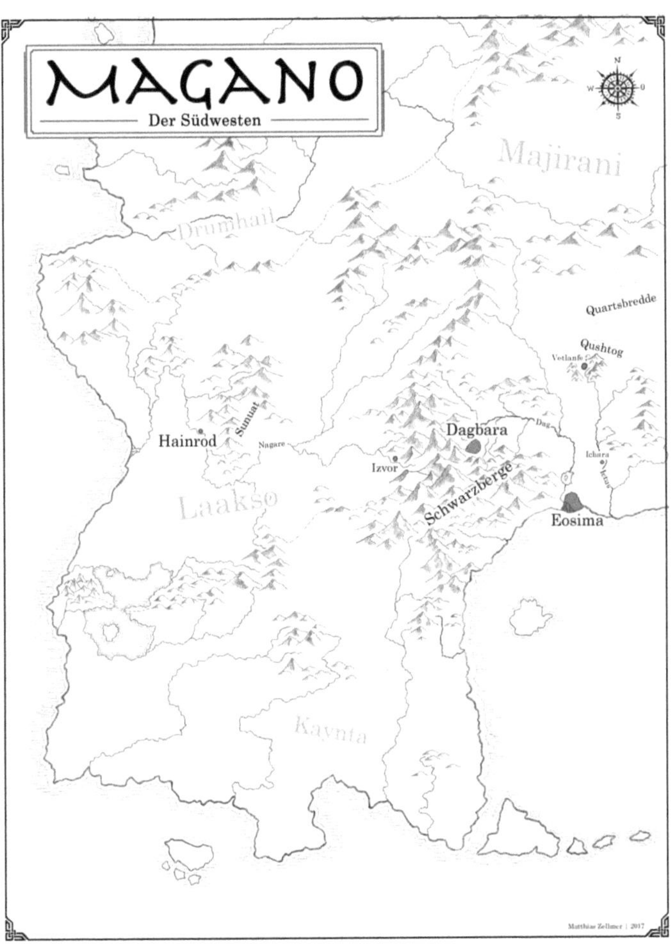

MAGANO
Der Südwesten
N
W   O
S
Majirani
Drumhail
Quartsbredde
Qushtog
Vetlanfe
Sunuat
Dagbara
Dag
Hainrod
Nagare
Ichara
Izvor
Kraus
Schwarzberge
Laakso
Eosima
Kaynta
Matthias Zellmer | 2017

Ebenfalls im Handel

»iuuq - Die gedachte Welt« von *Matthias Zellmer*

Wo waren Alexa und ihre nerdigen Freunde da bloß reingeraten? Noch vor kurzem bestand ihre größte Sorge darin, sich nicht von ihrer überfürsorglichen Mutter in den Wahnsinn treiben zu lassen und den Lehrstoff ihres Studiums rechtzeitig zu den Klausuren in den Kopf reinzubekommen. Doch dann fanden sie diesen USB-Stick und alles veränderte sich. Veränderte sich extrem…

It's Nerd Fiction
ISBN: 978-3-95595-060-6 | TUBUK digital, 2015